Mina Teichert

Honig herzen

Roman

PIPER

Mehr über unsere Autoren und Bücher:
www.piper.de

Wenn Ihnen dieser Roman gefallen hat, schreiben Sie uns unter Nennung des Titels »Honigherzen« an *empfehlungen@piper.de,* und wir empfehlen Ihnen gerne vergleichbare Bücher.

Von Mina Teichert liegen im Piper Verlag vor:
Das Glück liegt unterm Weihnachtsbaum
Honigherzen

MIX
Papier aus verantwortungsvollen Quellen
FSC® C083411

Originalausgabe
ISBN 978-3-492-31660-6
April 2021

Redaktion: Friederike Haller
Umschlaggestaltung: FAVORITBUERO, München
Umschlagabbildung: Bilder unter Lizenzierung von Shutterstock.com genutzt
Satz: Satz für Satz, Wangen im Allgäu
Gesetzt aus der Athelas
Druck und Bindung: CPI books GmbH, Leck
Printed in the EU

SECHS JAHRE ZUVOR

Eis glitzerte im einsamen Licht unserer Scheinwerfer und tauchte alles in seinen winterlichen Zauber.

Alex' Hand fand mein Knie, und ich ließ meine Finger über das kühle Weißgold seines Eherings gleiten, spürte den eingravierten Linien nach, während er den alten Volvo beschleunigte. Das silbrige Paillettenherz am Rückspiegel schaukelte unruhig, und ich dachte an das besondere Date zum ersten Jahrestag beim Italiener um die Ecke, als ich es ihm schenkte. Ich hatte es selbst genäht, und auch wenn es schief und krumm war, hatte es diesen Ehrenplatz in Alex' Wagen bekommen. Prompt knurrte mein Magen.

»Wenn ich es recht überlege, hätte ich jetzt total Lust auf Pizza«, zwitscherte ich, übte einen langen Augenaufschlag und dachte über meine Essgewohnheiten in letzter Zeit nach. Seit ich schwanger war, hatte ich ständig Appetit und wie im Klischee auf die unmöglichsten Dinge, die ich sonst nicht mal angeguckt hätte. Salami mit Nussnugatcreme beispielsweise. Wenn ich nicht aufpasste, würde man mich auch nach dem Geburtstermin noch durch die Gegend rollen können und ich bekäme einen Ehrenplatz in *The Biggest Loser*.

»Pizza? Ich sehe schon, über kurz oder lang wirst du mir die Haare vom Kopf fressen«, neckte Alex mich, und ich knuffte ihn dafür.

»Zum Glück hast du ja viele davon.« Ich strich ihm eine seiner dicken Locken aus der Stirn und streckte mich. Das Baby drückte einmal mehr auf einen Nerv im Rücken, und ich hatte plötzlich das Gefühl, meine Blase wäre voll.

Alex schaltete einen Gang höher. »Na gut, dein Wunsch ist mir Befehl«, meinte er und zwinkerte mir zu. »Dann drück mal die Daumen, dass beim Italiener nicht auch der Strom ausgefallen ist.«

Ein trauriger Weihnachtsbaum ohne Beleuchtung tauchte an der nächsten Ecke auf, und ich sah ihm kurz hinterher, bevor ich nach Meldungen zum plötzlichen Stromverlust der Gegend googelte.

»Hier steht, es gab einen Schaden in einem Überspannwerk«, las ich vor, und Wehmut machte sich in mir breit. Was sind Dezembertage schon ohne die vielen Lichterketten und Laternen?

»Ach, Fake News. Das war ich mit meiner Handwerkskunst«, antwortete Alex, der just in dem Augenblick einen Nagel in der Fußleiste des zukünftigen Kinderzimmers versenkt hatte, als das Licht in unserer Wohnung und im gesamten Viertel mit einem Schlag erlosch. Grinsend hauchte er mir einen Kuss auf die Fingerknöchel und setzte den Blinker.

In der Hoffnung, dass er nicht ebenfalls vom Stromproblem betroffen war, wählte ich die Nummer unseres kleinen Lieblingsitalieners zwei Orte weiter, und noch während ich die Zahlen tippte, lief mir das Wasser im Mund zusammen. Im Radio wurde *Lovesong* von The Cure gespielt, und ich musste lächeln, als Alex' und mein Blick sich trafen.

»Ich liebe diesen Song«, hauchte er, was mir die Party meiner Schwester Juna ins Gedächtnis rief, auf der Alex mich gefragt hatte, ob ich ihn heiraten wolle. Obwohl wir damals bereits seit zwei Jahren ein Paar waren und wir oft darüber fantasierten und uns eine märchenhafte Zukunft in den buntesten Farben ausmalten, hatte dieser magische Moment auf sich warten lassen.

»Und ich liebe *dich*«, antwortete ich sanft, während ich mit einem Ohr auf das Freizeichen des Telefons lauschte.

Alex schob seine Brille höher auf die Nasenwurzel, bevor er sich zu mir beugte und mir einen Kuss auf die Wange hauchte.

Da passierte es. Ein Schatten, den ich nur aus dem Augenwinkel wahrnahm, tauchte wie aus dem Nichts auf und hielt auf uns zu.

»Pass auf!«

Alex trat auf die Bremse und wich dem Radfahrer, der uns aus einer engen Kurve und ohne Beleuchtung entgegenraste, gerade noch aus. Mein Handy flog in den Fußraum. Das Rattern des Antiblockiersystems setzte ein, und der Wagen kam auf der vereisten Fahrbahn ins Rutschen. Alex lenkte gegen. Ich schrie auf und krallte mich am Türgriff fest. Ich rechnete damit, dass wir den jungen Mann von seinem Mountainbike gerissen hatten, doch als ich den Kopf nach ihm umwandte, sah ich, dass er auf seinem Rad zwar schwankte, aber unverletzt davonfuhr. Unser Wagen blieb in der Kurve stehen.

Ich atmete auf, Alex fluchte lauthals. Als ich in seine Richtung sah, um ihm ein erleichtertes Lächeln zu schenken, rasten zwei grelle Scheinwerfer auf uns zu.

Es war der Moment zwischen Luftholen und dem Schrei, in dem sich so vieles abspielte. All die Gedanken und die Ahnungen, die kollidierten, bevor der Lieferwagen uns rammte und meine Welt aus der Umlaufbahn riss. Alex' Blick flog über seine Schulter, das Licht bildete einen Heiligenschein um seinen Kopf. Glas splitterte und sprühte zu mir herüber.

Ein heftiger Ruck erfasste uns, das Auto drehte sich und krachte mit Wucht gegen eine unbeleuchtete Laterne.

Luft wurde mir aus der Lunge gepresst, Schmerz zuckte durch meinen Körper, und ein schriller Ton kreischte in meinen Ohren, bevor die Dunkelheit kam.

So wie die Nacht der Sonne folgt, wusste ich, dass sie mich fest in ihrem Griff hatte. Zwischen dem Bewussten und einem Traum dachte ich über die letzten Stunden nach. Durchlebte sie wie im Zeitraffer. Die Momente, bevor wir mit Alex' dunkelgrauem Volvo losgefahren waren.

Der Augenblick, in dem alles noch gut gewesen war, ich im Türrahmen des zukünftigen Kinderzimmers stehen geblieben und gespannt die Luft angehalten hatte. Unser Baby hatte leicht an meine Bauchdecke geklopft, als würde es mir Morsezeichen senden wollen.

»O mein Gott«, hauchte ich überwältigt, und Alex, der gerade die weißen Fußleisten des Raumes bearbeitete, hob den Blick.

»Was ist los?« Er legte den Hammer zur Seite, sah in mein Gesicht, und ich winkte ihn aufgeregt zu mir, angelte nach seiner Hand und platzierte sie auf meinem Bauch, damit er die ersten Bewegungen unseres Kindes ebenfalls erleben konnte.

»Hier, kannst du es fühlen?« Sacht führte ich seine Finger unter meinen Pullover zu den Tritten.

Alex' Augen leuchteten. »Das ist ja der Wahnsinn! Du hast einen Alien mit Footballspielerqualitäten im Bauch.« Er ging in die Knie, legte sein Ohr auf meine Haut, und ich kraulte seine braunen Locken.

»Hallo, Baby, ich kann dir gar nicht sagen, wie sehr wir uns auf dich freuen«, ließ er unser Kind wissen. Er zwinkerte zu mir herauf, eine unwiderstehliche Geste, die mir regelmäßig

Bauchkribbeln bescherte. Meine Finger gruben sich fester in sein Haar, mein Herz hätte vor Glück zerspringen mögen.

Wir waren dabei, unser gemeinsames Nest zu bauen, mit ganz viel Liebe und Pastellfarben, und alles schien perfekt.

»Und, was sagt *sie* so?«, wollte ich von meinem Mann wissen, der immer noch dem Alienbaby lauschte. Ich grinste provokativ, weil ich mir ein Mädchen und Alex sich einen Jungen wünschte. Wobei »Hauptsache gesund« natürlich Priorität hatte.

»Es ist doch noch gar nicht klar, dass es *kein* Junge ist«, erinnerte mich Alex, der genauso wie ich dem nächsten Ultraschalltermin entgegenfieberte. »Egal ob es ein Mädchen, Junge oder Alien wird ... Ich werde verrückt nach unserem Kind sein.« Er streichelte meine Bauchdecke und hauchte einen Kuss knapp oberhalb des Bauchnabels, bevor er sich erhob und zu seiner Fußleiste zurückkehrte. »Was hältst du von Pepe?«

»Hm, nein. Lieber Oskar«, antwortete ich, während ich Alex einen Nagel reichte und ihm dabei zusah, wie er die Leiste wenig fachmännisch an die Wand presste und mit dem Hammer ausholte. Ich unterdrückte den Impuls, die Augen zuzukneifen. Manchmal hatte ich ein bisschen Angst um meinen Mann, weil er ganz sicher niemals zum Handwerker des Jahres gekürt würde. Leider bestand er darauf, alles selbst zu machen, vor allem wenn es um das Kinderzimmer ging.

»Wie der Typ aus der Mülltonne? Du brennst doch«, brummte er und hielt mir seine Hand für den nächsten Nagel entgegen.

»Und wenn es ein Mädchen wird, dann heißt sie Luna«, schlug ich vor und blickte aus dem Fenster. Von hier aus konnte man die vielen wunderbaren Weihnachtsbeleuchtungen der Nachbarn sehen. Überall glitzerte und blinkte es und kündigte die schönste Jahreszeit an.

»Leni, das kommt gar nicht infrage. Nur zu gern habe ich deinen Familiennamen angenommen, aber Luna Mondtag? Das geht zu weit.« Er lachte, schob sich seine Brille mit dem Mittelfinger höher und wartete sicher darauf, dass ich ihn wie üblich mit seinem alten Nachnamen Fettkötter aufziehen würde. Doch diesmal tat ich es nicht.

»Außerdem weißt du genau, wie sie heißen wird, wenn sie wirklich ein Mädchen ist«, knurrte mein Frischangetrauter auf seine unverkennbare Art, die ich so sexy fand. Diese Mischung aus liebevollem Raunen und einer gewissen Dominanz.

»Du bleibst also bei Romy?«, fragte ich lächelnd. »Nach deiner zweitliebsten Schauspielerin?« Die erste war natürlich ich.

Er wischte seine Haare aus der Stirn und setzte den nächsten Nagel an die Leiste. »Unbedingt, das ist nicht verhandelbar.«

»Ganz wie Alexander der Große meinen«, näselte ich mit einer Stimme, die Alex »die englische Aristokratin« nannte.

Er grinste und deutete eine Verbeugung in meine Richtung an. »Vielen Dank, Mylady!«

Ich widerstand der Versuchung, mich auf ihn zu stürzen und mit ihm zu raufen wie ein übermütiger Teenager. Bevor mein Bauch uns in den Weg wuchs, hatten wir das ständig getan, und regelmäßig war daraus dieses eigentümliche Strohfeuer entwachsen, das in einem Flammenmeer aus Leidenschaft endete. Solch intensive Gefühle hatte ich vor Alex nie erlebt. Er war es gewesen, der mich quasi aus einem Dornröschenschlaf weckte, der mich trotz vieler kurzweiliger Beziehungen bis dahin in seinen braven Armen gehalten hatte.

Alex holte mit dem Hammer aus, traf den Nagel, und mit einem Knall wurde es rabenschwarz im Zimmer. Ich zog scharf die Luft ein. Vor dem Fenster war es ebenso duster; die ganze Straße war ohne Strom. Und auch in der Ferne leuchtete nichts mehr.

»Das ist doch unmöglich, oder?« In der Dunkelheit konnte ich Alex' Gesicht nicht sehen, aber seine Stimme klang verunsichert.

Ich kicherte. »Das kannst du nicht gewesen sein«, sagte ich, zog mein Handy aus der Tasche und öffnete die Taschenlampen-App, um Licht ins Dunkel zu bringen.

»Wieso nicht, ich bin mächtiger, als du denkst.« Alex tat beleidigt. Dann trat er ans Fenster und starrte hinaus. »Seltsam, die ganze Stadt ist dunkel. Hoffentlich kriegen die das schnell wieder in den Griff.«

Ich stellte mich hinter ihn, schlang meine Arme um seinen Körper und legte meinen Kopf an sein Schulterblatt.

»Es hat etwas Friedliches, findest du nicht?«, flüsterte ich nach einer Weile. Wir blickten hinauf in den Abendhimmel, an dem Tausende Sterne funkelten und wunderbarerweise in genau diesem Moment eine Sternschnuppe zu einem Wunsch aufforderte. Ich wusste sofort, was ich wollte.

Diesen Moment festhalten, mich ewig an ihn erinnern.

»Vielleicht ist das ein Zeichen, und wir sollten für heute Schluss mit der Arbeit machen«, überlegte Alex, wandte sich um und küsste mich sanft.

Waren wir dann ins Auto gestiegen?, zupfte die Frage an meinem Bewusstsein. Der Wagen, der Knall …

Luftnot riss an mir, katapultierte mich ins Jetzt zurück und zersprengte die zauberhaften Momente.

Meine Lider flatterten, hoben sich. Es dauerte eine Weile,

bis ich begriff. Benommen richtete ich mich auf, meine Nase blutete, und ich wischte sie fahrig an meiner Jacke ab.

»Alex?«, hörte ich meine eigene Stimme, die sich so fremd anhörte, als würde ich sie das erste Mal gebrauchen.

Ich verlagerte mein Gewicht, befreite mich vom Gurt, der mir schmerzhaft in den Bauch schnitt. Meine Finger berührten zitternd Alex' Schultern. Er hatte seine Brille verloren, sie lag zerbrochen zwischen dem schlaff herabhängenden Airbag und seiner Brust.

»Baby?« Mein Bein hing irgendwo fest, ich konnte mich kaum bewegen, kam nicht zu ihm. »Hey, sprich mit mir«, flehte ich ihn an und schaffte es, meine Hand an seine raue Wange zu legen. Sie war nass von seinem Blut.

Erst jetzt bemerkte ich das monotone Hupen, das unser Auto von sich gab, und sofort machte es mich wahnsinnig. Mit aller Kraft zog ich meinen Mann in meine Richtung. Er sackte in sich zusammen wie eine Marionette, der man die Fäden abgeschnitten hat.

Kalt und grausam sickerte die Erkenntnis in meinen Geist. Alex hatte keinen Puls. Meine Finger flogen hektischer an seinem Hals umher, suchten und fanden ... nichts.

»Alex!«, brüllte ich ihn an, stieß ihn wütend. »Lass mich nicht allein!«

Ein Stich fuhr mir durch den Unterleib, als ich verzweifelt an meiner großen Liebe rüttelte, Alex zwingen wollte, zu atmen, die Augen zu öffnen, zu leben.

Der Hilfeschrei, den ich in die Welt sandte, übertraf alles, was ich mir jemals an Emotionen für die Bühne antrainiert hatte; er brach sich Bahn aus einem Teil meiner Seele, der uralt und roh war. Er sollte ungehört bleiben und lange Jahre in mir widerhallen. Mitsamt dem Gefühl, vom Schicksal betrogen worden zu sein.

TRAUMHAFTE TRÄUME

Meine Nächte gehören immer noch meiner Vergangenheit mit Alex. Wenn ich schlafe, ist er bei mir, flüstert und lacht mit mir. Zieht seine Kreise um meinen Geist und lässt all die schönen Momente aufleben, damit ich mich an ihnen festhalten kann.

Das war nicht immer so. Nach dem Unfall und der Zeit im Krankenhaus träumte ich zunächst nur von dem einen Augenblick, der alles veränderte. Von Blut und diesem unendlich schwarzen Gefühl des Schocks, als Alex neben mir starb und ich nichts tun konnte. Es gab Tage, an denen wollte ich ebenfalls einfach verschwinden und nichts mehr empfinden. Ich fühlte mich zersplittert in unzählige Teile. Einzig der Gedanke an unsere kleine Romy hielt mich über Wasser, wenn die Wogen der Trauer hochschlugen und mich unter sich begruben.

Später verfolgte mich die Art Traum, in der ich den Unfall verhindern wollte. Es war, als steckte ich in einer Zeitschleife, sobald ich die Augen schloss und in den Schlaf glitt. Ich weiß noch genau, wie ich das letzte Mal mit einem schrillen Schrei und schweißnass aus den Kissen hochjagte, weil ich wie so oft das Schicksal nicht hatte abwenden können.

Romy war gerade zwei Jahre alt geworden und wachte durch meinen Albtraum auf. Sie weinte ebenso jämmerlich in ihrem kleinen Bettchen wie ich in meinem großen, und ich holte sie zu mir, in Alex' und mein Ehebett. Ihr Duft, ihre kleinen Händchen, die ich in meinen hielt, halfen mir dabei, mein zerbrochenes Ich wieder zusammenzusetzen.

Heute sind die Träume friedlicher. Und ich weine nicht mehr so bitterlich, wenn ich erwache und feststelle, dass Alex nicht bei mir ist. Ich bin dankbar für seine Liebe, die ich erleben durfte und die trotz meines gebrochenen Herzens für Romy weiterlebt. Dieses unbändige Gefühl wird für mein ganzes Leben reichen, dessen bin ich mir sicher, und heute erinnere ich mich mit einem Lächeln im Gesicht an die Momente mit meinem Mann. Sie stehlen mir nicht länger den Atem. Und ich begrüße die Träume, die sich nachts in meine Gedanken schleichen wie ein liebevolles sanftes Gespenst, das mich küsst. Wenn Alex mir nahe ist, ich sein Gesicht deutlich vor mir sehe und meine Finger durch sein Haar gleiten, dann bin ich beinahe heil.

Doch jetzt, in diesem Traum, ist es anders. Wir wälzen uns in hellen Laken, die sich wie ein Zelt über uns spannen. Das Licht verändert sich, huscht unbeständig über uns hinweg. Ich lächle Alex an, spüre sein Gewicht auf meinem Körper und den Blick, mit dem er mich bedenkt. Seine Stimme ist rau, seine braunen Augen funkeln, wie sie es oft taten, wenn wir uns die Zukunft in den schillerndsten Farben ausmalten. Und seine Worte dringen viel zu langsam in meinen Geist.

»Träume für mich, Leni«, flüstert er, und ich lege meine Hände an seine Wangen. Das Licht wechselt erneut seine Intensität, die Laken brechen den Sonnenschein im Zimmer.

»Das tue ich doch«, flüstere ich zurück und küsse seinen Mund.

Er befreit sich von mir, sein Blick wird dunkler. »Nein, Leni. Tust du nicht.«

Ich will protestieren.

Die Laken über uns verwehen, werden zu weißen, von Silberstreifen durchzogenen Wolken. Staub glitzert im Schein einer grellen Morgensonne, und Alex ist nichts als eine Silhouette, die über mir schwebt.

»Träume für mich, Leni«, wiederholt seine Stimme ernst, und Verwirrung macht sich in mir breit. Eine Weile hänge ich zwischen Traum und Erwachen, werde geschubst und wieder von der Schwere des Schlafes eingelullt.

»Lass uns *zusammen* träumen«, bitte ich ihn wie damals, als wir entschieden, die Zukunft zu teilen, und halte mich an ihm fest. Sein Gesicht ist so nahe, seine Lippen berühren mich beinahe. Ich spüre seinen Atem auf meinem Mund.

»Das geht nicht, Leni. Wach endlich auf!« Seine Worte verhallen.

Ich will ihm sagen, dass ich nicht aufwachen *will* … dass er mir fehlt. Doch dann rüttelt etwas an mir, erwischt schmerzlich meinen Kiefer.

Ich schlage die Augen auf. Das flackernde Licht des Fernsehers, in dem stumm *SpongeBob* über den Screen flimmert, erhellt einen kleinen Fuß, der seinen Weg in mein Gesicht gefunden hat. Ich greife ihn vorsichtig und lege ihn aufs geblümte Kopfkissen. Romy liegt vollkommen verdreht in meiner Decke und sabbert auf meinen Oberschenkel. Ich richte mich auf. Sacht streiche ich eine verschwitzte Locke aus ihrem winzigen Gesicht und lächle.

Dieses Kind ist unglaublich. Ich kann mich dunkel daran erinnern, dass sie gegen elf Uhr nachts zu mir kam und meinte, sie sei wach wie eine Glocke. Und dass nur der Fernseher helfen könne, damit sie wieder müde werde. Gegen die Logik meiner Sechsjährigen kam ich nicht an und gab nach einem achtundvierzigminütigen Hin und Her nach. Ich schätze, ich schlief als Erste ein.

Vorsichtig befreie ich mich von der Decke, lade mir meine Tochter auf den Arm und trage sie zurück in ihr Kinderzimmer. Das rosa Einhornnachtlicht erhellt ein Wimmelbild aus Spielzeug zu meinen Füßen, und ich muss aufpassen, dass ich nicht über Playmobilgebilde oder die Teeveranstaltung der Teddybären stolpere.

»Mami?«, gurrt mein Spatz, während ich sie bis zu den Schultern zudecke.

»Schlaf weiter«, flüstere ich und küsse ihre Stirn.

»Krieg ich ein Lama?« Ihre Augen drohen sich zu öffnen, ich streiche sie federleicht wieder zu.

»Mal sehen.« Ich denke an knuffige Stofftiere mit Knopfaugen, während meine Kleine sich zufrieden lächelnd auf die Seite dreht. »Vielleicht befucht dich ja einf in deinen Träumen«, lispele ich und stupse ihr mit meiner Nase in die Mulde zwischen Schlüsselbein und Hals. »Daf tun Lamaf nämlich bei fauberhaften Mädchen.« Wenn sie ein Lama will, kann sie eins bekommen. Für sie werde ich gern zu einem. Auch wenn es lispelt.

Romy kichert, und mit einem warmen Gefühl im Bauch trete ich den Rückzug an. Auf dem Weg nach draußen erwischt mein großer Zeh beinahe den schiefen Turm von Pisa, und ich beschließe, dass ich einen Schlummertrunk brauchen könnte. Einen ganz großen, der mich ebenfalls wieder einschlafen und weiterträumen lässt.

Wenig später schaffe ich es mit einem Glas Rotwein zurück ins Bett und öffne meinen Laptop. Immer wieder kreisen Alex' Worte aus dem Traum in meinem Kopf herum wie kleine Propellermaschinen, denen nie der Treibstoff ausgeht.

Träum für mich, Leni!

Es ist so unglaublich lange her, dass er das bei Kerzenschein zu mir sagte. Ich weiß noch, wie bescheuert ich aussah an diesem Abend, an dem ich mein Debüt als Prinzessin Lillifee in einem Kindertheaterstück gegeben hatte. Meine zu wilden Locken frisierten blonden Haare, die Reste des Glitzer-Make-ups und die falschen Wimpern. Dieser Mann musste mich wirklich toll finden; anders war nicht zu erklären, dass er sich getraut hatte, sich in diesem Aufzug mit mir in einem teuren Lokal zu zeigen.

»Du hast so viele geniale Ideen«, waren seine begeisterten Worte gewesen, als ich ihm von meinem Wunsch erzählte, irgendwann auf dem Land leben zu wollen mit Tausenden Kirschbäumen.

»Ich werde den Kirschwein meiner Oma Hilde herstellen, der war nämlich legendär, weißt du?«

»Träum ein paar Träume für mich mit, Leni. Ich bin auf jeden Fall dabei, wenn sie in Erfüllung gehen«, hatte Alex mir versprochen und meine Fingerknöchel geküsst. Es war einer dieser Momente gewesen, in denen ich in Flammen stand, weil er meine Energie in etwas noch Größeres verwandelte.

Wie lange ist es her, dass ich an jenen Abend und die ganzen verrückten Ideen gedacht habe?

Ich nehme einen großen Schluck Wein, heiße die Wärme in meinem Magen und den Gliedern willkommen und lasse den Laptop surrend hochfahren.

Damals nach der Hochzeit war uns das finanzielle Risiko zu hoch gewesen, um so ein Wir-werfen-alles-über-Bord-und-ziehen-aufs-Land-Projekt zu wagen. Vor allem mit dem schmalen Gehalt eines Lehrers und dem unkalkulierbaren einer freien Schauspielerin, die sich mit Gelegenheitsjobs über Wasser hielt.

Doch jetzt, in diesem Augenblick, um drei Minuten vor drei, erwacht dieser märchenhafte Traum plötzlich in mir zu neuem Leben und wispert mir ins Ohr.

»Du bist doch verrückt, Leni«, raune ich mir selbst zu, als ich die Immobilienseite öffne, auf der man eine Suchanfrage stellen kann. Ehe ich die Weinflasche zur Hälfte geleert habe, werde ich fündig – das Portal bietet mir ein Haus, ach was, ein kleines Anwesen mit Obstgärten und vielen kleinen Nebengebäuden an. Das Angebot ist erst seit ein paar Stunden online, noch gibt es keine Interessenten. So verrückt es klingt, es ist, als riefe es nach mir. Als hätte Alex mich deshalb aufwachen lassen.

Ich muss zugeben, das Grundstück sieht abgerockt aus und liegt in einer Art Dornröschenschlaf.

»Den zu unterbrechen kostet einiges an Aufwand«, murmle ich. Und dennoch: Selten habe ich etwas so Wunderschönes gesehen. Dieses Fachwerk, die zauberhaften Schnitzereien und die tollen Butzenfenster. Wie aus der Zeit gefallen. Das Beste ist, dass es nicht allzu weit weg von Bremen liegt, wo ich mit Romy und meiner Schwester zurzeit lebe. Und meine Mutter Charlotte wohnt weniger als eine Dreiviertelstunde von dem kleinen Dorf namens Auen entfernt – geradezu perfekt, weil nicht nah genug, um ständig spontan auf der Matte zu stehen, gleichzeitig aber auch nicht zu weit weg, wenn man einen Babysitter braucht.

Ganze drei Mal klappe ich den Laptop zu, verwerfe die utopische Idee eines Landlebens und öffne die Seite erneut. Dann starre ich eine Weile Löcher in die Luft und höre immer wieder Alex' ernsten Unterton. *Träume, Leni!*

Es ist beinahe fünf Uhr, als ich barfuß den Flur entlangschleiche, den Laptop in den Händen. Das Laminat knackt unter meinem Gewicht. Ungelenk drücke ich die Klinke zu

Junas Zimmer und setze mich auf die Kante des Himmelbetts meiner Schwester.

»Schläfst du?«, höre ich mich dumm fragen und bekomme ein Murren zur Antwort.

»Ist was passiert?« Sie hebt den Kopf, das kühle Licht meines Laptops erhellt ihr schmales Gesicht. Ihre grünen Augen blinzeln mich fragend an.

»Wie man's nimmt«, flüstere ich. »Ich muss dir unbedingt wasseigen.« Lalle ich?

Vorsichtig schlüpfe ich unter ihre Bettdecke, wie ich es oft tat, nachdem Alex fort und ich mit Romy in Junas kleine Altbremer Mietwohnung eingezogen war. Juna hatte mich quasi genötigt, das zu tun, um mir mit Romy helfen zu können. Zumindest in der Zeit, in der sie nicht als freie Modefotografin um die Welt tingelte. Es ist quasi eine Win-win-Situation, die bis heute anhält.

»Jetzt?«, fragt Juna und guckt erst auf den Bildschirm und dann mir ins Gesicht. »Sag mal, weißt du, wie spät es ist?«

»Ja, aber'sis wirklich wichtich.«

»Bist du besoffen?«

»Nein, beschwipsst, dassis ein Unterschied.« Ich drücke meinen Zeigefinger unter Junas Kinn und manövriere ihre Aufmerksamkeit auf das Dornröschendomizil.

»Das ist ein Haus«, meint sie, gähnt und dreht sich auf die andere Seite. »Sehr schön, wirklich. Und jetzt gute Nacht!«

»Das könnte *unser* Haus sein, Juna.« Plötzlich kriege ich die Worte wieder deutlich hin. Das muss die Aufregung sein. »Es ist ein Träumchen, so wie Oma Hildes Hof damals, findest du nicht auch?« Ich zupfe an Junas unordentlich geflochtenem Zopf.

»Mann, Leni. Du hast Nerven, die Sonne ist nicht mal

aufgegangen«, murrt meine Schwester, angelt aber trotzdem nach ihrer Lesebrille, die auf dem Nachttisch liegt.

»Wird sie so schnell auch nicht«, sage ich mit einem Nicken Richtung Fenster. Von draußen prasselt Regen an die Scheibe mit jener Beharrlichkeit, die stundenlangem Niederschlag eigen ist.

Juna seufzt, bevor sie einen erneuten Blick auf den Bildschirm wirft. »Wie kommst du auf einmal auf so eine Schnapsidee?«

Ich hole tief Luft. »Gutes Stichwort. Denk mal an Oma und ihren Kirschwein. Und ihre Liköre ...«

»Mmm, ja, der Holunderlikör.« Junas Miene nimmt einen verträumten Ausdruck an. »Sooo lecker. Ich hab die ganze Nacht gekotzt.«

Ich lache. »Der Sommer, in dem du zwölf wurdest. Ich hab dir die Haare gehalten.« Sie nickt, und für einen Moment hängen wir beide der Erinnerung nach, bis ich irgendwann sage: »Worauf ich hinauswill: Du weißt ja, dass ich schon immer sehr lebhafte Träume hatte. Und diesmal ...«

Weiter komme ich nicht, weil Juna mich säuerlich anzischt, auf der Website nach unten scrollt und die spärlichen Informationen liest, die viel zu wenig über den derzeitigen Zustand des Objektes und dessen eigentliche Lage preisgeben.

»Leni, ganz ehrlich«, seufzt sie, und ich weiß, was sie sagen will. Wir haben einen sicheren Hafen, eine erschwingliche Wohnung, um die herum unser Leben organisiert ist und funktioniert. *Sicherheit ist Glück*, sagte unsere Mutter Charlotte, die uns allein großzog, immer. Und nach der rauen See, die ich seelisch hinter mir habe ...

»So was ist ein Fass ohne Boden. Liest sich ja hübsch, aber hast du Ahnung von Blaubeerfeldern, Apfelernte oder

Bienenstöcken? Oder ... nanu, was haben wir denn da? Eine alte Schnapsbrennerei? Auweia!«

»Ich weiß, ich weiß. Aber ich habe mir immer gewünscht, mit den Händen meinen Lebensunterhalt zu verdienen. Und das mit der Schauspielerei ... wir wissen es doch beide.« Ich sage es nicht, lasse unausgesprochen, was wir beide wissen: Dass ich nicht mehr auf der Bühne stand, seit Alex verunglückt ist. Die erste Phase des Schocks und der Trauer ging nahtlos in Mutter- und Elternzeit über, und ich verschob den Wiedereinstieg Monat für Monat mit immer neuen Begründungen, meist Romy betreffend.

»Sie braucht mich doppelt so viel wie andere Kinder.« – »Ich suche mir etwas, sobald sie nachts besser schläft.« (Ich wusste selbst, dass Romy bei Weitem schönere Träume hatte als ich, aber wo steht geschrieben, dass man immer ehrlich zu sich selbst sein muss?) – »Jetzt ist doch gerade ein Sommerloch, da gibt es sowieso keine Rollen.«

Niemand drängte mich, und meine Theaterkolleginnen und Freunde zeigten stets Verständnis, sodass ich meine Ausflüchte hauptsächlich für mich selbst erfand.

»Man könnte sogar einen Hofladen eröffnen«, sage ich in meine Gedanken hinein. »Eigene Marmeladen und Gemüse verkaufen. Oder eben Liköre herstellen wie Oma früher.«

»Also, Oma hatte immer Geldsorgen«, mahnt Juna, und ich halte kurz inne. Okay, eins zu null für meine jüngere Schwester.

»Ich könnte es anders angehen«, wende ich ein, weil ich nicht bereit bin, einfach aufzugeben. »In Zeiten des Onlinehandels ist bestimmt vieles leichter geworden als damals.« Eine seltsame Energie hat mich erfasst, und ich möchte sie unbedingt nutzen. »Weißt du, ich habe plötzlich das Gefühl, das Leben zieht an mir vorbei, ohne dass ich wirklich lebe,

Juna. Als hockte ich auf einer Art Pannenstreifen, und alle anderen düsen auf der Überholspur und winken mir zu.« Ich atme tief durch und rede weiter. »Mensch, ich bin sechsunddreißig Jahre alt, und meine Liste mit den Dingen, die ich noch erleben will, ist lang. Wenn nicht jetzt, wann dann? Das Geld aus Alex' Lebensversicherung liegt unberührt auf der Bank und …«

»Okay, okay, mein Kapiervorgang wurde gerade abgebrochen. Du willst das Geld deines Mannes in ein so wackliges Projekt stecken?« Jetzt ist Juna wach. Ihre großen Augen, die meinen so ähnlich sehen, glänzen im Licht des Laptops. »Bist du irre?«

»Ich finde mich eher mutig.«

»Liebes, mutig ist, wenn man mit Fallschirm aus einem Flugzeug springt. Es ohne zu tun, ist verrückt.«

»Ich habe einen Fallschirm. Fünfhunderttausend, um genau zu sein.«

Juna stößt einen Pfiff durch die Zähne aus. Über die Summe haben wir nie gesprochen, und meine Schwester wollte nie wissen, wie viel Geld Alex' Lebensversicherung damals gezahlt hat. Als ich bei ihr einzog und darauf bestand, einen Teil der Miete beizusteuern, nahm sie mir das Versprechen ab, Bescheid zu geben, wenn ich in finanzielle Engpässe geriete, und damit war das Thema erledigt.

»Na ja, die Hälfte würde ich gern für Romys Ausbildung und Zukunft fest anlegen, aber der Rest …«

Wann habe ich das letzte Mal etwas getan, das ich wirklich wollte? In den letzten Jahren drehte sich alles um Romy, Pädagogik, musikalische Früherziehung, Kochkurse – Normalität für das Kind. Und es war gut gewesen. Im Gegensatz zu den fiktiven Rollen im Theater gab mir die der Mutter

Halt und Orientierung, auch wenn ich wahrlich nicht als Vorbild für einen Elternratgeber tauge. Ich tauche eher in jenem Kapitel auf, das erklärt, wie man es nicht macht …

Romy ist mein Ein und Alles, meine lebende Verbindung zu Alex, meine *Tochter*. Und doch. Ich spüre, dass sich etwas verändert hat heute Nacht.

»Ich hatte sie vergessen, Juna«, sage ich. »Meine Träume. Und das hier …« Ich nicke zum Bildschirm. »… könnte er sein. Der Traum, den ich mir erfüllen sollte.«

Ich warte auf ihre Reaktion, doch Juna schaut mich nur an, sagt nichts. Wer meine Schwester kennt, weiß, wie gern sie redet. Wie bereitwillig sie ihre Meinung zu allem und jedem kundtut. Jetzt jedoch mustert sie mich nur, als wäre ich eine arme Irre.

»Guck nicht so«, fordere ich und spüre diese flirrende Unruhe, die sich in mir ausbreitet. Und Trotz, der aufblüht.

»Ich guck doch gar nicht«, verteidigt sie sich halbherzig.

»Doch, tust du. Auf diese Art, du weißt schon.«

Wie damals, als ich in eine Depression rutschte und vor allem mir selbst einzureden versuchte, dass alles halb so schlimm war.

»Gar nicht wahr, ich guck nicht. Jetzt guckst *du* so.« Mit einer schnellen Bewegung knipst sie die Nachttischlampe an, setzt sich aufrecht hin. Unsere Füße berühren sich unter der Bettdecke.

»Leni, so was kann schnell zu einem Albtraum werden«, klugscheißt meine Schwester, bevor sie die Anzeige Detail für Detail durchsieht.

Ich bekomme einen Schluckauf vom Wein und frage mich, wer eigentlich die Ältere von uns beiden ist. *Ich* müsste *ihr* unvernünftige Dinge madig machen, nicht umgekehrt.

»Schau mal, es ist von 1845.« Sie verengt die Augen, als

sich das zweite Bild des Anwesens aufbaut. »Wow! Das ist verdammt hübsch.«

»Ja, oder?« Ich nicke wie wild.

Ein Lächeln schleicht sich auf Junas Gesicht, und ich spüre, ich stecke sie an. Mit meinem Fieber für Veränderung.

»Und es hat viele Obstgärten, einen Brunnen, Ställe und liegt trotzdem nicht in der allerletzten Pampa«, schwärme ich.

Plötzlich tapsen kleine Füße über den Flur. Romy erscheint in der Tür, mit halb geschlossenen Augen findet sie den Weg zum Bett, wobei sie mit ihrem großen Teddy zielsicher den Bilderrahmen auf Junas Kommode erwischt, der mit einem Klirren zu Boden geht.

»Huch«, säuselt meine Tochter, stoppt vor der Bettkante und lässt sich wie ein gefällter Baum auf die Matratze fallen.

Juna und ich tauschen einen Blick. Das Erste, was ich tat, als Romy zu laufen begann, war, eine Unfallversicherung für meinen kleinen Tollpatsch abzuschließen.

»Romy würde das Landleben guttun«, mutmaße ich und greife unter die Arme meines schlaftrunkenen Mädchens, um sie zwischen uns zu ziehen. Juna breitet die Decke über uns neu aus.

»Damit könntest du recht haben. Und es wäre gut, wenn es vor ihrer Einschulung geschieht.« Juna bemerkt den Jubelschrei, der mir bereits auf der Zunge liegt, und schiebt nach: »*Falls* etwas geschieht.«

Romy nuckelt an der Pfote ihres Teddys und schmatzt dabei.

»Wollen wir es uns mal angucken?« Ich blinzle meine Schwester hoffnungsvoll an.

»Wenn angucken nichts kostet?« Juna zuckt die Achseln, eine gewisse Skepsis liegt immer noch in ihrer Stimme.

»Ich erwarte nicht, dass du mit aufs Land ziehst. Ich weiß, dass du die Stadt magst«, lasse ich vorsichtshalber mal fallen. »Und deine Wohnung.«

Junas Blick bleibt an Romys Lockenkopf hängen.

»Ich könnte die Wohnung untervermieten. Vorerst.« Einen Moment bleibt sie still, bevor sie weiterredet. »Ich bin doch sowieso oft unterwegs. Und wenn ich zurückkomme, wohne ich mit euch zusammen.« Juna ist noch keine dreißig, ungebunden und als freie Fotografin und Grafikerin recht flexibel.

»Aber ich kann dich nicht ewig so heftig in meinem Leben verpflichten. Du hast dein eigenes«, werfe ich ein. »Du hast schon so viel für uns getan.« Ich grüble. »Du könntest hierbleiben, in Bremen, und uns besuchen kommen.«

Sie stößt einen abgehackten Laut aus. »Ich wusste es, du hast den Verstand verloren. Wenn du das wirklich durchziehst, dann mach ich natürlich mit!« Junas typisches freches Grinsen schleicht sich auf ihren hübschen Mund. »Was würde Charlotte denn sagen, wenn einer von uns vernünftig bleibt?«

Ja, ja, die Verzweiflung unserer nie verheirateten Mutter, die meint, dass ihre beiden Töchter Sonderlinge seien und schwer vermittelbar dazu. Witzig, dass ausgerechnet Juna darauf anspielt.

»Nun denn.« Sie reibt sich die Hände. »Wir haben erst Februar, und so ein Jahr versaut sich nicht von allein. Also los, gucken wir uns die Ruine mal an.« Sie angelt nach dem Handy. »Wie ist die Nummer des Maklers?«

Meine Brauen schnellen nach oben. »Jetzt? Die haben doch noch gar nicht geöffnet.«

»Ach ja, stimmt. Es ist ja Nacht.« Das Grinsen meiner Schwester bröckelt dahin.

Ich lehne mich zu ihr herüber und schlinge meine Arme um sie. »Du bist die beste Schwester, die ich hab«, flüstere ich und bin dankbar, dass es sie gibt.

»Ich bin die einzige Schwester, die du hast.« Ihr Kuss ist sanft, der Tritt, den ich von der zwischen uns eingequetschten Romy bekomme, weniger.

Schließlich schlafen wir wieder ein, bis die Sonne Junas Zimmer in weiches Licht taucht und die Müllabfuhr durch die Straße rumpelt.

DAS LEBEN IN KISTEN

Es vergehen kaum zwei Monate, bis wir den Kaufvertrag unterschreiben und unser bisheriges Leben in Kisten und Tüten verpacken. Juna hat einen Untermieter für unser Bremer Zuhause gefunden, der so schnell in die hübsche kleine Stadtwohnung einziehen will, dass wir früher, als uns lieb ist, zu unserem neuen Ufer aufbrechen und bereits Anfang Mai in das alte Bauernhaus umsiedeln. Lange bevor es richtig renoviert ist.

Trotzdem steuere ich den Transporter mit der ersten Fuhre voller Freude in den verträumten kleinen Ort namens Auen hinein. Im Handgepäck befindet sich das kleine Rezeptbuch unserer Großmutter Hilde, das all unsere Hoffnungen für unser neues Leben aus Sonnenschein enthält. Charlotte hat es uns zum Einzug geschenkt mit den Worten »Hals- und Beinbruch«. Humor hat unsere Mutter.

Ich spüre ein Grinsen auf meinem Gesicht. Eine halbe Ewigkeit habe ich mich nicht mehr so lebendig gefühlt.

»Guck mal, Plakate«, plärrt Romy von hinten und klingt genauso euphorisch, wie ich mich fühle. »Ist ein Zirkus in der Stadt?« Sie verrenkt sich den Hals nach den Anschlägen mit Wahlwerbung.

Juna lacht. »So kann man das auch sagen.«

»Da! Ein Spielplatz!«, kräht Romy als Nächstes und deutet nach links.

»Ja, mein Spatz. Den erkunden wir bald«, antwortet Juna liebevoll.

»Nein, jetzt! Oder Zirkus!« Romy fummelt am Gurt, ich, multitaskinggeübt, unterbinde ihren Versuch, während der Fahrt auszusteigen, und zähle nebenbei die alten Häuser, die früher allesamt einmal kleine Bauernhöfe gewesen sein müssen. Es sind ganze drei bis jetzt.

»Mann, Mama. Lass mich los«, fordert meine Tochter.

»Wow, guck mal. Ein rosa Elefant!« Juna deutet durch die Frontscheibe.

»Echt?« Romy beugt sich vor und hört auf, an meinen Fingern zu ziehen. Ich schenke Juna ein Lächeln – in Romy-Ablenkungsmanövern macht ihr so schnell niemand was vor.

»Nö.«

»Oah, Tante Juna, du bist so gemein!«, empört sich meine Tochter. Während sie die Arme vor der Brust verschränkt, kurble ich das Fenster herunter. Landluft schlägt uns entgegen wie schon am Tag der Besichtigung. Eine Note zwischen Gülle und Silage vom einzig aktiven Großbauern im Dorf. Man kann von hier aus die riesigen Stallungen seiner Rinder sehen.

»Tante Juna, weißt du, was man mit gemeinen Tanten macht?«, will Romy wissen und rümpft die kleine Nase, als ihr der beißende Geruch entgegenschlägt.

»Nein, weiß ich nicht. Aber ich wette, du wirst es mir gleich erklären.« Juna seufzt theatralisch.

»Ja, mach ich.« Meine Kleine hält kurz inne. Im Rückspiegel kann ich sehen, wie ihre Gedankenrädchen ineinander greifen. Dann holt sie tief Luft. »Die kommen in den Gemeinenbrunnen und werden so lange im Wasser gewaschen, bis sie nur noch nett sind. Da ist nämlich ganz viel Seife drinnen. Oder sie fahren zum Mond, in einer Rakete ohne Rückfahrtgenehmigung. Oder …«

»Ich habe weder vor, mich zu waschen, noch, zum Mond zu fliegen, Liebes«, unterbricht Juna Romys Sanktionenkatalog. »Oh, guck mal, lila Kühe.« Meine Schwester deutet nach links, während ich auf eine schmale Kopfsteinpflasterstraße biege. Rechts reihen sich Neubauten aneinander wie Perlen auf einer Schnur. Links befinden sich nur Wiesen und Felder bis zu unserem Grundstück und den zwei unmittelbaren Nachbarn. Wir sind quasi das Schlusslicht des Ortes, direkt hinter einem imposanten Gebäude mit riesigen Fenstern und Türmchen.

»Wo?« Romy reckt den Hals. Ihre Füße wippen aufgeregt hin und her.

»Angeschmiert«, freut sich meine Schwester und lacht.

»Du Kackefratz!«, motzt Romy und bekommt vor Zorn ihre typisch roten Ohren.

Ich werfe Juna einen warnenden Blick zu. Wenn meine Süße einen Wutanfall bekommt, wird es schnell sehr laut und ungemütlich. Vorsichtshalber erinnere ich Romy an ein Gespräch über Beleidigungen, das wir erst letzte Woche geführt haben, und schließe mit »Nicht so frech also«.

»Sag das mal Tante Juna«, lautet Romys Antwort. Sie starrt aus dem Fenster und straft uns mit eisigem Schweigen.

Ich verkneife mir ein Grinsen, während ich um ein Schlagloch herumkurve und zwischen den Bäumen nach dem Fachwerkhaus Ausschau halte, das das Hauptgebäude unseres neuen Zuhauses ist.

»Da ist es!«, rufe ich und freue mich, weil sowohl Juna als auch Romy sich sofort die Hälse verrenken. Wir passieren einen unserer beiden direkten Nachbarn: das teuer aussehende Klinkerhaus mit Löwenskulpturen auf der Einfahrt, das durch Hecken und eine brüchige Mauer von unserem Hof getrennt ist. Auf der anderen Seite unseres Grundstückes befindet sich ein winziger Bungalow, der komplett hinter Gestrüpp verschwindet und unbewohnt aussieht.

Ich bremse, lenke den Transporter durch unser schmiedeeisernes Tor, das springende Pferde zieren, was Romy den letzten Rest ihrer Wut vergessen lässt.

»Das ist so schön, Mama«, haucht sie andächtig und drückt ihrem Teddy die Knubbelnase an der Scheibe platt, damit er den prächtigen Anblick gebührend bewundern kann.

Rechts von uns liegt eine vollkommen verwilderte kleine Weide mit desolatem Holzzaun, links eine löchrige Hecke, die in eine rote Backsteinmauer übergeht. Das von Rosen umfasste Fachwerkhaus mit blauem Stalltor dominiert den runden Hof, auf den wir zuhalten. Ein kleineres Backsteingebäude, das einst als Hofladen diente, ruht an seiner Seite. Die Reifen des Transporters graben sich in den Kiesweg, als ich vor dem Hauptgebäude parke.

»Na, dann wollen wir mal gucken, wer das schönste Zimmer bekommt.« Juna öffnet die Autotür und klettert nach draußen.

Romy fällt mehr aus dem Wagen, als dass sie aussteigt. »Ich will aber Erste sein!«, quietscht sie, und aus einem der nahen Büsche flattern zwei Meisen erschrocken in den Himmel.

»Hey, wie wäre es, wenn ihr gleich was mit ins Haus nehmt?«, rufe ich den beiden nach und wische mir den Schweiß von der Stirn. Die Luft ist unglaublich drückend, von Osten schieben sich dunkle Wolken heran, und es sieht nach Regen aus.

Ich gehe um das Fahrzeug herum. Als ich die Türen zur Ladefläche öffne, fällt mir einer der blauen Säcke mit Romys Teddybären und Schweinestofftieren entgegen.

»Na hoppla, ihr habfts aber eilich«, höre ich mich sagen und erkenne das lispelnde Lama von neulich. Ist es also mit hierhergezogen, na, so was! Da wird sich Romy aber freuen.

In diesem Moment kehrt Juna zurück, klimpert mit dem Haustürschlüssel, schiebt sich an mir vorbei und greift sich eine Nachttischlampe aus dem Fundus der schlecht gestapelten Dinge.

»Uh, guck mal – Kermit!«, freut sie sich und deutet auf eine fette Kröte im Gestrüpp, bevor sie mir vor die Füße rennt und mit dem Kopf gegen die offene Tür der Laderampe knallt. Es scheppert, ich ziehe scharf die Luft ein und rufe in Gedanken schon mal 112 an. Doch Romy reibt sich nur die beeindruckend rasch wachsende Beule und haucht ein überraschtes »Huch«.

»Mensch, Romy!«, schimpfe ich. »Du musst aufpassen.«

»Wir sollten sie nur mit Sturzhelm rumrennen lassen«, meint Juna, während sie eine erste Ladung Kram den Kiesweg entlang zum Haus trägt.

Ich blicke ihr nach und kann nicht anders, als mich erst einmal an dem wunderschönen Anblick des Gebäudes zu erfreuen. Die vielen Details der Schnitzereien in den Elementen aus Holz und die Butzenfenster haben es mir angetan, auch wenn die Farben bereits Blasen werfen. Das Dach hat sich offensichtlich dem Ostwind gebeugt, und die Gauben brauchen dringend einen neuen Anstrich, dennoch sieht das Haus einladend und warm aus.

Romy hat etwas Neues entdeckt, das ihre volle Aufmerksamkeit fordert. Ein altes Windspiel in einer Eiche, die ihre Äste gefährlich über das Dach des Hauses streckt.

»Romy, mach mal bitte langsam. Ich habe keine Lust, mit dir ins Krankenhaus zu fahren.« Wie vorgestern, als sie die Treppe hinabsegelte, im Arm einen kleinen Umzugskarton mit ihren Malsachen.

»Nach Lust geht das aber nicht, Mama«, zitiert sie meinen Lieblingssatz, den sie regelmäßig zu hören bekommt, wenn sie ihr Zimmer nicht aufräumen will. Ich stelle fest, wie blöd er ist, und lasse Romy nach den bunten Glaselementen angeln, die leise im Wind klingen.

»Ich dachte, du hast schon sauber gemacht?«, schallt es in diesem Moment aus der Scheune. Die blaue Tür steht offen. Als ich den Hof überquere und hinübergehe, kommt mir Juna entgegen und weist mit dem Daumen hinter sich. »Da drin sieht's aus ...« Sie packt meinen Arm, legt eine Kehrtwende hin und zieht mich hinter sich her durchs Scheunentor.

Ein paar funzelige Lampen beleuchten das Innere des Gebäudes. In den zwei Pferdeboxen zur Rechten stehen alte Fahrräder. Überall hängen Spinnweben, und in zwei Kaninchenställen liegt jahrealter Mist.

Ich zucke mit den Schultern. »Das Haus war schon genug Arbeit für eine ganze Kolonne«, berichte ich von einem Wochenende, das ich hier allein mit Wischmopp, Staubsauger und Kalksteinreiniger verbracht habe, während Juna einen Job in Berlin erledigte und Romy sich von ihrer Oma verwöhnen ließ.

»Schon gut«, winkt Juna ab. »Biste da schon mal durchgegangen?« Sie deutet auf die Tür, die den Stall vom bewohnbaren Haupthaus trennt. »Ich hab sie gerade probiert, das ist voll cool.«

Sie stößt die Tür auf, und wir treten in einen mit Terrazzoboden ausgelegten Flur, auf dem man ohne Weiteres tanzen könnte. Die Decken sind hoch und mit offener Balkenlage geschmückt. Links beugt sich eine Holztreppe, von der himmelblaue Farbe blättert, nach oben in den zweiten Stock. Herrlich kühle Luft hüllt uns ein. Der klare Vorteil von soliden Gemäuern.

Durch die Haustür kommt Romy hereingesprungen, ihre Hände müssen einfach alles berühren, was sie finden. Die wurmstichige Kommode neben der Garderobe, die Spitzenvorhänge vor den Butzenfenstern, die kunstvollen Klinken der weißen Türen und die Schnitzereien des Treppengeländers.

»Nicht nach oben, Romy. Wir haben das besprochen«, mahne ich, und sie tänzelt zurück. Ihr Tüllrock bauscht sich um ihre dünnen Beine, während sie versucht, ein Ballett nachzustellen.

»Ja, Mami. Ich weiß, dass dort noch alles kaputt ist«, antwortet sie. Allerdings scheint das Wissen nicht in ihren Füßen angekommen zu sein, denn schon sind sie erneut unterwegs und im Begriff, die Stufen zu erklimmen. Ich hebe den Zeigefinger. Romy bremst, bevor ich meckern kann, und zieht den erhobenen Fuß zurück.

»Das kann ja was werden.« Juna bindet sich ihre Haare zu einem Dutt und klatscht in die Hände. »Auf ins Gefecht!«

Ich bin noch dabei, den Gussofen zu bewundern, der sich in eine der Ecken duckt, als es hinter mir so jämmerlich knarzt, dass sich meine Nackenhaare aufstellen. Romy hat eine der vielen Türen, die links und rechts vom herrlichen Flur abgehen, aufgerissen, um den nächsten Raum zu erkunden: die Stube.

Sie und Juna kennen das Haus nur von Bildern – wegen eines kurzfristigen Jobangebots hatte ich den Besichtigungstermin im März ohne meine Schwester wahrnehmen müssen und war allein hingefahren. Natürlich hatte ich den beiden alles genauestens beschrieben, Romy hauptsächlich den Garten, die Obstbäume und Wiesen, Juna den Zustand des Erdgeschosses, der gar nicht mal so übel ist, wenn man bedenkt, dass das Haus bereits seit einem Jahr leer steht.

Etwas klirrt.

»Huch«, höre ich Romy sagen und zähle innerlich bis drei, um ruhig zu bleiben. »Na, wer wird denn da gleich den Kopf verlieren?«

Als ich die Stube betrete, versucht meine Tochter gerade, zwei Teile einer Porzellanpuppe zusammenzusetzen, die von der Vitrine gestürzt sein muss. Das arme Ding wird den Perserteppich verpasst haben und auf den Dielen aufgekommen sein.

»Romy, du musst besser aufpassen.« Keine Ahnung, wie oft ich ihr das schon gesagt habe. Es nützt genauso viel, wie den Regen aufzufordern, weniger nass zu sein.

Seufzend wuchte ich den Sack mit Teddys in ein kleines Zimmer mit Erker, das ans Wohnzimmer grenzt. Hier werden Romy und ich vorerst schlafen.

»Um das scheußliche Ding ist es nicht schade«, höre ich Juna murmeln, als ich an ihr vorbeikomme. Sie war von Anfang an nicht sonderlich begeistert, dass ich die Möbel und einiges an Tand des verstorbenen Vorbesitzers behalten habe. Doch ich fand den Gedanken grausam, dass diese persönlichen Dinge andernfalls einfach entsorgt worden wären.

Romy gibt ihren Rettungsversuch auf, lässt die Scherben auf dem Boden liegen und setzt ihre Erkundungstour fort. Im nächsten Augenblick ist sie halb im Kamin verschwunden, und ich schicke ein Stoßgebet gen Himmel, dass sie endlich müde wird.

»Die Tapete gefällt mir. So retrospektiv.« Juna schaut sich skeptisch um.

»Keine Sorge, die bleibt nicht. Braun mit winzigen rosa Blüten wirkt doch ziemlich erdrückend. Ich sehe hier eher den Stilbruch zwischen Alt und Neu.« Während ich überlege, gerate ich ins Schwärmen. »Helligkeit muss hier rein. Vielleicht machen wir einen Durchbruch zur Küche …«

»Ja, und wir könnten die Balkenlage offen legen wie im Flur. Die Decke ist hier viel zu niedrig.«

»Dachte ich mir auch. Jemand muss sie abgehängt haben, um Heizkosten zu sparen«, gebe ich die Einschätzung des Maklers wieder, bleibe vor dem Kamin stehen und betrachte das Schwarz-Weiß-Foto, das auf dem Sims steht. Es zeigt zwei Männer, die vor Eichenfässern posieren. Sicher Produkte aus der Brennerei.

»Hm, die Feuerstelle muss sich der Schornsteinfeger aber noch mal angucken. Nicht dass der gar nicht mehr betriebsbereit ist.« Juna tritt neben mich, wirft einen Blick den Kaminschacht hinauf, und während wir beginnen, über Strohputz und Feuersicherheit zu diskutieren, wird es verdammt still im Haus.

Zuerst fällt es mir gar nicht auf. Doch dann brüllt mich die Stille beinahe an.

»Wo ist eigentlich Romy?« Ich wirble herum, eile in den Flur und lausche. »Romy?«

Nichts.

»Scheiße!«, stößt Juna aus. Wir wissen beide, dass einige Gefahren auf dem Gelände lauern, die wir noch nicht besprochen haben. Im Haus, auf dem Hof, im Garten, auf den Obstwiesen und in den alten Ställen. Überall quasi. Eiswasser schießt mir durch die Venen.

Juna erklimmt die verbotene Treppe, hinauf in den ersten Stock. »Wirbelwind, wo bist du?«

Ich hetze durch den Flur zum Haupteingang, der wahnwitzigerweise auf der vermeintlichen Rückseite des Hauses liegt. Die mit Blumenmotiv verzierte Haustür in bemerkenswerten fünf Blautönen steht offen. Statt ihr die verdiente Aufmerksamkeit zu schenken, stürze ich ins Freie.

Ein kleiner Wald empfängt mich, das Blätterrauschen verschluckt meine Rufe. Ich trete die unebenen Stufen hinab, folge dem Pfad aus Kopfsteinpflaster, der durch das Wäldchen hinüber zu den Obstwiesen führt.

»Romy!« Ich renne voran, durch kniehohes vertrocknetes Gras, weiß nicht, wo ich zuerst suchen soll. Mein Blick fällt auf den Brunnen, und ich mache einen Hechtsprung darauf zu, als ließe sich dadurch irgendwas verhindern, das hoffentlich, bitte, bitte, nicht passiert ist. Ich starre in das Dunkel hinab, aus dem es mir modrig entgegenriecht. »Romy?«

Auch wenn ich den Grund des Brunnens nicht erkennen kann, bin ich mir sicher, dass sie nicht hier ist. Ich gönne mir zwei Sekunden Erleichterung, bevor meine Augen über die Reihen der blühenden Apfelbäume wandern, die von denen der Kirschbäume abgelöst werden. Ein Meer aus Rosa und Weiß, so weit das Auge reicht.

Ich drehe nach Westen ab, zu den Blaubeerbüschen. Sie bestehen aus wild ineinander verschlungenen anderthalb Meter hohen Zweigen – das perfekte Versteck für eine beinahe Siebenjährige.

Plötzlich höre ich ihre Stimme.

»Weißt du, was das ist?«, fragt sie. »Das ist mein neues Haustier. Und wenn die Fahrräder aus dem Stall sind, dann bekomme ich ein Lama, hat Mama gesagt.«

Wann hab ich ihr das denn versprochen?, wundere ich

mich, und mir dämmert, dass man nichts im Halbschlaf besprechen sollte.

»Weißt du, was Lamas können? Die können Wolle machen und sogar spucken. Ich darf nicht spucken, hat Mama mir verboten ... Und weißt du noch was? Ich hatte mal einen Hamster, aber der ist gestorben.« Es war das Trauma des letzten Sommers, als Romy das arme Tier aus Versehen in der Sandkiste beerdigte. »Hier, guck dir die Schnecke an«, fährt sie fort. »Die ist fast so hübsch wie mein Hamster. Weißt du, warum der tot gegangen ist?

»Lass mich raten«, höre ich eine weibliche Stimme antworten und schlage mich weiter durch die Büsche in Richtung Nachbargrundstück. »Du hast ihn totgequatscht, oder?«

Oha.

Romy holt ungerührt Luft und redet einfach weiter über Schnecken und Schleimspuren auf den Händen. Und tote Hamster. Sie entdeckt mich, als ich einen Pfad finde, und winkt mir fröhlich zu. »Mama, guck mal, ich hab 'ne Schnecke. Und die Tante da, die wohnt neben uns und hat einen Hund.«

»Hach, so eine freudige Überraschung«, begrüßt mich eine schlanke Frau mit Pagenschnitt und Doppelkinn. Sie trägt ein Jackett mit Schulterpolstermonstern der Achtzigerjahre und dazu dunklen Lippenstift. Sie muss so um die siebzig sein, vielleicht etwas älter. Ich werfe einen Blick über die hüfthohe Mauer. Ihr Hund, ein heller Mops, rutscht mit dem Hintern über den Boden zu ihren Füßen. Der Gute könnte wohl eine Wurmkur vertragen.

»Hallo, freut mich. Ich hoffe, Romy hat Sie nicht gestört«, entschuldige ich mich und lächle. »Ich bin Leni, die Mutter des kleinen Wirbelwindes.«

Während ich meine Hand ausstrecke, rennt Romy einem Schmetterling nach, hüpft über Brennnesseln und setzt ihre Schnecke auf einem Baumstumpf ab. Hoffentlich vergisst sie das Tier, ich möchte es nicht im Bett wiederfinden.

»Ach was, nein.« Die Dame winkt freundlich ab und erwidert meinen Händedruck über die Mauer hinweg viel zu stark. »Ich mache gerade ein bisschen Gartenarbeit, dabei sind wir uns ganz zufällig über den Weg gelaufen.«

Gartenarbeit? Kurz wundere ich mich über ihr dafür gewähltes Outfit, bis mich der Mops ablenkt, der schwer hechelnd zu mir aufblickt. Er schielt, und ich weiß nicht, in welches Auge ich gucken soll.

»Ich bin Hannelore von Groeben.« Das Lächeln ist herzlich, gleichzeitig scannen mich die flinken Augen der Nachbarin in Sekundenbruchteilen ab. »Und das ist Chantall de la Fleur.«

Was für ein Name!

»Leni Mondtag«, stelle ich mich mit einem Knicks vor. Keine Ahnung, warum ich das Gefühl habe, mich wie ein Untertan verhalten zu müssen.

»Auf eine gute Nachbarschaft«, gurrt Hannelore und hebt die dicke Mopsdame auf den Arm. Chantall rülpst. Vielleicht sollte es ein Bellen werden. Hannelore hält mir ihr Prachtbaby halb über die Mauer hin, damit ich ihr den Kopf tätscheln kann. »Nicht wahr? Sie ist eine ganz Brave. Mit aristokratischer Abstammung.« Hannelore beginnt einen Vortrag über Stammbäume und Zuchtlinien.

Ich schaue mich immer wieder nach Romy um, nicht dass sie sich gleich wieder in Luft auflöst. Oder doch noch in den Brunnen fällt.

»Ziehen Sie heute etwa schon ein?«, wundert sich Hannelore irgendwann und linst zum Hof hinüber, wo man das

Heck des Transporters vor dem Haus erahnt. »Wollen Sie gar nicht renovieren?«

»Doch, doch«, beeile ich mich und sehe gerade noch, wie Romy einen Ast herumwirbelt und im schönsten Schwung loslässt. Zielsicher knallt er in eine Scheibe des Gewächshauses, die in tausend Teile zerspringt. Verdammte Axt!

»Romy!«, brülle ich, was den Mops auf Hannelores Arm zusammenzucken lässt.

»Ich komm ja schon«, murrt mein Kind schuldbewusst, den Mund zu einer Schnute verzogen. Als sie mich erreicht, krallt sie sich an meinen T-Shirt-Saum und schmollt.

Hannelore sieht mich mitleidig an. »Sie haben bestimmt alle Hände voll zu tun mit der Kleinen.«

»Sie ist sehr lebhaft«, gebe ich zu. Meine Finger kraulen Romys Rücken, was ihre Schnute zum Schmelzen und ihren Körper zum wohligen Schütteln bringt.

»Ich bin ›Huch‹-begabt«, klärt meine Tochter unsere neue Nachbarin auf und grinst verschmitzt.

»Huch ist ihr Lieblingswort«, ergänze ich, und Romy kichert noch lauter. Ihre seelenvollen braunen Augen blinzeln zu mir hoch, und mir wird warm ums Herz.

»Na so was!« Hannelore stimmt in unser Lachen ein. Zumindest denke ich, dass es ein Lachen sein soll. Mopsdame Chantall pupst währenddessen ganz undamenhaft und erschreckt sich selbst.

»Haben Sie auch Kinder?«, rutscht es mir heraus, und ich merke sofort, dass ich einen wunden Punkt treffe. »Ach, das geht mich ja gar nichts an. Entschuldigen Sie bitte meine Neugierde.«

In der Ferne blitzt es. Schwarze Wolken verschlucken plötzlich die Sonne, und eine frische Böe trägt Apfelblüten zu uns herüber.

»Ist schon gut, Kindchen«, meint Hannelore, als sie sich gefangen hat. »Meinem Mann Dieter, Gott hab ihn selig, und mir war dieses Glück nicht vergönnt, müssen Sie wissen. Aber das ist vollkommen in Ordnung.« Sie lehnt sich an die Mauer. »Da ich sehr in die Dorfgemeinschaft eingebunden bin, habe ich auch so genug Hände zu halten, wenn Sie verstehen. Und ich habe Chantall.«

»O ja, natürlich«, sage ich, gefolgt von einem »Autsch!«, weil Romy mir auf den großen Zeh latscht, als sie mir den schwarzen Himmel mit seinen Blitzen zeigen will.

»Wenn Sie Hilfe brauchen, lassen Sie es mich doch wissen. Ich kenne einen Elektriker, einen Fliesenleger und einen Mann für alles sozusagen. Hier auf dem Dorf hilft man sich gern gegenseitig aus. Nicht wahr, mein Häschen?« Hannelore knutscht Chantall die dicke Nase. Dann sieht sie auf. »Oder macht Ihr Mann alles selbst?« Sie guckt hinter mich, wo Juna ihren Kopf aus einem der oberen Fenster des Hauses steckt.

»Ach, du hast Romy gefunden!«, brüllt sie uns über das Rauschen der Bäume hinweg zu und winkt. Ich winke zurück.

»Wir sind nur zu dritt«, antworte ich, und die Worte versetzen mir einen plötzlichen Stich. Alex fehlt mir. Immer noch. Und manchmal unerwartet heftig. »Meine Schwester, ich und Romy.«

»Ja, die Mondtag-Frauen«, ergänzt Romy und zupft erneut an meinem Pullover.

Hannelore keckert vor sich hin. »Ein Weiberhaushalt also. Wie schön!«

Der Stachel in meinem Herzen bewegt sich. Ganz leicht. Unwillkürlich berühren meine Finger die Narbe an meinem Kinn. »Ja, nur wir Mädchen.«

Mit einem Mal zerreißt ein heftiges Donnergrollen den Frieden des verträumten Gartens, und dicke Tropfen klatschen vom Himmel. Romy schreit auf, klammert sich an mein Bein, und ich hebe sie wie Hannelore den Mops auf meine Hüfte.

»Na gut, wir sehen uns bestimmt bald wieder«, verabschiede ich mich. »Und vielen Dank für Ihr Angebot. Ich werde bestimmt darauf zurückkommen.« Mit Romy auf dem Arm bahne ich mir einen Weg durch die Heidelbeersträucher.

»Jederzeit, Kindchen«, ruft Hannelore uns hinterher.

Im Haus und im Trockenen entdecke ich einen Wasserfleck auf der Tapete im Flur und ärgere mich, dass wir nicht Telefonnummern ausgetauscht haben. Irgendwo ist irgendwas nicht ganz dicht – sozusagen die erste Aufgabe für den Mann für alles sozusagen.

»Und, wie ist sie so?«, will Juna wenig später wissen. Sie ist dabei, Geschirr in den schiefen Küchenschrank zu räumen, und pfeift Kinderlieder vor sich hin.

»Och, ganz nett, glaub ich. Sie wohnt allein mit ihrem Hund in dem riesigen Klinkerbau mit den tausend Skulpturen.« Die müssen schweineteuer sein, die Dinger. »Sie ist auch Witwe.«

»Oh.« Juna mustert mich eingehend, ein Teller rutscht ihr aus der Hand und bricht entzwei.

»Ja, aber sie sagt, sie hat viele enge Kontakte zur Dorfgemeinschaft. Einsam wird sie nicht sein.« Zumindest macht sie nicht den Eindruck.

Die Stunden vergehen. Tropfen rinnen wie dicke Tränen übers Fensterglas. Die Bäume vor dem Haus biegen sich im Sturm, und eines der Windspiele, die zu gefühlten Hunderten in ihnen hängen, verfängt sich hoffnungslos in den Ästen.

Junas Hand legt sich auf meine Schulter, sie hält mir eine Tasse dampfenden Kaffee unter die Nase. Ich lächle selig. Sie weiß immer, was ich gerade brauche.

»Vielleicht haben wir ja Glück, und der Blitz schlägt ein. Dann können wir warm sanieren. Eventuell wird's dann billiger«, scherzt meine Schwester und setzt sich ans Fußende der weinroten Chaiselongue, auf der Romy erschöpft eingeschlafen ist.

»Schade, dass es jetzt so regnet«, hauche ich. »Eigentlich wollte ich dir den Obstgarten mit seinen märchenhaften Blüten zeigen. Und die große Wiese hinterm Haus, auf der sich die Bienenstöcke befinden.«

Juna gähnt, nippt an ihrem Kaffee. »Das läuft ja nicht weg. Am besten, wir räumen erst mal so viele Kisten aus, wie wir können. Und bauen die Betten auf.« Sie zieht ihre perfekte Braue hoch. »Ich schlafe auf gar keinen Fall in der alten Kiste – du weißt schon, das Ungetüm mit Bettwanzen in dem kleinen Zimmer dort drüben.« Sie deutet nach links in den Flur, von dem das ehemalige Schlafzimmer abgeht.

»Och, ich dachte, es träfe genau deinen Geschmack«, frotzle ich und bekomme einen Teddy an den Kopf. Kaffee schwappt auf meine Jeans.

»Du bist die mit dem Vintagefimmel, Leni.« Juna prostet mir mit ihrer Blümchentasse zu und lehnt sich zurück. Schweigend trinken wir aus und räumen anschließend einige Dinge in bestehende Schränke, nachdem wir den vorherigen Inhalt nach »kann weg« oder »ist zu gebrauchen« durchsortiert haben. Am Ende sind wir stolze Besitzer unzähliger Häkeltopflappen und uralter Kerzen in jeglicher Form.

Zum Glück habe ich schon vor Wochen alles gereinigt und gewienert und sogar Lavendelsäckchen überall verteilt, um den Geruch nach altem Mann und Holz in Schach zu halten. Es war offensichtlich, dass es der Vorbesitzer mit der Reinlichkeit nicht so genau genommen hat. Dafür besaß er einige Schätze, darunter einen alten Plattenspieler und tolle LPs aus den Sechziger- und Siebzigerjahren, die Juna sofort begeisterten.

»Du wirst übrigens nicht glauben, wen ich auf Tinder getroffen habe«, fällt ihr irgendwann ein, als ich die nächsten Kartons ins Haus gebracht habe.

»Wen denn?« Mein Rücken kracht, während ich eine Bücherkiste vor dem Regal abstelle.

»Anne. Sie ist zurück aus Brasilien«, plaudert Juna, als würde es sie nicht aufwühlen.

Ich weiß es besser. Mit den Fingern fahre ich die Buchrücken ab. *Pasta Amore* hat Alex mir geschenkt, als neckische Anspielung auf meine bescheidenen Kochkünste. Hoffentlich bekomme ich das mit den Likören und Marmeladen besser hin. Denn um die Marke »Die Mondtag-Schwestern – Märchenhafte Liköre und mehr« zu etablieren, müssen sie einfach magisch gut werden.

»Und, was sagt sie so?«, will ich wissen und denke an die junge Frau, mit der ich einmal ein gemeinsames Stück gespielt habe.

Juna zuckt die Achseln und widmet sich der Garderobe. »Nicht viel. Wir haben nur gechattet.« Sie macht eine Pause, bevor sie fortfährt: »Sie sieht noch genauso gut aus wie früher. Keinen Tag gealtert. Das ist so unfair.«

»Ach komm. Du tust so, als würdest du alt aussehen, du Küken.«

Juna deutet auf ihre Schläfe, auf die Stelle, an der sich ihre dunklen Haare ein wenig kräuseln. »Siehst du das?«, will sie wissen. »Das sind graue Haare. Und die sind erst gewachsen, nachdem wir drei zusammengezogen sind.«

»Du spinnst doch.« Ich werfe einen alten Hut, den ich soeben im Schrank gefunden habe, nach ihr, und sie fängt ihn im Flug.

»Sie will sich mit mir treffen«, erzählt meine Schwester weiter und wuchtet einen Stapel Jacken aus einem Karton.

»Und, wirst du?« Gespannt schaue ich sie an. Sehe, wie die Zahnräder ihres Hirns rattern, während ihr Herz zu einem gegenteiligen Schluss kommt als ihr Verstand.

»Och nö. Sie wird wieder nur über dich reden wollen. Meine fabelhafte Schwester.«

Ich lege den Kopf schief. »Juna, es tut mir leid, was damals war.«

»Du kannst doch nichts dafür, dass sie dich interessanter fand als mich. So was passiert im Leben.«

Die Erinnerung an diese Zeit, als meine Schwester das erste Mal so richtig verliebt war, huscht durch meinen Kopf. Ich hatte versucht, die beiden zu verkuppeln, was gehörig schiefging. Denn plötzlich, während ich Anne beriet, welche Musik Juna am liebsten hört, drückte sie mir einen Kuss auf den Mund.

»Trotzdem ist das alles ein mieses Durcheinander gewesen.«

»Ich kann Anne verstehen. Du bist einfach zum Anbeißen süß«, meint Juna und zwinkert mir zu.

»Oh, danke. Du siehst mich erröten, du Charmeurin.«

»Ja, und deshalb solltest du dich auch mal wieder verabreden. Mit Männern meinetwegen.«

Bei diesem Gedanken macht sich ein seltsames Gefühl

in mir breit. Es ist schön lebendig, aber auch bedrohlich. »Ach, ich weiß nicht. Ich möchte mich lieber voll und ganz auf Romy und unser Vorhaben konzentrieren. Männergeschichten haben da keinen Platz.«

»Du musst ja nicht gleich heiraten. Aber mal ordentlich vögeln wäre gesund.« Juna hält inne, überlegt einen Moment. »Zumindest wenn man sich gut schützt und so.« Sie faltet einen Rentierpullover für kalte Tage zusammen und schiebt ihn in das oberste Fach des handbemalten, in Türkis gehaltenen Bauernschranks.

»Melde dich doch auch mal bei Tinder an«, schlägt sie mir allen Ernstes vor.

»Das Schrottwichteln für einsame Herzen?«

»Das unkomplizierte Portal für die Befriedigung der Libido.«

»Was ist Libido?«, will Romy wissen, die aus ihrem Powernap erwacht ist und sich im Türrahmen stehend die Augen reibt.

»Erwachsenen-Kram«, antworte ich ihr und nehme sie in den Arm.

»Und weißt du, was noch Erwachsenen-Kram ist? Mit dem Transporter die nächsten Kartons aus der Wohnung holen.« Juna schaut mich fragend an.

»Na gut.« Ich suche den Autoschlüssel und blicke prüfend aus dem Fenster. Nachdem es so stark geregnet hat, dass die Regenrinnen übergelaufen sind und die Tropfen vom Boden nur so zurückspritzten, hat es nun endlich aufgehört. Die Vögel singen wieder ihre Lieder, und die Sonne gibt alles, um die Wolkendecke zu durchbrechen.

»Ich will mit Mama mitfahren«, verkündet Romy.

»Süßfratz, das kannst du mir nicht antun. Dann bin ich ganz allein in dem alten Haus.« Meine Schwester tut empört, und Romy lacht, als sie etwas an der Wand hinter Juna entdeckt.

»Du bist nicht allein«, meint sie. »Da ist eine ganz dicke Spinne.«

Eine noch dickere Diskussion später, ob es schlau ist, meine Tochter mitzunehmen, sitze ich ziemlich entnervt mit Romy im Wagen und versuche, ihn ohne nennenswerte Kratzer im Lack zurück auf die Straße zu bekommen. Gar nicht so leicht, wenn man rückwärts durch so einige Nadelöhre muss und das schöne schmiedeeiserne Tor später noch zu gebrauchen sein soll.

»Romy, sei mal bitte still. Ich kann mich nicht denken hören«, sage ich und lenke hin und her, den Blick auf den Außenspiegel geheftet.

Meine Tochter grölt *Das sind Bibi und Tina auf Amadeus und Sabrina* und denkt nicht daran, die Lautstärke zu drosseln.

Die Reifen drehen auf dem nassen Kies durch, dann kommt der wuchtige Wagen frei, und ich fluche zwischen zusammengebissenen Zähnen, als ich eine der schönen Stockrosen platt walze. Der hintere Teil des Fahrzeuges passiert knapp das Tor, ich schlage ein, meine ersten Fahrstunden vage vor Augen. Schon damals war ich eine Niete im Straßenverkehr.

Romy zerrt am Gurt, wippt unruhig mit den Beinen. Dann lässt sie das Fenster rauf- und wieder runterfahren.

»Schatz, sitz bitte still«, mahne ich sie. Im selben Moment säuft der Motor beinahe ab, ich lasse die Kupplung schnarren und trete aufs Gas. Ein Ruck geht durch das Fahrzeug, die Reifen finden festen Grund, und das Auto saust rückwärts.

Mein Blick streift den Rückspiegel, in dem plötzlich ein

schillerndes Hindernis auftaucht. Ein sehr großes Etwas, das sich bewegt. Panisch trete ich auf die Bremse.

»Huch!«, kräht Romy, als es im Laderaum scheppert.

»Sind Sie bescheuert?!«

Ich beuge mich nach vorn, um an Romy vorbei nach draußen blicken zu können. Ungläubig starre ich auf einen Mann, der auf einem strahlend weißen Gaul sitzt. Der Prinz hat offenbar Probleme, sein Pferd zu zügeln, das halb im Graben und halb vor dem Heck herumtänzelt.

Gottverdammt! Ich hebe entschuldigend die Hand und versuche zu lächeln. Seit dem Unfall mit Alex lässt jede Komplikation im Auto mein Herz rasen.

Endlich bringt der Prinz sein Pferd unter Kontrolle und lenkt es an die Beifahrertür heran. Romy macht große Augen und stiert den Schimmel an, dessen Reiter seinerseits zu uns hereinstarrt. Er sieht echt sauer aus, sodass ich seine Aufforderung, das Fenster zu öffnen, lieber ignoriere.

»Sie sind wohl nicht ganz sauber, Lady«, motzt er.

Romy singt weiter ihr Lied. Nur sehr viel schräger als zuvor, und meine Gedanken und die Fähigkeit zur Kommunikation verschwinden.

»Hey! Sind Sie sogar zu blöd, um sich wenigstens zu entschuldigen? Sie hätten mich umbringen können!« Eine steile Falte zeigt sich zwischen den Brauen des Prinzen. »Hallo?«

Ich weiß nicht, wie mir geschieht. Plötzlich bin ich in der Vergangenheit. In einem Unfallfahrzeug. Sehe Blut. Höre meinem eigenen Herzschlag dabei zu, wie er davongaloppiert.

»Hallo?!«

Ich schlucke schwer. Wut gepaart mit Verzweiflung stiehlt mir den Verstand. Mir bleiben genau zwei Möglichkeiten. Anfangen zu heulen oder angreifen.

»Blöde Kuh!«, ist mein Stichwort, und ich lege den ersten Gang ein, trete aufs Gas und zeige dem wütenden Prinzen auf seinem übersensiblen Gaul den Mittelfinger.

Toller Einstand ins Dorfleben, denke ich mir, als ich Romys verdutztem Blick ausweiche und sie gerade noch daran hindern kann, dem Mann ebenfalls mit dem Stinkefinger zu winken. Mir wird übel, während ich beobachte, wie Ross und Reiter aus meinem Sichtfeld verschwinden.

FRAUENPOWER UND JEDE MENGE SACHVERSTAND

Das hast du nicht gemacht!« Juna steht entsetzter Unglaube ins Gesicht geschrieben, als ich ihr am späten Abend zwischen den letzten Umzugskartons und zwei Flaschen Wein von dem Beinahezusammenstoß erzähle. Ich muss lachen, obwohl ich die Begegnung nicht komisch finde.

Sechs Wochen später genauso wenig. Wenigstens haben wir drei Mondtag-Mädels in der Zwischenzeit viel geschafft – sogar das Kunststück, den geliehenen Transporter heil bei der Spedition abzuliefern, woran Juna nach meinem »Anschlag auf den Prinzen mit Schimmel«, wie sie den Zwischenfall nennt, beharrlich zweifelte.

Darüber hinaus sind mittlerweile zwei Zimmer provisorisch bewohnbar, und die Küche hat einen neuen Anstrich erhalten. Juna meckert zwar immer noch wie ein Rohrspatz über die fehlende Spülmaschine, lobt aber unsere Produktivität. Und seitdem sie mit dem alten Plattenspieler die Hits der Fünfziger bis Siebziger spielen kann, hat sie gute Laune und schimpft wenigstens mit einem Grinsen im Gesicht.

Nun gilt es Tapeten abzukratzen. Sehr viele Schichten Papiertapeten, um genau zu sein. *Coconut Grove* von The Lovin' Spoonful begleitet unser Kratzkonzert. Die Wohnzimmerwände sind bereits kahl, die Möbel allesamt mit Folien und

Decken abgehängt. Bloß der Flur hat es in sich, genauso wie Junas Zimmer in spe.

»Das Zeug ist mit Teufelsspucke festgeklebt«, beschwert sich meine Schwester und bohrt den Spachtel in den Putz.

Ich hacke weiter auf eine Stelle ein, an der sich großflächig die Karomuster von der Wand lösen. Eine Seltenheit. Romy wandert mit einem Wassereimer den Flur entlang, befeuchtet die Tapeten mit einem Quast und spritzt Juna dabei nass.

»Romy, lass das. Tante Juna wird gleich sauer«, warne ich sie, woraufhin sie den Lockenkopf schief legt.

»Wieso, ist doch lustig.«

»Wir gucken gleich mal, wie witzig es wird, wenn ich den Eimer über dir leere«, brummt Juna, während sie von der Leiter steigt. Romy nimmt Reißaus und kommt auf den überall herumliegenden Tapetenresten gefährlich ins Rutschen, bevor sie vor Freude quiekend ins Wohnzimmer rennt. Mit Papierfetzen am Hacken, die sich überall verteilen.

Ich probiere es mit der Ignorieren-Taktik und klettere bis zur obersten Sprosse der Leiter hinauf. Juna, die Romys Eimer erbeutet hat, reicht mir den nassen Quast hinauf. Warmes Nass spritzt, als ich die Tapete damit zu bearbeiten beginne.

»Ich bin immer noch der Meinung, wir sollten einen Maler kommen lassen.«

»Das ist zu teuer. Wir brauchen noch früh genug Hilfe bei den anderen Gewerken«, erinnere ich meine Schwester daran, dass jeder Cent zählt. Und dass die Bäder, eines im Erdgeschoss und eines oben, und überhaupt das gesamte Obergeschoss mir Sorgen bereiten. Ich bin gespannt, ob ein Fachmann uns diesbezüglich helfen kann. Oder nur noch der Flachmann eine Alternative ist.

Juna seufzt. »Wir dürfen nicht vergessen, dass die erste Ernte im Obstgarten bevorsteht. Anfang Juli.« Sie zupft sich Tapetenreste aus dem blonden Haar und angelt nach einer Wasserflasche.

»Du meinst die Blaubeeren?« Die Earlyblue sind eine frühreifende Sorte Kulturheidelbeeren, die von Juli bis September fortlaufend geerntet werden können. Auch die Kirschen gehören zu den Frühen und werden bald nach Aufmerksamkeit schreien. Wenigstens die Äpfel lassen sich Zeit und sind schätzungsweise erst ab September reif.

»Ja, und wir müssen uns noch mit den Bienen beschäftigen.« Juna seufzt. »Die Summsebees machen schon viel zu lange ihr eigenes Ding, schätze ich. Doof, dass ich so gar keine Ahnung von den Biestern habe.« Sie trinkt einen Schluck Wasser und reibt sich die Stirn, bevor sie mit der Aufzählung unserer Baustellen fortfährt: Das Gewächshaus muss aufgeräumt und neu bepflanzt werden, wir denken an Kresse, Basilikum, Salbei und Thymian. Die Wiese sollte gemäht werden, und für das Obergeschoss brauchen wir einen Container für den ganzen Kram, der sich dort stapelt und vor sich hin schimmelt. Die wahre Katastrophe jedoch ist die alte Brennerei am Ende des Grundstückes – an sie reichen nur das Unglück *Fukushima* und die Hindenburg heran.

Bei meinem ersten Erkundungsgang bin ich nicht mal in den viereckigen Bau mit Schornstein hineingekommen, weil die Metalltür schief in den Angeln hing. Und als ich es mithilfe eines Wagenhebers und purer Entschlossenheit schließlich geschafft hatte, staunte ich nicht schlecht: Der Brennkessel, der für eine Menge von circa hundert Litern Maische ausgelegt ist, sieht noch gut aus, ebenso die Heizvorrichtung mit Holz und das Wasserbad. Der Dreck jedoch, in dem ich gefühlt bis zu den Knien stand, übertraf meine schlimmsten

Befürchtungen. Faulige Schlempe und Mäuseleichen hatten das Potenzial, mich in meinen Albträumen heimzusuchen.

Wenigstens haben wir bereits den Brunnen und die Bewässerung gesichert und den Raum für den Hofladen samt der Gewerbeküche in spe aufgeräumt und blank geputzt. Und der Kühlraum ist auch intakt.

Während ich in Gedanken versuche, den positiven Aspekten auf der Unser-neues-Leben-Liste mehr Gewicht zu verleihen als den Desaster-Punkten, klingelt es plötzlich an der Tür am Haupteingang.

»Ich geh schon«, zwitschert Juna und eilt durch den Flur, vorbei an den mit Laken verhüllten Möbeln.

Kurz darauf höre ich jemanden fragen: »Hallo, sind Sie Leni Mondtag?« Ein Mann mit angenehmer Stimme.

»Nein, aber wir benutzen denselben Föhn«, antwortet Juna und bittet ihn herein.

Als die beiden das Wohnzimmer betreten, lehne ich mich gerade gefährlich in die oberste Ecke des Raumes, um nach dem nächsten losen Zipfel der Tapete zu angeln. Ich schiele unter meinem Arm hindurch und will unserem Gast zur Begrüßung ein Lächeln schenken, da verliere ich beinahe das Gleichgewicht, als ich erkenne, wer uns besucht.

Der wütende Prinz.

»Das ist Leni, die Hausherrin«, eröffnet meine ahnungslose Schwester und deutet auf mich.

Ich möchte mich gern in Luft auflösen, steige stattdessen jedoch ungelenk von der wackligen Leiter.

»Man hat mir gesagt, Sie bräuchten Unterstützung beim Umbau«, höre ich Prinz Motz sagen und glotze etwas zu lang auf seine Schuhspitzen. Irgendwas schwingt in seiner Stimme mit, das ich nicht benennen kann. Spott? Feindseligkeit? Eine Herausforderung?

»Na, aber so was von«, springt Juna auf seine Worte an. »Sie kommen wie gerufen. Wir brauchen mehr als dringend zwei so starke Arme, wie Sie welche haben.« Sie strahlt ihn an.

Ein seltsames Grinsen zuckt um den Mund des Mannes, dem ich zuletzt den Mittelfinger zeigte. Er muss so um die vierzig sein, an den Schläfen blitzen wenige graue Haare durchs Dunkelblond, und auf seinem Gesicht zeigen sich feine Linien um Mund und Augen.

»Ach nein, wir kennen uns doch«, stellt er sich überrascht. Sein Grinsen verschwindet, die Brauen heben sich herausfordernd, und mir liegt bereits die Empfehlung einer guten Schauspielschule auf der Zunge, um seine stümperhaften Versuche zu verbessern. Ich presse die Lippen aufeinander.

»Hannelore von Groeben hat einen Rundruf im Dorf gestartet«, erklärt Prinz Laiendarsteller, als ich immer noch nichts sage. Vielleicht hätte ich lieber die Kleinanzeigen studieren sollen, statt mich auf unsere Nachbarin zu verlassen.

Alice, meine Rolle für jede Verlegenheit, wie Juna sie nennt, rettet mich schließlich: »Das ist ja echt voll total nett von Ihnen, dass Sie vorbeischauen, hähä. Toll, vielen Dank!« Ich beziehungsweise sie klettert rasch die Leiter hinunter, springt auf den verdutzten Prinzen zu und schüttelt ausgiebig seine Hand. Dabei schenkt sie ihm ein schrilles Lächeln.

»Romy, lass den Eimer stehen«, meint Juna nach einer Weile, in der sie sich sichtlich über die Verblüffung auf dem Gesicht unseres Gastes amüsiert. »Sie sind also das Allroundtalent, von dem Hannelore sprach?«

Einige Sekunden bleibt es so still im Haus, dass man die feinsten Tapetenfetzen fallen hören könnte. In der Ferne brummt ein Traktor. Irgendwo schlägt ein Fenster zu. Und Alice grinst Prinz Verdutzt weiterhin dämlich an. Ohne seine Hand loszulassen.

»Sachverständiger für Altbauten«, murmelt der Typ schließlich. Alice beendet ihren Handshake, und der Prinz reibt sich gedankenverloren die Hand, während er seinen Blick über mein Renovierungs-Outfit tanzen lässt.

»Toll, voll supi, das hört sich krass nach jemanden mit Sachverstand an«, kreischt Alice begeistert, deren Vorteil es ist, dass sie sich keine Gedanken um ihr Aussehen macht. Nie. Mir an ihrer Stelle wäre das Shirt peinlich, dessen Kragen ein tiefer Riss spaltet, der wiederum ein unvorteilhaftes Dekolleté zeigt. Und der oberste Knopf der Hose steht offen, weil Alice' Bauch zu dick ist. »Es tut mir übrigens voll ehrlich leid, dass ich Sie fast totgefahren hätte«, strahlt Alice, und ich bewundere einmal mehr, wie einfach sie sich entschuldigen kann. Mir fällt das ja immer ein wenig schwer ...

Bei Juna fällt der Groschen, und sie klatscht in die Hände. »Hahaha, das ist ja ein Zufall.«

»Ich wusste doch, wir kennen uns. Sie sind die Frau mit dem hübschen Mittelfinger.« Der Prinz hat offenbar seine Fassung wiedererlangt. Er verschränkt die Arme und schaut sich prüfend im Raum um. Sein Bizeps spannt sich unter dem Stoff seines Hemdes, und mir fällt ein Lederarmband auf, das um sein Handgelenk geschlungen ist. Es sieht aus wie die Ranken einer Kletterpflanze. »Übrigens finde ich es bewundernswert und toll, dass Sie beide sich getraut haben, dieses Schmuckstück zu kaufen.«

Komisch, ich hätte im Gegenzug für Alice' nette Worte eine Entschuldigung für die »blöde Kuh« erwartet. Aufflammender Trotz vertreibt Alice zurück dorthin, wo sie hergekommen ist und darauf wartet, dass ich ihr erneut die Bühne überlasse. Konfrontation kann sie nicht; überrumpeln ja, bissiger Schlagabtausch niente.

»Das war nicht meine Schnapsidee«, meint Juna inzwischen und reckt mir unauffällig den Daumen entgegen. Wie mir scheint, findet sie unseren Bauhelfer in spe attraktiv.

Also sehe ich genauer hin: Prinz Altbauexperte hat ein hübsches Gesicht, scharfe Züge und eine kleine Narbe unter dem rechten Auge. Ich vergleiche ihn mit Alex. Und was ich sehe, gefällt mir nicht. Das Hemd ist kariert, nicht wie Alex' schlicht und elegant. Der Bart ist unsauber rasiert, nicht wie Alex' geradlinig und wenige Millimeter kurz. Der Typ, beschließe ich, hat weniger was von einem Prinzen als von Lucky Luke.

»Darf ich?«, erkundigt er sich in diesem Moment und marschiert, ohne auf eine Reaktion zu warten, quer durchs Wohnzimmer. »Und wo ist die nasse Stelle, mit der Sie Kummer haben?«

Ich verkneife mir die Frage, ob er von Hannelore einen detaillierten Katalog zu unserer Baustelle bekommen hat, und deute in die Ecke mit dem Fleck, der die Form eines verkrüppelten Schmetterlings hat. »Im Flur ist auch so einer.«

»Oha. Haben Sie das Dach vor dem Kauf von einem Zimmermann prüfen lassen?« Während Lucky Luke den Fleck von mehreren Seiten begutachtet, fährt er sich durchs dunkelblonde Haar. Mir fällt ein Tattoo auf, das an seinem Schlüsselbein aufblitzt. Schwarz, vielleicht verschnörkelt, ich stelle mir vor, dass es Ornamente sind, die seinen linken Oberkörper bedecken und vielleicht sogar bis über die Schulter wachsen. Etwa doch ein Prinz? Mit Dornröschenranken?

Ich antworte auf seine Frage: »Nein, ich fand, es sah gut aus.« Von außen und unten.

Prinz Luke schreitet Raum für Raum ab, ganz bei sich. Ich komme mir beinahe störend vor, während ich ihm hinterherdackle, und muss daran denken, wie aufmerksam und zuvorkommend Alex mir gegenüber stets war. Bei unserem ersten Date hielt er mir die Tür auf, half mir aus dem Mantel und rückte mir den Stuhl zurecht. Ein echter Gentleman.

Dieses Exemplar Mann hingegen rennt mich in meinem eigenen Wohnzimmer nahezu über den Haufen. Hoppla! Er schreitet die Außenwand ab, dreht um und geht in die andere Richtung. Umrundet die eingehüllten Möbel. Als er irgendwann stehen bleibt, laufe ich fast in ihn hinein.

»Ich bin übrigens Henry«, lässt er mich wissen und schaut auf mich herab. Seine Augen sind sanft, fällt mir auf, irgendwas zwischen blaugrün und nordseegrau.

»Leni.« Um ein Haar reiche ich ihm die Hand, weil die erste Vorstellungsrunde ja an Alice ging. Im letzten Moment unterdrücke ich den Impuls und sage stattdessen: »Und wenn Sie nun die ›blöde Kuh‹ zurücknehmen, dann können wir sogar Freunde werden.«

Ein Lächeln blitzt, Prinz Lucky, der Unverschämte, wendet sich ab, klopft hier und da gegen Wände und Balken. »Das hätte ich wirklich nicht sagen sollen«, brummt er.

»Stimmt.«

Er dreht den Kopf zu mir und zwinkert linkisch. »Es ist schließlich noch gar nicht erwiesen, dass Sie blöd sind. Um das zu beurteilen, fehlen mir weitere Fakten. Auf jeden Fall sind Sie wagemutig, was Renovierungsprojekte angeht. Und das gefällt mir.« Er zieht einen Schraubenzieher aus seiner Gesäßtasche und bohrt damit in eine Raumecke. Putz bröckelt, und ich mache mir Sorgen, dass ich das Loch nie wieder zubekomme.

Im nächsten Raum schaue ich unserem Fachmann dabei

zu, wie er einfach ein Stück vom festverlegten Teppich abreißt und fröhlich in den alten Bohlen stochert.

»Der Boden hier muss raus«, meint er und lässt ganze Holzbrocken fliegen, die sein Schraubenzieher gelöst hat. »Hier sitzt Feuchtigkeit. Die Holzbohlen liegen sicherlich nur auf Sand, und so, wie es aussieht, sind die alle durchgegammelt.«

»Na, bis eben sahen die noch gut aus«, rutscht es mir heraus, was Lucky Sachverstand dazu veranlasst, sich zu erheben, mich zu der Stelle zu manövrieren, die er bearbeitet hat, und mir den Schraubenzieher in die Hand zu drücken. Seine Bewegungen sind präzise, wie bei einem Mann, der keine Scheu hat und sich durchzusetzen vermag.

»Probieren Sie's aus, wenn Sie mir nicht glauben.«

Ich tue, was er sagt. Das Holz fühlt sich tatsächlich wie aus Gummi an und gibt dem Metall sofort nach.

»Sehen Sie?«

»Das ist ja echt doof«, gebe ich zu und will gar nicht wissen, was ich sonst noch alles nicht bemerkt habe. »Ich hatte keine Ahnung; man hat mir versichert, die Substanz sei gut.«

Henry-Luke, der Glückliche, zuckt die Achseln. »Es ist halt ein altes Haus.«

»Na gut, sei's drum. Ich hoffe, das war es dann.« Mein unsicheres Lachen klingt hohl in meinen Ohren, und ich frage mich, wo Alice steckt, wenn man sie braucht. Oder noch besser jemand Cooleres. Womit ich bei der Frage ankomme, warum ich eigentlich Margaret Thatcher nicht im Repertoire habe.

»Das wage ich zu bezweifeln«, haut Henry raus. »Aber Sie haben ja jetzt mich.«

Okay, Memo an mich: Eiserne Lady etablieren. Ich straffe

meine Schultern. Kinn hoch, Rücken gerade. »Es macht Ihnen richtig Spaß, Leuten den Tag zu vermiesen, oder?«

»Man tut, was man kann.« Prinz Unverschämt zwinkert mir zu, und ich folge ihm weiter durch mein Haus.

»Und ich hatte schon ein schlechtes Gewissen, weil ich Sie und Ihr Pferd beinahe umgefahren hätte.«

Er stößt einen heiseren Laut aus. »Wie meinen Sie das? ›Beinahe‹?«

»Wie geht's dem Pferd?«

»Sundiver?«

»Wenn das weiße Ross so heißt.« Blöder Name.

»Gut. Und notieren Sie, dass die Türen einen neuen Anstrich brauchen.« Er deutet auf das abgeschrabbelte Holz der Küchentür. Prinz Henry, der Effiziente.

Ich verdränge den Gedanken an sein offensichtlich durch meine Aktion nicht traumatisiertes Haustier und lasse mein Hirn stattdessen mit Zahlen und Rechnungssummen jonglieren. Prompt wird mir schwindelig.

»Es war ja schon im Gespräch, dass die Stadt den Hof übernimmt und abreißen lässt, um ein Seniorenheim zu bauen«, erzählt Henry im Plauderton. »Ich für meinen Teil freue mich, dass es dazu vorerst nicht kommt.«

Vorerst?

Er schaut sich über die Schulter zu mir um. »Haben Sie die Eigenarten des Baustils entdeckt?« Irgendwie sind wir wieder im großen Flur angelangt. »Sehen Sie, allein die Vollholztüren sind mit so viel Liebe und Handarbeit gestaltet – so etwas findet man heute kaum noch. Und die Wandvertäfelung.« Ein Lächeln zuckt in seinem Gesicht. Ich erwidere es und behalte für mich, dass ich die Holzverkleidung eigentlich abreißen wollte.

Plötzlich steht eine Fremde mitten im Flur. Sie trägt ein

lila Pünktchenkleid, Glitzerspangen im kurzen Haar, einen riesigen bunten Lolli in der Hand und lächelt mich strahlend an. »Na, wer bist du denn?«

»Ähm«, mache ich. Irgendwie geht mir gerade alles zu schnell.

»Oje, darf ich mal?« Lucky Luke schiebt sich an mir vorbei und seufzt. »Karla, was machst du hier?«

»Gucken.«

»Wo ist deine Mutti?«

»Nicht hier.«

Henry brummt etwas vor sich hin, was sich nach »Immer dasselbe« anhört. Dann angelt er nach der Hand der Frau, die ähnlich alt sein muss wie ich, aber das Gemüt eines Kindes zu haben scheint. Sie entzieht sich meinem Handwerker in spe mit trotziger Miene und hält uns lieber ihren Lolli entgegen.

»Wollt ihr auch? Schenk ich euch.« Fusseln kleben an dem Zuckerkram, und ich lehne dankend ab. »Ist Gustav denn nun tot?« Die Fremde starrt auf eines der alten Bilder, die wir vom Vorbesitzer übernommen haben und die lose in einem Karton auf der wurmstichigen Kommode stehen. Das vorderste zeigt zwei Männer in der Brennerei. Einer von ihnen trägt eine Augenklappe.

»Das weißt du doch«, antwortet Prinz Unwirsch und hält Karla den Arm entgegen, in den sie sich einhakt. »Darf ich bitten?«, fragt er, und sie kichert. »Wir wollen doch nicht, dass Mutti sich Sorgen macht.« Und an mich gerichtet: »Ihre Mutter ist nicht mehr die Jüngste.«

Karla versucht sich an einem Modelgang, der Heidi Klum bestimmt Freude bereiten würde. »Ich bin ausgebüxt«, lässt sie mich wissen, als sie zu mir herumwirbelt und mit den Wimpern klimpert. »Karla macht so was.«

Ist ja ganz toll! Allmählich flackert Ärger in mir auf. Was macht diese Frau in meinem Haus? Und muss ich Verständnis dafür haben, wenn andere ihre Aufsichtspflicht verletzen?

»Karla, du weißt, dass du nicht allein spazieren gehen sollst«, tadelt Henry, woraufhin sie am Saum seines Hemdes herumzunesteln beginnt. Prinz Gelassen lässt es geschehen. Die beiden fangen ein Gespräch über Zuckerwaren an, in dem Henry ein Kompliment nach dem anderen für Karla einfällt. Er kann also auch nett sein. Gut zu wissen.

»Wie ist sie reingekommen?«, murmle ich, während ich ihnen zur Haustür hinterhertapere. Alle Türen sind geschlossen, und Juna wollte mit Romy in den Garten gehen, »dann kannst du unserem Sachverständigen in Ruhe das Haus zeigen«, zwinkerzwinker.

»Durch das Fenster«, antwortet Karla und grinst breit.

Mein Blick fällt auf den Vorhang am Fenster neben der Tür, der sich sacht im Wind bläht.

»Äh ... klar.« Memo an mich: Fenster nicht zum Lüften offen stehen lassen.

Als wir ins Freie treten, erscheint eine weißhaarige Dame mit Gehstock auf dem Hof und ruft nach ihrer Tochter. Henry schiebt Karla ein paar Schritte vorwärts, und ich bekomme gar keine Gelegenheit, mich vorzustellen, da er sofort kehrtmacht, uns beide ins Haus zurückmanövriert und die Tür einfach wieder schließt.

»So, wir sollten nicht noch mehr Zeit verlieren«, meint er. »Wo waren wir stehen geblieben?«

»Macht Karla das öfter? In Häuser einsteigen?«

Henry winkt ab. »Sie ist harmlos. Und meistens passen ihre Angehörigen gut genug auf sie auf.«

»Meistens?«

»Ja.«

»Wie beruhigend!«

Prinz Thema-beendet geht zur Treppe, prüft dabei die Stufen und poltert sie anschließend hinauf, als wollte er provozieren, dass er einbricht. Das Licht flammt auf, erhellt den schmalen Flur, von dem aus simplen Brettern gezimmerte Holztüren in verschiedene Zimmer führen, die alle miteinander verbunden sind. Die Räume wirken, als wären sie während einer Apokalypse von einem Tag auf den anderen verlassen worden. In einem steht ein Bett, die Decke ist zerwühlt, und auf dem Nachttisch liegt ein Kamm.

Lucky Luke hält sich lange im winzigen Bad auf, das sich in etwa über der Küche befinden muss. Von den niedrigen Wänden lösen sich zimtfarbene Fliesen, und in der auf Löwenfüßen stehenden Badewanne lebt der Schmutz. Zum Glück ist das zweite Bad unten zumindest einmal in seinem Leben saniert worden und einsatzbereit. Wenngleich wir es auf jeden Fall ebenfalls renovieren werden, weil vermutlich nie jemand einen Kalkreiniger benutzt hat.

»Na gut. Mein Stundenlohn liegt bei fünfunddreißig Euro, Nachbarschaftspreis«, murmelt Prinz Geschäftemacher vor sich hin. Er verlässt das Bad und zieht im Flur die knarrende Luke zum Dachboden auf. Die alte Holzleiter ächzt gefährlich unter seinem Gewicht, als er sie hinaufsteigt.

Ich folge ihm, ein Spinnennetz verfängt sich in meinem Dutt, und ich wische es hektisch fort. Juna meinte letztens, die Spinnen hier auf dem Land seien um einiges größer als ihre Artgenossen in der Stadt. Ich glaube ihr.

»Okay, kein Problem. Wann können Sie denn beginnen?«, will ich von Henry wissen und werde im nächsten Moment von seiner Taschenlampe geblendet. Dann erhellt sich der ganze Raum, als er an einer Schnur zieht und eine Reihe Glühbirnen aufflammt.

»Wow!«, hauche ich. Ich bin das erste Mal hier oben und muss unweigerlich an einen Horrorfilm denken, in dem ich mal mitspielte. Ein ruheloser Geist trieb sein Unwesen auf dem Dachboden eines Mehrfamilienhauses, weil seine Knochen in einem Koffer vor sich hin verwesten. Ich spielte die vorwitzige Schwiegertochter des Hausmeisters und überlebte die Story nicht.

»Nee, oder?«, sagt Henry spöttisch und mustert mich aus harten Edelsteinaugen. »Sie haben sich hier noch gar nicht umgeschaut?«

»Ich heb mir das Beste grundsätzlich für den Schluss auf«, kontere ich, und Prinz Ich-hätte-alles-besser-gemacht schüttelt den Kopf über mich und meine offensichtliche Naivität.

»Was ist – haben wir beide einen Deal oder nicht?«, vergewissere ich mich kühl, versuche, den aufkeimenden Unmut über seine Arroganz im Zaum zu halten, und reiche ihm die Hand, bereit zum Vertragsabschluss.

Er zögert und mustert mich. Auffordernd lasse ich meine Finger wackeln.

»Sie müssen wissen, ich kann sehr direkt und genau mit meinen Anweisungen sein.« Lucky Lukes Hand drückt meine, sie ist rau und warm.

»Ähm, *Ihre* Anweisungen? Ich dachte, Sie sind mein Angestellter und tun, was *ich* beauftrage?«

Diesmal lässt er mich nicht los – vielleicht um sich für Alice' Drei-Minuten-Handshake zu revanchieren –, zieht mich sogar etwas näher zu sich heran, sodass ich einen Hauch Minze wahrnehme.

»Nicht zwangsläufig«, lautet seine Antwort. Sein Gesicht liegt im Dunkeln, doch ich meine, ein Lächeln aus seiner Stimme herauszuhören. Meine Finger prickeln.

»Na gut, möge der Stärkere das Zepter der Macht übernehmen«, plappere ich nervös. Der leise Sog seiner Anwesenheit macht mich nervös. Ich überlege, ob ich Alice das Ruder überlassen soll, als irgendetwas Henrys Interesse erregt und er mich endlich freigibt. Ich weiche ein paar Schritte zurück.

»Sie wohnen hier übrigens nicht allein, wie mir scheint«, meint er belustigt.

»Sehr witzig.« Ich ducke mich unter etwas Undefinierbarem hindurch, das von einem Balken baumelt.

Henry schaut sich zu mir um, blendet mich mit seiner Taschenlampe, und mein Fuß bleibt an etwas hängen.

»Verdammt!« Ich rudere mit den Armen und werde von Lucky Luke aufgefangen, bevor ich stürzen kann. Als hätte er mich verbrannt, mache ich mich von ihm los und blicke beschämt zu Boden.

»Es ist gar nicht mal so ungefährlich hier oben«, meint Prinz Reaktionsschnell, und ich spüre etwas in mir summen. Vielleicht habe ich Bienen im Bauch.

»Ja, voll mega hier, total gut, dass Sie aufgepasst haben!« Alice grinst Henry in ihrer bewährten Art an, und Verwirrung schleicht über sein Gesicht. »Was sind das denn für Mitbewohner, von denen Sie eben gesprochen haben? Nichts Schlimmes, oder? Weil ... boah, nee, also, was Kompliziertes geht jetzt nicht auch noch.«

Dieses Mal fasst sich Henry schneller. Er ignoriert Alice und leuchtet neben meine Füße. Sägemehl liegt auf den dicken dunklen Eichenbohlen. Ich folge dem Lichtkegel, der am Gebälk entlangfährt, und Henry deutet auf winzige Löcher.

»Sie haben einen Holzwurmbefall. Nicht ungewöhnlich, aber die betroffenen Hölzer müssen behandelt und möglicherweise ausgetauscht werden.« Prinz Lapidar zählt verschiedene Methoden auf. Und was so etwas kostet.

Mir wird übel. Aber was ist schon eine ordentliche Renovierung, wenn sie nicht in einer Sanierung endet?

»Alles in Ordnung?«, filtere ich irgendwann seine Stimme zwischen meinen lauten Gedanken heraus.

»Ja, klar. Der Sauerstoff ist nur etwas dünn hier oben.« Ich fächere mir Luft zu und setze mich auf eine alte Holzkiste mit Eisenbeschlägen. Sie knarzt unter meinem Hintern. Henrys Miene schwankt zwischen belustigt und besorgt.

»Kommen Sie. Ich kümmere mich später um alles, mache eine Auflistung der Mängel und schreibe meine Vorschläge dazu auf.«

Zögerlich erhebe ich mich.

»Schön langsam«, bittet Henry. »Ich bin gleich hier, falls Ihnen nicht gut ist.« Er steigt vor mir die Treppe hinab.

»Damit ich weich falle? Sie sind ja doch nicht so übel, wie ich dachte.« Ich ernte ein Schnaufen.

Auf dem Weg zur Haustür schweigen wir, und ich werde das Gefühl nicht los, dass Prinz Nachbarschaftspreis es bereits bereut, hergekommen zu sein. Und dass er vielleicht sogar überlegt, wie er aus der Nummer wieder rauskommt.

»In der nächsten Zeit habe ich kaum Termine und bin ab morgen hier. Stellen Sie sicher, dass ich auch spontan ins Haus kann, um zu arbeiten. Ich nutze gern freie Zeitfenster, bis auf sonntags. Da habe ich frei.« Ein gewisser Unmut schwingt in seiner Stimme mit.

»Klaro. Ich wette, sogar Sie haben ein Privatleben. Mega!« Mein Lächeln verkrampft. Ich sollte unbedingt mal wieder in meinem Job arbeiten. Und verhindern, dass Alice kommt und geht, wie es ihr passt.

Lucky Luke bleibt neben der Haustür stehen. Seine Brauen schnellen in die Höhe. »So ist es, woher wissen Sie das bloß?« Er wendet sich ab und tritt hinaus. Warmer Sommerwind fegt ins Haus. Ich habe Mühe, ihm standzuhalten. »Na denn.« Ohne mich noch eines Blickes oder eines anständigen Lächelns zu würdigen, schreitet er von dannen, der komische Kauz.

Juna taucht auf, linst an mir vorbei.

»Hab ich was verpasst?« Sie winkt Prinz Grußlos hinterher. »Vielen Dank fürs Vorbeischauen«, ruft sie ihm nach.

Er stapft, die Hände in den Hosentaschen vergraben und mit gesenktem Kopf, durch den kleinen Wald davon. Ich beobachte, wie er den Schlenker zum Kiesweg macht, der nach vorn zur Hofauffahrt führt.

»Der fährt einen Ford Mustang«, höre ich Juna anerkennend sagen.

»So ein Prolet.«

»Aber ein recht hübscher Prolet – mit einer geilen Karre!«

Ich schließe die Tür und gleich auch mal das noch offene Fenster im Flur. Sicher ist sicher. Von irgendwoher kommt Romy angewuselt.

»Was ist ein Prolet?«, will sie wissen. Ihr Finger steckt in der Nase irgendwo auf dem Weg zum Hirn.

»Ähm – so was wie ein Athlet.«

Ernsthaft? Ich werfe meiner Schwester einen strengen Blick zu, sie hebt entschuldigend die Schultern. O Mann!

»Was ist ein Athlet, Mama?« Romy schlingt ihre Arme um meine Mitte, und ich drücke sie zurück, bevor ich mich losmache, um zu Leiter und Werkzeug zurückzukehren, damit wir weiterarbeiten können.

»Eine Sportskanone«, antworte ich.

»Und? Macht die Sportskanone alles wieder heile? Kann

die das überhaupt?« Romy sieht skeptisch aus. »Wenn die Kanone nur Sport macht?«

Ich weiß, an wen sie denkt. An Onkel Herbert, der seine gesamte Freizeit in der Muckibude verbringt und zu Hause nicht mal den Rasenmäher ankriegt. Zumindest erzählt meine Mutter das jedem, der es hören will, über den Mann ihrer Schwester. Und betont jedes Mal, wie froh sie ist, dass sie nie geheiratet hat.

»Na, das will ich mal hoffen.« Ich greife mir den Spachtel. »Wenn nicht er, wer dann?«

»Na wir, Mama«, meint meine Kleine und reckt den Daumen. »Wir drei sind ein Driemtiem und haben die Mondtag-Frauenpaua!« Sie sieht so unbekümmert aus und fröhlich, dass es mich ansteckt.

Bis sie sich den Quast schnappt und beim Eintauchen ins Wasser den Eimer umkippt.

»Huch!«, sagt sie. Ein Schwall Nass ergießt sich auf den Terrazzoboden. Juna macht sich sofort daran, die Flut einzudämmen, während der Song *Cruel to Be Kind* von Nick Lowe sie begleitet.

Was ist Frauenpower schon gegen Sachverstand?

Die Petrischale der Menschheit

Am nächsten Montagmorgen habe ich einen Impftermin für Romy. Die Einschulung rückt näher, und ich habe die Auffrischung für Tetanus, Keuchhusten und Diphtherie total verschwitzt. Das will ich unbedingt vor Ende der Sommerferien nachholen. Meine gewitzte Tochter hat natürlich keine Lust dazu und die Küchenuhr so verstellt, dass wir schließlich Hals über Kopf von der Blaubeerernte losmüssen. Zeit ist eben nicht immer relativ.

Nach nur fünf Minuten im Wartezimmer, der Petrischale der Menschheit, werden wir von einer freundlichen jungen Frau ins Behandlungszimmer gebracht. Romy hängt sich mit ihrem ganzen Gewicht an mich wie ein Mühlstein, und ich könnte sie würgen. Metaphorisch gesehen.

»Romy, benimm dich mal«, keuche ich und bemerke den Arzt an seinem Schreibtisch erst gar nicht. Aus der Stadt sind wir es gewohnt, nach drei Stunden im Wartezimmer im Behandlungsraum eine weitere Ewigkeit auf die Götter in Weiß zu warten. Deshalb zucke ich zusammen, als er plötzlich sagt: »Romy Mondtag! Was für ein zauberhafter Name!«

Romy erschrickt ebenfalls, ruckartig stellt sie sich aufrecht hin und schaut sich um. »Das bin ich«, antwortet sie, während ich mir unauffällig meine Bluse zurück in den Hosenbund stopfe. Als ich den Blick hebe, stockt mir der Atem.

Der Arzt trägt die gleiche Brille, wie Alex sie trug. Rund mit schwarzem Gestell. Und überhaupt hat er eine enorme Ähnlichkeit mit meiner großen Liebe. Etwas in der Brustgegend brennt, als hätte ich Schorf von einer Wunde abgerissen.

Mit einer freundlichen Geste bittet der Mann uns, Platz zu nehmen, und reicht erst Romy und dann mir seine Hand. »Freut mich sehr, Sie beide kennenzulernen«, meint er. »Und ganz besonders dich, Romy.«

Ich kann nicht antworten.

»Ich bin Dr. Klein.« Er wirft einen Blick auf seinen Computer. »Ah, Romy. Du wirst bald zur Schule gehen?«, fragt er nett und lächelt.

»Ja, da kann man nichts machen«, antwortet meine Tochter.

Währenddessen ärgere ich mich, dass wir keine Zeit mehr hatten, uns umzuziehen. Auf Romys T-Shirt prangt ein Blaubeerfleck in der Form von Alaska, und meine Haare sind schlampig auf dem Kopf zusammengebunden. Was macht das denn für einen Eindruck!

Dr. Klein wiederholt seine Handbewegung, und wir setzen uns auf die mit Leder bezogenen Stühle vor seinem Schreibtisch.

»Ich wette, es wird dir ganz viel Spaß machen«, meint er.

»Und ich wette, Sie können das gar nicht wissen«, antwortet Romy. Ich überlege, ob ich ihre Ausdrucksweise bewundern oder mich schämen soll. Hm, vielleicht geht beides.

Dr. Klein jedenfalls lacht über Romys spitze Zunge, und ich atme erleichtert auf, denn das tut längst nicht jeder. Er zwinkert mir sogar zu, um die Situation aufzulockern. Ich fürchte, ich sehe aus wie kurz vor einem Schlaganfall. Oder mittendrin.

»Wie geht es dir denn heute, Romy?«, wendet sich der Arzt wieder an meine Tochter.

Sie überlegt. Währenddessen lasse ich den Blick durch den Raum und über die Regale wandern. Ich finde Lehrbücher, Bilder von Winnie Puuh an den Wänden und eine Schallplattensammlung. Eher Rock und Pop aus den Achtzigern als Klassik, die Alex so mochte.

»Noch ganz gut.« Romy greift nach meiner Hand und drückt meine Finger. »Und ich hab einen Wackelzahn.« Zum hundertsten Mal heute schiebt sie mit der Zunge den rechten oberen Schneidezahn so weit nach vorn, dass die Zungenspitze zum Vorschein kommt. Ein Anblick, der mir schon beim Frühstück den Appetit verdorben hat. »Kannst du den rausmachen für die Zahnfee?« Hoffnungsvoll guckt meine Tochter Dr. Klein an.

Ich will mich einmischen und sagen, dass es noch viel zu früh ist und Dr. Klein außerdem kein Zahnarzt sei, da sagt er einfach: »Lass mich mal gucken«, und winkt meine Tochter zur Behandlungsliege hinüber.

Zuerst horcht er Romy routiniert mit dem Stethoskop ab, untersucht die Lymphknoten und stellt mir Fragen zu unserem Umzug aufs Land. Nie hätte ich gedacht, dass der Buschfunk bis in den nächstgrößeren Ort reicht.

»Ich bin in Auen aufgewachsen«, erklärt er, als er meinen fragenden Blick auffängt. »Sie haben sich wirklich ein wunderschönes Fleckchen Erde ausgesucht, mein Kompliment.«

»Es war Zeit für eine Veränderung.« Ich zucke mit den Achseln.

»Kannst du den Zahn rausmachen?«, will Romy noch mal wissen, und der Doktor leuchtet mit einem Lämpchen ihre Kauleiste ab.

»Nein, da hat deine Mama schon recht – das ist noch zu früh, Kleines«, sagt er, und Romy schmollt. »Haben Sie bereits Anschluss im Dorf gefunden?«

Ich brauche einen Moment, bis die Frage bei mir ankommt, denn ich rätsle noch, wie alt der Doc wohl sein mag. Etwas älter, als Alex jetzt wäre? Mitte vierzig?

»Ein wenig«, erwidere ich schließlich. »Ich muss gestehen, dass wir noch sehr mit der Renovierung beschäftigt sind, und jetzt kommt auch noch die Ernte dazu. Bis auf die direkte Nachbarin haben wir bislang niemanden gesprochen.« Abgesehen von Lucky Luke, aber den lasse ich weg. Warum auch immer.

»Ach, das kommt sicher bald. Es gibt, soweit ich weiß, sogar Kinder im gleichen Alter wie Ihre Tochter in Auen.«

»Oh, das ist gut zu wissen«, freue ich mich und beobachte, wie der Arzt die Spritzen auspackt. Romy entgeht es ebenfalls nicht, und sie versucht zu flüchten. Ich stelle mich neben sie, verhindere, dass sie von der Liege hüpft.

»So, Romy. Nun gibt es einen ganz kleinen Piks, und dann darfst du dir aus der Schüssel auf dem Tisch einen Aufkleber nehmen.« Dr. Klein lockt mit dem Glasbehälter und in Tierform gehalten Stickern.

»Ich darf keine Geschenke von Fremden annehmen«, fällt meiner Tochter ausgerechnet jetzt ein.

Ich schmunzle. »Ich bin ja dabei, heute darfst du«, flüstere ich und hauche ihr einen Kuss auf die Locken.

Die Nadel kommt schneller, als wir ahnen. Zielsicher findet sie Romys Oberschenkel, und schon ist die Attacke vorbei. Romy zuckt, ihre Augen weiten sich. Und die Sirene geht los.

»Romy, es ist doch schon fertig.« Ich nehme sie auf den Arm. Dr. Klein sieht irritiert aus, als die Frequenz des Geschreis schmerzhaft wird.

»Sie ist sehr sensibel«, versuche ich das Theater zu rechtfertigen und trage mein Vorschulkind wie ein Baby umher. Wiege sie ein wenig.

Ich schiebe dieses eigentümliche Verhalten, das sie manchmal an den Tag legt, auf die schwierige Schwangerschaft. Wer kann schon sagen, wie viel ein Fötus im Mutterleib mitbekommt? Der Unfall, die Panik, die langen Wochen im Krankenhaus. Die Plazenta hatte sich teilweise gelöst, und ich durfte bis zur Geburt nicht aufstehen. Außerdem hatte ich mehrere Knochenbrüche und eine Gehirnerschütterung. Ganz zu schweigen von der Trauer, die mein Herz in kleine Stücke zerriss. Und dem Umstand, dass die Ärzte mir verboten, zu Alex' Beerdigung zu gehen. Obwohl ich einsah, dass sie recht hatten, brachte es mich fast um den Verstand. Ich konnte mich nicht von meinem Ehemann verabschieden, hatte das Gefühl, ihn im Stich zu lassen auf seinem letzten Weg. Bis heute reizt es meine Tränendrüsen, wenn ich daran denke.

»Hey, Romy. Greif mal ordentlich zu.« Dr. Klein hält ihr die Glasschüssel unter die Nase.

Romy schluchzt, wischt sich Rotz mit dem Ärmel fort und verlangt: »Lass mich runter, Mama.« Sie greift gleich mit beiden Händen zu, und ich lächle entschuldigend.

Dr. Klein setzt sich wieder an seinen Schreibtisch. Ich bevorzuge es, wie ein Depp mitten im Raum stehen zu bleiben, da sich immer mehr Fetzen der Erinnerungen an das Krankenhaus in mein Hirn schieben.

»Nun gut, das wäre geschafft. Dann bleibt nur noch die U9. Die fehlt im Untersuchungsheft Ihrer Tochter«, informiert mich Dr. Klein. Sein Blick ruht eine Weile nachdenklich auf meinem Gesicht. »Dafür können wir gleich am Empfang einen Termin machen.«

Romy schüttelt den Kopf, sie verpasst mir einen Tritt.

»Romy, jetzt reicht's aber«, schnauze ich sie an und könnte glatt aus der Haut fahren.

Dr. Klein analysiert hübsch weiter, schenkt mir aber trotzdem ein überraschend liebes Lächeln. Mir fallen seine Augen auf, die dunkel sind, sehr dunkel, sodass mir einfällt, was ich mal irgendwo über Braunäugige gelesen habe. Dass nämlich der Farbstoff in ihrer Iris eine Art natürlicher Sonnenschutz ist und Dunkeläugige deshalb weniger lichtempfindlich sind. Dr. Klein trägt also quasi eine Sonnenbrille direkt im Auge. Cool.

»Kein leichtes Alter, nicht wahr?«, meint er unterdessen, und ich schaue mich auf dem Schreibtisch um. Suche nach Hinweisen darauf, ob er Familie und Kinder hat.

»Das können Sie laut sagen. Zurzeit ist alles ein wenig turbulent.« Ich finde keine Fotos in Bilderrahmen, die mir etwas verraten könnten, und beschließe, dass das besser ist als ein Schnappschuss von einer bildhübschen Ehegattin mit drei ganz wunderbaren Kindern.

»Das verstehe ich. Wenn es mir mal zu viel wird, kehre ich gern im *Salitos* hier im Ort ein. Ein heimeliger Mexikaner und absoluter Geheimtipp.« Dr. Kleins Blick wird plötzlich scheu. »Ich bin jeden Dienstag um neunzehn Uhr da.«

Romy zieht mich zur Tür, sie hat keine Lust mehr. Und während ich noch überlege, warum mir der Kinderarzt seine Feierabendgewohnheiten verrät, knallt mir meine Tochter die Tür vor den Kopf.

»Danke für den Tipp. Mal gucken, wann ich mir Freizeit gönnen kann«, nuschle ich, Sterne vor den Augen, die den mit bunten Tieren bemalten Flur verschwimmen lassen. Plötzlich ist mir dieser ganze Besuch in der hübschen Praxis so furchtbar peinlich, dass ich nur noch wegwill. Ohne einen

Termin für die nächste Untersuchung zu vereinbaren, stürze ich nach draußen. Das geht ja auch telefonisch, sobald ich wieder klar denken kann.

»Wie geht's der Kröte?«, will Juna etwa eine halbe Stunde später von mir wissen, als wir zu ihr in die Blaubeerbüsche kommen. Bestimmt zwanzig Eimer mit gepflückten Beeren reihen sich auf. Die Vögel zwitschern in dem nahen Wäldchen, irgendwo hämmert ein Specht wie verrückt seinen Schnabel auf Holz.

»Sehr gut – wir waren noch Eis essen, jetzt hat sie eine Zuckerüberdosis.« Ich versuche, auf Romy zu deuten, versage jedoch in der Zielerfassung, da sie umherwirbelt, als hätte sie eine Duracell im Hintern.

Juna geht in einem der Büsche auf die Knie, zupft vorsichtig weiter. »Und der Piks?«

»Gekreische wie immer.«

»Gar nicht wahr«, verteidigt sich Romy, die in diesem Augenblick an uns vorbeisaust und immer noch verweinte Augen hat. Den Mund voller Blaubeeren, sieht sie jedoch ganz glücklich aus.

»Ich dagegen hatte eine Begegnung der dritten Art«, gebe ich zu, und Juna blickt mich an.

»Ist der Arzt ein Alien? Von welchem Planeten?«

Ich schnappe mir einen leeren Eimer, drehe ihn um und setze mich. »Irgendwie schon. Er sieht Alex verdammt ähnlich. Verrückt war das.«

»Oh, Süße«, haucht Juna und kämpft sich durch die Zweige zu mir. »Wie geht's dir damit?«

In all den Jahren, die Alex bereits fehlt, hatte ich immer mal wieder dieses Gefühl, ihn überall zu sehen. In der Bahn, im Park, auf einem Fahrrad, das an mir vorbeirauschte, oder inmitten von umhereilenden Menschen in der Fußgängerzone.

»Gut. Es geht mir erstaunlich gut, auch wenn ich mich ein bisschen komisch gefühlt habe.« Während ich das sage, fällt mir auf, dass ich lange nicht mehr von Alex geträumt habe. Zumindest nicht mehr so intensiv wie zuvor. Das sollte mich nicht ängstigen, oder?

»Das glaube ich dir.« Junas Finger huschen über meine Wange. Eine Geste, mit der sie mich, schon als wir Kinder waren, tröstete. Ich lächle sie an und tauche meine Hände in die Blaubeeren im Eimer neben mir. Sie sind prall und fest, wenige haben matschige Stellen oder Fressschäden.

»Na, dann will ich mich mal nützlich machen.« Ich stehe auf, zupfe beiläufig ein Büschel Unkraut, das sich zwischen den Büschen breitmacht, und lächle ein kleines bisschen. Wie schnell die Beeren gereift sind, denke ich. Eben noch erbsengroß und blassrosa und nun dunkel und reif. Es fühlt sich an wie ein Versprechen auf Glück. So hätte es Alex interpretiert. »Ich werde die ersten Eimer in die Küche bringen und alles fürs Einkochen vorbereiten.«

»Genau, tu endlich mal was. Ich kann ja nicht die ganze Arbeit allein machen.« Juna tätschelt mir den Hintern, taucht erneut in die Büsche und pflückt weiter. Behutsam und geschickt.

»Huhu«, macht es plötzlich von der Mauer her. »Ihr seid ja fleißig! Das sieht man gern.«

»Hallo, Hannelore«, begrüße ich unsere Nachbarin, die immer auftaucht, sobald einer von uns draußen ist. Gestern hat sie Juna einen Vortrag über das sachgemäße Beschneiden der Blaubeerbüsche im Frühjahr gehalten, den wir ja leider verpasst haben. Und sie machte kein Geheimnis daraus, dass sie es uns nicht zutraut, es richtig zu machen. Wir sähen nicht so aus wie Menschen, die dafür geschaffen seien.

Ganz ehrlich, wie schwer kann es schon sein, ein paar Zweigchen abzuknipsen? Ich habe mir etliche Youtube-Videos zum Thema angesehen. Das sollte reichen.

»Ja, wir geben unser Bestes. Und die Ausbeute ist sehr gut«, unterstreiche ich.

Hannelore stützt sich auf den Rand der Mauer, lässt ihren Blick über die Eimer schweifen und schnalzt mit der Zunge. Ihr feines Kostüm spannt über ihren Brüsten, als sie sich noch weiter nach vorne beugt, um besser sehen zu können. Ihr Mops Chantall springt kläffend an ihr hoch.

»Dafür, dass die Obstplantage zwei Jahre lang sträflich vernachlässigt wurde, sieht es wirklich ganz gut aus. Trotzdem verzeichnete der Vorbesitzer stets einen deutlich größeren Ertrag als ihr.«

Ich greife die Eimer und hieve sie auf Romys alten Bollerwagen.

»Und? Hat sich ein Handwerker bei euch gemeldet?«

»Ja, vielen Dank noch mal.« Ich bücke mich nach ein paar hinuntergefallenen Beeren.

»Wer ist denn gekommen?«, hakt Hannelore nach. »Ihr müsst wissen, ich hab die Anfrage beim Jäger Jörn Karstens gestellt. Und er meinte, er leitet sie weiter an die Jungs, die dafür infrage kämen.« Sie wippt auf ihren Hackenschuhen, während sie plaudert.

»Ein Henrik oder Erik oder so.«

»Henry?« Hannelores dunkel nachgezogene Brauen schnellen in die Höhe, und ich frage mich, ob ich einfach zu lang unter Frauen lebe oder warum sonst mich in letzter Zeit alle Männer so verlegen machen.

»Hach, du meine Güte! Das ist ja was«, meint Hannelore

inzwischen. Der Unterton, mit dem sie ihre Worte würzt, kommt mir komisch vor, aber ich hake nicht weiter nach, weil mein Handy in der Hosentasche brummt und ich eine SMS von meiner Freundin Hanna bekomme, die Verbindungen zu einigen Restaurants und Gaststätten in der Umgebung hat, die Interesse an Likören haben könnten. In Zukunft.

»Als Vermittlungspauschale würde ich ein paar Gläser von eurem Blaubeergelee akzeptieren«, fügt Hannelore an. »Ihr kocht doch ein?«

»Aber unbedingt. Blaubeeren sind das neue Superfood«, behaupte ich und stecke das Handy wieder weg.

»Superwas?« Hannelore runzelt die Stirn.

»Blaubeeren helfen durch ihre Antioxidantien gegen Krebs und sollen sogar Demenz hinauszögern. Sie sind sehr gesund. Besonders wenn sie frisch und ungezuckert sind«, führe ich aus. »Ich fülle Ihnen gern ein paar in Schälchen ab.« Auch wenn Hannelore von Anfang an dazu übergegangen ist, uns alle zu duzen – ich habe eine Hemmschwelle diesbezüglich.

»Gerne, Kindchen. Dann kann ich der Karla welche abgeben. Wer weiß, vielleicht sortieren die Beeren ja auch das Geschirr im Oberstübchen neu.« Obwohl der Scherz über die Behinderung des Einbrechermädchens von neulich nicht lustig ist, lacht sich Hannelore scheckig. Juna wirft mir einen vielsagenden Blick zu. »Die ist geistig behindert, müsst ihr wissen. Und immer mit Vorsicht zu genießen.« Hannelore kommt aus dem Plaudern gar nicht mehr heraus. Sie erzählt von Gendefekten und Alkohol in der Schwangerschaft, und ich versuche die Namen, die dazu fallen, gleich wieder zu vergessen. Ich halte nichts davon, solche Informationen später mitzuverwerten, wenn man besagte Personen irgendwann kennenlernt.

Man sollte unvoreingenommen bleiben.

»Wann wollt ihr den Hofladen denn eröffnen?«, will unsere Nachbarin wissen, als ich gerade gehen will.

»Ähm, das wird noch eine Weile dauern, fürchte ich.« Ein abschätziger Blick trifft mich, sodass ich mich genötigt fühle, anzufügen: »Es gibt noch vieles zu klären. Und dann der ganze Verwaltungsakt.« Uns fehlen immer noch ein paar Genehmigungen, und ein paar Schulungen gilt es ebenfalls noch zu bestreiten. Sogar ein Gesundheitszeugnis müssen wir vorlegen.

»Ist vielleicht auch besser so. Kurt, der Landwirt, verkauft ja auch seine Eier und Kartoffeln bei sich am Hof. Nicht dass man sich da noch in die Quere kommt und Unfrieden im Dorf entsteht.«

»Oh, bestimmt nicht«, winke ich ab und ziehe den Bollerwagen an. Er hoppelt über die Berieselungsanlage.

»Ihr kennt Kurt nicht.« Hannelore grinst breit, dreht sich um und geht ohne Verabschiedung davon, die hechelnde Chantall im Schlepptau.

»Manchmal finde ich unsere Nachbarin etwas seltsam«, murmle ich in Junas Richtung, und sie nickt. Ich frage mich, ob Hannelore alles so meint, wie sie es sagt. In diesem Moment dreht sie sich noch mal um, ihr Blick leicht kopfschüttelnd auf mich gerichtet, und ich winke zum Abschied.

In der Ferne brummt ein Traktor vorbei, und ich setze einen Besuch bei Kurt, dem Landwirt, auf unsere ellenlange To-do-Liste.

BLAUE WUNDER

Juna kostet den ersten Blaubeerlikör, schiebt ihn im Mund hin und her, bevor sie ihn hinunterschluckt.

»Und?«, frage ich und kuschle mich in meinen Schlafsack wie in einen Kokon. Mir ist unsäglich kalt heute, weil die Heizung ausgefallen ist und ich immer noch ein bisschen krank bin.

»Joah.« Juna setzt sich an den Tisch, dreht die kleine Flasche mit dem Schnappverschluss in der Hand und sagt sonst nichts. Ich werde ungeduldig. Immerhin ist so ein Likör nicht im Handumdrehen gemacht. Es hat mich viele Tage gekostet herauszufinden, welche Gewürzmischungen ich hinzugeben könnte. Die Handschrift unserer Oma Hilde ist nämlich ein Desaster, wenn es um ihre altbewährten Rezepte aus dem Notizbuch geht.

»Was soll das denn heißen?«, will ich wissen und beobachte Junas Mimik im Schein der Laterne in der Küche. Die eigentliche Lampe hat gestern während des neuen Anstriches aufgegeben, was okay ist, denn sie hatte bestimmt ein ordentliches Alter erreicht. Und hübsch war sie auch nicht.

»Weißt du, Leni, geschmacklich gar nicht übel«, beginnt meine Schwester und wischt sich eine Träne aus dem Augenwinkel. »Aber es könnte sein, dass sogar ein Elefant daran erblindet.«

»O nein, ist er zu stark?« Ich habe es befürchtet. Denn da ich Antibiotika schlucke, durfte ich nicht verkosten und musste quasi blind experimentieren.

Nach der Impfung bekam Romy erst einen Schnupfen und dann Scharlach. Nachdem sie mich eine Woche lang jeden Tag fragte, ob das Fieber sich *verdollert* oder *vertiefert* habe, bekam ich diese fiese Pest am Ende selbst. Deshalb ist baustellentechnisch nicht genug passiert, was mich sehr ärgert.

Unser fleißiger, wenn auch grundsätzlich provokanter Helfer Henry hat zwar bereits den morschen Boden in jenem Zimmer rausgerissen, das Junas Reich werden soll, Sand geschaufelt und gemeinsam mit einem Freund eine neue Betonsohle gegossen. Alles andere jedoch steht seit Tagen still, weil ich den Krach nicht ertragen kann. Ich Mimose.

»So kann man das auch sagen. Er ist zwar sehr fruchtig und lecker, brennt dir aber die Synapsen weg«, meint Juna endlich und kippt den Rest des Likörs aus ihrem Glas in den Ausguss.

In meinem Schlafsack lasse ich mich neben ihr auf der schmiedeeisernen Bank nieder und stütze den Kopf mit der Handfläche, betrachte traurig die alten Topflappen und Gusspfannen, die sich über dem Herd aufreihen.

»Aber ich wette, es wird schnell lustig, wenn man ihn trinkt«, brumme ich und überdenke das Mischverhältnis neu.

»Fragt sich nur, für wen.« Juna seufzt.

»Hast du schon etwas in Erfahrung gebracht wegen der ganzen Gesetze und Verordnungen?« Ich knete meine Nasenwurzel. Mein Kopf hämmert immer noch.

»Meinst du wegen der Brennerei? Oder die Gewerbescheine, damit wir überhaupt Liköre und landwirtschaftliche Produkte verkaufen dürfen?«

»Gibt es da denn so viele Unterschiede?« Wenn man Schmerzen hat, ist man gleich viel näher an der Verzweiflung als sonst. Und mein Kopf dröhnt noch doller.

»Das Gewerbe haben wir ja bereits angemeldet. Aber es wird dich nicht freuen zu hören, dass wir die Produkte nicht einfach in unserer eigenen Küche brauen dürfen. Diesbezüglich gibt es strenge Vorlagen und Kontrollen. Und das wiederum heißt, dass wir schleunigst die Küche im Verkaufsbereich in Betrieb nehmen müssen.« Juna tätschelt mein Knie, und ich lege meine Stirn an ihre Schulter.

In der Ladenküche sieht es ganz gut aus, aber der angrenzende Verkaufsraum ist noch vollgestopft mit altem Kram und Dreck aus dem letzten Jahrtausend. Gleichzeitig fällt mir die Rechnung vom Elektriker ein, der den Herd repariert hat und bereits seit einer ganzen Weile auf sein Geld wartet.

»Und wir müssen eine Weiterbildung machen – ich muss unbedingt bei der Handelskammer anrufen und fragen, wann die stattfindet.«

Super! Wieder die Schulbank drücken. Ein Träumchen.

»Wir könnten die Gaststättenbetreiber in der Nähe fragen, auf was wir alles so achten müssen«, schlage ich vor und gehe in Gedanken die Lokalitäten durch. »Zum Beispiel beim Heidejäger, ein Restaurant mit Hotelbetrieb, bei dem auch Hochzeiten stattfinden. Hanna arbeitet dort zurzeit und kann den Kontakt herstellen.«

»Seit wann arbeitet Hanna im Gastrobereich?« Juna guckt verdutzt.

»Die bieten ein Gruseldinner an, also Theater mit Interaktion und Abendessen, tolle Sache«, erkläre ich und denke an ein Telefongespräch, bei der Hannas Begeisterung für das Projekt auf mich überschwappte. Zum ersten Mal seit

Jahren spüre ich, dass mir die Schauspielerei fehlt. »Und dann gibt es noch normale Restaurants wie das *Larifari* und das *Salitos*.« Der Mexikaner, in dem Dr. Klein dienstags seine Sorgen vergisst. Immer mal wieder habe ich an Romys Kinderarzt denken müssen. Seine Ähnlichkeit zu Alex geht mir nicht aus dem Kopf, der Blick aus seinen dunklen Augen nicht aus dem Sinn.

»Brauchen wir eigentlich auch eine Schanklizenz?«, fragt Juna und unterbricht damit meine abschweifenden Gedanken.

»Ich glaube, nur dann, wenn wir vor Ort Getränke zum Verzehr anbieten, oder?«

»Fragen über Fragen.« Juna zuckt mit den Schultern.

Memo an mich: Alles noch mal checken.

»Ich glaub, ich nehme doch noch einen Schluck deines Blaubeertranks.« Sie steht auf. »Oh, aber die Marmeladen sind richtig gut geworden«, tröstet sie mich, als sie meine Miene sieht. »Ich finde, wir sollten sie ›Blaues Wunder‹ nennen und auf den pädagogisch wertvollen Einsatz zu Erpressungszwecken von Minderjährigen hinweisen, die ihr Bett nicht machen und Teddybär-Gesellschaften nicht auflösen wollen. Hat bei Romy super funktioniert, kein sauberes Bett, kein *Blaues Wunder* – und zack, alles hübsch.« Sie zwinkert lustig.

»Gute Idee, und vielleicht sollten wir den Likör als Einschlafhilfe anpreisen.«

»Ich merk schon, wir ergänzen uns wie immer sehr gut.« Im Handumdrehen zaubert Juna ihre ersten fünf designten Etiketten aus dem Ärmel. »Tadaa!«

Ich runzle die Stirn. »Märchen?«

»Klar. Die Mondtag-Schwestern« – Juna ahmt perfekt einen Jingle nach, dabei bin doch ich diejenige, die für Personal aller Art zuständig ist – »Märchenhaftes für jede Gelegenheit.« Sie grinst.

Ich schaue genauer hin. »›Schwarze Magie‹? Hä?«

»Wer sagt, dass wir nur Früchte zum Spaß in Flaschen machen dürfen? Das geht auch mit Salmiakpastillen.« Juna spielt auf ein Rezept von Hilde an, dem ich skeptisch gegenüberstehe: Lakritze und Frucht.

»Kann mich gar nicht an den Lakritzbaum im Garten erinnern«, murmle ich und gucke die Kärtchen genauer an. Die Entwürfe sind toll, die Schrift ist wunderschön geschwungen und prägnant, in Lila und Flieder gehalten. Die Namen für die geplanten Apfelspezialitäten bringen mich zum Lächeln. Apfelwein *Evas Versuchung* zu nennen, ist genial.

»Gefällt mir.«

Juna hebt ihre Brauen. »Wie, ›Gefällt mir‹? Sind wir bei Facebook, oder was? Etwas genauer bitte.«

Unweigerlich muss ich an Alex denken, der gern in den sozialen Netzwerken unterwegs war, im Gegensatz zu mir. Er postete unspektakuläre Dinge seines Lebens wie sein misslungenes Mittagessen ebenso gern wie die aufregenden. Unsere Hochzeitsbilder zum Beispiel. Mit Vorliebe die albernen und ohne mich zu fragen.

Es war verstörend, als ich auf seinem Profil seinen Tod verkünden musste. Die Flut an Anteilnahme brach mir mein Herz erneut. Weil all die gut gemeinten Ratschläge, all die lieben Worte mir nicht halfen. Nichts erreichte mich in dieser Zeit der Trauer.

»Liebste Schwester«, beginne ich feierlich. »Du bist ein Genie, ich liebe deine Entwürfe. Darauf können wir aufbauen.«

»Yeah«, freut sie sich und wirft mir einen Kuss zu, den ich einfange und an meine Brust drücke.

Drei Tage und einen erneuten Fieberschub von Romy später steht ein weiterer großer Schritt in Sachen Umbau an. Henry will einige Balken im Dachstuhl ersetzen und andere gegen den Holzwurmbefall behandeln. Ich soll dabei assistieren. Na, hoffentlich erlebt hier keiner sein blaues Wunder, falls das schiefgeht ... Und hoffentlich ist seine Unfallversicherung gut.

»Krankheit überstanden?«, will er von mir wissen, als er eintrifft. Für einen Moment habe ich das Gefühl, echte Sorge in seinem Blick zu entdecken. Fragt sich nur, um wen. »Sie sehen auf jeden Fall schon viel besser aus.« Er drückt mir seinen Werkzeugkoffer in die Hand, um selbst einen großen Kanister hinaufzutragen.

»D-danke«, stammle ich auf das Gesagte, das eventuell ein Kompliment gewesen sein könnte. Seltsam, dass ich mir überhaupt Gedanken darum mache. Eine ganze Weile habe ich vor dem Spiegel verbracht und überlegt, wie ich meine Haare tragen soll. Und ob für die Aktion auf dem dunklen Dachboden Make-up notwendig ist oder Mascara reicht. Nun sind meine blonden Locken geglättet, und meine Wangen leuchten immer noch in diesem leicht fiebrigen Rosa, das super mit dem geblümten Sommerkleid harmoniert.

Vielleicht hat Juna recht, die behauptet, dass sich mein Körper allmählich wieder bereit dazu fühlt, auf andere Männer zu reagieren als auf Alex. Und dass ich das unbedingt meinem Gehirn mitteilen soll.

Während ich darüber nachdenke und mir selbst erkläre, dass allerdings der Kinderarzt Dr. Klein auf seine Art viel schnuckeliger ist als Lucky Luke, der auf der Nice-Skala irgendwo zwischen Nicht-mein-Typ und Vorschlaghammer rangiert, folge ich Prinz Cowboy die Treppe hinauf. Immer mal wieder wirft er mir einen Blick über die Schulter zu. Er hat Augenringe, als hätte er eine harte Nacht gehabt. Auf mich wirkt er jedenfalls wie jemand, der viel ausgeht und eine Stammkneipe hat. Über Familie hat er nie ein Wort verloren, nur über Pferde und Fertiggerichte. Ich beschließe, dass er jemand ist, der sein eigenes Ding macht. Ein Rebell.

»Ist die Kiste zu schwer?« Er klingt tatsächlich besorgt, als ich nicht schnell genug mit dem Werkzeug hinterherkomme.

»Nein, nein. Ich hab schon ganz andere Sachen gewuppt«, behaupte ich und wuchte das Ungetüm Stufe für Stufe hoch.

Bevor das Licht der staubigen Glühbirnen den Dachboden erhellen kann und ich oben bin, schnappt Henry sich seine unhandliche Werkzeugkiste dann doch noch. Sie schwebt vor mir hinauf, bevor wenig später seine Hand in der Luke vor mir auftaucht und mich zu sich heraufzieht. Für einen Moment verlieren meine Füße den Halt, und ich habe Angst abzustürzen. Vielleicht jagt deshalb mein Herzschlag plötzlich so davon, als ich in seinen Armen lande. Er riecht nach Sonnencreme und Fichtenwäldern, eine interessante Mischung.

»Ach herrje! Sie sind ja noch ganz wacklig auf den Beinen.« Schnell ziehe ich meine Hände zurück, mit denen ich mich an seiner Brust abgestützt habe, und richte mich auf. Trotzdem mustert er mich mit einem skeptischen Blick. »Sind Sie sicher, dass Sie mir heute helfen können?«

»Klar. Ich bin beinahe wieder topfit«, verkünde ich und setze mich erst mal auf eine alte Seemannskiste mit Messingbeschlag, die unter der Dachschräge steht, sodass ich den Kopf einziehen muss. »Und das Haus wird auch nicht jünger.«

»Na gut. Dann hol ich mal den Rest herauf.« Ganze vier Mal steigt Prinz Unermüdlich hinab und reicht mir der Reihe nach einen riesigen Bohrer, eine Art Bratenspritze, Motorsägen, Pinsel und eine Stütze. Schließlich klettert er selbst wieder aus der Luke und macht sich umgehend an die Arbeit.

»Was soll ich tun?« Ich wippe auf den Fußspitzen, schaue dabei zu, wie er eine Balkenlage abstützt. Draußen heult der Wind, drückt gegen die Dachziegel und lässt ein Flüstern entstehen. Mir ist schon oft aufgefallen, dass das Haus unglaublich viel zu seufzen und stöhnen hat. Mal ist es das Gebälk, mal die Wasserleitung. Juna hat schon vorgeschlagen, böse Geister auszuräuchern, wie man es in Filmen tut.

»Wenn Sie hier die Kabel zur Seite halten würden, während ich die Pfette rausschneide?«, schlägt Henry vor. »Das ist die Stromversorgung für die Küche. Wäre schade, wenn sie kaputtgeht.«

Katastrophe träfe es eher. Also springe ich von meiner Kiste und packe zu.

»Ich habe gehört, Sie waren mal Schauspielerin?«, fragt er mich und fummelt an der Motorsäge herum.

»Von wem haben Sie das denn?« Ich rede nicht gern über diese Episode meines Lebens. Seit Alex' Tod werde ich das bescheuerte Gefühl nicht los, ohne ihn nicht auftreten zu dürfen. Weil es niemanden gibt auf der Welt, der mich als Prinzessin Lillifee ausführen würde. Weil ich nur für ihn spielte, wenn er in der ersten Reihe saß. Und das tat er oft. Weil ich meinen Beruf vermisse und mich dafür schäme, dass ich deshalb ein schlechtes Gewissen habe, weil …

»Was glauben Sie denn?« Henry reißt mich aus meinen absurden Gedanken.

Ich mache ein ratloses Gesicht. »Keine Ahnung. Ich habe es niemandem hier verraten.« Ob meine Sechsjährige das Sicherheitsleck ist? Ich weiche Henrys Blick aus. Fühle mich unbehaglich, weil er mich so intensiv anstarrt.

»Hannelore«, meint er dann mit einem vielsagenden Unterton. »Sie hat die Eigenart, Leute zu googeln und alles, was sie findet, gegen sie zu verwenden.«

»Gegen einen?« Das hört sich ja feindselig an. »Mir scheint sie eine ganz Nette zu sein.« Ein Unikat, sicher, aber bislang stets freundlich.

Die Motorsäge röhrt auf, versenkt ihre scharfen Zacken im Holz. Meine Ohren klingeln, so laut ist es.

»Ich habe eine Zeit am Theater gearbeitet. Und in kleineren Produktionen für den Kinderkanal«, antworte ich, als es wieder still wird.

»Jetzt nicht mehr?« Henry klingt spöttisch. Als würde er annehmen, ich sei einfach nicht gut genug gewesen in dem, was ich tat.

»Als Schauspielerin steht man sehr im Fokus der Öffentlichkeit, das ist nicht mein Ding.«

»Sind Sie etwa schüchtern?« Sein Mundwinkel zuckt, während er geschäftig das neue Holz justiert.

»Bei Ihnen hört sich das an, als wäre es eine schlechte Eigenschaft.« Wie so oft in Prinz Hochmütigs Gegenwart spüre ich leichten Ärger aufflammen, und ich wundere mich, wie man so sanfte Augen haben kann, während man gleichzeitig mit der Körpersprache und dem Unterton alles mit dem Arsch einreißt.

Henry antwortet darauf nicht, lässt mich plötzlich stehen, um hinter meiner Sitzkiste in die Hocke zu gehen. »Oha. Sie haben noch mehr Haustiere.« Ich folge ihm und entdecke, was er meint. »Marderkot. Ich fürchte, der hat sich in der Dämmschicht eingenistet und es sich gemütlich gemacht.«

»Das ist unmöglich«, bestimme ich. Es ist eindeutig Zeit für *gute* Nachrichten!

»Meinen Sie etwa, ich veräpple Sie? Ganz sicher nicht.« Henry grinst belustigt.

»Wir haben keine Haustiere!« Ich kaue auf meiner Unterlippe herum, wie ich es oft aus Nervosität tue. Oder wenn ich ein Rätsel lösen muss. Zum Beispiel jenes, wie man recht behält, obwohl man im Unrecht ist. Das ist eine hohe Kunst und muss lange trainiert werden. Alex hat sie regelmäßig zur Verzweiflung getrieben. Besonders wenn ich behauptete, dass Benzin nicht schädlich sei für einen Dieselmotor. Und dass die Leute in Russland ihre Dieselfahrzeuge bei kalten Temperaturen sogar regelmäßig mit Benzin tanken würden wegen des Siedepunkts. Was natürlich totaler Schwachsinn ist und knappe fünftausend Euro gekostet hat.

»Haben Sie etwas gegen Tiere?«, fragt Henry, und sein Blick bekommt einen überraschten Ausdruck. Als würde er etwas in meinem Gesicht entdecken, womit er nicht gerechnet hat.

»Nein, gar nicht, ich hatte lange Katzen ...« Es ist unglaublich heiß hier unter dem Dach, und ich atme tief durch. »Ähm, ich meine, normal große Katzen. Meine Mutter hatte schon welche, und ich bekam eine, als ich meine erste eigene Wohnung bezog. Aber Katzen sind ja schon manchmal komisch ... hehe.«

Lucky Luke starrt mich weiter an, seine Augen sind im Dämmerlicht hier oben dunkel. Wie die von Dr. Klein. Ich beiße mir unwillkürlich erneut auf die Unterlippe, und an meiner statt plappert Alice einfach mal weiter.

»Ich meine, ich liiiiiiebe Katzen. Aber, und das dürfen Sie auf gar keinen Fall irgendwie falsch verstehen, ja? Weil, nicht dass Sie denken, ich wäre ... ist ja auch egal.« Alice wedelt mit der Hand. »Jedenfalls, das Biest, mit dem ich zusammengelebt habe, also bei dem hatte ich immer total das Gefühl, dass es mich am liebsten wegen Eigenbedarf aus unserer Wohnung geklagt hätte. Wenn ich nicht sein Dosenöffner gewesen wäre. Haha! Sie verstehen?«

Henry reißt seinen Blick von mir los, steht auf und sucht nach weiteren vom Marder verursachten Schäden, indem er die Bohlen abklopft und die Übergänge zu den Dachziegeln prüft. Was denkt er wohl gerade? Als sich feine Spinnweben in sein Haar setzen, unterdrücke ich den Impuls, sie herauszupfen zu wollen.

»Wir sollten das Tier unbedingt loswerden«, meint er nach einigen langen Sekunden und hebelt im nächsten Moment mit einem Kuhfuß eine Bohle ab. Ich staune nicht schlecht über das Massaker, das dort im Lehm und Strohputz stattgefunden hat.

»Igitt!« Ich presse mir die Hand auf den Mund, als ein süßlich ekliger Geruch zu mir herüberweht.

»Das war mal eine Taube, würde ich meinen«, antwortet Prinz Spürsinn ungerührt und stochert mit dem Metall etwas tiefer. »Und das war eine Ratte, hat sogar noch Fell.«

Ich schlucke; mein Frühstücksbrot mit Blaubeermarmelade droht sich auf den Weg zurück ans Tageslicht zu machen.

»O Gott! Was hab ich für ein Glück«, hauche ich und spüre plötzlich Henrys Hand um meinen Oberarm.

»Nicht ohnmächtig werden«, bittet er. »Sie sind ja ganz bleich.« Vorsichtig führt er mich zurück zu der Kiste, und ich setze mich. »Ich wüsste nicht, was dann zu tun ist«, murmelt er, geht vor mir in die Hocke und legt seinen Finger unter mein Kinn.

»Können Sie etwa keine Erste Hilfe?« Ein Bild flackert vor meinen Augen auf. Meine Finger, die an Alex' Hals den Puls suchen. Bloß nicht ... nicht denken, nicht an diesen Moment.

»Alles okay?« Mit sachtem Druck bringt Henry mich dazu, ihn anzusehen, und ich nicke benommen.

»Geht schon«, hauche ich. »Ich fürchte, das Kranksein hat mich doch mehr Kraft gekostet, als ich dachte.«

Er lässt seine Hand sinken und steht auf. »Erzählen Sie mir doch mal ein bisschen von Ihren Plänen bezüglich des Hofladens.« Er wendet sich ab und wieder den zu erneuernden Balken zu.

Dankbar für die Ablenkung hole ich weit aus, plaudere über meinem Traum, unserer Oma Hilde Mondtag nachzueifern.

»Die Ferien bei ihr waren stets voller Zauber«, schwärme ich. »Sie hatte eine ganze Apfelplantage, und wenn Blütezeit war, tanzten Juna und ich an windigen Tagen durch ein Gestöber aus weichen weißen Blütenblätter.« Ich lächle, sehe uns umherwirbeln und wie Juna sich ins Gras fallen lässt. Und wie wir im Herbst mit Oma zusammen zur Mosterei fahren und kistenweise frischen Apfelsaft abholen. »Sie hat den besten Vanille-Kirschlikör der westlichen Hemisphäre gemacht.« Ich seufze. »Und ihre Marmeladen waren der Hit. Ihr Weißwein-Quittengelee bekam sogar mal eine Auszeichnung vom Bürgermeister.«

»Tatsächlich?«

»Eine lustige Geschichte. In dem Ort, in dem meine Großeltern lebten, brach in den Achtzigern die Wirtschaft ein, und man versuchte, durch Innovation den Anschluss nicht zu verpassen oder so ähnlich. Oma schaffte es, dass sich Leute auch von außerhalb für ihr Quittengelee begeisterten und in den winzigen Ort pilgerten, um sich damit einzudecken.«

Ich erinnere mich an ihre Küche, in der sie an Fremde verkaufte, und an Opa, den es tierisch aufregte, dass die Leute ihn beim Zeitunglesen störten.

»Und ich wünsche mir eine behütete Kindheit auf dem Land für Romy.« Ich zähle Statistiken auf, die Vorteile für die Entwicklung von Kindern behandeln, die nicht in der Stadt leben. Henry hört aufmerksam zu, nickt dann und wann und schenkt mir manchmal ein halbes Lächeln. Ich frage mich, ob er sich jemals zu einem ganzen hinreißen lässt.

Wir reden über sein Pferd Sundiver, dessen Namen ich immer noch bescheuert finde, und seine Leidenschaft fürs Springreiten. Und dass der Umgang mit Pferden gerade für Kinder eine Bereicherung sein kann, da die Kommunikation mit den sanften Tieren ursprünglich und rein sei.

Eine Weile später werde ich vorläufig aus seinen Diensten entlassen und räume ein Chaos an Spielsachen im Wohnzimmer auf. Die Wände sind gerade frisch verspachtelt und können tapeziert werden. Das werden Juna und ich selbst erledigen.

Nach einer Stunde beschließe ich, mit einem Kaffee für Henry wieder auf den Dachboden hinaufzusteigen und zu gucken, ob er noch lebt. Denn es ist ziemlich ruhig geworden dort oben.

Ich höre ihn telefonieren, seine Stimme klingt gepresst, und ich will ihn nicht stören. Also beschließe ich, den Kaffeebecher auf der Werkzeugkiste abzustellen und wieder hinunterzusteigen, als die Wortfetzen mich innehalten lassen.

»Manchmal ist es an der Zeit, sich zu verabschieden«, höre ich ihn sagen. Wen er wohl meint? Er hört sich wütend an, und ich verfluche meinen Fuß, der in diesem Moment einen Schraubenzieher über den Boden kickt. Henry wirbelt herum, haucht ein ertapptes »Ich muss auflegen« und verengt misstrauisch die Augen.

»Schleichen Sie sich immer so an?« Er tritt aus den Schatten, und ich spüre, wie ich rot werde.

»Nein, nein, ich hab überhaupt gar nicht …« *gelauscht*, will Alice sagen und verschluckt die Worte dann. Das ist schließlich *mein* Dachboden. Ich darf belauschen, wen ich will. »Ich wollte Ihnen nur einen Kaffee bringen«, blaffe ich. »Ich kann nichts dafür, wenn Sie während der Arbeitszeit Privatgespräche führen und sich dann ertappt fühlen.« Ich mache auf dem Absatz kehrt, er ist schneller bei mir, als ich die Treppe erreichen kann, und nimmt mir den Kaffee ab.

»Schwarz wie meine Seele?«, stellt er mit einem Blick in die Blümchentasse fest. »Danke schön!«

»Ich weiß ja mittlerweile, wie Sie ihn am liebsten trinken.« Ich verschränke die Arme vor der Brust. Er schüttelt den Kopf, nippt am Kaffee und versteckt ein süffisantes Grinsen.

»Was?«

»Sie sind sehr erfrischend, wenn Sie sich ärgern.«

»Finden Sie?« Meine innere emanzipierte Queen weiß nicht, ob sie das als Kompliment werten soll, und protestiert, als ich sage: »Danke, wie nett.«

»Ich möchte Ihnen noch etwas zeigen.« Henry winkt mich hinter sich her. »Ich hab mir erlaubt, die alte Truhe aus dem Weg zu räumen, dabei ist etwas aus dem Boden gefallen.«

Ich tauche unter einem Balken hindurch und hoffe, dass es nicht noch mehr Leichen sind, die er entdeckt hat. Zum Glück sind meine Befürchtungen unbegründet: eine blaue Stahlkassette steht auf dem Boden neben der Kiste. Henry reicht sie mir. Sie ist nicht sonderlich schwer und ganz schön verbeult. Ich puste Staub und Strohreste vom Deckel.

»Der Schlüssel fehlt«, stelle ich fest, und Henry reagiert.

»Darf ich?« Seine Finger wackeln auffordernd.

»Klar.«

Mit wenig Aufwand und einem Schraubenzieher knackt er das Schloss, und mir fällt ein Bündel Briefe in die Hand.

Sie sind mit einem blauen Seidenband verschnürt und etwas vergilbt, an den Seiten angelaufen, aber durchaus lesbar.

Gespannt falte ich sie auseinander, beginne die Zeilen zu überfliegen. Henry schaut mir über die Schulter, und ich spüre seinen Atem auf der Haut meines Oberarms. Mein Körper vibriert aufgeregt, und ich kann mich nicht entscheiden, ob mir das gefällt oder nicht.

Liebster,
ich wünsche mich zurück in die Nächte, in denen die Sterne über uns funkelten und uns so viel versprachen. In mir war nichts als Liebe, und während wir im Mondschein tanzten, schien alles möglich zu sein. Du und ich. Der Sternenkrieger und das Apfelbaummädchen.
Ich kann einfach nicht glauben, dass eine weitere Nacht genügte, um uns das Glück wieder zu entreißen. Die Welt ist grau, seitdem Du fort bist.
Mein Herz ist kalt ohne Dich. Ich weine mich in den Schlaf. Ich sehne mich so sehr nach Dir, dass ich glaube, an dieser Sehnsucht ersticken zu müssen.
Ich kann fühlen, wie ich welke wie die Apfelblüte, die Du mir ins Haar gesteckt hast. Von innen nach außen. Und ich werde selbst zur dunklen, schwarzen, mondlosen Nacht.
Hilf mir, bitte hilf mir. Liebe mich, halte mich, lass mich fliegen, gib mir den Grund zurück, um nicht sterben zu wollen.
In Liebe,
Deine Tilly

»Kitschige Liebesbriefe. Die hätte ich auch versteckt«, versucht Prinz Unromantisch zu scherzen, woraufhin sich eine Faust um mein Herz schließt. Ich kann nicht atmen. Diese

Zeilen, der Schmerz, den die Schreiberin empfunden hat, ist mein eigener.

Henrys Hand legt sich federleicht an meine Schulter.

Mir ist, als drängten die Klänge des Plattenspielers von unten herauf. *Love Is Blue* von Marty Robbins, und die Zeit verlangsamt sich, zerspringt in unendliche Sekunden.

»Ist Ihnen wieder schlecht?«, fragt Henry, während ich krampfhaft versuche, mich daran zu erinnern, wie man Luft holt. »Sie haben wirklich einen ziemlich schwachen Kreislauf, oder? Vielleicht niedrigen Blutdruck. Meine Schwester hat ein Rezept dagegen, ich frag sie mal …« Er lächelt. »Oder sind Sie schwanger? Meiner Schwester war auch immer schwummrig, wenn sie ein Kind erwartete …«

Meine Gedanken kreisen, bloß nicht, bloß nicht weinen. Ein seltsamer Laut entfährt meiner Kehle.

»Hey, Leni, was ist mit dir?«, flüstert Henry und vergisst, mich zu siezen.

Ich will ihm sagen, dass alles gut, dass alles in bester Ordnung ist. Dass ich nicht schwanger bin. Und es vielleicht nie wieder sein werde. Und dass Alex schon lange fort ist. Dass diese Briefe nichts mit ihm und mir zu tun haben.

Henry beugt sich zu mir herüber, klaubt mir die Briefe aus der tauben Hand. »Sag doch was.« Seine Hände umfassen sachte meine Handgelenke, brennen auf der Haut. Mein Mund verzieht sich zu einem Strich, ich bin nicht mehr fest mit mir verbunden.

Zitternd atme ich ein, wieder aus. »Es geht gleich wieder«, behaupte ich.

Henrys Arme umschließen, stützen mich. Wie Schneeflocken rieseln all die Erinnerungen an Alex um mich herum, berühren mich und schmelzen. Die Spaziergänge, die wir jeden Abend am Ufer der Weser unternahmen. Unser erster Streit, die Verzweiflung danach und die Versöhnung. Der erste Blick, der erste Kuss, das erste Mal. Wie ich über seine schlechten Witze lachte und er in der ersten Reihe des Theaters für mich applaudierte. Wie er meine Stirn zur Guten Nacht küsste und seinen Arm um meine Mitte bettete.

Es dauert nur wenige Atemzüge, einige Sekunden oder vielleicht auch Minuten, bis ich begreife, was hier passiert, und ich mich endlich unter Kontrolle bekomme.

»Es tut mir leid«, hauche ich, nehme Abstand und traue mich nicht, in Henrys Gesicht zu schauen. Er muss mich für eine total überreizte Tussi halten. Oder zumindest für psychisch mehr als angeschlagen. »Ich kann das erklären«, versuche ich meinen Ausbruch zu rechtfertigen und spüre, wie sich Alice die nächsten Sätze bereitlegt.

»Alles okay«, meint Henry, bevor sie auflachen und »Das ist mir so was von peinlich, aber ich sag Ihnen was« sagen kann. »Sie müssen sich nicht erklären.« Aha. Wir sind wieder beim Sie.

»Doch, doch. Ich möchte aber«, sage ich mit fester Stimme, und Alice bleibt still.

Henry vergräbt die Hände in den Hosentaschen. Jegliche Sanftheit seiner Haltung ist fort.

»Romys Vater ist vor Jahren verstorben, diese Briefe ...« Ich suche nach den richtigen Worten. »Sie haben mich gerade kalt erwischt ...« Ich hole tief Luft. »Es war, als käme alles zurück. Als hätte *ich* diese Zeilen geschrieben. Ich kann das gar nicht erklären.« Ich suche seinen Blick. »Albern, oder?«

»Nein, ganz und gar nicht.« Zwischen uns spannt sich eine unsichtbare Schnur, die ich nicht deuten kann.

Ich glaube, ich rede nur Unsinn. Zumindest die ersten fünf Minuten, in denen wir uns auf einen der ersetzten

Balken setzen und Henry meinen Worten lauscht. Ich weiß nicht, wann ich das letzte Mal über den Unfall gesprochen habe. Und über dieses Gefühl der Schmetterlinge, die durch meine Seele flattern und alles durcheinanderbringen können, wenn sie wollen. Henry hört mir einfach nur zu.

»Es hat lange gedauert, bis das Leben für mich weiterging«, gestehe ich. »Manchmal hatte ich das Gefühl, dass ich mich in einer Art Dunkelheit befinde, die mich aufzulösen droht.« Eine kurze Pause entsteht, und ich höre Henry zustimmend seufzen. »Romy war das Licht in dieser Schwärze. Ich hab mich an sie geklammert, damit ich überhaupt weitermachen konnte.« Ich schlucke schwer. Henrys Finger tanzen einmal tröstlich über mein Knie, und es irritiert mich, dass mich diese Geste nicht irritiert.

»Ich weiß, wie sich das anfühlt.« Seine Stimme ist leise. »Mir ist diese Dunkelheit nicht unbekannt.«

Ich hebe den Blick, forsche in seinen meerblauen Augen, in denen ein Sturm aufzieht. »Wirklich?« Mit den Fingern fahre ich die Kanten der Briefe ab und zähle sie, als wären sie all die schönen oder auch aufreibenden Momente mit Alex. Dieses ganze halbe Leben mit meiner großen Liebe.

»Ja, ich habe auch jemanden verloren«, höre ich Henry sagen und will ihn fragen, wen, bringe es aber nicht fertig, weil seine Haltung sich plötzlich verändert. Er strafft die Schultern, reckt das Kinn. »Und ich verspreche Ihnen, der Riss im Herzen, den so ein Verlust hinterlässt, bleibt. Aber er heilt und bewahrt all die wichtigen Dinge, die uns ausmachen.«

Henry erhebt sich, lächelt mich lieb an und reicht mir die Hand. »Ich werde die alte Kiste runtertragen und zu dem anderen Krempel stellen. Dann können Sie überlegen, ob sie ebenfalls entsorgt werden soll«, sagt er.

Zögerlich lege ich meine Hand in seine und lasse mich auf

die Beine ziehen. Ich kann beinahe dabei zusehen, wie wir Stück für Stück unsere gesenkten Schutzmauern wieder errichten, als ich mich von seiner Hand frei mache und mich zum Gehen wende.

Der eigentümlich private Moment ist vorbei.

DAS WILLKOMMENS-EINHORN

Hättest du mich doch bloß vorher um Rat gefragt«, zetert Charlotte, meine Mutter, als die Gäste nach Romys Einschulung gegangen sind. Sie sitzt am wackligen Küchentisch vor einem halb leeren Teller mit Obstkuchen mit selbst geernteten Kirschen, den ich nach Hildes Rezept gebacken habe, und schaut sich um. Sie scannt jeden Quadratzentimeter der Küche und verzieht alle paar Sekunden ihr Gesicht. Ich kenne Charlotte ja, aber manchmal raubt sie mir und Juna den letzten Nerv.

»Mutti, wir sind ganz offensichtlich noch nicht fertig mit der Renovierung«, wiederhole ich mich und denke an die Reaktion von Alex' Eltern, die natürlich ebenfalls zur Feier gekommen sind. Sie begegnen unserem neuen Lebensentwurf weitaus offener, und als sie gehört haben, dass Romys Zukunft trotz aller Baustellen abgesichert ist, waren sie begeistert vom Hof und den Gärten. Es gibt nichts Gesünderes für eine Kinderseele als das Landleben, meinen sie und sind stolz auf meine Entscheidung. Zum Abschied lud ich ihnen den Kofferraum mit *Kirschkuss*-Marmelade und dem *Blauen Wunder* voll.

»Ja, aber das Haus ist ...«, beginnt Charlotte erneut, und ich möchte sie gern schütteln und rütteln. Oder ihr den Mund mit Kuchen stopfen.

»... eine Bruchbude«, vervollständigt Romy zu allem Überfluss den Satz ihrer Oma, während sie in ihrem wunderschönen Spitzenkleid auf der Bank herumbalanciert. Sie stellt sich Seen auf dem Boden vor und steigt hinüber auf einen Stuhl und wieder zurück, um keine nassen Füße zu bekommen. Ich muss ihr unbedingt etwas über Solidarität beibringen. Und über Erdkunde, denn Wasser fließt bestimmt nicht an Schrankwänden hinauf. Oh, Moment!

»Ihr habt ein so schlaues Mädchen«, meint Charlotte und winkt sie zu sich. »Spätzchen, komm mal da runter. Sonst tust du dir noch weh«, sagt sie, was mir die Gelegenheit gibt, unauffällig zur Spüle hinüberzugehen, die nicht dicht zu sein scheint. Mist, das muss Charlotte jetzt wirklich nicht mitbekommen. Dabei sieht die Küche sonst so gut aus mit den gestrichenen Wänden und den neuen Vorhängen mit Libellenmuster vor dem Butzfenster, von dem aus man die Kirschbäume sehen kann. Den alten Boden haben wir geschliffen und weiß lasiert. Er sieht aus wie neu.

»Komm mal zu Oma«, befiehlt Charlotte. Es wundert mich nicht, dass Romy brav auf sie hört. Was mir an Autorität fehlt, hat unsere Mutter im Überfluss. Dass Juna und ich zur Begrüßung nicht vor ihr salutieren, ist ein Wunder. »Willst du mir gleich mal deine Schultasche zeigen?«, fragt sie, als Romy sich ihr nach einem dicken Omakuss entzieht.

»Au ja«, kräht meine Tochter und rennt aus der Küche. Die Marmeladengläser im Schrank klirren leise. Ich habe sie kistenweise im Internet bestellt, ein Großteil ist bereits befüllt und lagert im Hofladen.

Charlotte schenkt sich Kaffee nach; ich habe ja gehofft, sie würde bald fahren. Juna ebenfalls, das sehe ich ihr an.

»Schau mal. Die ganzen Räume sind viel zu klein und zu

dunkel, wenn du mich fragst. So baut man heute gar nicht mehr.« Sie füllt sich fünf Löffel Zucker in die Tasse.

»Wir planen einen Durchbruch.« Juna deutet auf die Verbindungswand zum Wohnzimmer.

Charlotte zieht die Augenbrauen hoch. »Seid ihr sicher, dass das keine tragende Wand ist?« Sie nippt an ihrer Tasse, stellt sie geräuschvoll wieder ab.

»Wir sind ja nicht doof«, blafft Juna.

»Sie beleidigen mich und mein ganzes Geschlecht, Misses«, höre ich gleichzeitig die englische Aristokratin sagen. »Ich bin nicht gewillt, das zu dulden.« Wir ernten beide einen strengen Blick, der uns verstummen lässt.

»Vergesst nicht, mit wem ihr redet, ihr zwei. Ich bin eure Mutter.« Sie zielt mit ihrem Zeigefinger erst auf Juna, dann auf mich. »Und du, Leni, könntest diesen Schauspielquatsch auch endlich mal sein lassen – du hast dein Bühnenleben vor Jahren aufgegeben. Was übrigens eine bessere Idee war, als dieses ... Haus hier zu kaufen.«

Autsch!

Ich überlege ernsthaft, ob ich nicht den Kettensägenmassakermann ins Repertoire aufnehmen soll, als Romy mit ihrer Schultasche mit Lama-Print um die Ecke schießt.

»Guck mal, Omi. Ich hab tausend Buntstifte.« Sie rupft alle aus der Federtasche, schmeißt sie auf den Tisch wie Mikadostäbchen. Dann steckt sie sich jeweils einen links und rechts in ihren Haarknoten.

»Hätte man das Haus nicht erst gründlich von einem Gutachter besichtigen lassen sollen?« Charlottes Stuhl knarrt entsetzlich, als sie ihr Gewicht verlagert. »Nicht dass es hier irgendwo Schimmel gibt. Wir wollen ja nicht, dass Romy krank wird.«

Meine Tochter hebt den Blick, kickt Blaubeeren mit einem Bleistift in die Zuckerschale. Enorm, wie treffsicher sie sein kann. Ich könnte ihr vorschlagen, auf Omas Gesicht zu zielen.

»Die Gebäudesubstanz ist einwandfrei«, hat Henry versichert, nachdem wir die maroden Balken und einige desolate Dachpfannen zur Schräge hin ersetzt hatten. Ganz zu schweigen von der Zwischendecke zum Obergeschoss, die wir rausnehmen mussten, um die Hinterlassenschaften des Marders zu beseitigen.

»Bist du dir sicher?« Charlotte lässt nicht locker und sieht dabei ein bisschen aus wie eine Bulldogge im Samtkleid.

»Unser Handwerker hat es bestätigt«, unterstreiche ich und suche Junas Unterstützung.

»Aber will der nicht nur an euch verdienen?« Charlotte hebt ihre blassen Augenbrauen bis zum Haaransatz, und mir schimmelt der Geduldsfaden weg.

»Wären *HÄTTE* und *ABER* doch Schokotaler«, mischt Juna sich endlich ein. »Die Hauptsache ist doch, es geht voran. Wir haben enorm viel geschafft. Und die ganze Arbeit wird sich irgendwann auszahlen. Da bin ich mir sicher, Mutti.«

Charlotte seufzt. »Na, du hattest ja noch nie einen gesunden Menschenverstand, Liebes.«

»Oma, guck mal. Mein Zahn geht bald raus.« Romy schiebt sich zwischen uns und versperrt mir die Sicht auf unsere Mutter. Und das ist vielleicht auch besser so, denn obwohl es mich nicht wundert, schockiert es mich doch, dass Charlotte es nicht schafft, alte Geschichten begraben sein zu lassen, und würde versuchen, sie mit Blicken zu töten, wenn Romys Hinterkopf nicht im Weg wäre. Wie lange ist es her, seit wir einen Grabstein auf das Drama um Junas ersten Freund aufgestellt haben? Sie ist so jung gewesen und blind vor Liebe, dass sie sich in eine dumme Sache hineinziehen ließ. Und eine ganze Weile die Kontrolle über ihr Leben verlor. Bis heute denkt unsere Mutter, dass diese Negativerfahrung »Schuld« daran trägt, dass Juna inzwischen überwiegend Frauen datet.

»Fein, Süße. Dann kommt ja bald die Zahnfee«, antwortet Charlotte Romy und kann sich nicht verkneifen anzufügen: »Es sei denn, sie findet euch hier in der Pampa nicht.«

Romys Gesicht wird blass. »Mama, kann das passieren?«, will sie von mir wissen, und ihre Unterlippe beginnt gefährlich zu beben.

»Quatsch, ich hab ihr die Adresse längst gegeben«, beeile ich mich zu versichern. Romy fängt trotzdem an zu heulen.

»Toll, Mutti. Danke auch«, murre ich und nehme meine Tochter auf den Schoß. Sie ist einfach viel zu überreizt nach dem aufregenden Tag. So viele Ereignisse und Spannung. Ich kann mich noch an meine eigene Einschulung erinnern. Charlotte hatte die ganze Straße zu uns eingeladen inklusive Martin von nebenan, den ich bat, meine Schnürsenkel zu binden, und der sie so knotete, dass ich auf die Nase fiel, als ich aufstand.

Charlotte klatscht in die dicken Hände. »Ach herrje! Genauso sensibel wie meine Töchter. Der Apfel fällt eben nicht weit vom Stamm.« Sie seufzt und kramt einen Fünfzigeuroschein aus der Tasche, den sie auf den Tisch klatscht. »Hier, Romy, Spätzchen. Falls die Zahnfee falsch abbiegt, hast du schon mal Geld von deiner lieben Oma für deinen zauberhaften Schneidezahn.«

Romy beruhigt sich, angelt nach dem Schein und klettert anschließend bei Oma auf den Schoß.

»Sagt mal, wurde die Apfel-fällt-nicht-weit-vom-Stamm-These eigentlich zuerst von Psychologen oder Lucy von den Peanuts aufgestellt?«, fragt Juna in die Runde, und ich werde den Eindruck nicht los, dass sie ihren Kaffee mit Likör gepimpt hat.

»Ich hab dich so lieb, Omi.« Romy bettet ihren Lockenkopf auf Charlottes ausladenden Busen und pennt weg. Ich fülle mir ein großes Stück Kirschkuchen auf den Teller. Solange ich den Mund voll habe, brauche ich nicht zu reden.

Die Tage verfliegen wie im Sturzflug. Beinahe zwei Wochen ist Romy nun ein Schulkind und der Kampf um die täglichen Hausaufgaben kein leichter.

Ich blinzle, die alten Briefe, die Henry auf dem Dachboden gefunden und die ich unter mein Kopfkissen geschoben habe, knistern. Obwohl mich die Zeilen der unbekannten Schreiberin beim ersten Lesen so sehr aus der Bahn geworfen haben, lassen sie mich nicht los. Immer wieder krame ich sie hervor und lese darin, spüre der Liebe und dem Schmerz nach, die sich nach wie vor anfühlen, als wären es meine eigenen Empfindungen. Bislang habe ich lediglich zwei Briefe geöffnet, weiß aber, dass ich irgendwann auch die anderen lesen werde. Um mehr zu erfahren über das Drama, das sich vor einer unbekannten Anzahl an Jahrzehnten abgespielt hat. Ich träume von einem Happy End für meine Verfasserin und zögere vermutlich deshalb mit der Lektüre, weil ich mir absurderweise sicher bin, dass es keins geben wird.

Es ist hell in meinem kleinen Schlafzimmer mit den noch immer nackten Wänden. Ich lenke mich mit dem Gedanken ab, dass sie verspachtelt und anschließend mit Glattvlies tapeziert und gestrichen werden müssen. Letzteres ist kein Problem, aber Ersteres bedarf Übung, wie mir Prinz Profi versichert hat.

Mein müder Blick sucht den Wecker. Er steht nicht mehr

auf seinem Platz vor der kleinen Tiffany-Tischlampe. Ich muss ihn heruntergefegt haben, als er geklingelt hat.

Moment! *Wann* hat er geklingelt?

Plötzlich bin ich hellwach, stürze aus dem urigen Alkoven, den ich seit dem Umzug mein Bett nenne, und torkle ins nächste Zimmer. Romys Hochbett ist verwaist. Sie ist meist als Erste wach und klettert sonst zu einem von uns unter die Decke, wo sie so lange irgendwelche Geschichten erzählt, die sie geträumt hat, bis wir aufstehen.

Also, wo steckt sie? Sterne tanzen vor meinen Augen, mein Kreislauf kommt nicht hinterher, und mein rechter Fuß schläft noch.

»Aufstehen, wir haben verschlafen!«, brülle ich, als mein Blick sich scharf stellt und ich die Küchenuhr erkenne. Romys Bus fährt in etwa fünfzehn Minuten im Dorfkern ab. Mist, Mist, Mist!

»Juna, hast du Romy gesehen?« Ich stecke meinen Kopf ins Zimmer meiner Schwester, das als einziges vollständig renoviert und wunderschön geworden ist. Nussbraunes Parkett harmoniert bestens mit den freigelegten Deckenbalken und dem Sekretär meines Opas, den Juna zum sechzehnten Geburtstag bekam. Vor den Fenstern stehen ihre Kakteen, die sie so liebt, und ich lasse meinen Blick einen winzigen Moment über die Wände mit Fotografien wandern, bevor ich einen schrillen Pfiff ausstoße, der Juna endgültig weckt.

Meine kleine Schwester streckt sich ausgiebig, als ich das Tapsen von nackten Füßen im Flur wahrnehme.

»Buh!«, ruft Romy.

Ich wirble herum. »Süße, warum hast du uns denn nicht geweckt?« Kälte streift meine Beine, und ich fröstle in meinem dünnen Nachtkleid. Memo an mich: Unbedingt den Heizungsbauer anrufen, auch wenn Sommer ist.

»Ja, genau. Du weckst mich doch sonst auch immer. Besonders gern sonntags«, meldet sich Juna und schlüpft aus den Federn. Routiniert reißt sie das Fenster auf, ein Kaktus wackelt gefährlich. Vogelgesang weht ins Zimmer, und die weißen Vorhänge blähen sich.

»Du hast doch einen Wecker«, antwortet Romy und spielt mit der Zunge an ihrem Zahn herum. Ich kann gar nicht hingucken, als der sich bis in die Waagerechte legt.

»Ja, aber wenn ich den an die Wand werfe, hört er auf zu klingeln, und ich verschlafe.«

Juna reißt eilig Klamotten aus dem weißen Spiegelschrank, häuft sie sich auf den Arm und drückt sich an uns vorbei. Im Vorbeigehen wuschelt sie durch Romys Locken. »Aber du, du hörst nie auf zu plappern«, meint sie auf dem Weg ins Bad. »Egal wie oft ich dich an die Wand werfe.«

Romy kichert. »Du würdest mich nie wo gegen schmeißen«, weiß sie und grinst ihrer Tante nach.

Ich muss gähnen. »Also, warum bist du nicht in unsere Betten gekrabbelt wie sonst auch?«

Meine Tochter hat diesen verschmitzten Ausdruck im Gesicht, den sie zur Schau trägt, wenn sie etwas ausgefressen hat. Leider bleibt mir keine Zeit, um auf Schadenssuche zu gehen. Und so lautet Romys einzige Antwort, dass sie kein Baby mehr sei und deshalb nicht zu uns wolle. Und dass sie heute ganz viel zu Hause zu tun hat und deshalb nicht in die Schule gehen kann.

Meine Alarmglocken läuten.

Als wir alle angezogen sind und ich in Windeseile ein Butterbrot und Gemüseschnipsel in Romys Ranzen stecken will, entdecke ich das Geheimnis meiner Tochter. Einen Brief der Lehrerin, die um ein Gespräch mit mir bittet. Huch!

»Romy?« Ich lese ihn noch mal, sehe, dass er heute mit meiner Unterschrift von ihr abgegeben werden muss. Meine Tochter guckt mich unschuldig an und sieht dabei einmal mehr so entzückend aus, dass ich schon jetzt nicht mehr sauer sein kann. »Was ist das denn? Hättest du mir den nicht schon viel früher zeigen müssen?«, frage ich trotzdem, so streng ich kann.

»Aber Mami, das ist doch eine private Sache«, imitiert sie Charlotte, als die Ostern nicht über ihre Darmspiegelung reden wollte.

»Ist es nicht. Ich bin deine Mutter«, sage ich und ärgere mich, dass ich mich genauso anhöre wie Romys Oma. »Was ist denn passiert?« Ich möchte nur ungern unvorbereitet in ein Gespräch mit der Lehrerin gehen. Frau Kaiser macht zwar einen sympathischen und kompetenten Eindruck, dennoch ist es praktischer, vorher im Bilde zu sein. Dann lohnt es sich später wenigstens, aus dem Rahmen zu fallen.

»Gar nichts«, meint Romy. »Ich finde Schule nur total langweilig.«

Ich bringe sie erst mal zum Bus, damit sie nicht doch noch zu spät kommt. Hannelore, die zu uns stößt, sobald wir das Haus verlassen, begleitet uns, erzählt aus den guten alten Zeiten, in denen ihre Eltern im Dorf das Sagen hatten. Und von einer gewissen Gudrun, die man hätte exorzieren sollen. Ich nicke dann und wann, kann mich auf das Gesagte jedoch nicht konzentrieren. Schließlich schenkt Hannelore Romy einen winzigen echten Steifteddy mit Schulranzen. Manchmal ist sie wirklich reizend.

Nachdem Romy glücklich im Bus sitzt und Hannelore unterwegs ist, um bei Kurt, dem Landwirt, Kartoffeln zu kaufen, kontaktiere ich Romys Klassenlehrerin und verabrede einen Termin nach Schulschluss.

Es ist lustig, wie klein ich mich jedes Mal fühle, sobald ich ein Schulgebäude betrete. Und ich schrumpfe weitere Zentimeter, als ich auf dem Kinderstuhl vor einem Gruppentisch Platz nehme.

Die brünette Klassenlehrerin Mitte zwanzig lächelt lieb und bietet mir Kekse mit Schokoladenüberzug an. Ich lehne ab, bin zu nervös, um zu naschen.

»Da wären wir«, sage ich und falte die Hände auf der grünen Tischplatte mit Kratzspuren und Tintenflecken.

»Ja, da wären wir. Zuallererst: Romy ist ein besonders aufgewecktes Mädchen. Sehr intelligent, aber auch gewitzt ...« Frau Kaiser macht eine Pause, ich betrachte die vielen bunten Bilder zum Thema Wald an der Wand der vierten Klasse, in deren Räumlichkeiten wir uns befinden. Ein schielendes Eichhörnchen in einer Tanne ist besonders niedlich.

»Sie fügt sich gut in die Gruppe ein beziehungsweise hat es raus, die anderen zu dominieren, was mich zur Problematik bringt.«

»Meine Tochter hat also Führungsqualitäten? Wundert mich nicht«, scherze ich und denke daran, wie manipulativ meine Süße mit Rehaugen sein kann.

Frau Kaiser lächelt, doch die Fröhlichkeit erreicht ihre Augen hinter der Brille nicht. Ihr Blick huscht über mich hinweg. »Romy weigert sich, meinem Unterricht zu folgen, und zettelt regelmäßig Meutereien an.«

»Was? Nein.«

»Doch.« Frau Kaiser strafft ihre Haltung. »Und sie zeigt mir den Mittelfinger.«

Auweia!

»Sind Sie sicher? Ich meine, es gibt doch so viele Handzeichen in der Grundschule. Also, zu meiner Zeit zumindest. Den ›Leisefuchs‹, Sie wissen schon – so.« Ich strecke den kleinen Finger und den Zeigefinger nach oben und lege die übrigen Finger als Fuchsnase nach vorne. »Oder den Daumen hoch, als Lob ... Ich meine, sind Sie sicher, dass Romy nicht vielleicht das ›Willkommens-Einhorn‹ oder so was meinte?« Es fehlt nicht viel, und Alice tritt in Erscheinung ...

Und, was denke ich, Frau Kaiser fühlt sich allem Anschein nach tatsächlich veräppelt und räuspert sich laut. »Nein, Romy meint das schon so wie von mir angenommen.«

»Woher wollen Sie das denn wissen?«, rutscht es mir heraus, sodass mich Frau Kaiser kritisch mustert. Es vergehen mehrere Sekunden, in denen ich mich bemühe, arglos und aufgeschlossen auszusehen.

»Ich habe sie darauf angesprochen«, erwidert die Lehrerin schließlich.

»Hmpf«, mache ich nur und lasse die junge Frau, die das erste Mal eine eigene Klasse betreut, berichten.

»Sie zeigt mir ihren, ich zitiere: ›Sportskanonen-‹ und ›Du-kannst-mich-mal-gernhaben-Finger‹, weil sie ›die doofen Buchstaben‹ nicht von der Tafel abschreiben will.«

»Das tut mir sehr leid, ich werde mit Romy reden«, verspreche ich und unterdrücke das Verlangen, sofort meine Tasche zu schnappen und zu gehen. Im Laufschritt am besten.

»Das wäre sehr hilfreich.« Frau Kaiser nickt und guckt wieder freundlicher. »Mir ist da aber noch etwas aufgefallen.«

Ich lasse meinen Hintern, der bereits über der Sitzfläche des Stuhls schwebte, wieder fallen und versuche ein Lächeln. »Ich weiß, dass Romy sehr temperamentvoll ist. Das war sie schon als Baby.« Ich erinnere mich an unsere erste Krabbelgruppe, aus der man uns irgendwann auszutreten bat, weil Romy bei jedem Treffen ihren Mitbabys die aus Haushaltsutensilien gebastelten Spielsachen streitig machte und errungenen Besitz wie die Klapperschnur aus Babyglasdeckeln unter Schreien und Beißen verteidigte.

»Wenn es nur das wäre, würde ich mir keine Sorgen machen«, kommt als Nächstes, und ich erstarre innerlich.

»Sorgen? Wie meinen Sie das?«

»Ich empfehle Ihnen dringend, mit Romy bei einem Facharzt vorstellig zu werden.« Frau Kaiser seufzt. »Ich bin mir nämlich sicher, dass Ihre Tochter unter dem Hyperaktivitätssyndrom leidet. Vielleicht sogar ADHS hat. Nach meinen Beobachtungen mangelt es ihr an Impulskontrolle, sie denkt nicht nach, bevor sie handelt.« Frau Kaiser verzieht den Mund. »Und sie hat einem Mitschüler seinen Joghurt über den Kopf geleert, weil er sie beleidigt hat.«

Der Rest, den sie sagt, geht in meinen Gedanken unter. Okay, Romy ist ein Wirbelwind. Und sie reagiert schnell auf Reize. Aber das ist doch nicht krankhaft? Alex war ebenfalls ein sehr gefühlsbetonter und spontaner Mensch, auch wenn er nie jemandem Lebensmittel oder anderes über den Kopf geleert hat, zumindest nicht in meinem Beisein. *Ich* habe das mal getan, wenn ich es recht überlege. Eine Cola ins Gesicht eines Ex-Freundes, weil er kaum zwei Wochen nach unserer Trennung bereits eine neue Flamme hatte. Ich finde, das ist ein guter Grund für eine klebrige Dusche.

»Sie wird vielleicht Hilfe brauchen, um den schulischen Alltag bewältigen zu können«, höre ich wieder zu. »Sie sollten mit ihr einen Psychologen aufsuchen.«

»Womit hat er Romy denn beleidigt? Der Mitschüler?«, will ich erst mal wissen. Wieso beleidigt jemand meine Tochter? Und wo ist der nächste Joghurt?

»Das ist nicht der Punkt«, meint Frau Kaiser geduldig.

»Ich möchte das aber trotzdem gern wissen.« Ich fixiere die Lehrerin mit meinem Blick und kämpfe mit der aufkeimenden Wut in meinem Bauch. Psychologen. Ich selbst habe einige Erfahrungen mit denen gesammelt. Allesamt wenig positiv. Denn keiner von ihnen hörte auf, den Finger in die Wunde zu legen, und alle verschrieben mir Pillen, die ich nie nahm.

»Er hat sie ›Nervensäge‹ genannt.«

»Oh.«

»Ja, sie hält die anderen vom Lernen ab. Alles ist interessanter als das, was an der Tafel steht. Und wenn jemand nicht ihrer Meinung ist, reagiert sie aufbrausend.«

Ich für meinen Teil fand Schule ebenfalls blöd. Was ich Romy sicher nie erzählen werde.

»Welche Sechsjährige ist da denn anders?«, rutscht mir heraus, wofür ich einen strengen Blick ernte. »Sie hat sicherlich Hummeln im Hintern. Und sie weiß sich durchzusetzen. Allerdings hört sich das bei Ihnen so negativ an.« Ich zucke hilflos die Schultern.

»Wie war Romy denn im Kindergarten?«

Nie da, sage ich lieber nicht und überlege eine Weile.

»Wir waren häufig beim Kinderturnen und in Spielgruppen«, gebe ich schließlich doch zu und hasse es, dass die Meinung meiner Mutter, die Entscheidung, Romy nicht in den Kindergarten zu schicken, würde sich rächen, vielleicht zutrifft. Aber ich genoss die unbekümmerte Zeit, die ich mit Romy ganz allein hatte, genauso, wie ich sie damals brauchte.

Mein Magen krampft. Habe ich Romy mit dieser eigentümlichen Symbiose, die ich mit ihr eingegangen bin, am Ende geschadet?

»Das bereitet ein Kind natürlich nicht auf die Schulzeit vor.« Frau Kaiser schürzt die Lippen.

»Na, immerhin kann Romy bereits schreiben und im Zehnerbereich rechnen«, blaffe ich wie eine Sechsjährige.

»Leider zeigt Ihre Tochter das nicht.«

Stille entsteht. Breitet sich im Zimmer aus, nur Geräusche vom Flur sind zu hören. Das Quietschen von Turnschuhen auf Linoleumboden. Lachen und Kreischen von Kindern.

»Na gut. Ich werde mit Romy sprechen und mit unserem Kinderarzt über die Probleme reden«, gebe ich nach. Natürlich will ich für Romy das Beste. Trotzdem ärgert mich die Bereitschaft, sie so schnell in eine Schublade zu stecken. Auch wenn Frau Kaiser nicht ganz unrecht hat und sicherlich nichts Böses will. Dennoch: Mein Mutterkodex verbietet es mir, vor Romys Lehrerin die nervtötenden Eigenschaften meiner Tochter, die Wutanfälle und kreativen Ideen der Raumgestaltung auszusprechen. Zuletzt mit Hammer und Meißel an der frisch gestrichenen Wand des Kinderzimmers, weil Romy ein Fenster zum Flur haben wollte. Nette Idee, nur leider nicht so einfach umzusetzen, wie Fräulein sich das gedacht hatte.

Frau Kaiser und ich trennen uns erst mal, und wir verabreden, uns gegenseitig über Neuigkeiten zu informieren. Ich bin bedient.

ICH KANN DAS SELBST

Geburtstagskind, Geburtstagskind, nun bist sieben Jahr!«, singen Juna und ich für Romy am zweiten September ihren Happy-Birthday-Song. Sie kneift die Augen zusammen, pustet die bunten Kerzen aus und kreischt vor Aufregung. Ich beobachte meine Tochter seit einiger Zeit ganz genau und analysiere ihr Verhalten. Bei einem Psychologen war ich nicht, aber wir haben einen Termin bei Dr. Klein vereinbart, der nächste Woche ansteht.

Romy hat geschworen, dass sie niemandem mehr den Stinkefinger zeigen wird. Auch keiner Sportskanone oder Prinzen zu Pferd, wie ich es tat. Und sie will sich von ihrer besten Seite präsentieren, wenn sie in der Schule ist. Mal gucken, wie lange der gute Vorsatz hält.

Als Juna ein in rosa Papier gehülltes großes Geschenk hinter ihrem Rücken hervorzaubert, verengt Romy skeptisch die Augen. Freude sieht anders aus.

»Das ist von Mama und mir«, fügt meine Schwester an, übergibt das Ungetüm in Romys Hände, und sie schüttelt es erst mal ordentlich. Auweia!

»Mama?«, fragt sie dann.

»Ja, mein Spatz?«

»Ist das Paket nicht etwas zu klein für ein Lama?« Sie legt den Lockenkopf schief.

»Okay, ich bin raus«, verkündet Juna leicht genervt vom Thema Kamele im Haus. »Es gibt kein Lama!«

Trotz reparierter Heizung sinkt die Temperatur im Haus merklich.

Plötzlich klingelt es an der Haustür. Das Lama ist vergessen, und Romy rennt los, fliegt dabei fast über den Staubsauger, mit dem ich gerade noch versucht habe, Baustaub zu entfernen, bis es einen kläglichen Knall gab und das Gerät eines furchtbaren Todes starb. Memo an mich: Schutt ist gefährlich für feine Filter.

Romy schlägt auf die Klinke und öffnet. »Hallo, Sportskanone!«, freut sie sich, als Henry mit einem Teddybären und der Werkzeugkiste vor ihr steht. Sie wippt auf den Fußspitzen, spielt mit der Zunge an ihrer frischen Zahnlücke. Sie hat den Zahn in der Nacht verloren und zu ihrem Bedauern vermutlich verschluckt. Zum Glück hat ein weiterer Schneidezahn zu wackeln begonnen.

Henry setzt das Stofftier auf das Paket in Romys Armen. »Happy Birthday, kleine Hummel.« Er schenkt ihr ein schiefes Lächeln, bevor sein Blick zwischen meiner Tochter und mir hin- und herhuscht. »Hübsch seht ihr beide aus.« Er bestaunt Romys Affenschaukel als Frisur und die pinke Strähne, die ich meiner Tochter zur Feier des Tages gefärbt habe.

»Harmoniert toll mit eurem Flur«, neckt Prinz Vorlaut uns mit unserer Farbauswahl, mit der er nicht einverstanden war. Vehement riet er uns von Altrosa ab, da es seiner Meinung nach zu kitschig sei. Gut, dass Prinz Langweilig kein Stimmrecht hat und wir Mondtag-Frauen Einigkeit und Geschick beim Streichen bewiesen. Nun kommt der Altbremer Stuck, den wir zusätzlich angebracht haben, noch besser zur Geltung und verleiht der Diele Eleganz.

»Es war nicht einfach, die Frisur zu flechten«, sage ich, lehne mich an die Kommode und schubse dabei fast die Lampe hinunter. Ob Ungeschicklichkeit vererbbar ist?

Seit unserem Dachbodenzwischenfall mit den Beinahetränen ist so etwas wie Neugierde in mir erwacht. Ich würde gern mehr über Henry wissen, einen Blick hinter seine lässige und manchmal bärbeißige Fassade werfen. Aber er ist wie ein Buch mit sieben Siegeln, unterhält sich lieber übers Wetter als über sich selbst. Immerhin weiß ich inzwischen, dass er als Kind das Buch *Alice im Wunderland* liebte und zurzeit etwas à la *Game of Thrones* liest.

»Danke, Sportskanone«, sagt meine gut erzogene Tochter und knickst sogar. Wir haben gestern Hofstaat und Königin gespielt, was sich jetzt auszahlt.

»Gern geschehen«, murmelt Henry und tritt ein. »Aber kann mir eigentlich mal jemand sagen, warum Ihre Tochter mich immer ›Sportskanone‹ nennt?« Er bleibt vor mir stehen, schaut mich fragend an. Dann zupft er spielerisch an einer gelösten Locke und legt sie mir über die Schulter.

Seine Geste irritiert mich, denn seit Tagen habe ich das Gefühl, dass er um Abstand zu mir bemüht ist.

»Das ist nett gemeint«, behaupte ich, um mich abzulenken. »Romy hat für jeden einen Spitznamen.«

Juna, die mit einer Teetasse im Türrahmen zum Wohnzimmer lehnt und immer noch darauf wartet, wie Romy auf unser Geschenk reagiert, verschluckt sich vor Lachen.

»Komisch, ich glaube Ihnen irgendwie nicht.« Henry rückt sein Basecap zurecht und schiebt sich an mir vorbei, steigt über die Leiche des Staubsaugers und geht in Richtung Treppe. »Dann will ich mich mal nützlich machen.«

Ich stupse Romy an, fordere sie auf, die geprobte Einladung auszusprechen.

»Willst du keinen Kuchen? Wir machen eine Frühstücksteeparty«, leiert sie herunter, während sie das Geschenkpapier aufreißt.

»Eigentlich megagern«, antwortet Henry. »Aber deine Mama hat gesagt, sie möchte, dass die Zimmer oben auch mal fertig werden.« Er zwinkert mir zu.

»Zeit für einen Kaffee ist doch immer«, beeile ich mich zu sagen. »Und es ist eine gute Stärkung, bevor man körperlich arbeitet.«

Romy guckt zu Henry. »Du solltest auf Mama hören, das mach ich auch manchmal.« Sie zerfetzt das Papier, dass ein Aktenvernichter neidisch auf sie wäre. Ich hebe die Schnipsel auf und bemerke aus dem Augenwinkel, dass Henry zögert. Fast denke ich, er gibt nach. Doch dann entscheidet er sich anders, und das unsichtbare Band zwischen uns löst sich.

»Später vielleicht«, sagt er knapp und verschwindet nach oben. Mein Blick bleibt etwas zu lange an seiner Kehrseite hängen, was Juna als Einladung für eine anzügliche Geste nimmt. Sofort werde ich rot.

Plötzlich stößt Romy einen spitzen Schrei aus, der mich zusammenzucken lässt.

»Was ist das denn?«, fragt sie begeistert, während sie die Violine aus dem Karton befreit. »Ich werd verrückt, Mama!« Sie kreischt, trippelt übermütig mit dem Instrument im Kreis und drückt es an sich.

»Mal sehen, wer als Erstes verrückt wird.« Juna, die mir nicht oft genug ihre Bedenken bezüglich dieses Geschenkes mitteilen konnte, grinst.

Alex war ein großes Talent auf der Violine, einer der Gründe, warum ich mich Hals über Kopf in ihn verliebte. Es gab nichts Größeres, als ihm zuzuhören, wenn er *Clair de Lune* für mich spielte. Einen winzigen Moment versinke ich in einer Erinnerung, sehe Alex vor mir. So deutlich wie schon lange nicht mehr.

»Danke, ihr seid beide meine Lieblingsfrauen«, haucht unser Sonnenschein und schlingt seine dünnen Ärmchen fest um Junas Taille. Deren Tee, eine experimentelle Eigenkreation aus Melisse, Kamille, beruhigenden Gänseblümchen und getrockneten Beeren, alles aus dem Garten und dem Gewächshaus, schwappt über den Rand, bekleckert ihr weißes T-Shirt.

»Eine Geige hab ich mir so sehr zum Lama gewünscht.« Romy linst zu mir.

»Gern geschehen«, antwortet Juna, wie immer gerührt von Romys Überschwänglichkeit und den zauberhaften Liebesbekundungen, die nun folgen.

»Ich liebe dich so, du bist meine wunderschöne Glücksfee-Tante und riechst wie Zuckerwatte.«

Ich frage mich, ob sie einen Wutanfall bekommt, wenn ihr klar wird, dass es kein Lama zur Geige geben wird. Nur das Musikinstrument und Lehrstunden dazu.

»Süße, du weißt aber, dass du damit auch Unterricht nehmen musst, oder?«, spreche ich das Thema vorsichtshalber sofort an.

»Klar, ich bin ja nicht blöd. Ich muss ja die Noten erst mal lernen.«

Henrys fluffiger Teddy fliegt aufs Sofa, und Romy legt beinahe professionell die Geige an und zieht den Bogen über die Saiten. Ein unangenehmer Laut reizt mein Trommelfell, und Romy ist nicht mehr zu bremsen.

Wir entscheiden, dass sie den Vögeln etwas vorspielen darf. Die Sonne scheint, und die Biester drohen uns die Apfelernte zu versauen, weil sie fröhlich an den reifen

Früchten herumpicken. Das verhagelte uns bereits den Kirschertrag, weil wir zu spät dran waren mit dem Pflücken. Ich bekam beinahe einen Herzinfarkt, als ich eines warmen Julitages hinauskam und mich erst über das laute Gezwitscher wunderte und anschließend über den riesigen Schwarm Stare, der über einen Baum nach dem anderen herfiel. Die Vögel pickten und fraßen. Alles ging unglaublich schnell. Ich machte so viel Radau, wie ich konnte, damit sie davonflogen, und wir ernteten sofort. Juna sagte sogar einen Job ab, um nach Hause zu kommen, damit wir es schafften.

Wenig später finden wir uns auf der Apfelbaumwiese wieder, um die ersten Früchte zu ernten.

»Sag mal, manchmal frage ich mich, ob du farbenblind bist«, schnaufe ich und atme gegen den aufkommenden Rückenschmerz an. »Du musst darauf achten, dass sie nicht zu grün sind. Dann sind sie nämlich noch nicht reif.«

»Werd mal nicht frech. Wenn sie sich leicht lösen lassen, sind sie fertig.« Juna, die auf die höchste Leitersprosse geklettert ist, bewirft mich mit einem winzigen rotbäckigen Apfel.

Kichernd reiche ich ihr einen neuen Eimer. »Ich meine ja nur. Die Resi, die nicht goldgelb bis purpurrot ist, dürfte noch hängen bleiben.« Habe ich zumindest gelesen. Unsere Sorte Resi ist eine frühherbstliche Frucht und bereits Anfang September so weit, wohingegen die Boskops noch einige Wochen brauchen werden.

Vom Haus her weht Henrys Musik aus dem Radio durch das Dachbodenfenster, dann und wann unterbrochen durch das Geräusch der Motorsäge. Und von Romys Gefiedel im Wäldchen, das immerhin alle Vögel verscheucht hat.

»Juna?« Ich steige die Leiter auf der anderen Seite zwei Stufen hinauf und zupfe an ihrem T-Shirt.

»Was denn?«

Ich nicke zu Romy, die aufgehört hat, ihr Instrument zu bearbeiten, und nun damit beginnt, mit den Netzen für die Kirschbäume zu spielen, die ich gerade erst fein säuberlich zusammengelegt hatte. Dabei wickelt sie sich ein, als wäre sie selbst ein Geschenk. »Was ist, wenn die Lehrerin richtigliegt und Romy wirklich krank ist?« Seit meinem Gespräch mit Frau Kaiser begleitet mich der Gedanke ständig.

»Ach was, die ist nur schlecht erzogen.« Meine Schwester grinst breit. »Ich meine, guck uns beide mal an. Was hätte dabei schon rauskommen sollen?« Ihre flinken Finger rupfen weitere Äpfel, lassen sie in den Eimer rutschen. »Mach dich nicht verrückt.«

Nachdenklich ernte ich weiter. Irgendwann halte ich den perfekten Apfel in der Hand und beiße hinein. Saft spritzt, rinnt mir zwischen die Finger. Die Frucht ist fest und süß, aromatisch mit feiner Säure. Wahrscheinlich habe ich nie einen köstlicheren Apfel gegessen.

Juna schwatzt über einen neuen Job, der bald ansteht und für den sie eine Weile in Italien sein wird. Meine Gedanken schweifen immer wieder zu Romy, die es geschafft hat, ein Zelt aus Netzen zu bauen. Da ich es schon hasse, Lichterketten zu entwirren, werde ich es sicher noch schrecklicher finden, diese Netze auseinanderzubekommen.

Die Sonne steht hoch am Himmel, als wir acht weitere Bäume abgeerntet haben und entscheiden, zu den Bienenstöcken zu gehen, die wir bis jetzt in Ruhe gelassen haben. Ich vermute, wir haben beide ein bisschen Angst vor den Insekten mit Giftstachel.

»Werdet ihr klarkommen, wenn ich weg bin?«, vergewissert sich Juna und zieht die Sense hinter sich her, mit der wir einigen seltsamen Gewächsen zu Leibe rücken wollen, die wild über unser Grundstück wuchern. Sie sehen verdächtig nach Hanf aus. Juna meint, es seien bestimmt nur die männlichen Blüten, die kein THC produzieren. Alles andere wäre schließlich illegal, und wir wollen ganz sicher vermeiden, ins Visier der Drogenfahndung zu geraten.

»Klar. Es läuft doch alles in geordneten Bahnen«, beruhige ich sie, während wir die alte Brennerei umrunden, die immer noch verwahrlost und einsam inmitten von Unkraut steht. Von hier aus kann man über einen Hang bis zum Ende des Grundstückes sehen, das an einen Feldweg grenzt, auf dem nur selten Spaziergänger entlangkommen.

»Na, dann wollen wir mal.« Juna schwingt die Sense, einen winzigen Moment habe ich Angst um sie. Die Klinge haben wir schärfen lassen, und sie blitzt in der Sonne.

»Halt!«, donnert plötzlich eine Stimme zu uns herüber. Eine Gestalt schält sich aus den Schatten der Walnussbäume.

Juna hält inne.

»Wer sind Sie denn?« Ich schirme meine Augen gegen das Licht ab und blinzle. Ein Mann, der mich an irgendjemanden erinnert, stapft auf uns zu. Er trägt ein Metallica-T-Shirt mit Weste und ein blau kariertes Kopftuch, unter dem ergrauende Dreadlocks hervorschauen.

»Sie zuerst«, fordert der Fremde von uns. Juna tippt sich an die Stirn.

»Wir sind die Besitzer des Hofes«, antworte ich und versuche zu lächeln. Juna schwingt die Sense, die Schneide trifft auf trockenes Gras, und die Augen des Mannes weiten sich vor Schreck.

»Na so was, da ist man mal ein paar Wochen nicht da, und schon wird's gefährlich«, meint er und fährt sich über seine Bartstoppeln.

Unwillkürlich linse ich zum Waldstück zur Rechten, in dem der verwahrloste Bungalow versteckt liegt.

»Tun Sie das weg, bitte«, haucht der Typ aufgeregt und zeigt auf die Sense. »Sie machen ihnen ja Angst.« Er nickt zu den Pflanzen hin, die sich sacht und unschuldig in der Spätsommerbrise wiegen.

»Haben Sie etwa auf unserem Boden Drogen angepflanzt?« Nun weiß ich, an wen sein Habitus und seine Art, sich zu bewegen, mich erinnern. Captain Jack Sparrow alias Johnny Depp aus *Fluch der Karibik*.

»Ich?«, fragt er und tut für einen Moment überrascht, bevor er uns offen angrinst. »Ja, das war ich.«

»Glückwunsch, dann können wir das ja gleich mal mit der Polizei klären, Herr ...« Weiter kommt Juna nicht, da nimmt Jack Sparrow ihr die Sense einfach ab.

»Hubert. Freut mich, dass ich da bin. Und zur rechten Zeit, wie mir scheint.« Er streckt meiner Schwester eine Hand entgegen. Ich ergreife sie an ihrer Stelle und werde durchgeschüttelt.

»Der Anbau geschieht rein aus medizinischen Gründen«, beteuert der Typ, und Juna zieht eine Grimasse.

»Klar doch.«

»Ehrlich, ich habe Rücken. Und da hilft mir das hübsche Gras. Das muss doch niemand wissen.« Hubert lächelt linkisch. Fehlt nur noch Sparrows Goldzahn.

»Sie wohnen nebenan, richtig?«

Henry hat von einem pensionierten Postboten erzählt. Kauzig, ehrlich und direkt, meinte er.

»Korrekt, junge Frau. Und Sie beide müssen dem neuen

Weiberhaushalt entspringen, dem jetzt angeblich alles gehört.« Hubert lacht. Ein wenig zu lang, und ein Blick in seine leicht glasigen Augen lässt vermuten, dass er nicht ganz nüchtern ist. Und vielleicht nicht ganz von dieser Welt. Was ihn sympathisch macht.

»Sie sind viel entzückender, als erzählt wird«, meint er trocken und wippt auf den Fersen.

»Was soll das denn heißen?«, frage ich, und er lacht erneut. In der Ferne höre ich wieder die Violine, Romy wird tatsächlich besser. Oder meine Ohren gewöhnen sich allmählich an die schrillen Geräusche.

»Was wird denn so alles erzählt?«, hakt Juna nach und stemmt die Hände in die schmale Taille. Noch hält sie sich zurück, ich weiß aber, wie schnippisch meine Schwester werden kann. Ich bremse sie, indem ich sie sacht am Arm berühre.

»Ach, nicht viel.« Hubert macht eine wegwerfende Handbewegung. »Nur dass eine ganze Schar Frauen zugezogen ist und verrückt genug war, Geld für die Brennerei und den Obsthof zu zahlen. Es wird darüber spekuliert, ob sie im Lotto gewonnen haben, da sie allesamt keinem richtigen Job nachgehen.«

Ich bin schockiert.

»Wir sind nur zweieinhalb«, versucht Juna, das Bild zu korrigieren. »Und zwei von uns *haben* richtige Jobs.«

Mir wird mulmig. Wer redet bloß auf diese Weise über uns? Wir haben doch noch kaum jemanden kennengelernt. Ein, zwei Frauen auf dem Spielplatz, wenn wir mit Romy dort waren. Und einen älteren Herrn mit Glatze auf einem Elektrobike, der außer *Moin, Moin* nicht viel über die Lippen bringt. Es sei denn, er trifft auf Karlas Mutti, dann redet er wie ein Wasserfall. Auf Plattdeutsch.

»Fräulein, bekümmert Sie etwas?« Unser bekiffter Nachbar tätschelt großväterlich meinen Arm, bevor er uns beide hinter sich herwinkt. »Das wird schon wieder. Landluft ist die beste Medizin.«

Juna flüstert: »Eben hat er noch gemeint, Gras wäre das.«

»Ich freu mich jedenfalls, dass sich jemand mit offensichtlicher Leidenschaft für den Hof gefunden hat.« Hubert macht eine ausladende Geste und winkt uns hektischer zu sich.

Wir trotten los, auch wenn Juna mich abhalten will.

»Ich hatte mit dem Gustav, Gott sei seiner Seele gnädig, eine Abmachung, müsst ihr wissen.« Huberts Hände fahren liebkosend über seine Pflanzen, als er in einen ausgetretenen Pfad abbiegt und auf die Bienenstöcke zuhält. »Ich durfte ein paar Quadratmeter seines zauberhaften Gartens nutzen, und dafür kümmerte ich mich um die Bienen. Mit der Imkerei kenne ich mich nämlich genauso gut aus wie mit der Postzustellung.« Er wirft einen schnellen Blick über die Schulter, bevor er ohne Vorsicht auf die Kästen mit den summenden Insekten zuschreitet.

Juna und ich bleiben stehen, beobachten das geschäftige Treiben der Bienen. Sie brummen und surren, krabbeln und fliegen um ihre zwei Behausungen.

»Eigentlich bin ich ja eher ein Zeidler«, meint Hubert derweil. »Also ein Imker, der sich um halbwilde oder wilde Bienen kümmert, die meist im Wald leben.«

Ich blicke mich um. Wald haben wir genug.

»Hier wohnen drei meiner Völker und bestäuben den Obsthof, der Rest lebt im Wald.« Hubert bleibt vor den Kästen stehen.

Ich für meinen Teil habe ein bisschen Angst vor den umherschwirrenden Bienen, deren Giftstachel sich einfach nicht verleugnen lässt, und weiche vor einer, die mich allem Anschein nach ziemlich interessant findet, zurück. Ich unterdrücke den Drang, nach dem Tier zu schlagen, während es mir um die Nase und die Ohren fliegt.

»Wir ernten wunderbaren Honig, aber auch die Pollen und Propolis. Schon mal davon gehört?«

Das aufdringliche Bienchen surrt auf meine Augenhöhe. Ob es ein tapferer Soldat Ihrer Majestät, der Königin, ist, der herauszufinden versucht, ob ich eine feindliche Übernahme plane?

»Ja, Propolis wird in der Homöopathie verwendet.« Juna, die in noch sichererem Abstand stehen geblieben ist als ich, wirkt plötzlich aufgeschlossener.

»Tjaja, das Bienenharz hat antibiotische, antivirale und antimykotische Wirkungen, ein wahres Wundermittel.« Hubert lacht, seine Fröhlichkeit ist ansteckend.

»Wen meinen Sie denn mit ›wir‹?« Endlich lässt mich die Biene in Ruhe, und ich trete näher.

Ohne sich um einen Schutzanzug oder einen Smoker, diesen Rauchapparat, mit dem man die Bienen besänftigt, zu kümmern, öffnet Hubert den Deckel eines der Körbe, um uns das Innenleben zu präsentieren. Einige Bienen setzen sich auf seinen Körper, auf die Hände und Arme. Spätestens jetzt würde ich kreischend davonrennen, egal wie sehr der goldene Honig lockt.

»Na, wir.« Er nickt zu uns herüber. »Wir drei Hübschen werden die Produkte zusammen vermarkten. Ich hab gehört, ihr werdet einen Hofladen eröffnen, und ich habe in den letzten Monaten sehr viel Honig geerntet.«

Unheimlich, dass wir das überhaupt nicht mitbekommen haben. Andererseits – die Stöcke liegen außerhalb unseres Sichtfelds, abseits, an Huberts Grund und Boden.

»Umpf«, macht Juna, und ich zucke hilflos die Schultern. Hubert weiß, dass wir keine Ahnung von Bienen haben und den Honig ohne ihn ganz sicher nicht so leicht nutzen würden.

»Eigentlich brauchen Bienen uns Menschen nicht«, plaudert er weiter. »Früher haben sie ihre Wabenhäuser einfach in Hohlräumen von Bäumen errichtet. Wir Menschen haben mehr von ihnen als sie von uns.«

Fasziniert schaue ich zu, wie er die summenden Bienchen unter Kontrolle hält. Selbst als eine ihn sticht, bleibt er cool, tadelt das dabei sterbende Tier liebevoll und mit tiefem Bedauern.

»Na gut. Wir können es zusammen probieren«, entscheide ich, wofür ich von Juna einen Tritt bekomme.

»Wisst ihr, was wirklich der Hammer ist?«, fragt Hubert, während er den Deckel zurück aufs Bienenhaus setzt und meine Antwort als selbstverständlich ignoriert. »Die Hochzeit der Königinnen findet in der Luft statt. Das ist völlig unkontrollierbar, und es sind mehrere Drohnen aus einem Einzugsgebiet von bestimmt hundert Quadratkilometern beteiligt.«

»Hört sich nach Gruppensex an«, haut Juna raus, und Hubert amüsiert sich.

»Stimmt. Mein Freund Hans mag so was auch, aber ich für meinen Teil bin da altmodisch. Und man sollte sich nie übernehmen. Beim Gulaschessen genauso wenig wie in Liebesdingen. Nicht wahr?«

Ich sag nichts.

»Ach, ist ja auch egal.«

»Und wie züchtet man Bienen, wenn sie das mit der Fortpflanzung allein regeln?«, wundere ich mich.

»Imker führen eine gezielte Königinnenvermehrung

durch, wobei sie ihr Ausgangsmaterial nach einigen Generationen von Mutterstationen oder anderen Züchtern erhalten. Zur Verbesserung des genetischen Materials gibt es sogenannte Belegstellen. Mein Kumpel Hans betreibt so was, da müsst ihr euch keine Gedanken machen.«

Ich schlage vor, unseren Deal mit einem Likörchen zu besiegeln, was Hubert eine toffte Idee findet. Gemeinsam stapfen wir in Richtung Haus zurück, als Hubert auf Höhe der Blaubeerbüsche plötzlich stocksteif stehen bleibt und sich duckt.

»Huhu!«, ruft es im selben Moment aus dem Nachbarsgarten, begleitet vom Gegrunze eines übergewichtigen Mopses.

»Ui, die Stasi. Ich muss weg.« Hubert umfasst meine Hand und haucht einen kratzigen Kuss darauf. »Ich verabschiede mich, es hat mich außerordentlich gefreut, die Damen.« Er deutet eine Verbeugung an und tritt rückwärts. »Aufgeschoben ist nicht aufgehoben.«

»Na gut, dann bis bald, Hubert. Unsere Tür steht jederzeit offen«, sage ich, bevor er wie ein Dieb hinter dem Buschwerk verschwindet.

»Unsere Tür steht immer offen?« Juna schüttelt fassungslos den Kopf. »Reicht es nicht, wenn diese Karla durch unsere Fenster einsteigt? Jetzt willst du auch noch die Türen öffnen?«

Ich drehe mich noch mal um, Hubert winkt, bevor er in seinem Hanffeld abtaucht.

»Seltsames Kerlchen«, raunt Juna.

»Da sagst du was.«

»Schönen guten Tag, ihr beiden!«, zwitschert Hannelore und kommt an der Mauer entlang auf uns zugewatschelt. »Was war denn das bloß für ein Heidenkrach hier draußen?«, erkundigt sie sich und ruft über die Schulter schnelle Anweisungen an ihre Fenster putzende Reinigungskraft. »Es geht doch nichts über gutes Personal«, meint sie anschließend und linst zu unserem Haus hinüber. »Kommen eure Baustellen voran?«

»Ja, alles gut«, zirpen Juna und ich gleichzeitig.

Mopsdame Chantall lässt die Zunge bis zum Boden hängen und röchelt, als Frauchen auf unserer Höhe stehen bleibt und sich auf die Mauerkante stützt.

»Habt ihr schon geerntet? Wie viele Kisten habt ihr zusammengekriegt? Schon die Mosterei angerufen?« Sie holt Luft, fährt sich einmal durch ihr dünnes Haar, und ich höre ihr weiter zu, wie sie über die Putzfrau schimpft, die es gewagt hat, Chantalls Körbchen in die Waschmaschine zu stecken. Jeder weiß doch, dass diese samtüberzogenen Kissen in die Reinigung gehen. »Ich habe gehört, jemand hat hier heute Geburtstag?« Ein leiser Vorwurf schwingt in Hannelores Stimme mit.

Mein Blick scannt die Umgebung, Romys Geige liegt verwaist auf der Holzbank unter der Eiche.

»Ja, unser Wirbelwind ist sieben Jahre alt geworden«, sage ich und versuche, mir keine Gedanken darüber zu machen, was Romy wohl gerade anstellt.

Hinter mir schnappt Juna sich zwei der Eimer mit Äpfeln, lächelt entschuldigend und macht sich aus dem Staub.

»Was für ein hübsches Alter«, schwärmt Hannelore. »Seid so gut und sagt ihr, dass ich eine Kleinigkeit für sie habe.« Hannelore zeigt mir ein kleines Kästchen in der Größe einer Zigarettenschachtel. »Ein Glück, dass ich stets vorbereitet bin. Wenn mir schon keiner rechtzeitig Bescheid gibt.«

»Das ist aber lieb von Ihnen, Hannelore«, sage ich beschwichtigend. »Romy wird sich bestimmt freuen.«

Wo steckt das Kind bloß wieder? Im selben Moment höre ich einen Knall und ein »Huch!«, dann ein blechernes Scheppern und einen Fluch. Von Henry.

»Ich bin sofort wieder da.« Panisch renne ich in Richtung Parkplatz, von dem ich die Stimmen höre. Mit jagendem Puls rausche ich um die Ecke, stoppe gerade noch rechtzeitig, um nicht auch wie Henry im Kirschbaumnetz zu landen, das Romy zwischen der Hauswand und einem Baumstamm gespannt hat. Ein Kanister liegt zu seinen Füßen, blubbert seinen Inhalt hinaus in den Kies. Henry angelt danach, die Motorsäge und Pinsel balancierend. Mit einem Sprung hechte ich vor, stelle den Kanister auf und nehme Henry die Pinsel ab.

»Ach herrje«, entfährt es mir, und Alice fügt an: »Was für ein Fang!« Sie kichert schnarchend durch die Nase.

»Deine Tochter hat nur Unsinn im Kopf«, knurrt Henry. Nun sind wir also mal wieder beim Du? »Und die Mutter macht einen auf doof.« Der Nachsatz kommt so leise, dass ich nicht sicher bin, ob Henry ihn gesagt oder ich ihn gedacht habe.

Erst jetzt erkenne ich, dass das Netz-Malheur nicht das einzige ist. So wie es aussieht, ist Romy mit ihrem Fahrrad in Prinz Unglücksrabes nachtblauen Mustang geknallt und rappelt sich gerade wieder auf.

»Ich hab mich so erschrocken«, verteidigt sie sich, klopft sich Schmutz vom Kleidchen und klaubt ihr Rad auf. Ihr Knie blutet. »Sportskanone hat den Eimer einfach fallen lassen. Ich war das nicht«, jammert sie. »Und er hat mich ausgeschimpft. Darf der das?« Romy klimpert mit den Wimpern, unsicher, ob sie weinen soll.

»Und du hast mir einen ordentlichen Lackschaden verpasst, junges Fräulein!« Henry zerrt an dem Netz, ich versuche, ihm zu helfen, sich daraus zu befreien, und beginne mit den Zähnen der Motorsäge, die sich darin verbissen haben. »So ein Mist!«

»Langsam, ich hab es gleich.«

Prinz Ungeduld drückt mich ungehalten zur Seite. »Ich kann das selbst.«

»'tschuldigung.« Ich hebe den Kanister auf, trage ihn zum Kofferraum hinüber, während Henry dem Netz entkommt und vor sich hin murrend seine Säge ablegt.

»Süßfratz, geht's dir gut?« Ich winke Romy zu mir herüber und betrachte ihr Bein. »Du brauchst ein Pflaster«.

»Das wird teuer«, brummt Henry, der nur Augen für den Kratzer im Blech hat.

»Nee, weißt du, Sportskanone, Pflaster haben wir im Schrank, die sind wohl gar nicht teuer.«

Während ich mit Erschrecken feststelle, wie sehr Romy nach Alice klingt, schnaubt Henry abfällig.

»Die Hauptsache ist, dass niemand schwer verletzt wurde.« Er hat keine Ahnung, *wie viel* Glück das bedeutet.

»Sie sollten Ihrer Tochter endlich mal Grenzen setzen«, meint er und beobachtet mit gerunzelter Stirn, wie ich Romys Knie mit einem Taschentuch abtupfe.

»Gut, dass Sie das ganz mir überlassen können«, antworte ich spitz. Ich schicke Romy zu Hannelore und wende mich Prinz Autonarr zu. »Henry, hören Sie. Ich weiß ja nicht, ob Sie Kinder haben, aber so ein Lackschaden ist eine Lappalie. Kinder toben nun mal herum, vielleicht hätten Sie nicht so viel auf einmal tragen sollen. Dann hätten Sie das Hindernis rechtzeitig erkannt.«

Seine Brauen schnellen nach oben. »Ach, jetzt bin ich also schuld?«

»Na ja«, ist alles, was ich dazu noch sagen will, und unterstreiche es mit einem trotzigen Gesichtsausdruck.

»Und wer bezahlt mir den Schaden?« Nicht weniger provokant schaut er zurück. Ein kühler Schauer rieselt mir den Nacken herunter, streckt seine Ranken bis in mein Hirn.

»Ich bin versichert.«

»Gut.« Unsanft verlädt er seine Sachen und knallt den Kofferraum zu.

»Gut«, antworte ich ebenfalls.

Der Motor geht schnurrend an, ich fummle an dem Netz herum, versuche es vom Baum zu lösen und merke, dass Romy die Maschen mit Reißzwecken festgedrückt hat. Wo hat sie die denn wieder her?

Eigentlich will ich mich nicht mehr zu Henry umdrehen, doch es ist wie ein Reflex. Unsere Blicke treffen sich in seinem Außenspiegel, als er davonrauscht.

ERWACHEN

Juna ist am frühen Nachmittag nach Italien abgerauscht, und ich beschäftige mich schon den ganzen Tag mit den Kräutern und Früchten, die wir im Gewächshaus gepflanzt haben. Einige konnten wir bereits ernten. Daraus sollen nicht nur wunderbare Tees entstehen, sondern auch Gewürzmischungen für jede Gelegenheit. Zum Beispiel der *Hokuspokus-Bolognese-Traum* von Oma, den sie erfand, als ich noch klein war und nichts anderes essen wollte als Nudeln. Oder das *Simsalabim-Salatfix* mit Schnittlauch, Granatapfel und Meersalz. Oder der *Abrakadabra-Toskana-Traum* mit Majoran und Oregano. Alles keine Hexerei, aber getestet und für zauberhaft befunden.

In Sachen Liköre bin ich ebenfalls einen großen Schritt weiter. Erstens habe ich inzwischen eine offizielle Lizenz und zweitens die geilsten Kreationen erfunden. Ganz neu: *Einhorntränen* aus Kirschvanille mit einem Hauch Minze und essbarem Glitzer, natürlich vegan. Superschick, wie Romy meinte, als sie das Probierglas entdeckte und prompt kosten wollte.

Dann haben wir *Schwarze Magie,* einen Himbeersalmiaklikör nach Junas Idee, die Omas Rezept abwandelte. Nicht aus eigener Ernte, da wir weder genügend Himbeeren noch Lakritzbäume im Garten haben, aber das macht ja nichts.

Wir müssen ohnehin Alkohol zukaufen, da wir immer noch nicht selbst destillieren dürfen, weil uns die Brennrechte fehlen und wir ja nicht schwarz brennen wollen, was Steuerhinterziehung gleichkommt.

Davon abgesehen könnten wir die Destille sowieso nicht betreiben, da wir viel zu viel zu tun haben. Aber immerhin haben wir die Brennerei letzte Woche unter dem wachen Auge von Hubert alias Jack Sparrow instand gesetzt und Pläne geschmiedet. Er hatte viele Tipps und sonderbare Anekdoten, darunter eine des Vorbesitzers, dessen erste Destille angeblich explodierte, sodass die Fensterrahmen zwanzig Meter durch die Luft flogen. Seitdem habe ich es noch weniger eilig, die Brennerei in Betrieb zu nehmen, und kümmere mich erst mal weiter um den Hofladen. Der ist inzwischen frisch gestrichen und mit Möbeln bestückt. Am meisten liebe ich die antike Kasse und ihr hübsches *Ringelingding*, wenn man sie bedient.

Außerdem rückt der Herbstmarkt näher, auf dem ich einen Stand gebucht habe, um die ersten Produkte an den Mann und die Frau zu bringen. Mit flinken Fingern klebe ich die wundervollen Mondtag-Schwestern-Etiketten auf Fläschchen und Gläser.

Es ist ein unglaublich heißer Septemberabend, und ich werde langsam müde, auch wenn mir diese Tätigkeit viel Freude bereitet.

Durch das alte Babyfon höre ich Romy in ihrem Zimmer mit sich selbst quatschen und Teddys an die Wand werfen. Ein Spiel, das sie gern spielt, wenn sie nicht zur Ruhe und in den Schlaf findet. Dabei wird es wirklich Zeit. Es ist schon dunkel und zehn Uhr durch.

Plötzlich wird es still, ich horche auf und stelle eine Flasche *Einhorntränen* zurück auf den Tisch des Verkaufsraumes.

Ich höre ein Schluchzen.

Eilig laufe ich über den Hof, nehme aus dem Augenwinkel wahr, dass Hannelore mit ihrem Mops unterwegs ist und Hundehäufchen in bunten Tüten sammelt. Durch den Stalleingang verschwinde ich ins Haus.

Als ich in Romys frisch renoviertem Zimmer ankomme, weint sie bitterlich und schlägt auf ihr Kissen ein.

»Süßfratz, was ist denn los?« Ich kraxele die Sprossen zu ihrem Hochbett hinauf und angle nach ihr. Sie richtet sich auf, schiebt sich in meinen Arm. Ihre Tränen netzen meine Haut.

»Ich will ja brav sein, Mami«, schluchzt sie, und ich muss aufpassen, dass wir nicht beide vom Bett abstürzen. »Aber ich kann einfach nicht. Meine Beine wollen nicht schlafen, und ich habe Angst.«

Ich steige hinab, winke Romy hinter mir her, und sie fällt die letzten drei Stufen. Ihr *Huch* verschluckt sie dabei und taumelt auf mich zu.

»Aber wovor denn?«, frage ich. Mein Herz zieht sich schmerzlich zusammen, und ich schiebe meine Arme unter ihren Hintern, hebe sie hoch.

»Weiß ich nicht.« Romy sieht verzweifelt aus.

»Alles ist gut, mein Baby«, sage ich und weiß es besser. Es ist ihre innere Unruhe, die Unfähigkeit abzuschalten. Gut, dass wir morgen Nachmittag den Arzttermin bei Dr. Klein haben und ich eine fachmännische Meinung zu unserem Problem bekomme. Frau Kaiser ist zwar zufriedener als zuvor, hat mir aber noch einmal verdeutlicht, wie schwer es für Romy ist, still zu sitzen und sich auf eine Sache zu konzentrieren.

»Weißt du, was?« Ich küsse ihre Stirn.

»Was denn?« Sie hört kurz auf zu weinen, atmet zitternd

ein und wieder aus. Es ist so herzzerreißend, dass ich aufpassen muss, nicht mitzuheulen.

»Wir schnappen uns eine der alten Matratzen und legen sie in den Garten. Da weht der Wind ein bisschen, und wir können bestimmt besser schlafen.«

Alex und ich übernachteten einmal auf seiner Dachterrasse, weil der Dreißig-Grad-Sommer die Temperatur in der Wohnung in die Höhe trieb, sodass wir sogar unter der Dusche schwitzten. Es hätte atemberaubend schön sein können, wäre die Innenstadt ein ruhigerer Ort.

»Ist das ein Abenteuer?« Romy wischt sich die Tränen aus ihren Rehaugen.

»Und ob.«

Wir zerren die Matratze aus dem alten Ehebett, das Juna verschmäht hat, ins Freie, betten sie im Wäldchen unter eine Eiche mit fünf bunten Vogelhäusern und schleppen Kissen und alles, was man sonst so braucht, hinterher.

In Windeseile dusche ich mich ab, putze die Zähne und steige in mein Nachtkleid. Dann kuscheln wir uns in einen Schlafsack und blicken durch die Wipfel der Bäume, die ihr Dach schützend über uns flechten, in den sternenklaren Himmel.

»Das gefällt mir gut«, seufzt Romy und wippt mit den Füßen. In der Hand hält sie die Glasmurmel, die sie von Hannelore zum Geburtstag geschenkt bekommen hat, schließt die Finger darum und öffnet sie wieder, schließt sie, öffnet, schließt, öffnet ... Ich bin froh, dass die Kugel zu groß ist, um in Nase oder Ohren gesteckt zu werden – das hatten wir schon.

»Hier können wir ab jetzt immer schlafen«, überlegt Romy nach einer Weile, und ihre Füße halten für einen Moment still.

»Und was machen wir, wenn es regnet?« Ich kitzle sie und

lege meinen Arm um ihren schmalen Körper. Grillen zirpen ihr Lied, eine Fledermaus flattert im Tiefflug über uns hinweg, und ich muss lächeln. Wie perfekt es hier ist.

»Wenn es regnet, duschen wir einfach unter Wolken«, zitiert meine Tochter Juna, die sich beim letzten Wolkenbruch bis auf die Unterwäsche auszog und im Regen tanzte, bis Romy und ich mitmachten.

»Das machen wir, mein Spatz.« Sacht beuge ich mich über sie, küsse ihre Nase und streiche ihr mit den Fingern die Augen zu. »Und jetzt ift ef Feit für das Flaflama.«

Romy kichert. »Hallo, Schlaflama. Wir schlafen heute draußen, meine Mama und ich.«

»Fupi, ich liebe draufen«, lispelt das Kamel. »Draufen ift fön.«

»Ja.« Romy gähnt. »Hier gibt's ganz viel draußen.«

Eine Sternschnuppe huscht übers Firmament und erlischt hinter den Bäumen. Ich denke daran, mir etwas zu wünschen. Doch was soll es sein? Ich will, dass es meiner Tochter gut geht. Und dass wir hier glücklich sind, denn ich spüre, wie ich immer mehr Teile meines Selbst an diesem Ort wiederfinde.

Romy öffnet ihre Augen noch einmal und lächelt mich breit an, legt ihre Hände an meine Wangen und küsst meine Nase.

»Du bist die beste Mami der ganzen Welt«, haucht sie, und ich vergehe vor lauter Liebe zu ihr wie Honig auf heißem Gebäck.

»Und du bist die beste Tochter der ganzen weiten Welt«, antworte ich und streichle ihren Arm. Sie atmet ein und wieder aus. Ihr Körper entspannt sich, ihre Beine und Füße halten endlich still, und sie schläft ein, gleitet in Sekundenbruchteilen davon. Fafzinierend!

Eine Weile wage ich es nicht, mich zu bewegen, doch schließlich befreie ich mich von Romys Ärmchen und schleiche ins Haus, um Pipi zu machen. Ich denke an einen Abend, an dem Alex mir ein Lied von Gloria Gaynor auf der Geige vorspielte und ich den Text dazu sang, und summe ihn in Gedanken.

I love you baby / And if it's quite alright / I need you baby / To warm the lonely nights.

Im Haus folge ich einem plötzlichen Impuls und hole die alten Liebesbriefe aus meinem Zimmer, kehre mit ihnen zu unserem neuen verwunschenen Plätzchen zurück. Einige Wochen habe ich sie ignoriert, weil so viel los war und ich abends erschöpft ins Bett geplumpst und morgens im Halbschlaf daraus hervorgekugelt bin. Obwohl mich die Worte der fremden Frau nach wie vor mit Wehmut erfüllen, haben sie mir gefehlt, und ich lese sie Häppchen für Häppchen, wie man teure Pralinen genießt.

Liebster,
ich bin verrückt, das muss es sein. Ich bin verrückt nach Dir und Deinen Küssen. Deine Berührungen sind pures Feuer auf meiner Haut und all die schönen Worte, die Du mir zuflüsterst, flüssiges Gold.
O mein Gott, wie selig ich bin, seitdem ich mit Dir bin. Auch wenn wir uns nur heimlich sehen können, fühle ich mich endlich einem Menschen zugehörig. Das ist nicht leicht für mich, da ich immer dachte, ich könne niemals jemandem vertrauen. Wenn man den eigenen Eltern misstrauen muss, fällt es einem schwer. Du weißt, wie sie sind. Wie oft sie mich bei anderen Leuten zur eigenen Belustigung vorführen. Gestern wollten sie, dass ich ihren Gästen, dem Bürgermeister und seiner Frau, auf dem Klavier vorspiele,

obwohl sie wissen, dass meine Schwester es besser kann.
Und natürlich glänzte sie, gleich nachdem ich eine einfache Melodie gestümpert hatte, mit ihrem Können. Ich habe meine Eltern reden gehört, ich sei ein Sonderling und würde nie einen adäquaten Ehegatten finden. Wenn sie nur wüssten, wie glücklich Du mich machst.
Seit dem Tag, an dem ich aus dem Apfelbaum in Deine Arme fiel. Und die tausend gefallenen Sterne in Deinen Augen sah.
Hoffentlich ist bald wieder Sonntag.
Ich liebe Dich,
Deine Tilly

Ich fühle meinem Herzschlag nach, wie er kräftig und stetig gegen den Stoff meines Seidenhemdes wummert. Ich vergehe vor Sehnsucht nach einem Menschen, der mir so nahe ist wie die sich Liebenden aus den Briefen.

Liebster,
was geschehen ist, tut mir wahnsinnig leid. Mein Vater hätte diese Dinge niemals zu Dir sagen dürfen. Du bist die Welt für mich. Und es ist mir gleich, ob Deine Eltern reich sind oder Akademiker. Was soll das schon sein – Stand? Reichtum? Sie sind so verblendet.
Ich frage mich die ganze Zeit, wie er uns gefunden hat. Eigentlich war er doch vollauf mit seinem hübschen Rasen beschäftigt wie jeden Sonntag. Ich war so vorsichtig, wirklich.
Ich habe meinem Vater gesagt, dass ich Dich liebe. Dass wir zusammengehören, egal was er sagt. Beinahe hätte er mich geschlagen, er war kurz davor, ich habe es in seinen Augen gesehen. Aber ich lasse mir keine Angst von ihm einjagen.

Nicht mehr.

Vielleicht kann ich mit meiner Mutter reden. Vielleicht kann sie mich verstehen und unterstützen. Sie ist ja auch neun Jahre jünger als mein Vater; es ist wie bei uns.

Sie muss mir einfach beistehen.

Bitte lass das Gesagte nicht an Dich herankommen. Wir dürfen uns unsere Liebe nicht verbieten lassen. Halt mich fest. Wir gehören zusammen, das Apfelbaummädchen und der Sternenkrieger.

Ich warte auf Dich am See.

Deine Tilly

Wie alt mögen diese Zeilen wohl sein?

Hätte ich mich von meiner Mutter beeinflussen lassen, was Alex anging? Als ich siebzehn Jahre alt war, kam ich mit einem Punk nach Hause, den Charlotte auf den ersten Blick aus vollem Herzen hasste. Und obwohl ich nicht sonderlich verliebt in ihn war, hielt ich die Beziehung allein aus dem Grund, weil sie ihr ein Dorn im Auge war, ganze vier Monate lang aufrecht.

Alex hingegen avancierte sofort zu Everybody's Darling. Er war charmant, gut erzogen, brachte Blumen für Charlotte mit und machte ihr die geschicktesten Komplimente zur richtigen Zeit.

Ich lasse mich tiefer in die Kissen sinken, schiebe die Briefe unter die Matratze und versinke in Erinnerungen.

Alex und ich begegneten uns das erste Mal in der Straßenbahn zur östlichen Vorstadt, in der ich damals meine kleine Wohnung in einem typischen Altbremerhaus bewohnte. Mit wenig Geschick balancierte ich meine Tageseinkäufe vor mir her und verlor beim Aussteigen zwei Apfelsinen, die Alex aufhob und mir zurück in die Papiertüte steckte. Sein Lächeln war umwerfend, seine Worte frech und gleichzeitig süß.

»Bekomm jetzt keine Angst, aber das ist eigentlich gar nicht meine Station«, sagte er entschuldigend und zuckte die Achseln, als die Bahn ohne ihn abfuhr. Einen winzigen Augenblick wirkte er so verloren wie ein Welpe ohne Mutter. »Allerdings bist du selbst schuld, dass ich mich wie ein armer Irrer aufführe und dir deine Einkäufe nach Hause tragen möchte.«

»Na so was! Erst gestern habe ich an einer Wunderlampe gerubbelt und mir einen persönlichen Einkaufstaschenträger gewünscht«, scherzte ich und verlor prompt den Brokkoli.

»Ich fasse es nicht«, meinte er. »Nicht nur hübsch, sondern auch noch witzig.« Wir stießen beinahe mit den Köpfen zusammen, als wir uns gleichzeitig bückten und lachten. Als ich losging, nahm er mir die Tüte ab und lief neben mir her.

Der Wind trieb Blätterwirbel vor uns her, fegte mir in den Mantel. Viel zu langsam schlenderten wir den Fußgängerweg entlang. Die Menschen überholten uns, drängten an uns vorbei, und ich tat, was ich eigentlich niemals hatte tun wollen. Ich ließ zu, dass ein Wildfremder erfuhr, wo ich wohnte. Und erzählte ihm auf dem zehnminütigen Heimweg private Dinge, als würden wir uns schon eine Ewigkeit kennen. Es war seltsam. Und zauberhaft.

Mir wird klar, wie viel Unendlichkeit in einem Herzen wohnt, und mit diesem Gedanken schlafe ich im Schutze der Bäume unter freiem Himmel ein.

Ich träume wilde Träume. Jene Art, die einen in Flammen stehen lässt. Zuerst ist es Alex, der mich küsst, seinen Körper über meinen schiebt und mich in die Kissen drückt. Doch dann sind es plötzlich Henrys graublaue Augen, die mich intensiv mustern, und seine Lippen, die meine sanft berühren.

Mein wohliges Seufzen vermengt sich mit den Liedern der Vögel in den Bäumen, und ich tauche ein wenig auf aus dem Dämmerzustand des Schlafes. Nur um gleich darauf zurück in das aufregende Gefühl abzugleiten, einen Mann zu küssen, den ich kaum kenne. Der nichts mit Alex gemein hat.

Ich wälze mich auf die Seite, zerre den Stoff des Schlafsackes über meine nackten Schultern und lasse neue Bilder entstehen. Spüre, wie meine Finger über seine raue Wange streichen, wie seine Hände über meinen Rücken fahren und tiefer …

»Henry«, murmle ich entzückt und recke mich seinem Körper entgegen, während seine Lippen erneut auf meine zustreben.

»Guten Morgen«, höre ich ihn antworten.

Ich jage in die Höhe und reiße die Augen auf.

»Scheiße!« Verwirrt starre ich auf die Tasse mit dampfendem Inhalt, die jemand vor meine Nase hält.

»Nein, Kaffee«, antwortet Henry sichtlich vergnügt.

In Millisekunden erfasse ich die Lage. Romy ist nicht mehr neben mir, die Sonne steht am Himmel, und Henry war in meinem Haus an unserer anspruchsvollen und meist irgendwas fordernden Kaffeemaschine. Wieso ist der überhaupt hier? Ach ja, er hat einen freien Tag und will ihn mit Arbeit bei uns verbringen. Die versöhnliche SMS, die er gestern noch geschickt hat, habe ich fast vergessen.

»Ich habe versucht, Sie zu wecken, aber ohne Erfolg«, gibt er unbekümmert zu. Auf seinem T-Shirt steht *V wie Valen-*

tine, wobei das *Valentine* durchgestrichen und durch *Vodka* ersetzt ist. »Da habe ich beschlossen, mich um Ihre Tochter zu kümmern, die mit einer Murmel im Beet unter der Eiche gespielt hat. Bei der Gelegenheit hat Romy mir die Kaffeemaschine gezeigt, damit ich für Koffein sorgen konnte. Der Wecker im Haus klingelt übrigens Amok, sicher nicht ganz ohne Grund.« Er wackelt mit den Brauen und stupst mich an der Schulter.

»Oje«, hauche ich. Meine Stimme ist belegt, und ich räuspere mich.

»So kann man das auch sagen.« Er stützt sich mit den Knien am Rande der Matratze ab. Die Sonne zaubert Lichtflecken auf seine leicht gebräunte Haut, und ich entdecke gelbe Sprenkel in seiner Iris, die mir zuvor nie aufgefallen sind.

»Wie spät ist es denn?« Hoffentlich nicht zu spät für den Bus zur Schule.

»Sieben«, sagt Henry. Ich nehme ihm die Tasse ab. »Romy ist bestimmt schon angezogen.« Henrys Miene wird ernst. »Jetzt müssen Sie nur noch wach werden, dann ist der Tag noch nicht verloren.«

V wie verloren. Das Wort klingt in mir nach.

»D-danke. Sie sind ja ein richtiger Schatz«, lasse ich mich hinreißen, während ich noch an Wunderlampen denke, und werde sofort eines Besseren belehrt, als sich dieser bekannte leise Spott in Henrys Gesicht schleicht.

»Der Hauch von Nichts steht Ihnen übrigens verdammt gut.« Er deutet auf meine seidene Bekleidung, die mir schief über die Schulter gerutscht ist und weit über dem Arm nach unten hängt. Ich mag es luftig beim Schlafen. »Sie sollten sich schnell etwas anderes anziehen, sonst kommt Mann noch auf dumme Gedanken.«

Hat er eine Ahnung, auf was für Gedanken mein Unterbewusstsein diese Nacht gekommen ist?

»Na ja, Sie stehen ja quasi unangemeldet in meinem Schlafzimmer«, stelle ich klar und zupfe den Schlafsack bis zum Kinn. Dann nehme ich einen großen Schluck Kaffee und linse über den Rand der Tasse zu ihm auf. Verdammt, sieht der sexy aus in seinen schwarzen Klamotten, mit dem Dreitagebart und den unordentlich abstehenden Haaren. War das schon immer so, oder sind das bloß die Auswirkungen meiner nächtlichen Erscheinung? Und warum riecht er so gut? Besser als jede meiner Gewürzmischungen, die ich gestern eingetütet habe.

Ich spüre Röte in meinen Wangen und atme auf, als Henry sich endlich erhebt und somit einen größeren Abstand zwischen uns bringt. In der Ferne knallt ein Flugzeug durch die Schallmauer, und der Specht in einem der nahen Bäume stellt sein Klopfen ein.

»Ich werde dann mal an die Arbeit gehen«, sagt Prinz Heiße Nacht, und ich könnte schwören, er weiß, was ich geträumt habe. Was unmöglich ist. Trotzdem liegt irgendetwas in seinem Blick, dass ich mich ertappt fühle. Und da ist noch etwas. Auch wenn Alex nicht mehr bei mir ist, verklebt mir plötzlich Honig das Herz, sodass es Mühe hat zu schlagen, weil ich ihn soeben in meinen Träumen betrogen habe.

Was für ein Erwachen!

Romy schafft es, ihren Bus zu erwischen, und ich gehe den ganzen Vormittag Henry aus dem Weg. Ich habe keine Ahnung, was mit meiner Libido los ist, vielleicht ein nahender Eisprung oder so was. Jedenfalls kann ich an nichts anderes denken, als mich von Prinz Gutaussehend flachlegen zu lassen. Was überhaupt nicht infrage kommt. Selbst wenn er nicht abgeneigt sein sollte.

Juna wäre da sicher anderer Meinung, deshalb erzähle ich ihr nichts von meinem Gefühlschaos, als sie aus Italien anruft.

Das Durcheinander in mir wird perfekt, als ich am Nachmittag einem vergnügten Dr. Klein gegenübersitze.

»Machen Sie sich nicht zu viele Sorgen, Frau Mondtag«, sagt er und dreht sich mit Schwung auf seinem Bürostuhl um 180 Grad, um ein Buch aus dem Regal zu ziehen.

Ich erliege einem Flashback und erinnere mich an Alex und mich, wie wir Sex auf so einem Ding hatten. Tolle Sache, wenn einem dabei nicht gerade schwindelig wird.

»Meistens ist es nur eine Phase, und nichts wird so heiß gegessen, wie es gekocht wird.« Dr. Klein drückt sich seine Brille höher auf die gerade Nase, die bei genauerer Betrachtung doch ziemlich anders aussieht als Alex'.

»Haben Sie eine Ahnung«, hauche ich.

Romy spielt im Wartezimmer, holt sich bestimmt den nächsten Infekt bei einem der verrotzten Kleinkinder dort drinnen. Während ich mich krampfhaft um klare Gedanken bemühe, öffnet Dr. Klein das Buch und zitiert aus dem Krankheitsbild eines ADHSlers. Vieles trifft auf Romy zu, einiges weniger.

»Kommen Sie Romys Bewegungsdrang nach; sie sollte sich am Tage unbedingt auspowern können. Sie sollte Sport machen, vielleicht Hockey oder Fußball«, schlägt er vor und macht ein nachdenkliches Gesicht, als ich nicht gleich antworte. »Es gibt natürlich auch die Möglichkeit der Medikation, aber das sollte der letzte Ausweg sein.« Dr. Klein schlägt ein Bein über das andere und lehnt sich auf dem Stuhl zurück.

»Da stimme ich Ihnen voll und ganz zu«, sage ich und stelle fest, dass seine Art zu lächeln der Alex' nach wie vor ähnelt.

Er erzählt mir von einer Praxis, die sich auf Fälle wie Romy spezialisiert hat, und gibt mir die Adresse samt Informationen zu neuen Ansätzen zur Steigerung der Konzentration. Begriffe wie *Dopaminmangel* fallen und die Gefahr der Übersprunghandlungen betroffener Menschen. Ganz zu schweigen von späterer Suchtgefahr, um sich zu regulieren, und, und, und.

Mir brummt der Kopf, und meine Ängste wachsen ins Unermessliche.

»Alles wird gut«, spricht Dr. Klein mir Mut zu, als er mich hinausgeleitet und dabei wie zufällig über meinen Ellenbogen streicht. Keine unangenehme Berührung, eher tröstlich. »Und? Haben Sie sich schon ein wenig eingelebt?«, fragt er sanft, bevor ich mich ihm entziehe und unsicher von einem Bein aufs andere trete.

»Ja, ein wenig. Aber im *Salitos* war ich noch nicht.« In diesem Moment bedauere ich das und setze den Besuch der Bar auf meine Liste von Dingen, die ich in nächster Zeit machen möchte.

»Sie sollten mal vorbeischauen. Der Betreiber ist sehr nett und möglicherweise einer Kooperation mit Ihnen nicht abgeneigt.«

Ich verstehe nicht und verenge die Augen.

Dr. Klein hebt die Arme und lacht. »Ich habe mir erlaubt, ein wenig Werbung zu machen«, setzt er zu einer Erklärung an. »Sie produzieren doch Liköre? Jedenfalls wurde mir so etwas zugetragen.« Er lächelt, was sich plötzlich genauso tröstlich anfühlt wie seine Berührung vor wenigen Sekunden. Wobei, »tröstlich« trifft es nicht ganz. Bevor ich mir jedoch darüber klar werde, welcher Ausdruck passender wäre, bricht im Warteraum Tumult aus, als, dem Geräusch nach, ein Turm Bauklötze zusammenkracht. Huch!

»Oh, das ist aber nett von Ihnen. Ich weiß gar nicht, was ich sagen soll.« Ich gebe mir Mühe, die zeternden Kinder Kinder sein zu lassen, was mir nicht schwerfällt, als ich in Dr. Kleins dunkle Augen blicke, in denen etwas Beschützendes liegt, ohne übergriffig zu sein.

»Sie müssen nichts sagen.«

Mich durchzuckt es, und ich denke daran, dass Prinz Henry, der Süffisante, mich viel zu oft mit einem gewissen Spott im Blick betrachtet, unter dem ich mich abgewertet fühle, sodass ich zurückblaffe und wir uns ständig kabbeln. Vielleicht sollte ich lieber von Kinderärzten statt von Handwerkern träumen? Ich spüre, wie sich ein Lächeln auf meinem Gesicht ausbreitet.

Eine Arzthelferin wirft mir einen skeptischen Blick zu, vielleicht sogar einen eifersüchtigen, bevor sie einen Jungen aufruft.

»Ich wünsche Ihnen einen schönen Tag, Frau Mondtag«, höre ich Dr. Klein sagen, bevor er den etwa dreizehnjährigen Teenager mit Hornbrille begrüßt.

Ich reiße mich vom Anblick des Kinderarztes los und wappne mich für Romy, die sich derbe mit einer Bauklotzturmerbauerin angelegt hat. Der Countdown zum Haareziehen läuft.

EINSTÜRZENDE MAUERN

Die Tage vergehen schnell, und endlich ist Juna zurück. Nachdem sie sich ausgeschlafen hat, geht es mit vollem Elan weiter voran.

»Ich hätte niemals gedacht, dass Kaputtmachen so befreiend sein kann!«, juchzt sie, während sie den schweren Vorschlaghammer schwingt und ihn krachend auf die dünne Mauer zwischen Küche und Wohnzimmer niederfahren lässt. Zum Glück haben wir noch nicht alles tapeziert oder gestrichen, was es uns leicht macht, das spontane Vorhaben eines Durchbruchs umzusetzen. Was schließlich den Auslöser dafür gab, dass wir tatsächlich sofort nach dem Ersinnen zur Tat geschritten sind, ist die Tatsache, dass wir diese hübschen Kaputtmachwerkzeuge in einer Ecke des Stalls gefunden haben.

Juna trägt eine trendy Skibrille als Schutz vor herumfliegenden Steinsplittern und macht eine enorm gute Figur beim Einreißen der Trennwand. Ich wackle mit der Hüfte wie ein Golfer vor dem Abschlag.

»Go, go, go!«, feuere ich meine Schwester an und hole ebenfalls zum Schlag aus.

Ich bin so froh, dass sie wieder da ist und mit anpackt. Wobei ich auch ohne sie und unter dem kritischen Auge von Henry viel geschafft habe. Zum Beispiel bin ich inzwischen

Meisterin im Verspachteln. Die Wände in meinem Zimmer sind glatt wie ein Babypopo, nachdem ich sie nach der Trocknung geschliffen habe. Alles kein Hexenwerk, versicherte mir Henry, und schwupps – das Ergebnis kann sich sehen lassen.

»Du wolltest mir von deinem mysteriösen Date erzählen«, hake ich vorsichtig bei Juna nach, die mich neulich am Telefon abwimmelte, weil ein italienisches Model mit ihr ausgehen wollte. Ich bekomme ein Schnaufen als Antwort. »Komm schon, ich brauch mal ein paar Neuigkeiten, die nichts mit Kindern, Früchten, Likören und Häusern zu tun haben«, maule ich.

Juna lässt den Hammer niederkrachen, Putz sprüht auf die Plane, mit der wir die Küche abgehängt haben.

»Der Typ wollte mir an die Wäsche, ehe ich meinen Drink aushatte«, würgt sie hervor. Ihre grünen Augen blitzen zornig.

Mein Mund formt ein »Oh«. »Diesmal ein Mann also?« Schmerz durchzuckt meine Schulter, als auch mein Hammer auf Stein trifft.

Juna hat bereits ein Loch in die Mauer gehauen, während es an meiner Stelle eher nach Delle aussieht. Ihre Muskeln spannen sich erneut, und sie haut zu.

»Ich finde, Frauen sind angenehmere Flirtpartner, ehrlich«, meint sie. »Und sie küssen besser.«

»Hattet ihr Sex?« Die Frage rutscht mir spontan heraus, und plötzlich denke ich, dass ich auch gern mal wieder welchen hätte, nicht nur im Traum. Ich glaube, es ist das erste Mal seit dem Unfall.

Juna antwortet nicht.

Ich denke an Alex' Küsse und hole ebenfalls wieder aus. Diesmal mit jäher Wut im Bauch. Zorn darüber, dass er mich allein gelassen hat. Darüber, dass ich mich mit diesem Schicksal so schwertue. Dass der attraktive Mann in meiner Nähe, von dem ich sogar träume, ausgerechnet Prinz Spott sein muss. Putz spritzt, Steine brechen. »Lass dir nicht alles aus der Nase ziehen.« Mein Kiefer mahlt, und ich komme in Fahrt. Es tut unglaublich gut, all die negativen Gedanken zu bündeln und gegen die Wand mit den roten Backsteinen krachen zu lassen.

Immer und immer wieder hole ich aus, ein großes Stück Mauer bricht und schließlich die ganze Wand. Juna verschwindet in einer Wolke aus Staub.

»Hurra!« Ich tanze vor Freude, reiße die Fenster auf und schnappe mir die Schubkarre. Mein Groll ist verpufft.

»Guck dir das an«, sagt meine Schwester und hustet. »Wie viel heller es in der Küche ist. Einfach toll.«

Die Wolke verweht, ich hätte die Vorhänge abnehmen und die Möbel nicht nur abdecken, sondern lieber alles rausräumen sollen. Na ja, niemand denkt an alles.

»Ja, Romy wird der Anblick auch gefallen.« Ich stemme einen Brocken zusammenklebender Steine hoch. Mit einem Poltern landen sie in der Karre.

»Es ist gut, dass Alex' Eltern sie mitgenommen haben.« Juna wedelt sich Luft zu, lüpft die Skibrille, schiebt sie wieder zurecht. »Solche Arbeiten sind nicht gerade kindersicher.« Sie wirft mir einen vielsagenden Blick zu.

Romy hat getobt vor Wut, weil sie nicht mitmachen durfte, und ich war kurz davor gewesen nachzugeben.

»Du hast ja recht«, gestehe ich ein. »Und es ist toll, Omas und Opas zu haben, die gern babysitten. Trotzdem – bedenke, dass die das Kind grundsätzlich auf Werkseinstellung zurücksetzen.« Mein Rücken knackt ungesund, als ich einen weiteren Brocken hochhieve.

»Ja, stimmt.« Juna lacht. »Jetzt wird sie erst mal wieder tagelang nach dem Zähneputzen Kekse essen und nicht mehr beim Tischdecken helfen.« So war's nämlich beim letzten Mal.

»Wenn's nur das ist ...« Mir fällt ein, dass unsere Kleine nach einem Besuch zu Ostern der festen Überzeugung war, dass Zimmeraufräumen mit Kinderarbeit gleichzusetzen sei. Oma habe so was gesagt, was Alex' Mutter natürlich abstritt.

Ich muss lächeln, Alex' Eltern verwöhnen Romy mit ihrer ganzen Liebe, was mich glücklich macht, weil es so viele Menschen gibt, die meine großartige Tochter anstrengend finden – Eltern auf dem Spielplatz, mit deren Kindern Romy in Konflikt gerät, was viele sind; Leute im Supermarkt, der Straßenbahn, sonst wo, die nicht damit klarkommen, wenn ein Kind seine Energie nicht immer unter Kontrolle hat. Manchmal frage ich mich, ob Erwachsene wirklich wollen, dass alle Kinder stets und ständig still auf ihrem Po sitzen und schweigen. Was wäre das für eine Welt?

Alex' Eltern sind zum Glück anders und lassen meinen Wirbelwind umhersausen, ohne Scherben, Kratzer oder Totalschäden zu bejammern. Es war schwer für sie, ihren einzigen Sohn zu verlieren. Und trotzdem fingen sie mich mehr auf als ich sie.

Plötzlich höre ich ein seltsames Ächzen. Zuerst denke ich, es ist Juna, die in unangenehmen Erinnerungen schwelgt. Doch dann erkenne ich, dass es das Haus ist, das stöhnt.

»O mein Gott«, flüstere ich und schaue zur Decke. Ein Riss zieht sich über die Strohputzfläche und zweigt sich auf wie das Geäst eines Baumes. Farbe platzt ab, Staub rieselt.

»Komm da weg!«, kreische ich alarmiert und lasse den

Hammer fallen. Zielsicher findet er meinen Fuß, und ich brülle auf.

Juna steht stocksteif da, lässt den Blick nach oben wandern. »Das kann doch nicht …«

Weiter kommt sie nicht.

Ich reagiere, reiße sie zur Seite, wir knallen in den mit Folie abgeklebten Küchentisch und schieben ihn krachend an die nächste Wand. Geschirr fliegt, eine Wasserflasche zerbricht.

Junas Schrei geht im Bersten der Zimmerdecke unter, als die Zinnbadewanne aus dem Obergeschoss durchbricht und mitten im geplanten Durchgang landet. Einer der Löwenfüße gräbt sich tief in die frisch aufbereiteten Dielen.

Dann kann ich nichts mehr sehen und bekomme kaum noch Luft. So ähnlich muss man sich nach einem Bombeneinschlag fühlen.

Juna vergräbt ihr Gesicht an meinem Bauch, schützt ihren Kopf mit den Händen. Ich liege rücklings zwischen Stühlen, halb unterm Tisch und pruste.

»Sind wir tot?«, fragt Juna einige Wimpernschläge später.

Ihre Skibrille hängt ihr schief auf der Nase, und ich habe Dreck in den Augen.

»Nö.« Ich blinzle, meine Bindehaut brennt wie Sau, und ich zwinkere dagegen an. Wind fegt durch das offene Fenster, verweht die Staubwolke und treibt mir endgültig Tränen in die Augen.

»Gott sei Dank!« Juna ist grau im Gesicht, nur dort, wo die Brille saß, nicht. Meine Klamotten haben exakt die gleiche aschfahle Färbung.

»Ich dachte, das sei keine tragende Wand?« Meine Schwester verpasst mir einen Schlag auf den Oberarm.

»Henry sagte Nein«, bin ich mir beinahe sicher.

»Echt jetzt?« Juna rappelt sich auf, sie hat eine Schramme im Gesicht. Hinter uns kippt eine Blumenvase aus der Vitrine, und ich erschrecke mich zu Tode.

»Männer! Tun so, als wüssten sie alles, und finden nicht mal den G-Punkt. Das zum Thema Unfehlbarkeit«, schimpft meine Schwester und hört gar nicht mehr auf. Ein Rohrspatz in Höchstform.

Währenddessen versuche ich, die Gespräche mit Henry übers Gebälk und die alten Lehmputz-Zwischendecken zu rekonstruieren, und komme erneut zu der Überzeugung, dass er sagte, nur die längs laufenden Balken seien tragend. Ich niese und glotze auf das Desaster.

Eine ganze Weile sitzen wir einfach nur da, im Dreck.

Mir ist ein bisschen zum Heulen zumute, trotzdem beschließe ich, statt Tränen zu vergießen, lieber die Likörtestung vorzeitig zu eröffnen. Mit Schwips macht es auf jeden Fall mehr Spaß, das Chaos zu beseitigen. Putzen war noch nie meine Lieblingsbeschäftigung. Und wir haben jetzt so einiges zum Saubermachen.

Einige Stunden und eine Flasche *Einhorntränen* später sieht es einigermaßen passabel in Wohnzimmer und Küche aus. Nur die schwere Badewanne auf ihrem Teil der Zimmerdecke steht noch im Weg, und wir haben freien Blick ins Obergeschoss.

»Hat doch was, vielleicht sollten wir es so lassen«, meint Juna irgendwann zu den Tönen von *Make Your Own Kind of Music* von Cass Elliot, die vom alten Plattenspieler dröhnen. »Als Mahnmal sozusagen.«

Ich öffne einen Prosecco und setze mich auf den mit Plastik umhüllten Sessel, der neben dem Tischchen und der Chaiselongue steht.

Nachdem wir uns einen Vortrag von Hannelore, die aufgeschreckt durch den Krach ihre Nase in unsere Angelegenheiten steckte, über Männerarbeiten anhören mussten, brauche ich unbedingt noch mehr Alkohol.

Ein bisschen hat sie ja recht. Wir hätten vorher Henry oder jemand anderen fragen sollen, bevor wir architektonisch tätig wurden. Oder dieses Gewerk an erfahrenes Fachpersonal abgeben. Aber hinterher ist man immer schlauer. Und uns »dumme Gänse« zu nennen, ist wahrlich nicht nett.

Meine Arme fühlen sich an wie Gummi, so erschöpft bin ich. Das Plastik über dem Sessel quietscht unter meinem Hintern. »Meinst du, ich sollte Henry informieren? Oder machen wir eine Überraschung draus, wenn er morgen kommt?« Ich glotze in die ovale ausgefranste Öffnung über uns. Eine der zimtfarbenen Kacheln kann sich nicht entscheiden, ob sie fallen oder an Putzresten kleben bleiben will.

»Ich würde ihn vorwarnen«, meint Juna, nimmt mir die Flasche ab, setzt sie an die Lippen und trinkt einen Schluck. Sie wippt zum Takt der Musik und grinst blöd. »Und? Geht da was zwischen euch?«, fragt sie mich plötzlich, und in meinem Magen schwirren Bienen hoch, knallen von einer Wand in meinem Bauch gegen die andere.

»Zwischen mir und Henry?« Ich tippe mir an die Stirn. »So ein Quatsch!«

»Tu doch nicht so! Du guckst immer so, wenn du von ihm redest.« Juna legt eine neue Platte auf; *Dream a Little Dream* berührt mein Herz.

»Ich guck gar nicht«, wehre ich mich gegen ihre Vermutung.

»Ach, Leni«. Juna seufzt.

Um die Heiterkeit und Zuversicht nicht abebben zu lassen, fordere ich die Flasche Spaß zurück. Juna hockt sich im Schneidersitz auf den nackten Boden.

»Schreib ihm, sag ihm, dass wir ein Problem haben«, drängt sie, und ich beginne nach mehreren Tritten vors Schienbein zu tippen.

Lieber Henry, uns ist die Decke auf den Kopf gefallen …

Ich lösche die Worte, beginne noch mal.

Lieber Henry, es wird Sie nicht erfreuen, aber wir haben noch mehr Arbeit für Sie, da wir für Unordnung gesorgt haben.

Ich lösche die Zeilen erneut.

Hallo, Henry, der Industriestaubsauger ist echt super. Haben Sie noch Beutel dafür? PS: Es gibt Neuigkeiten.

»Okay, ich gebe es zu. Er löst irgendetwas in mir aus«, sage ich leise und starre nachdenklich auf mein Handy.

»Was du nicht sagst …« Juna steht auf, zieht mich auf die Beine und beginnt zu tanzen.

»Ja, und eigentlich ist er gar nicht mein Typ.«

Ihr Arm legt sich um meine Hüfte, und wir schwofen wie ein verliebtes Pärchen durch das Wohnzimmer mit dem Loch in der Decke.

»Wer ist denn dein Typ, Leni? Und jetzt sag nicht Alex.« Meine Schwester erhöht das Tempo und dreht sich schneller mit mir über den knarzenden Fußboden.

Ist es dumm, an Alex festzuhalten? Es wird niemanden geben, der ihn ersetzen kann. Aber würde er sich nicht wünschen, dass ich glücklich bin?

Juna, die meine Gedanken kennt, tänzelt mit mir um die Badewanne herum. »Lass ihn los, Leni. Amüsiere dich einfach mal.« Ich lausche auf den Text: *Say »nighty-night« and kiss me. Just hold me tight and tell me you'll miss me.*

Mit Schwung stößt Juna mich von sich, hält meine Hand fest, lässt mich kreiseln und fängt mich wieder ein.

Ich wünschte, ich wäre so mutig wie sie. Ihre direkte Sexualität, wenn sie jemanden mag, ist bewundernswert. Glockenklar löst sich ein Lachen aus meiner Kehle, und ein warmes Gefühl hält in meinem Herzen Einzug.

While I'm alone and blue as can be. Dream a little dream of me.

Ein Hauch Nachtluft fährt zu uns herein, kühlt mein überhitztes Gesicht, und ich schließe für einen Moment die Augen. Stelle mir vor, dass ich mit Henry flirte. Was ich sagen könnte, wie ich es anstellen würde, ihm zu signalisieren, dass ich ihn vielleicht mag. Ganz vielleicht natürlich.

Mir kommt gerade eine Idee, da klettert jemand, Hintern voran, durch unser Wohnzimmerfenster und sprengt unseren Frieden, den wir uns so mühsam erhalten haben.

Es rumst, ich schnappe nach Luft. Juna schüttelt sich vor Lachen. »Das ist jetzt nicht wahr.«

»Hey, hallo. Ich bin's, Karla. Tolle Musik«, sagt unsere Einbrecherin, die in einem niedlichen Herzchen-Pyjama vor uns steht und aussieht, als wäre sie gerade aus dem Bett gestiegen. »Ich hab eine Einladung für euch«, sagt sie, als würde das alles erklären. Was die Frage aufwirft, wer sie eigentlich zu *unserer* Party eingeladen hat. Sie wedelt mit einer Postkarte, auf der eine schielende Katze mit blauen Augen abgebildet ist.

»D-danke«, sage ich höflich und bekomme einen gewaltigen Schluckauf. Einen von der Sorte, die Mageninhalt hochsteigen lässt. Ich werfe einen Blick auf die krakelige Schrift.

Ich bin Karla und hab am 12. Oktober Geburtstag. Ich mag Apfelkuchen.

»Gut zu wissen«, meint Juna belustigt, und Karla lässt sich auf unser Plastiksofa plumpsen, den Blick nachdenklich auf die Badewanne gerichtet.

»Das sieht scheiße aus«, meint sie. »Badewannen müssen ins Badezimmer.«

»Oh, danke für den Tipp«, antwortet Juna und scheucht den ungebetenen Gast vom Sofa auf, als er das Plastik aufzureißen beginnt. Karla hat schwarze Füße. Sie muss quer über den Acker gelaufen sein.

Im nächsten Moment beginnt die Schallplatte zu springen und wiederholt »blue as can be«, »blue as can be«, »blue as can be«, »blue as can be« ... Ich habe endgültig genug Aufregung für heute.

»Komm, Karla, du zeigst uns jetzt, wo du wohnst«, bestimme ich und nehme ihre Hand.

Den ganzen Weg über beschwert sich die Ausreißerin über Langeweile und ihre Mama, die sie immer zu Hause haben will. Und verrät uns, dass Hannelore laut Henry die Herzkönigin aus *Alice im Wunderland* sei. Und gern Köpfe rollen sieht.

Bei Karlas Haus angekommen, müssen wir ihre Mutter aus dem Bett klingeln, die noch gar nicht bemerkt hat, dass ihr ihre Tochter mal wieder abhandengekommen ist. Überschwänglich schenkt sie uns einen Blumentopf mit Rosenprint. Sehr süß.

Sehr viel später falle ich geduscht und hundemüde ins Bett. Eigentlich habe ich das Gefühl, dass ich stocknüchtern vom Spaziergang ans andere Ende des Dorfes heimgekehrt bin, muss das jedoch am nächsten Morgen, als die Sonne mich weckt, sehr infrage stellen. Denn die letzte Nachricht, die ich an Henry geschickt habe, war eine Sprachnachricht. Ein Monolog über die Gefährlichkeit von schönen Männern, die seltsame Gefühle auslösen. Etwas von Bienen im Bauch, Honig im Herzen und Unfällen, die mit Deckeneinstürzen zu vergleichen seien. So eine beschissene Scheiße!

Selten bin ich so schnell wach geworden wie heute Morgen. Mein Kopf dröhnt, als ich mich ruckartig aufrichte und die Bettdecke wegstrample.

»Nein, nein, nein!« Also eines muss man mir lassen: Peinlich sein kann ich. »Scheiße, Scheiße, Scheiße!« Ich stehe auf, torkle ins Bad mit seinen rostroten Fliesen und spritze mir eiskaltes Wasser ins Gesicht. Auf dem Weg zurück zum Kleiderschrank nehme ich aus den Augenwinkeln die leeren Flaschen wahr, die kreuz und quer auf dem Boden neben der deplatzierten Badewanne liegen. Wie viel zur Hölle haben wir denn gestern noch getrunken?

Henry hat die Nachricht auf jeden Fall abgerufen, mein wirres Gelalle, das in meinem Kopf bestimmt irgendeinen Sinn ergab, gehört und lieber nicht darauf geantwortet. Ich wünschte, es gebe Zeitmaschinen. Sicher überlegt er bereits, wie er den Job bei uns galant niederlegen kann. Wobei – nein, vermutlich informiert er uns schlicht darüber, dass wir einen anderen Fachmann suchen müssen, unser Prinz Direkt.

Und dann wird mein Magen zu Eis, als es an der Haustür klingelt und ich erkenne, dass es Henry ist, der dort steht, und ich ihm verkatert unter die Augen treten muss. An den Ringen unter meinen Augen können Affen schaukeln …

Schlimmer kann es nicht werden.

»Guten Morgen«, zwitschere ich gegen die frühen Vögel im Wäldchen an und lächle verkrampft. Die Tür schwingt auf und wieder zu, und ich beschließe, einfach draufloszureden. »Sie werden nicht glauben, was gestern passiert ist.« Ich lache heiser. »Wir wollten mit der Raumgestaltung weitermachen und … na ja … Sagen wir es mal so: Zum Thema Statik müssen wir uns noch mal unterhalten«.

»Darf ich erst mal reinkommen?«, fragt Henry und hebt die Brauen auf seine unverkennbare Art, die ich inzwischen, wie ich mir eingestehen muss, süß finde. Herrgott!

Ich ziehe die Tür auf, trete zurück, mache eine einladende Geste. »Und was ich noch sagen muss, ist, dass ich gestern Nacht aufgrund der ungeplanten Ereignisse nicht ganz Herr meiner Sinne war. Nun, Alkohol hat manchmal eben doch sehr bewusstseinsbeeinträchtigende Wirkungen, wie Sie sicher selbst wissen. Also, ich wette, Sie trinken auch mal einen Schluck Bier oder so …«

»Ich hasse Bier«, unterbricht er mich. Im nächsten Augenblick entdeckt er die Badewanne durch die offene Wohnzimmertür und stolpert einige Schritte vorwärts. »Was haben Sie getan?!«

Ich zucke mit den Schultern, lächle noch ein wenig honigsüßer. »Oh, gut. Ich für meinen Teil mag auch kein Bier.« Ich folge Prinz Überrumpelt, der unentwegt den Kopf schüttelt. »Sagten Sie nicht, dass die Wand zwischen Küche und Wohnzimmer *nicht* tragend sei?« Wir bleiben in der Tür stehen, verharren bewegungslos nebeneinander. Man könnte eine Biene landen hören, so still ist es.

»Das ist richtig«, murmelt Henry, und seine Stimme klingt plötzlich so müde, als hätte gestern *er* mit Juna all diese Flaschen geleert. »Allerdings sagte ich auch, dass ich die Zwischendecke noch auf Stabilität prüfen muss. Schließlich kann der Holzwurm auch dort aktiv gewesen sein. Was er vermutlich war.« Er wischt sich fahrig die Haare aus der Stirn.

»Oh, ja richtig – jetzt, wo Sie es sagen, fällt's mir wieder ein.«

Henry schüttelt noch heftiger den Kopf und lässt einen erstickten Laut hören. Gott, nein! Weint der etwa?

Ich ziehe scharf die Luft ein, beeile mich, ihn zu trösten. »Es tut mir wirklich, wirklich sehr leid, wenn ich Ihnen Kummer bereite«, beginne ich und erkenne zu spät, dass er lacht.

»Mir? Sie machen mir Spaß. Also wirklich!« Er kommt aus dem Kopfschütteln gar nicht mehr heraus, während er die Öffnung zum Obergeschoss begutachtet.

Mein Mundwinkel zuckt, ich bin mir nicht sicher, ob ich mitlachen soll.

»Also, Sie sollten nicht so viel den Kopf schütteln, nicht dass Sie noch ein Schleudertrauma bekommen«, rate ich ihm, und er lacht lauter. »Ich bin mir nicht sicher, ob so was dann als Arbeitsunfall gilt.«

Er geht um die Badewanne herum, bückt sich und untersucht den Schaden auf den Dielen. Dann versucht er, die Wanne anzuheben, und gibt vorerst auf. »Also, bei Ihnen wird es echt nicht langweilig.«

Ich grinse schief und beobachte Henry dabei, wie er auf die Ränder der Badewanne klettert, um die Balken der Zwischendecke mit seinem Hammer abzuklopfen.

»Sauber hinbekommen, den Absturz«, meint er, und seine Betonung fällt mir auf. Als könnte ich mir nicht sicher sein, ob er die Wanne oder den feuchtfröhlichen Abend danach meint.

»Schön, dass ich Sie so amüsiere«, antworte ich und stemme die Hände in die Taille. »Ich könnte ja jetzt behaupten, dass das eine Sollbruchstelle war, aber das wäre gelogen. Viel interessanter ist außerdem die Frage: Wie bekommen wir das wieder hin?« Hoffentlich muss nicht die gesamte Decke runter …

Henry steigt von der Badewanne herunter, ich weiche zurück, rumple mit dem Rücken an die verhüllte Kommode.

»Die ganze Decke muss neu gemacht werden. Die Platten runter, die Lattungen auch und zwei Querbalken. Und dann machen wir alles wieder hübsch.« Henrys Miene wird ernst, als er direkt vor mir stehen bleibt, mich einkeilt, zwischen sich und dem Möbel. Mein Herz pocht härter gegen meine Rippen. Prinz Raubein ist sicher ein Mann, dem seine Wirkung auf Frauen bewusst ist. Nicht wie Alex, der keine Ahnung von seiner Attraktivität hatte. Der sich oft sogar kleinmachte neben anderen.

»Na super«, flüstere ich.

Nachdenklich schaut Henry mich an, nur eine halbe Armlänge von mir entfernt.

»Die Decke ist morsch, es war aber kein Holzwurm. Ich tippe auf einen unerkannten Wasserschaden durch den spröden Ablauf der Badewanne«, erklärt er, als würde er mir ein Geheimnis verraten. Ein Schmunzeln schwingt in seiner Stimme mit.

»Na gut, dann haben Sie wenigstens genug zu tun.« Ich blinzle, stütze mich mit den Händen in meinem Rücken an der Kante der Kommode ab.

»Ich mag Sie, aber Sie sind eine ganz schöne Katastrophe«, lässt Henry mich wissen, und sein Blick wird dunkel, bohrt sich in meinen. Seine Hand hebt sich, streicht eine lose Haarsträhne über meine Schulter, wie er es schon öfter getan hat. Und wie jedes Mal stockt mein Atem, was mich verrät.

»Und Sie sind ganz schön frech«, entgegne ich. Seine Mundwinkel kräuseln sich. Spielt er mit mir eine Art Katz-und-Maus-Spiel? Und – viel wichtiger – bin ich die Maus?

Juna platzt ins Wohnzimmer.

»Meine Güte, habe ich einen Schädel«, verkündet sie, in Schlafsachen und mit immer noch verschmiertem Schmutzrand unter der Nase. Ihre Augen weiten sich, als ihr die Lage bewusst wird. »Oh, sorry. Störe ich? Ich wollte nur … ja, was eigentlich?« Auf dem Absatz kehrtmachend rauscht sie davon, und so vieles Ungesagtes bleibt zwischen mir und Henry, schwirrend wie eine Libelle, in der Luft hängen.

Unerwartet

Ein Träumchen ist jedenfalls der Stand, den ich am Samstag auf dem Herbstmarkt im nächsten Ort beziehe, um unsere Produkte zu verkaufen. Weniger traumhaft war die Fahrt in unserem Fiat 500 hierher, in dem die Kisten sich bis zur Decke stapelten und bei jeder Kurve Gefahr liefen umzustürzen. Memo an mich: unbedingt ein größeres Auto oder besser gleich einen Lieferwagen anschaffen.

Ein Blick aufs Handy verrät mir, dass es fast zehn Uhr ist. Juna sitzt im Stau zwischen Bremen und Osnabrück auf dem Weg zu Alex' Eltern fest. Eigentlich will sie später mit Romy auf dem Markt vorbeischauen, aber ob ihre Nerven das noch hergeben, ist fraglich. Sie hatte heute Morgen sichtlich schlechte Laune, nachdem sie eine WhatsApp-Nachricht bekam. Um was es ging, wollte sie mir nicht sagen. Manchmal braucht sie eine Weile, wenn sie etwas ärgert.

Die ersten Besucher tummeln sich vorm Haushaltswarenstand, dem Zuckerwattedealer und dem Kinderkarussell, in dem die Kleinsten ihre Runden in fliegenden Untertassen drehen. Ich sortiere die hübschen Likörfläschchen noch mal neu auf der weißen Tischdecke. Zwischen die Gewürzpäckchen mit den zauberhaften Namen drapiere ich Blümchen und Lavendel aus dem Garten. Und vor die Marmeladen und Gelees lege ich Kirschkernkissen, die Charlotte uns genäht hat. Eines muss man unserer Mutter lassen – sie ist eine Eins in Hauswirtschaftsdingen und hat manchmal echt gute Ideen. Wobei die Stoffauswahl und das Design der in Froschform gehaltenen Kissen Juna und mir zuzuschreiben sind.

Gegen Mittag versteckt sich die Sonne hinter weißen Wattewolken, und meine Kasse klingelt wie verrückt.

»Wunderschön, die Gestaltung«, lässt mich eine Mutter von zwei Kleinkindern wissen, während sie die Inhaltsangaben des *Blauen Wunders* prüft.

»Vielen Dank, meine Schwester hat das entworfen.« Ich reiche ihr einen Flyer, und sie lächelt herzlich.

»Wenn es so gut schmeckt, wie es aussieht, werde ich ganz bestimmt mal bei euch im Laden vorbeischauen«, meint sie und verstaut das Marmeladenglas in ihrer Handtasche.

Mein Herz stolpert, als unvermittelt Dr. Klein hinter der Frau auftaucht und mich anstrahlt.

»Frau Mondtag, wie läuft das Geschäft?«, fragt er, und ich muss mich einen Moment lang sammeln, weil er ganz anders aussieht, so ohne Kittel. Er trägt eine Jeans und ein T-Shirt mit Palmenprint, von dem ich nicht weiß, ob ich es peinlich oder cool finden soll, und entscheide mich schließlich für »erfrischend«.

»Gut, ich kann mich nicht beschweren.« Mädchenhaft fahre ich mir mit den Fingern durchs offene Haar, das sich in sanften Locken über meine Schultern ergießt.

»Das freut mich«, antwortet er, und es funkelt so viel Leben in seinen braunen Augen, dass ich ihn mit wachsender Faszination betrachte, während er mir einige historische Fakten zum Markt erzählt. Etwa, dass er aus einem Viehmarkt entstand, der immer noch fortbesteht und nachmittags in einer Auktion gipfelt.

Der Kinderarzt sieht jung aus, wie er so erzählt und mich über seine Palmen hinweg anlächelt. Echt süß, irgendwie.

Plötzlich lenkt mich die Tatsache ab, dass ein Mops durch die Menschenmenge hechelt. Und Hannelore zwischen den Passanten auftaucht. Sie winkt überschwänglich, und ich hebe die Hand.

»Also?«, hakt Dr. Klein auf irgendeine Frage nach, die nicht bis in mein Bewusstsein vorgedrungen ist. »Haben Sie Lust?« Sein Blick nagelt mich fest.

Ich lächle unsicher, zupfe an meinem weißen Spitzenkleid herum, als würde mir dadurch eine Antwort einfallen.

Hannelore, die einen Hosenanzug trägt, weiß Gott, wie sie in das enge Teil reingekommen ist, rammt einer möglichen Kundin den Ellenbogen in die Rippen und drängelt sich vor.

»Klar«, sage ich einfach mal zum Doc, woraufhin er mir zwischen Blümchen und Teemischungen eine Visitenkarte über den Verkaufstresen zuschiebt, auf der seine Privatnummer steht.

»Melden Sie sich einfach, wenn Ihnen danach ist.« Er schenkt mir ein bezauberndes Lächeln.

»Kindchen, was für eine Hitze heute«, begrüßt mich Hannelore und hebt Chantall auf ihren Arm. Der Mops japst nach Luft, ein langer Sabberfaden hängt aus seinem Mäulchen und tropft auf die Ware. Schnell tupfe ich mit einem Taschentuch alles sauber.

»Ja, ein richtiger Altweibersommer«, antworte ich, während Dr. Klein mit einem letzten Blick über die Schulter in der Menge der Marktbesucher verschwindet. Hat er mir soeben zugezwinkert? Und spüre ich deshalb Hitze in meine Wangen schießen?

»Hach, ihr habt ja hübsche Sachen gemacht«, stellt unsere

Nachbarin unterdessen fest. »Ich nehme die Marmelade *Blaues Wunder*, die war so lecker. Und was ist das denn? *Schwarze Magie*? Das hört sich … ähm … lustig an.«

»Salmiak mit Himbeere«, verrate ich ihr.

Sie keckert vor sich hin, stupst eine andere Kundin, die sich für die Teemischungen interessiert, an und sagt: »Meine Mädels haben skurrile Ideen, finden Sie nicht? Hört sich fast nach Teufelswerk an. Hähä!«

Die Frau flüchtet.

Ich weiß nicht, was Hannelore mit »meine Mädels« meint, aber egal. Fröhlich packt sie allerlei an Neuheiten ein und geht, ohne zu zahlen, mit der kurz vor dem Exitus stehenden Chantall davon.

Am Abend zähle ich einen guten Umsatz von etwa fünfhundert Euro und schlendere ein bisschen auf dem Marktplatz umher. Die meisten Stände sind bereits geschlossen, nur am Viehstand ist noch richtig was los.

Ein Mann führt einen Kaltblut-Wallach mit Hufen so groß wie unsere Suppenteller zu einem Pferdeanhänger und ist sichtlich zufrieden mit seinem Kauf. Ein weißes Welsh-A-Pony hat eine neue Besitzerin, die übers ganze Gesicht strahlt und ihrem Papa gar nicht genug danken kann. Mir geht das Herz auf; gleichzeitig vermisse ich Alex und stelle mir vor, wie er unserer Romy ein Pony mit rosa Zaumzeug schenkt.

Ich stoppe an der Absperrung, ein zotteliger Esel und ein Shetlandpony, so breit wie hoch, stehen einsam dort herum und dösen. Vorsichtig strecke ich meine Hand aus, lasse die braune Ponystute an mir schnuppern. Ihre Ohren bewegen sich aufmerksam, und ihr Gesichtsausdruck ist freundlich.

»Na? Was machen wir denn hier?«, höre ich plötzlich eine mir vertraute Stimme fragen.

Ich wirble herum. »Nur gucken«, verteidige ich mich wie meine Tochter, wenn sie unerlaubt an mein Schmuckkästchen gegangen ist.

Henry trägt einen dünnen Rollkragenpullover und Sonnenbrille. Er wuschelt dem Esel durch die Locken. »Schade um die beiden«, sagt er gedehnt.

Ich schaue ihn verständnislos an. »Das nächste Mal werden auch diese zwei einen netten neuen Besitzer finden.« Ich streiche dem braunen Pony über die superweiche Nase.

Henry legt den Kopf schief und mustert mich. Ich mag es nicht, dass ich seine Augen hinter den dunklen Gläsern nicht sehen kann. »Ein nächstes Mal wird es nicht geben, alle Tiere, die niemand haben will, steigen nach Feierabend in den Transporter zum Abdecker«, erklärt mir Prinz Ungerührt und lehnt sich an den Zaun.

In der Ferne jubeln Leute, als jemand einen Hauptpreis gewinnt. Kinder kreischen.

»Das ist ja schrecklich.« Es dauert eine Weile, bis das Gesagte und die Ungerechtigkeit vollständig in meinem Hirn ankommen. »Warum will sie denn keiner?«

»Siehst du die Hufe?«, duzt er mich und deutet nach vorn. »Die Stute ist anfällig für Rehe, das kann teuer werden. Und sie ist alt und viel zu fett.«

»Na, hör mal!«, protestiere ich und streichle mitleidig den dicken Kopf des Tieres. Die Stute schließt genussvoll die Augen. So ein liebes Tier.

»Wie dem auch sei.« Henry zuckt mit den Achseln. »Ich muss meinen Neuzugang verladen.« Er deutet auf einen lackschwarzen Jährling am anderen Ende des Platzes, den ein weißhaariger Mann in Latzhose am Halfter hält. Das Ohrenspiel des Pferdes ist nervös, und es schnaubt, als wittere es Gefahr. Wenn es wüsste, dass ihm nichts Schlimmes passieren wird – im Gegensatz zu den beiden bedauernswerten Tieren vor meiner Nase.

»Da hat wohl jemand nur Sinn für Äußerlichkeiten, was?« Ich recke mein Kinn vor. Was er wohl an mir zu meckern hätte? Zu viel Hüfte? Für eins siebzig mit neunundsechzig Kilo zu schwer?

»Na, wenn du meinst, Leni.« Er beugt sich nahe zu mir herüber, sodass mir sein Geruch in die Nase steigt, bevor er sich umdreht und mich einfach stehen lässt.

»So ein Idiot«, flüstere ich dem Esel ins große Ohr, und er stimmt mir zu.

Wenig später stehe ich vor einem vollgepackten Auto, das ich nicht nach Hause fahren kann, weil ich zwei ziemlich kompakte Tiere am Führstrick halte. Ein vierzehn Jahre altes Pony mit Figurproblemen namens Wilma und den noch älteren Esel Fredward. Juna geht nicht ans Handy, und ich glotze eine Weile dumm in der Gegend herum, bis ich mich mit meinen neuen Freunden kurzerhand zu Fuß auf den Weg nach Hause mache. Ins Auto passen die ja nicht.

Wilma lässt sich eher ziehen, und Fredward hat es prinzipiell eilig, eine wahre Zerreißprobe. Auch die Tatsache, dass ich gerade die gesamten Tageseinnahmen für die beiden auf den Kopf gehauen, dafür jedoch keine Ahnung habe, wie ich sie füttern soll, macht es nicht besser.

Ich wähle Henrys Nummer, während wir den Fußgängerweg entlanglaufen und immer mal von begeisterten Autofahrern gegrüßt werden. Nach dem ein oder anderen Funkloch nimmt Prinz Äußerlichkeiten endlich ab.

»Hey, hier ist Leni«, sage ich und zerre an Fredwards Führstrick, als er an einer Ampel nicht auf das grüne Männchen warten will.

»Was kann ich für dich tun?«, fragt er kurz angebunden.

Fredward iaht herzzerreißend laut und klagend. Wilma pennt mit offenen Augen. Ein Radfahrer schießt an uns vorbei, und der Esel bockt. Springt beinahe vor ein Auto. Der hat auf jeden Fall keinen guten Selbsterhaltungstrieb.

»Ich hab da ein Problem«, gebe ich zu, und Henry lacht am anderen Ende der Leitung.

»Das ist ja nichts Neues. Ähm, sag mal, war das ein Esel?«

Ich lächle einer Horde Kinder auf Rollern zu, die unseren Anblick irgendwie witzig findet. »Ja, darum geht es.«

»Sag nicht, du hast den gekauft.«

»Genau genommen habe ich auch das Pony gekauft und bringe sie gerade nach Hause.« Nur noch etwa zwanzig Minuten strammer Fußmarsch, schätze ich. Die Ampel wird grün, wir eilen auf die andere Seite und biegen in einen Feldweg.

»Du bist wirklich verrückt.«

Ich werde ungeduldig, als Wilma nach einer einsamen Butterblume am Wegrand angelt. »Ja, ich hab dich auch gern«, antworte ich schnippisch.

»Nur gern?«, lautet die Gegenfrage, und ich komme aus dem Tritt.

Wilma erschrickt vor einer Libelle. Das muss man mal verinnerlichen. Lastwagen und Traktoren findet sie langweilig, aber ein kleines Schwebeviech lässt sie ausflippen.

»O Gott, hilf mir doch!« Fast verliere ich das Handy, und als ich es wieder ans Ohr bringe, höre ich Henry sagen: »Na gut, wenn du mich so nett bittest. Was soll ich tun?«

»Ich habe kein Futter für die beiden. Könntest du mir vielleicht aushelfen? Ich weiß, du hast so was.«

»Ich bringe dir etwas vorbei. Soll ich dich irgendwo mit einem Anhänger abholen?«

Endlich trotten die beiden Huftiere brav neben mir her,

sodass ich zu Atem komme. »Nein, wir sind bald da. Wilma ist nur recht langsam.« Im selben Moment muss ich Fredward zügeln, der erneut in einen Trab fallen will. Meine Arme fallen jetzt schon ab, aber ich werde das schaffen. Das wäre ja gelacht!

»Na gut, bis gleich!« Henry klingt belustigt und legt auf.

Während meine neuen Freunde und ich den Feldweg entlangtapern, grüble ich über Menschen nach. Wieso werfen sie ein Lebewesen einfach weg, wenn es nicht mehr so funktioniert, wie sie es gern hätten? Wenn es alt wird oder krank oder einfach nur schwierig? Oder nicht das tut, was man will?

»Das ist ungerecht«, erkläre ich meinen Begleitern. »Stellt euch vor, das würde man mit Menschen machen …« Wilma schnaubt, und ich zucke zusammen, weil mir klar wird, dass ja tatsächlich auch Menschen abgeschoben werden. In Altersheime, Psychiatrien, Auffanglager …

Tilly, die Briefeschreiberin, und ihr Liebster fallen mir ein. In dem letzten Brief, den ich gelesen habe, schrieb sie davon, wie ihre Eltern sie mit Kälte straften, weil sie einen Weg einschlug, der ihnen nicht gefiel.

Liebster,
ich fürchte, meine Familie ist mich mehr als leid. An dem Tag, an dem ich zum ersten Mal gegen meine Eltern aufbegehrte und es wagte, ein Widerwort zu geben, beschlossen sie, mich nicht mehr zu lieben. Sie strafen mich mit Schweigen, ich bin Luft für sie. Fehlt nur noch, dass sie durch mich hindurchlaufen, als gäbe es mich nicht. Gestern durfte ich nicht mal mit ihnen zusammen essen. Meine Mutter hat meinen Teller dem Hund hingestellt. Nicht dass ich es ihm nicht gönne, aber es tat so weh.

Als ich auf Dich am Fluss wartete, ging mir vieles durch den Kopf. Während ich Steine ins Wasser warf, ihnen dabei zusah, wie sie versanken und ein Stück weit von der Strömung mitgerissen wurden.
So fühlt sich das Leben an. Es nimmt alles mit sich, wäscht den Schmutz fort und reinigt, genauso wie es einen zu ertränken vermag.
Meine Eltern werden nie verstehen, was ich empfinde. Ich frage mich, ob sie sich überhaupt lieben. Waren sie je so verliebt wie ich in Dich? Wenn ich genau überlege, kann ich mich nicht daran erinnern, dass sie sich je in den Arm genommen hätten.
Mein Vater hat ein Herz aus Teer, und ich ertrage seine Strenge nicht länger. Er hat mich in seinem Büro auf Reis knien lassen, damit ich über meine Sünden nachdenke. Alles, was er von sich gibt, ist scheinheilig. Seine Werte sind veraltet und oberflächlich. Er selbst hat doch nicht einmal zarte Gesten für meine Mutter übrig. Oder liegt es an ihr? Dass sie seine Nähe gar nicht will?
Ich bin bald siebzehn. Wir könnten gemeinsam fortgehen und heiraten. Uns vom Fluss des Lebens mitreißen lassen. Was hältst Du davon? Bei uns würde alles anders sein. Wir würden jede Nacht eng umschlungen einschlafen. Ich würde Dich jeden Morgen wach küssen. Ohne Dich bin ich wie Apfelblüten ohne Baum. Ich kann nicht ohne Dich existieren.
Ich liebe Dich.
Deine Tilly

Der Brief liegt zu Hause unter meinem Kopfkissen, zusammen mit den anderen, und hat verwischte Stellen, weil ich wie ein Schlosshund heulte, als ich ihn das erste Mal las.

Auch jetzt schlucke ich Tränen hinunter, wütende Tränen, weil ich nicht fassen kann, wie sich so herzlos umgehen lässt mit einem anderen Lebewesen.

Ich möchte Leute schütteln und anschreien, die ihre Kinder zurückweisen, wenn die ihre eigenen Entscheidungen fällen; die ihre Tiere töten, weil sie keinen Blumentopf mehr gewinnen; oder die ihre Eltern fortschicken, weil die vergessen haben, wie man einen Löffel hält.

»Seid doch froh, dass ihr sie habt!«, möchte ich schreien. »Es kann so schnell vorbei sein ...«

Jetzt rinnen mir doch Tränen die Wangen hinunter, und ich lasse sie laufen, während ich mich frage, was aus Tilly und ihrer Liebe wurde. Sind sie zusammen durchgebrannt und heute glücklich und zufrieden? Hat sie sich jemals mit ihren Eltern versöhnt? Ein paar Briefe liegen noch ungelesen im Stapel, vielleicht werde ich es also herausfinden.

Die Sonne geht hinter dem Wald von Auen mit einem roten Glühen unter, als ich auf unsere Straße einbiege. Wilma schnauft ganz schön, und ich mache mir Sorgen, ob sie vielleicht krank ist. Fredward hingegen sieht zufrieden aus, seine großen Ohren sind aufmerksam nach vorn gerichtet. In der Ferne kann ich einen kleinen Transporter sehen, der auf unseren Hof biegt. Ob das Henry ist?

Er ist es, und als ich ankomme, bin ich mehr als erleichtert, weil er die alten Pferdeboxen im Stall bereits mit Stroh eingestreut hat und ich Wilma und Fredward sofort dort parken kann, nach diesem fast zweistündigen Fußmarsch.

Junas Begeisterung für den Familienzuwachs hält sich in Grenzen, als sie wenig später auch zu Hause eintrifft und zu uns stößt. Romy hingegen bricht in Entzücken aus und bewaffnet sich umgehend mit Möhren und Äpfeln, die ihr Wilma und Fredward dankend aus der Hand fressen.

»Oh, Mama. Die sind viel besser als ein Lama«, freut sich meine Kleine und fällt mir um den Hals. »Danke, danke, du bist die allerliebste Mama der ganzen Welt.«

»Mal sehen, wie lange noch, wenn es ans Ausmisten geht«, murrt Juna.

Vielleicht hätte ich das nicht über ihren Kopf hinweg entscheiden sollen. Andererseits ist sie ja nicht ans Telefon gegangen, und später wäre es vielleicht zu spät gewesen. Was also hätte ich tun sollen?

»Es tut mir leid«, sage ich zu meiner Schwester. »Aber ich hab es einfach nicht übers Herz gebracht, die beiden dem Schlachter zu überlassen. Niemand wollte sie haben, sie waren verloren.«

Junas Miene wird milder. »Du wirst schon wissen, was du tust. Du bist immerhin die Ältere von uns beiden.«

Romy quatscht währenddessen auf Wilma ein, tätschelt ihren Hals und zeigt ihr ihren neuen Wackelzahn.

Henry lehnt lässig an der gegenüberliegenden Stallwand, an der sich ganze fünfzehn mitgebrachte Heu- und zehn Strohballen stapeln, und winkt mich zu sich heran. Ich gehe zu ihm, stütze mich neben ihn ans Gemäuer und lächle dankbar zu ihm auf.

»Du bist mein Retter, ich weiß noch gar nicht, wie ich das wiedergutmachen soll«, gestehe ich und beiße mir unwillkürlich auf die Unterlippe, als er seinen Arm um meine Schultern legt und mich zu sich heranzieht. Die Nähe ist berauschend.

»Mit einem Likörchen ist es ganz sicher nicht getan.« In seiner Stimme schwingt etwas mit, das mich innerlich beben lässt. Sie fühlt sich an wie warmer Honig auf der Haut.

»Wünsch dir einfach was, und es geht in Erfüllung«, höre ich mich atemlos antworten und frage mich zeitgleich, ob ich eigentlich die Tragweite der Worte berücksichtige.

»Ich denke drüber nach und komme darauf zurück.« Ein Lächeln zuckt um seinen Mund, während er sich von der Wand abstößt und ohne einen weiteren Blick zurück den Stall verlässt.

Mein Gott, was summt und brummt es in meinem Bauch? Vielleicht sollte ich darüber nachdenken, ein Insektizid einzunehmen, bevor mir mein Verstand gänzlich abhandenkommt.

AUF DEN ZAHN GEFÜHLT

Mitten in der Nacht schrecke ich auf. Juna steht in der Tür zu meinem Zimmer und hat das Licht angeknipst.

»Was zum Teufel ist das?«, fragt sie panisch. Mühsam blinzle ich gegen die einsame Glühbirne in ihrer Fassung an und schlage die Bettdecke zurück.

»Blöde Frage. Fliegeralarm kann es ja nicht sein.« Oder doch? Das, was Juna aus dem Bett getrieben hat, hört sich an wie eine Mischung aus Sirene und Gekreisch.

»Das kommt eindeutig aus dem Stall.«

Ich folge meiner Schwester in den Flur. Romy murrt, als ich an ihrem Zimmer vorbeikomme, und ich schließe ihre mit blauen Blumen bemalte Tür, damit sie wieder einschläft. Eilig schlüpfe ich in Gummistiefel, werfe mir eine Strickjacke über und eile durch die Tür, die in den Stall führt. Juna hält sich dicht hinter mir. Als wir auch hier die Beleuchtung anknipsen, hört der Radau kurz auf.

Wilma guckt mich aus großen Augen an. Dann nimmt Fredward erneut sein Iah auf, das er in die Welt brüllt, als gäbe es kein Morgen.

Juna hält sich die Ohren zu. »Was hat er bloß?«

Ich öffne die grüne Boxtür, und Fredward legt eine neue Schreipause ein, guckt mich aufmerksam an und stupst meine Hand mit seiner weichen Nase.

Futter, Wasser, alles hat er. Warum also schläft er nicht, wie gute Esel es nachts machen sollten? Oder sind die etwa nachtaktiv wie Romys Hamster damals? Der rannte um Mitternacht wie bekloppt in seinem Rad umher und trieb mich auch zwei Zimmer weiter noch in den Wahnsinn.

»Vielleicht hat er Kummer?«, überlege ich. Möglicherweise vermisst er jemanden. Immerhin hat er sein gewohntes Zuhause gerade erst verlassen. Wie blöd, dass ich auf dem Viehmarkt so gar keine Fragen zum Vorbesitzer gestellt habe. Aber bei spontanen Rettungsaktionen kann man schon mal was vergessen.

Fredward schwitzt, stampft mit den staksigen Beinen, und ich reibe ihn mit Stroh ab, während Juna *nächtliche Eselschreie* mit ihrem Handy googelt. Hoffentlich ist Fredward nicht krank. Ich erinnere mich noch an die Rechnung vom Tierarzt, nachdem meine Katze intensiven Kontakt mit dem schmaler werdenden Spalt einer zugehenden Tür machte und in der Folge eine Kreuzband-Operation nötig wurde, für die ich sage und schreibe achthundert Euro berappt habe. Ich will gar nicht wissen, was angesichts dessen die Behandlung eines Esels kostet …

»Männliche Wildesel rufen über viele Kilometer hinweg ihre Herde, deshalb können sie so laut werden, steht hier«, sagt Juna und seufzt.

»Super!« Ich tätschle Fredwards dicken Kopf, den er mir auf die Schulter legt, als ich mich vor ihn hocke und ihn kraule. Seine Ohren klappen schlaff zur Seite, er wirkt wie ein begossener Pudel.

»Er ist doch ein Wallach, sollte er da nicht ein ›ruhiges Wesen‹ haben?«, frage ich eher mich selbst, und Juna lacht.

»Keine Ahnung, die schreiben hier, dass Esel weder dumm noch stur sind wie allgemein angenommen. Ihre scheinbare

›Sturheit‹ ist eher ein schlaues Abschätzen von gefährlichen Situationen. Im Gegensatz zum Pferd, das mit Flucht reagiert, bleibt ein Esel einfach mal stehen und denkt nach.« Meine Schwester gähnt.

»Diese Info hilft mir nicht so wirklich«, gestehe ich und streiche über das graue Fell. Fredward scheint die Zuwendung sehr zu gefallen, denn er hält endlich mal die Luft an, schließt die braunen Augen und döst ein.

Nach einigen Minuten beschließen wir, die beiden Tiere wieder allein zu lassen, was, kaum dass ich mein Bett erreicht habe, damit endet, dass Fredward erneut zu brüllen beginnt.

Keine Ahnung, wie oft ich in der Nacht zu meinem neuen Esel gewatschelt bin, um ihn, so gut es ging, zu beruhigen. Auf jeden Fall brauche ich einen sehr starken Kaffee, wenn ich heute noch wach werden soll.

»Hey«, murmelt Juna, als sie zu mir in die Küche kommt und den Tisch deckt. »Hast du noch schlafen können?«

»Ja, kurz. In der Dusche.« Hoffentlich geht das jetzt nicht jede Nacht so. Wenn Romy als Baby schon anstrengend war – das hier toppt es! Oder ich bin einfach zu alt für nächtlichen Terror.

Fredward ist jedenfalls sehr menschenbezogen und ein ganz schönes Sensibelchen. Er schrickt schnell auf, wenn es zu laut wird oder etwas umfällt, die Mistgabel zum Beispiel. Dann guckt er wie ein Reh, wenn es aus der Flinte knallt.

Wilma hingegen nennt ein ausgeprägtes Phlegma ihr Eigen und ist unkompliziert. Sie lässt es über sich ergehen, wenn Romy mit ihr spielt, und mampft stoisch weiter, wenn meine Tochter versucht, verbotenerweise auf ihren Rücken zu klettern. Man könnte meinen, das dicke Pony denkt sich mein Kind einfach weg.

»Sag mal, wann kommt eigentlich die olle Wanne wieder raus?«, fragt mich Juna, nickt zu dem deplatzierten Badartikel im Wohnzimmer hinüber und drückt zwei Toastscheiben in den Toaster.

»Henry meinte, die Tage irgendwann. Er hat derzeitig Stress bei der Arbeit.« So ganz hab ich noch nicht kapiert, was er hauptberuflich macht. Irgendwas mit Gutachten für Versicherungen, glaub ich. Es gab wichtigere Fragen zu seiner Person. Wo genau wohnt er zum Beispiel? Und mit wem? Und wo ich gerade beim Thema Wohnsitz interessanter Männer bin: Wo hab ich eigentlich das Kärtchen von Dr. Klein hingelegt?

»Oh, gut. Ich finde, es zieht ein bisschen im Wohnzimmer«, findet meine Schwester und rührt sich Zucker in den Kaffee.

»Wirklich? Mir gefällt's nach wie vor echt gut. So innovativ. Ich hab mich gefragt, ob ich die Wanne nicht mal einweihen soll.«

Am Nachmittag reparieren Juna und ich mit Huberts Hilfe den Zaun der Koppel am Vorhof, damit die Neuzugänge grasen können, ohne wild durch den Garten zu toben und dabei Junas *Cosmopolitans* und *Closers* vom Terrassentisch zu fegen. Am Morgen galoppierte Wilma nämlich wie eine Bekloppte herum, preschte durch Blaubeerbüsche und über Tische und Bänke. Ich wertete es als pure Lebensfreude, natürlich könnte aber genauso gut das heisere Gekläffe von Chantall aus dem Nachbargarten eine Rolle gespielt haben.

Mit präzisen Schlägen versenkt Hubert Nägel im Holz. Das Vibrieren kribbelt in meinen Händen, und ich fasse das

Brett fester. Unser Captain Jack Sparrow hat interessante Geschichten zu erzählen, während er so arbeitet. Besonders über Henry, der als Jugendlicher die Mädchenwelt der umliegenden Dörfer in Aufruhr versetzt haben soll. Zumindest bis es zu einer Tragödie kam, bei der seine jüngere Schwester verunglückte.

»Er hat sich heftige Vorwürfe gemacht, der arme Junge«, sagt Hubert, setzt zum letzten Schlag an und packt anschließend sein Werkzeug zusammen. »Natürlich hätte er besser aufpassen und sich nicht zur Fummelei mit seiner Nachhilfelehrerin in die Scheune verkriechen sollen.«

Ich zerre das Tor zur Koppel auf, lasse Hubert zuerst durch, der sich ganz nach seiner Art galant dafür verbeugt.

Juna folgt uns, müht sich mit der Schubkarre ab, auf der morsche Bretter und Pfähle, die wir ausgetauscht haben, gestapelt liegen, und hört interessiert zu. »Was genau ist denn passiert?«

Obwohl ich mich das ebenfalls gerade gefragt habe, bin ich mir nicht sicher, ob uns das etwas angeht. Und tatsächlich antwortet Hubert auch nicht sofort. Die Vögel in den nahen Bäumen und Büschen singen ihre unschuldigen Lieder, Romy sitzt friedlich am Terrassentisch und übt sich in Schönschrift. Und trotzdem macht sich Schwere breit.

»Es war damals Hochsommer, heiß und trocken«, beginnt Hubert einige Augenblicke später zögerlich und schürzt die Lippen. Sein Blick wird unruhig, als schmerze ihn diese Geschichte. »Die Mädchen schwammen im Pool und wurden übermütig. Ihre Eltern waren einkaufen. Ich kannte sie gut, tolle Leute, die beiden. Haben mir jedes Jahr zu Weihnachten kleine Aufmerksamkeiten geschenkt. So was ist ja heutzutage gar nicht mehr üblich, einen Postboten zu beschenken.« Er stößt hart die Luft aus. »Henry hatte mehr oder weniger die Aufsicht und sollte eigentlich zum Lernen im Haus bleiben.«

Juna flucht, als die Schubkarre durch ein Loch hüpft und der Stapel mit den Pfählen ins Wanken gerät. Ich springe hinzu und stemme mich gegen das fallende Holz.

»Natascha muss sich den Kopf angestoßen haben, sie wurde jedenfalls ohnmächtig und ging im Pool unter«, fährt Hubert fort. Ich richte mich auf und stelle fest, dass ich zittere. Unheimlich, wie man urplötzlich überrollt werden kann ... »Nadine, die Jüngste, rief um Hilfe, war mit der Situation aber vollkommen überfordert. Damit verstrichen wertvolle Minuten, und die achtjährige Natascha ertrank.«

»O mein Gott, wie schrecklich«, haucht Juna an meiner statt.

Gedankenverloren liebkosen meine Finger die Narbe an meinem Kinn. Das meinte Henry also damit, als er sagte, er kenne meine Dunkelheit. Wie schwer muss es wiegen, einen Verlust zu erleiden, für den man sich auch noch verantwortlich fühlt? Meine Brust schnürt sich augenblicklich zu, ich atme dagegen an.

»Ja, Herzchen. Es hat ihm ziemlich zugesetzt. Nicht lang nach seinem achtzehnten Geburtstag verließ er Auen und kam erst vor Kurzem zurück.« Hubert räuspert sich, lässt die Fingerknöchel knacken und plaudert weiter. »Hat die Welt bereist, heißt es. Und ein bisschen studiert.«

»Hm«, mache ich.

»Wie studiert man denn ein bisschen?«, will Juna wissen und nimmt Anlauf, um die Karre über den Schlauch der Berieselungsanlage zu manövrieren. Hubert zuckt die Schultern, richtet seinen Hut neu aus auf seinem verschwitzten Kopf.

»Indem man das ein oder andere Studium abbricht, denke

ich. Zuallererst wollte er Jura studieren, hab ich mal gehört.«

»Bissiger Anwalt – das würde zu ihm passen.« Ich stelle mir unseren Prinzen im schwarzen Nadelstreifenanzug vor, wie er Menschen im Zeugenstand in die Mangel nimmt, und weiß nicht, ob ich das gruselig oder attraktiv finden soll.

»Kein Wunder, dass er keinen Bock auf eine eigene Familie hat. Viel zu viel Verantwortung nach solch einer Erfahrung«, spekuliert Juna über Henrys knappes *Nein* als Antwort auf die Frage nach Familie, die sie ihm vor einiger Zeit beim Schleifen der Wandvertäfelung gestellt hat. Obwohl ich mir nicht ganz sicher bin, ob das *Nein* der Frage galt oder dem Versuch meinerseits, Schmirgelpapier in die Maschine einzulegen. Denn wenige Millisekunden darauf klaubte er mir das Schleifgerät aus der Hand und tat es lieber selbst.

»Oh, ich weiß nicht, ob er gebunden ist«, meint Hubert in meine Gedanken hinein. Ein schelmisches Grinsen schleicht sich auf seine Züge. »Aber für den Fall, dass ihr euch mal nicht mehr für Henry interessiert – ich wäre noch Single.«

Juna grunzt vor Lachen, was Hubert nicht im Geringsten kränkt, und ich klopfe ihm kameradschaftlich auf den Rücken.

»Vielen Dank, dass du uns mit dem Zaun geholfen hast, ist wirklich lieb von dir«, sage ich.

»Aber gern doch. *Lieb* ist mein zweiter Vorname. Und gleich zeig ich euch beiden, wie man Honigwein herstellt«, bestimmt er einfach, was okay ist, weil wir mit unserer Arbeit flexibel sind – es ist so viel, dass wir eh nicht wissen, was wir zuerst machen sollen.

»Das wird eine wahrlich lustige Zauberei. Für einen guten Met braucht man nur drei Zutaten: Wasser, Honig und Hefe«, verrät er auf dem Weg zum Haus. »Man kann Kirschsaft oder Apfelsaft hinzugeben, dann wird das Ganze sehr süffig. Aber wenn man das Endprodukt ›Honigwein‹ oder ›Met‹ nennen will und die Bienenkönigin nicht verärgern möchte, darf man das auf gar keinen Fall machen. Das wird übrigens über die Leitsätze für die Herstellung von schaumweinähnlichen Getränken geregelt. Die kennt ihr doch?«

»Na sicher«, sage ich in Erinnerung an die ganze Büffelei für Zeugnisse und Befähigungsbescheinigungen. Ich setze gerade dazu an, irgendwas Schlaues zu zitieren, als wie aus dem Nichts Hannelore an der Mauer auftaucht und zu uns herüberruft. Man sollte ihm wirklich ein Glöckchen umbinden, diesem Kastenteufel.

»Lasst euch nichts von dem Halunken erzählen! Der hat eine große Klappe und nichts dahinter. Faulenzt den lieben langen Tag«, posaunt sie herüber und krempelt sich die Ärmel ihrer Bluse hoch, als wolle sie einen Boxkampf starten.

Hubert fällt die Kinnlade herunter. »Ich bin Rentner, ich darf das!«

Juna und ich bleiben irritiert stehen, als er die Faust in ihre Richtung streckt und Hannelore tief Luft holt, um weiterzuzetern.

»Dein Haus fällt bald zusammen, dein Garten ist eine Katastrophe, und du solltest mal einen Friseur aufsuchen.« Sie hebt ihren aufgeregten Hund auf den Arm, tätschelt seinen dicken Kopf.

»Gute Hannelore, darf ich dir deine Nase wiedergeben? Die steckt gerade in meinen Angelegenheiten.« Hubert müht sich ein Lächeln ab.

»Ich habe schon viel zu oft erlebt, wie du einen schlechten Einfluss ausübst«, spuckt Hannelore aus, und an uns gerichtet flötet sie: »Kinder, ihr solltet achtgeben, mit wem ihr euch abgebt. Das wirft kein gutes Licht auf euch.«

»Wir passen schon auf uns auf, aber danke«, erkläre ich unsicher und frage mich, in welchem Licht wir wohl bislang stehen mögen.

»Da haben wir's. Einen gesunden Menschenverstand.« Hubert grinst wölfisch. »Da kannst du dir eine Scheibe von abschneiden.« Er kratzt sich mit dem Mittelfinger an der Stirn, ganz subtil natürlich.

Unsere Nachbarin läuft vor Zorn rot an, und ich kriege Angst, dass sie einen Schlaganfall bekommen könnte. Chantall wedelt mit dem kurzen Mopsschwanz und versucht Frauchen zu beschwichtigen, indem sie ihre Wange abknutscht.

»Hahaha, wenn sich zwei Senioren streiten, fliegen die Dritten«, flüstert Juna vergnügt in mein Ohr.

Mir gelingt nur ein halbes Grinsen, denn ich will Frieden hier an diesem Ort. Zögerlich hebe ich meine Hand zum Abschied in Hannelores Richtung und tauche hinter den nächsten Büschen ab. Hubert folgt mir. Während sie mit ihrem Hund tuschelt, stolziert unsere Nachbarin zurück in Richtung ihres imposanten Hauseingangsbereiches. Stoppt noch einmal vor der Löwenstatue und stößt hart die Luft aus.

Hubert packt mich am Arm. »Diese Frau ist nicht ohne. Was dich nicht umbringt, dosiert die das nächste Mal höher«, warnt er. »Ich rede nicht gern schlecht über andere, aber das muss gesagt sein.«

Nun sitzen wir zusammen in der Küche, und Hubert macht Scherze über die Aussicht ins Obergeschoss und die Badewanne. Dann erklärt er, wie wir bei der Produktion des Mets vorgehen müssen.

»Erster Schritt: Honig gemächlich im Wasser verflüssigen, bei bestenfalls 25 Grad, auf keinen Fall höher als 40 Grad«, sagt er, und ich rühre hektisch in dem großen Topf herum. »Wenn's zu heiß gekocht wird, war's das.« Hubert grinst. »Das kann man bei der guten Hannelore sehen, die ist als Kind zu heiß gebadet worden.«

Juna kichert. »Ganz meine Rede.«

»Ach, kommt schon. Sie war immer sehr hilfsbereit und freundlich. Wir sollten nicht so auf ihr herumhacken«, finde ich und muss an die vielen Versuche denken, sich um uns zu kümmern. Ich habe das Gefühl, sie fühlt sich mit mir verbunden, da wir beide Witwen sind.

»Ist zwischen euch mal was vorgefallen?«, fragt Juna.

Bevor Hubert antworten kann, wird es Romy, die es sich mit ihren Hausaufgaben bei uns gemütlich gemacht hat, zu langweilig. Sie springt vom Stuhl auf, kickt dabei gegen das Tischbein. »Huch!«

Die Flasche Kirschsaft, aus der sie zuvor getrunken hat, kippt, ich hechte vom Herd und fange sie auf dem Weg zum Boden auf.

Hubert reckt den Daumen hoch. »Beeindruckende Reaktionszeit!«

»Danke.« Ich streiche mir eine Haarsträhne hinter die Stirn und stelle die Temperatur vom Herd herunter. Zu Romy rufe ich: »Hey, Spatz! Du musst mir deine Mathesachen noch zeigen.«

»Ja, mach ich gleich, Mami. Ich geh nur kurz zu Wilma und Fredward.« Sie bewaffnet sich mit Möhren aus dem Kühlschrank und verschwindet in den Flur.

Ich seufze und nehme das Rühren wieder auf. Hubert tritt neben mich und überwacht mein Tun.

»Ach was, Gott bewahre«, sagt er, und ich brauche einen Moment, ehe ich begreife, dass das die Antwort auf Junas Frage ist. »Ich bin gar nicht mal so wählerisch, aber die fass ich nicht mit der Kneifzange an.« Er fächert sich den Dampf aus dem Topf entgegen und schnuppert.

»Für ihr Alter ist die doch ganz fetzig«, findet meine Schwester und klimpert mit ihren langen Wimpern, Hannelore nachahmend.

»Na, dann ran an den Speck. Aber wundere dich nicht, wenn sie dir den Kopf abbeißt wie eine Gottesanbeterin.« Hubert schmunzelt, er weiß um Junas Vorliebe fürs weibliche Geschlecht und sagt gern: »Hauptsache Deckel zum Topf. Der Griff ist egal. Zurück zu den wichtigen Dingen: Wenn sich der Honig aufgelöst hat, dann füllt man das Gemisch in den Gärballon.« Hubert nimmt mir den Topf ab und gießt die Flüssigkeit vorsichtig hinein. »Bloß nicht bis zum Rand füllen, Gärung braucht Platz«, mahnt er dabei. »Dann den Ballon verschließen, und das war's erst mal.« Er setzt sich, lehnt sich auf dem Stuhl zurück, bis er knarzt. »Hand aufs Herz, Füße auf'n Tisch. Ich bin der beste Honigweinmacher des ganzen Nordens. Ihr werdet schon sehen.« Er legt seine Stiefel auf die Bank, auf der Juna sitzt, und sie schubst sie umgehend wieder runter.

Die nächste halbe Stunde lang plaudert unser pensionierter Postbote über Gärung und das Abziehen des klaren Teils des Mets. Von Reifeprozessen, die bis zu einem Jahr dauern können. Es ist megainteressant, was er alles weiß, und ich hänge gebannt an seinen Lippen. Zumindest so lange, bis ein Backstein durch die Deckenöffnung in die Badewanne kracht.

»Aaau!«

»Romy!«

Juna ist vor mir am Ort des Geschehens und hebt den mit einer Schnur umwickelten Stein auf. »Scheiße! Ist das ein Zahn?«, fragt sie mich, als sie ein daran baumelndes Etwas entdeckt. Es schwingt hin und her wie ein kleiner weißer Kiesel.

»O Gott, ist das Blut?« Ich hebe den Blick nach oben. Romy hockt im zweiten Stock und guckt wie erstarrt zu uns herunter. Ihr Mund ist knallrot, Blut tropft über ihre Lippen, und mir brennt die Sicherung durch.

»Komm sofort runter!«, schreie ich sie an und vollführe einen wütenden Tanz, auf den Rumpelstilzchen neidisch wäre.

»Aber nimm die Treppe«, fügt Juna an, die ebenso erschrocken wirkt wie ich, bloß gelassener reagiert. Hubert staunt einfach nur, sein Blick wechselt von einem zum anderen. Ich raufe mir die Locken. Irgendwann werde ich den Verstand verlieren. Ganz sicher.

»Wie kommt sie auf so eine Idee?« Juna schüttelt den Kopf.

Ich höre Romy die Treppe runterstampfen, gehe ihr entgegen und fange sie im Flur ab. Sie heult, versucht die Blutung in ihrem Mund mit ihrem Pulloverärmel zu stoppen.

»Bist du eigentlich total plemplem?«, fahre ich sie an und drücke sie im nächsten Moment an mich. Natürlich bin ich froh, dass nichts Schlimmeres passiert ist. Trotzdem könnte ich sie gerade echt verhauen für so viel Dummheit. Sie *weiß*, wie gefährlich es dort oben ist. Wir hatten das Thema bereits, als sie im Obergeschoss Geige geübt hat, damit der Marder auszieht.

»Ich wollte, dass der Zahn weggeht.« Romy holt tief Luft und heult wie eine Sirene los.

Hubert haucht ein »Ich muss weg« und verschwindet durch die Haustür. Romy reißt sich von mir los, und ich stürme ihr nach, um sie zu schütteln, doch Juna versperrt mir den Weg.

»Lass mich das machen«, fordert sie streng. »Du musst

dich erst abregen, sonst tust du noch Dinge, für die du dich später hasst.«

»Wenn du meinst, du kannst das besser«, blaffe ich, obwohl ich weiß, dass sie recht hat. Zur Entschuldigung hebe ich meine Hände, bringe im Augenblick jedoch kein Wort der Versöhnung heraus.

Juna eilt Romy hinterher, die eben ihre Zimmertür zuknallt.

»Die Tür war teuer, mach die gefälligst vorsichtig zu«, brülle ich. Einige endlose Minuten tigere ich mit Tränen in den Augen im Flur auf und ab. Bis Juna zurückkommt und mir signalisiert, dass Romy verarztet und versorgt ist.

Ich atme tief durch, mein Puls hat sich beruhigt, und ich fühle mich bereit, mit meiner Tochter ganz ruhig über den Verstoß gegen das Verbot, nach oben zu gehen, zu reden. Ganz pädagogisch wertvoll und souverän.

Als ich eintrete, hockt mein Kind auf seinem frisch gemachten Bett und reckt mir trotzig sein Kinn entgegen. »Hannelore sagt, man kann das so machen. Oder man bindet den Zahn an eine Tür und knallt sie zu«, verteidigt sie sich.

Hannelore also? Ich schnappe nach Luft.

»Du machst, was *ich* dir sage. Nicht, was Hannelore sagt«, knurre ich, und Romy klettert von ihrem Hochbett und rennt aus ihrem Zimmer. Wie eine Idiotin renne ich hinter ihr her.

»Was ist denn los, Leni? Jetzt krieg dich mal wieder ein.« Erneut hält Juna mich auf.

»Sie muss doch mal verstehen, dass sie nicht alles machen kann, was ihr in den Sinn kommt«, motze ich. »Als Nächstes will sie vom Dach Fallschirm springen.«

Nur Juna kann so entzückend die Achseln zucken. »Dann sagen wir ihr, dass sie vorher Bescheid geben soll, damit wir ein Trampolin besorgen und es unten aufstellen können.«

»Sehr witzig.« Einen Moment lang schweigen wir und sehen uns an. Dann höre ich Romy mit meinem Handy telefonieren.

»Hallo, Oma? Wann kommst du mal wieder? Deine Tochter schreit mich an.«

Das darf ja wohl nicht ... Ich stürme ins Wohnzimmer. Romy hockt halb unter einer Wolldecke auf der noch in Plastik gepackten Chaiselongue. Ich wühle mich zu ihr durch und entwinde ihren Kinderhänden mein Telefon.

Ein Wisch, und das Telefonat ist beendet. Das fehlt mir gerade noch. Terror von Charlotte. Prompt klingelt mein Handy Sturm, und ich schalte es auf stumm.

»Bin ich jetzt in Schwierigkeiten?«, fragt Romy und schaut mich aus großen Augen an.

Ich schnappe nach Luft, fühle meine Kehle eng werden.

»Mami, weinst du?« Der Trotz weicht aus dem Gesicht meiner Tochter und macht Betroffenheit Platz.

»Nein, aber ich bin echt ...« Meine Stimme bricht. In mir herrscht gerade totales Chaos, und ich weiß selbst nicht genau, was ich fühle. Romy steht belämmert vor mir, ihre Unterlippe bebt verdächtig. Bevor wir zusammen losheulen, lasse ich mich mit ihr auf die Chaiselongue fallen. Einen Moment lang kuscheln wir uns aneinander, dann finde ich ein paar ernste Worte und stelle neue Regeln auf. Erstens: Du sollst nicht auf Hannelore hören. Zweitens: Du sollst nicht bei Oma petzen. Drittens: Du sollst nicht lügen und behaupten, mit Möhren zu Fredward und Wilma zu gehen, wenn du stattdessen vorhast, Diskuswerfer und Zahnarzt zugleich zu spielen.

Später backen wir Waffeln, die wir dick mit *Blauem Wunder* bestreichen, Sahne behäufen und Puderzucker bestreuen und im Schatten der Apfelbäume genießen. Es geht doch nichts über ein anständiges Versöhnungspicknick.

Trotz der friedvollen Wendung fühle ich mich am Abend ausgelaugt und zittrig. Romy mehrere Meter über mir im Loch in der Decke zu erblicken, hat mir einen Heidenschreck eingejagt, und mir wird klar, dass ich es nicht ertragen könnte, wenn ihr irgendetwas Schlimmes zustieße.

Ob ich doch mal über Medikamente für sie nachdenken sollte? Zwar halte ich nichts davon, quirlige Kinder mit künstlichen Substanzen quasi ruhigzustellen, aber was passiert, wenn Romys mangelnde Impulskontrolle eines fürchterlichen Tages Konsequenzen nach sich zieht, mit denen ich nicht leben kann? Wenn sie tatsächlich vom Dach springt wie Madita bei Astrid Lindgren oder der kleine Ulli aus dem *Fliegenden Klassenzimmer*? Wenn sie denkt, sie könne das Wunderland erreichen, indem sie in einem Kaninchenbau verschwindet, oder die Smaragdstadt besuchen, wenn sie sich nur von einem Sturm davontragen lässt? Mein Gott, die Kinderliteratur wimmelt vor verrückten Vorbildern. Ob die alle ADHS hatten?

Aufgewühlt tigere ich durch mein Zimmer, kaue auf meiner Unterlippe herum. Als ich vor dem Spiegel stehen bleibe, der über meiner Kommode hängt, blickt mir eine blasse Frau entgegen, mit Ringen unter den Augen und strohigen Haarsträhnen, die ihr wirr um den Kopf hängen, anstatt eine Frisur zu bilden. Würde sie mir auf der Straße entgegenkommen, spräche ich sie an, um zu fragen, ob ich ihr helfen kann.

Ich schnappe mir mein Handy und google Methylphenidat und andere Präparate, mit denen man ADHS behandelt, bis mir von der Liste mit den Nebenwirkungen so schlecht wird, dass ich auf mein Bett sinke und losheule.

Ich weiß einfach nicht, was richtig ist, und es ist scheiße, dass ich keinen Partner habe, mit dem ich darüber sprechen kann. Andere Eltern tauschen sich aus, treffen und tragen wichtige Entscheidungen gemeinsam. Klar, ich habe Juna, doch das Sorgerecht obliegt mir ganz allein. Und damit auch das letzte Wort. Immer, überall.

Medikation sei der letzte Ausweg, hat Dr. Klein gesagt, und ich sehe das genauso, und doch ... Ehe ich selbst recht weiß, was ich tue, habe ich aus der Schublade meines Nachttisches die Visitenkarte gefischt, die mir der Kinderarzt neulich auf dem Markt zugesteckt hat und die ich dort seitdem aufbewahre für den Fall, dass ... ja, welchen Fall eigentlich? Bevor ich eine Antwort auf diese Frage finde, haben meine Finger die Nummer ins Handy getippt.

Moment! Was? Es ist nach zwanzig Uhr – rufe ich tatsächlich den Kinderarzt meiner Tochter auf seinem privaten Anschluss an, nur weil sich das Kind einen Wackelzahn gezogen hat? Wie hysterisch kann man sein? Ich will gerade auflegen, als sich jemand meldet.

»Klein hier. Hallo?«

»Äh, hallo. Hier bin ich.« Ich schlage mir mit der Hand gegen die Stirn und hole tief Luft. »Leni Mondtag.«

»Frau Mondtag, wie schön!« Dr. Klein klingt erfreut über meinen Anruf, was mir die Frage durch den Sinn jagt, ob er mir eigentlich deshalb seine Visitenkarte gegeben hat, um mich zu daten. Scheiße, will er? Und habe ich sie aufbewahrt, weil *ich* will? Darf ich das überhaupt? Immerhin ist er der Arzt meines Kindes. »Was kann ich für Sie tun?«

Ich gerate ins Stocken, weil Dr. Kleins Stimme der von Alex so ähnelt. Für einen Moment weiß ich nicht mehr, was ich eigentlich wollte, lasse mich auf meinem Bett nach hinten fallen und schließe die Augen.

»Frau Mondtag, sind Sie da? Ist alles in Ordnung?«

»O ja. Entschuldigung!« Ich verdränge die Gedanken an meinen toten Ehemann und konzentriere mich auf den Arzt. »Ich rufe an ...« Ich schlucke. »... wegen meiner Tochter Romy.«

»Ach herrje! Was ist mit ihr?« Seine Besorgnis klingt echt und rührt mich.

Ich räuspere mich, sortiere meine Gedanken. »Es ist so, Romy hat eine höchst seltsame Phase ... ähm ... und ... nun, sie hat sich einen Wackelzahn selbst gezogen. Sie kommt in letzter Zeit auf so viele dumme Ideen; ich kann sie kaum bremsen. Und ich bin mir unsicher, ob das alles noch im Rahmen ist.« Oder ob sie doch irgendwie verrückt ist und einen Facharzt braucht? Oder Medikamente. Ein schlechtes Gewissen umspült mich wie kaltes Wasser. Ich bin bestimmt die Mutter des Jahres.

»Meine Cousine hat sich ihre Wackelzähne auch selbst gezogen, ich denke, das ist nicht weiter tragisch«, meint Dr. Klein locker. »Wie geht es ihr denn jetzt? Soll ich sie mir morgen einmal angucken?«

»Es geht ihr gut so weit. Also, die Wunde hat schnell aufgehört zu bluten ...«

»Das ist doch super.«

»Ja.« Ich seufze. »Aber ich habe das Gefühl, dass sie sich ungerecht behandelt fühlt, weil ich sie für diese Aktion ausgeschimpft habe. Sie will einfach nicht verstehen, dass manche Dinge gefährlich sind. Und vor ein paar Tagen hat mich auch noch die Mutter einer Klassenkameradin angerufen und mir mitgeteilt, solange Romy ihre Tochter dazu animiert, für eine Zirkusnummer mit Messern zu werfen, darf sie nicht mehr mit ihr spielen.« Ich erinnere mich, dass ich im ersten Moment ins Telefon gelacht habe, bis mir aufging, dass die Frau keinesfalls scherzte.

Dr. Klein sagt nichts; ich höre ihn beinahe denken: *Auweia! Vielleicht sollte ich das Jugendamt informieren?*

»Sie weiß, dass sie keine Messer anrühren darf. Deshalb werde ich das Gefühl nicht los, dass sie ... na ja, dass sie mich bestrafen will oder so. Weil ich so streng mit ihr bin.«

»Romy ist sieben Jahre alt und keine Figur vom *Denver-Clan*, ich denke, sie hat nur zu viele Ideen im Kopf.«

»Sie schauen den *Denver-Clan*?« Soweit ich weiß, gucken das nur Frauen und Schwule. Oh, das wäre echt schade, wenn Dr. Klein auf Männer stehen würde. Allerdings müsste ich seine Signale, soweit es welche waren, in diesem Fall vollkommen falsch verstanden haben. Waren da Signale?

»Nein, meine Mutter hat es gern gesehen«, rückt er das Bild gerade und lacht ein wirklich schönes Lachen. »Aber wenn Sie darauf bestehen – mit Ihnen zusammen würde ich es mir ansehen.«

Mir ist, als kämen wir vom Thema ab. Und es gefällt mir, ich kann Ablenkung brauchen.

»Spaß beiseite, ich kann einen Termin bei einem Kinderpsychologen vereinbaren. Aber ich versichere Ihnen, dass Romy ein gesundes und zauberhaftes Mädchen ist. Ganz wie die Mutter.«

»Dr. Klein, flirten Sie etwa mit mir?«, muss ich wissen. Und augenblicklich dämmert mir, von wem Romy diese gewisse Ablenkbarkeit haben könnte, die sie von Thema zu Thema springen lässt.

»Ein wenig vielleicht. Insofern es legitim ist, mit der Mutter einer Patientin zu flirten. Denn sollten meine gewagten Versuche der Ärztekammer übel aufstoßen, beschert mir das bestimmt ein Bad mit dem Toaster.«

»Ich werde es der Kammer nicht verraten«, verspreche ich und kichere albern. »Und auf den *Denver-Clan* komme ich vielleicht zurück.« Ich spüre, wie ein Kribbeln sich von meinem Magen durch meinen Körper bahnt.

»Also, wollen wir einen Termin für Romy machen?«, holt mich Dr. Klein aus Gedanken an Popcorn auf dem Sofa in den Armen eines Mannes.

»Danke, erst mal nicht, denke ich. Und auch sonst danke!«

»Gern geschehen, Frau Mondtag.«

Wahnsinn, wie sehr eine Stimme lächeln kann. Als ich auflege, fühle ich mich so befreit wie schon lange nicht mehr.

DER DOKTOR UND DAS LIEBE VIEH

Niemand ist perfekt«, hauche ich in meine Kaffeetasse, während Juna geräuschvoll abwäscht.

»Du machst Witze. Der Esel ist eine nächtliche Katastrophe. Das geht so nicht weiter«, beschwert sie sich über Fredwards anhaltende Ruhestörung. Ich kann ihr kaum widersprechen. Regelmäßig wie ein Uhrwerk beginnt der Esel um zwei mit seinem Wehklagen, und nicht immer gelingt es mir, ihn mit lieben Worten, hundert Streicheleinheiten und viel Geknuddel zu beruhigen. Letzte Nacht stellte er den Alarm erst ein, als ich mit Kopfkissen und Decke zu ihm in den Stall zog, was gegen halb fünf gewesen sein muss. Ich überlege ernsthaft, eine Matratze neben seiner Box zu deponieren. Aber vermutlich zieht dann Romy in den Stall.

»Ganz Auen wird uns aufs Dach steigen«, fährt Juna fort. »Metaphorisch gesehen. Heute Morgen hat schon jemand angerufen und gemeckert.« Ein Porzellanteller landet auf der Ablage und bekommt einen Sprung.

Es klingelt an der Tür.

»Siehst du, da kommt der Nächste!«

Ich schlurfe zur Tür und öffne einer ziemlich angespannten Hannelore. Sie trägt ein buntes Oberteil, das mir zu jugendlich erscheint, und eine enge Jeans.

»Mädchen«, nennt sie mich. »Es wird Zeit, sich von dem elenden Esel zu trennen.« Manchmal hasse ich es, wenn Juna recht hat. »Ihr macht euch keine Freunde im Ort.« Hannelores flinke Augen tasten die Umgebung ab, registrieren die Renovierungsfortschritte. Sie reckt den Hals, um einen Blick ins Wohnzimmer zu werfen, aus dem wir mit vereinten Kräften und der Hilfe eines Freundes von Henry endlich die Badewanne entfernt und die Erneuerung der Decke begonnen haben.

»Ja, das tut uns wirklich leid. Uns macht Fredwards Marotte selbst zu schaffen«, gestehe ich und bitte Hannelore, die eh schon fast im Wohnzimmer steht, in die Küche.

»Vielleicht einen Kaffee?«, fragt Juna und rückt ihr einen Stuhl zurecht.

»Ach, das wäre sehr nett.« Sogleich sieht Hannelore zufriedener aus. Sie hebt den Kopf, betrachtet die ersten Fortschritte beim Einziehen der Decke. »Ich will nur euer Bestes. Übrigens kenne ich einen guten Abdecker, der kann noch Seife draus machen.« Sie kommt zum Tisch und pflanzt sich gemütlich hin.

Ich lasse beinahe meine Tasse fallen. »Ich hab einen Termin beim Tierarzt, der wird sich den Esel heute Nachmittag ansehen«, presse ich hervor und bemühe mich um ein Lächeln, während in meinem Kopf die Liste jener Dinge wächst, die *meine* Impulskontrolle Hannelore gegenüber bedenklich zu schwächen drohen. Erst setzt sie Romy die Flausen für die Wackelzahnaktion in den Kopf, und nun will sie auch noch meinen Esel schlachten!?

»Tierarzt?« Sie wedelt mit der Hand. »Das nutzt doch nichts. Reine Geldverschwendung. Macht lieber kurzen Prozess, und aus die Maus.«

Mich schüttelt's, und mein Blick sucht nach einem Sofakissen, mit dem ich unsere Nachbarin vom Schweigen überzeugen könnte.

»Meine Rede«, fällt Juna mir in diesem Moment säuselnd in den Rücken. Ich will sie gerade böse anfunkeln, als sie mir hinter Hannelores Rücken zuzwinkert. »Zucker und Milch, die Dame?« Sie stellt Hannelore meine Lieblingstasse vor die knorrigen Hände.

»Oh, danke, beides gern.« Unsere Nachbarin lächelt, während Juna die Zuckerschale und das Milchkännchen herausholt und im sicheren Abstand zu den frisch gedruckten Etiketten für unsere neueste Kreation *Dornenkuss*, einen Stachelbeerlikör, und ein paar Teemischungen auf der Tischplatte abstellt.

»Ihr habt es hier wirklich hübsch gemacht. Jetzt, wo die Zimmerdecke wieder ganz ist, gefällt mir eure Idee mit dem Durchbruch ganz gut.«

»Da bin ich aber beruhigt«, meint Juna und setzt sich zu ihr. »Es wäre total schade, wenn Sie die Umgestaltung blöd fänden.« Unschuldig blinzelt sie zu mir herüber.

»Nein, nein. Ich finde es recht gemütlich.« Hannelores Finger finden die Etiketten und rupfen sie auseinander. »Was haben wir denn hier?«

»Die Schilder für die neueste Kollektion Kräuterteemischung. Möchten Sie eine zur Probe mitnehmen?«, frage ich, endlich Junas Taktik durchschauend, und hoffe, der Esel ist damit vergessen.

»Oh, wirklich? Ich kann doch nicht … nein, das ist sehr nett von euch.« Hannelore greift zu und wundert sich im nächsten Moment über den Namen. *»Hokuspokus Schlaraffia?«*

»Mit Baldrian und Kamille für einen traumhaften und gesunden Schlaf«, erkläre ich, und Hannelore guckt mich komisch an.

Juna ist schneller als ich, kramt ein weiteres Teetütchen hervor und übergibt es feierlich in ihre Hände. »Nehmen Sie zwei.«

»Zurück zum Esel.« Hannelore steckt den Tee in ihre Jackentasche und nippt an ihrem Kaffee. »Ihr könntet ihn vom Arzt einschläfern lassen. Er ist doch eh nicht mehr der Jüngste.«

Ich kann mir gerade noch auf die Zunge beißen und mir den Hinweis verkneifen, dass sie ebenfalls nicht mehr zu den jungen Hüpfern zählt. Stattdessen gehe ich innerlich all die Tipps durch, mit denen uns Hannelore bereits geholfen hat. Die Anweisungen, wie wir die Pflanzen gießen müssen, wann den Besen schwingen, wo das Unkraut entsorgen. Und sie hat uns Henry vermittelt. Immerhin. Und der hat in den letzten Tagen wirklich gute Arbeit geleistet und immer noch keinerlei Gegenleistung für die Futterversorgung von Wilma und Fredward gefordert. Auch wenn ich schwören könnte, dass er sich Gedanken macht, was er gern hätte. Manchmal schaut er mich so nachdenklich an, als läge ihm etwas Wichtiges auf der Zunge. Aber jedes Mal, wenn ich nachhaken will, platzt irgendwer oder irgendetwas dazwischen. Es ist wie verhext.

»Wir gucken mal«, meint Juna zuckersüß zu Hannelore und grinst blöd.

Mir kommt eine andere Idee. Die zweite Packung Ohropax aus der Schublade. Ich krame sie hervor und lege sie auf den Tisch. »Es tut mir verdammt leid, aber Fredward wird nicht sterben. Und bis wir ihm das Gebrüll abgewöhnt haben, könnten die« – ich schiebe das Päckchen zu Hannelore rüber – »in Verbindung mit unserem Tee helfen.«

Hannelore klappt der Mund auf, ihre Augen werden groß vor Empörung. Mir ist nie aufgefallen, dass sie zwei unterschiedliche Irisfärbungen hat. Die eine ist grünlich, die andere wasserblau. Interessant.

»Das ist jetzt aber frech«, meint sie auf meinen ernsthaft gut gemeinten Vorschlag, denn ich benutze die Ohrenstöpsel schließlich auch. Ich antworte lieber nicht, wie unverschämt ich es meinerseits finde, dass sie meiner Tochter Tipps gibt, mit denen sie gute Chancen auf ein Unglück hat.

»Hannelore«, beginnt Juna souverän und tätschelt die vielberingten Finger unserer Nachbarin. »Haben Sie bitte noch ein wenig Geduld mit uns und dem Esel. Wir werden eine Lösung finden.«

Einen Moment denkt unsere Nachbarin nach. Vermutlich über Probleme, die sich in Salzsäure lösen lassen. Und dann plaudert sie mit Juna über die anstehende Eröffnung des Hofladens und über Onlineverkäufe, von denen Hannelore ja so gar nichts hält. Ich für meinen Teil bin mehr als begeistert, wie toll unser Shop geworden ist.

Als Hannelore endlich geht, weil Chantall, das arme Baby, nicht zu lang allein bleiben darf, ziehe ich mir Arbeitsklamotten an.

»Juna, wie sieht's aus? Hilfst du mir beim Stallausmisten?«, rufe ich in den Flur und halte hoffnungsvoll die Luft an, während ich am obersten Knopf herumnestle. Meine Jeans muss eingelaufen sein, ich bekomme ihn kaum zu.

»Ähm …«, höre ich nur, warte weiter, und der Knopf fliegt wie ein Geschoss durch den Raum. Er prallt von der Wand ab und landet hinter der Kommode.

»Ja oder nein?«, hake ich nach und lasse die Hose einfach offen. »Hallo?« Auch für mich wird es das erste Mal sein, dass ich Mist in diesem Ausmaß schaufle, und ich muss zugeben, ich habe Respekt vor dieser Tätigkeit. Die beiden

Neuzugänge sind schließlich keine Hamster. Und der konnte schon ganz schön stinken.

»Nee, du. Gesundheitlich ist das gerade ganz schlecht«, ruft Juna nun aus ihrem Zimmer, und ihre Tür klappt zu.

»Warum? Was hast du denn?« Ich laufe hinüber, öffne die Tür vorsichtig und stecke den Kopf in den Raum. Hat sie etwa wieder Rückenprobleme? Als sie vorige Woche die letzten Blaubeeren in den untersten Lagen erntete, zerrte sie sich einen Nerv und war zwei Tage lang außer Gefecht gesetzt.

Juna hockt auf dem Bett, den Laptop auf dem Schoß und antwortet: »Ähm ... Spliss.« Sie ist nicht wirklich anwesend, sondern vertieft in die Bildbearbeitung eines Fotos

»Na gut, bis später, Schwesterherz.«

Also muss ich allein mit dem Mist klarkommen. Schon okay, schließlich hab ich ihn mir ja auch allein eingebrockt.

Wilma und Fredward stehen im Nieselregen auf der neuen Koppel und zupfen das kniehohe verdorrte Gras. Ich atme flach durch den Mund, während ich die Forke tief in das nasse Stroh drücke und die stinkende, dampfende Masse auf die Schubkarre lade. Es sind ganze acht, die ich hinauskarre und zu einem ansehnlichen Haufen hinter dem Haus staple. Memo an mich: Tiere dieser Größenordnung machen viel Dreck. Also muss ich jemanden finden, der ihn regelmäßig abfährt. Auch wenn man mit Pferdeäpfeln wunderbar düngen kann – so viel brauchen wir garantiert nicht.

Am Nachmittag, Hubert hat gerade eine Kiste mit Honig in wunderhübschen Gläsern gebracht, fährt ein blauer Bulli auf unsere Zufahrt und parkt vor der Koppel. Eine junge Tierärztin mit modischem Undercut steigt aus und winkt, als Juna, Hubert und ich aus dem Gebäude kommen. Natürlich geht zur selben Zeit die Haustür von Hannelore auf, und die Gute geht mit Chantall spazieren. Zufälle gibt's.

»Hallo, Sie brauchen einen Arzt?«, fragt die brünette Mittzwanzigerin und macht eine Gettofaust zur Begrüßung. Sie ist hübsch auf eine unkonventionelle Art. Ihre Augen sind groß und blau, ihre Nase ist ein bisschen schief, was eines gewissen Charmes nicht entbehrt.

Juna schlägt sofort ein, Hubert und ich sind, glaube ich, zu alt für diese Art Begrüßung und reagieren zu spät, was etwas peinlich wird.

»Ja, unser Esel macht uns Kummer«, erklärt Juna an meiner statt, obwohl sie eben noch betonte, dass sie einzig als moralische Unterstützung bei dem Termin dabei sein wolle. Und weil vier Augen mehr sehen als zwei. Nun ja, ihr Augenpaar scheint in diesem Moment eine ganze Menge zu sehen, so wie es sich an der jungen Frau festsaugt.

Hannelore, die unweit von uns an der Mauer steht, lässt ihren Mops, den sie vor der Brust trägt wie ein Baby, mit dem Pfötchen winken. »Huhu, schönes Wetter heute!«, ruft sie, und Hubert rollt mit den Augen. Ich wusste gar nicht, dass er das so gut kann.

»Was hat er denn, der Esel?«, will die Ärztin von Juna wissen und folgt meiner Schwester durch das Gatter auf die Koppel. Fredward und Wilma heben die Köpfe und stoppen die Futteraufnahme. Die braune Stute wiehert und trottet heran, in der Hoffnung auf Leckereien. Fredward überholt sie und spitzt die Plüschohren. »Auf mich macht er einen gesunden und gutmütigen Eindruck.« Die Tierärztin streckt die Hand aus und streicht Fredward über die Nüstern. Juna stellt sich neben sie und tätschelt ihm den Hals. Den sie ihm heute Nacht noch umdrehen wollte.

»Also, es ist so: Der Arme schreit die ganze Nacht«, schildert meine Schwester unser Problem. »Es geht immer gegen zwei oder drei Uhr los. Vielleicht tut ihm was weh.« Sie langt zu mir herüber und fischt mir Halfter und Stricke aus der Hand, um meinen Job zu übernehmen.

»Da hat aber jemand ganz plötzlich seine Tierliebe entdeckt«, raunt Hubert mir vergnügt zu und lässt seine Hosenträger schnalzen.

Die junge Doktorin schaut sich den Esel aufmerksam an, während Juna ihm ungeübt das Halfter anlegt.

»Wie heißt er denn?«, will die Ärztin wissen und geht in die Hocke.

Wind frischt auf, fährt durch die nahen Bäume und treibt frisch gefallenes Laub vor sich her. Ich fröstle und überlasse Juna die Antwort auf die Namensfrage.

»Das ist unser Fredward.« Sie klingt stolz wie Oskar.

Hubert legt seinen Arm um mich. Vielleicht, weil mir kalt ist, oder weil ich mir plötzlich überflüssig vorkomme. Ich lächle ihn dankbar an.

»Ich bin übrigens Juna.« Meine Schwester klopft Wilma, die gerade im Begriff ist, zwischen ihr und der Ärztin zu parken, auf den Hintern, und das Pony gesellt sich zu mir.

»Freut mich. Ich bin Marion.« Endlich schenkt die Veterinärin auch mir einen winzigen Moment ihrer Aufmerksamkeit, während ich Wilmas Mähne kraule.

»Ich bin Leni, und das sind Hubert und Wilma«, stelle ich uns vor.

Dr. Marion schenkt uns ein Lächeln, bevor sie sich an die Arbeit macht. Hoffentlich kann sie unser Problem lösen. Ich atme geräuschvoll aus und schaue zu, wie die Frau ihren Job erledigt. Mutig schaut sie dem Esel ins Maul, kriecht beinahe hinein, und ich frage mich, ob das für eine Zirkusnummer reicht. Ich kann mich dunkel daran erinnern, dass damals bei einem Besuch im Wanderzirkus Bellini mit unserer Oma Hilde jemand seinen Kopf in irgendein tierisches Maul schob und dafür Applaus erntete.

Irgendwann berichte ich in kurzen Worten, wie wir zu Fredward und Wilma kamen und dass wir nicht viel Ahnung von diesen Tieren haben. Marion hört geduldig zu, lässt immer mal ein »Aha« und »Oh« hören und horcht schließlich Fredwards Lunge und Herzschlag ab.

Nach einem ausgiebigen Check ist klar: Außer einigen Zähnen fehlt dem Esel nichts. Allerdings ist er uralt, vielleicht zweiundzwanzig Jahre, schätzt Marion. Und möglicherweise traumatisiert, was die nächtlichen Schreie zur immer gleichen Uhrzeit erklären würde.

»Esel sind Herdentiere und sollten nicht allein gehalten werden«, lässt die Tierärztin schließlich fallen, während sie Vitaminspritzen und Wurmkuren für die zwei Unpaarhufer aufzieht.

»Aber Fredward hat doch Wilma«, verteidige ich uns und weiche gerade noch rechtzeitig aus, als das kluge Pony vor der Nadel flüchten will. Es kommt nicht weit, da hat die kecke Marion die dicke Wilma bereits erwischt und drückt ihr die weiße Wurmkurpaste ins Maul. Wilma prustet, lässt die Zunge angewidert heraushängen und trottet zur Tränke. Dann ist der Esel an der Reihe, der gar nicht daran denkt, Gegenwehr zu leisten. Er genießt die Aufmerksamkeit, egal wie unangenehm Piks oder Paste auch sein mögen.

»Pferde und Esel sprechen verschiedene Sprachen«, meint Marion und krault zur Belohnung Fredwards große Ohren. Er schließt genussvoll die braunen Augen und streckt den Hals. Ich muss zugeben, er ist wirklich süß, wenn er nicht brüllt.

»Frauen und Männer doch auch nicht«, lautet Huberts

Kommentar dazu, was meine Schwester dazu veranlasst, ihn mit einer knappen Handbewegung zum Schweigen zu bringen.

»Aber paaren tun die sich doch auch? Wie geht denn das ohne die obligatorischen Komplimente und spendierten Drinks?« Junas Scherze waren auch schon mal besser. Ihre Hand berührt kurz die von Marion. Mir fällt auf, wie sich die Blicke der beiden Frauen immer wieder miteinander verbinden und sich gegenseitig abtasten, und ich frage mich, wie man merkt, ob eine Frau auf Frauen steht. Wo es doch bereits kompliziert genug ist, abzuchecken, ob ein Mann Interesse an einem hat ...

Henrys Bild steht mir so plötzlich vor Augen, dass ich zusammenzucke, und mir wird klar, dass ich tatsächlich wissen will, ob er mich mag. Ob er mich als Frau attraktiv findet. Ich sehe ihn vor mir, den Blick, mit dem er mich auf dem Dachboden bedachte. Oder als ich ihm die Erfüllung jedweden Wunsches versprach als Gegenleistung für die Pony- und Eselerstausstattung.

Und dann ist da natürlich auch noch Dr. Klein, der viel charmanter und direkter ist in seinem Gebaren und bei dem ich mir inzwischen sicher bin, dass er mich mag. Ich mag ihn ebenfalls, vielleicht sogar mehr als das, und ich hoffe, das hat nicht nur damit zu tun, dass er Alex so ähnlich ist. Und dass er in Romy das schlaue Mädchen sieht, das sie ist, und keine Landplage, wie Prinz Schickimicki-Karre manchmal andeutet.

Jahrelang war da niemand, und nun schwirren gleich zwei Herren auf einmal durch meine Gedanken- und Gefühlswelt? Teufel auch, dass nicht einmal etwas einfach sein kann!

»Huhu«, kräht es von Hannelores Mauer herüber und zerstreut meine Gedanken. »Und? Ist der Esel noch zu retten?«

Memo an mich: Mauer erhöhen.

Hubert schnauft. »Dieses Weibsbild ist ungeheuerlich.«

Ich stimme ihm zu und konzentriere mich wieder auf die wichtigen Dinge. »Heißt das, wir müssen noch einen Esel anschaffen, damit Fredward sich nicht einsam fühlt?«, wende ich mich an Dr. Marion und ignoriere Hannelore. »Und braucht Wilma dann auch noch Gesellschaft von ihresgleichen?« Ich seufze. »Das würde ganz schön weit führen und unsere Finanzen ernsthaft belasten.«

Marion antwortet nicht gleich, erzählt stattdessen etwas über Körpersprache und Unterschiede zwischen den beiden Gattungen. Während sie spricht, schaut sie die meiste Zeit meine Schwester an, sodass ich überlege, ob ich mich zur monologführenden Hannelore gesellen sollte.

Wie meine Schwester und Marion mit einem Mal vom Thema Pferd-Esel-Kommunikation auf Großstädte und ihre Sehenswürdigkeiten kommen, ist mir ein Rätsel.

»Ähm, also, um noch mal auf meine Frage zurückzukommen«, unterbreche ich die beiden, weil ein Gespräch mit Hannelore nach ihrem Abdecker-Vorschlag von heute Morgen einfach keine Option ist. »Was soll ich mit dem Esel tun?«

»Hallo, ihr Mädchen«, plärrt Hannelore und winkt hektisch. »Ich habe nachgedacht …«

»Kann ich mir nicht vorstellen«, meint Hubert und grinst in ihre Richtung.

Unsere Nachbarin ignoriert ihn. »Vielleicht könnte man etwas an den Stimmbändern des Esels machen?« Hannelores Hals wird immer länger, ihr Hund hockt jetzt auf der Mauer, hängt halb im Würgegriff seines Frauchens.

Marion sieht ein wenig verunsichert aus, wechselt einen Blick mit mir und Juna.

»Blende unsere Nachbarin einfach aus«, beeilt meine Schwester sich und winkt ab. »Machen wir auch öfter.«

Und schon lächelt Dr. Marion wieder. »Im Grunde habt ihr das schon ganz richtig gemacht mit den Kräutern«, sagt sie. »Baldrianwurzel, Hopfenzapfen, Kamillenblüten, Weißdornfrüchte und Passionsblumenkraut eignen sich hervorragend, um nervöse Vierbeiner zu beruhigen.« Sie stützt sich auf Fredwards Rücken und greift die Unterhaltung mit meiner Schwester wieder auf, was Hannelore endlich aufgeben und das Weite suchen lässt.

»Tatsächlich lebe ich gern auf dem Land, fahre aber jedes Wochenende nach Berlin, um etwas zu erleben. Ganz ehrlich, hier ist einfach nichts los«, sagt die Tierärztin zu Juna und Hubert, der Letzteres ganz anders sieht. Ihm brennt sicher schon die nächste Anekdote aus seinem Zustellerleben unter den Fingernägeln. Wie die Geschichte eines Pakets für eine gewisse Trude Haltermann, dessen prekärer Inhalt den Ehemann vor ein Rätsel stellte. Der Gute hatte keine Ahnung, wozu der seltsame phallusartige Rührstab denn geeignet sei. Zu wenig Leistung, um Sahne steif zu schlagen, und überhaupt etwas zu kurz.

»Du sprichst mir aus der Seele«, antwortet meine Schwester. »Es ist schön hier, trotzdem fehlt mir die Stadt furchtbar.«

Ich denke an längst vergangene Zeiten, in denen wir um die Häuser zogen und gemeinsam mit Alex bis in die frühen Morgenstunden tanzten. Für einen Wimpernschlag spüre ich, wie er mich über die Tanzfläche wirbelt, und höre unser Lachen in der Erinnerung widerhallen.

Juna und Marion beginnen über Clubs, Beats und Cocktails zu fachsimpeln, und Hubert und ich schlendern schon mal von der Koppel. Ich bemühe mich, über etwas anderes nachzudenken. Über süßen klebrigen Honig zum Beispiel. Und über Details zum Propolis-Verkauf.

Wenig später verabschiedet sich Hubert, und Dr. Marion lässt mich wissen, dass Wilma auf Diät gesetzt werden sollte, bevor sie sich von meiner Schwester unser Traumhaus zeigen lässt. Die beiden stecken die Köpfe zusammen und lachen, als würden sie sich schon ewig kennen, und ich bin ein ganz kleines bisschen eifersüchtig. Erst recht, weil sie eine ganze Weile lang gar nicht wieder auftauchen und sich dann sogar einen Abschiedskuss auf dem Hof inmitten von wirbelnden bunten Blättern geben. Auf den Mund. Sich an den Händen haltend. Vollkommen unkompliziert, als wäre es total selbstverständlich, die Fronten so schnell zu klären und sich zu verlieben.

Hmpf.

Wenigstens nimmt Marion Handzettel unseres Hofladens mit, um sie für uns zu verteilen. Das stimmt mein aufgewühltes, neidisches Herz milde. Und lässt mich besser verdauen, dass meine Schwester bereits einen Wochenendausflug mit ihrer neuen Flamme plant.

Ich fürchte, Juna hat recht. Ich sollte unbedingt an mir arbeiten. An meiner Spontanität in Gefühlsdingen und an dem hinkenden Analysesystem dazu. Ich meine, ich muss meine Emotionen natürlich selbst genau einordnen können, bevor ich eine Handlung umsetze und später bemerke, dass ich eigentlich nur Hunger hatte oder so.

HONIGGEBÄCK UND PFERDEÄPFEL

Heute ist die große Eröffnung des Hofladens. Zufrieden lasse ich meinen Blick durch den hellen Verkaufsraum schweifen, der in neuem Glanz erstrahlt. Die offene Balkenlage ist gekalkt, die Wände sind weiß gestrichen, und Juna hat alte Schränke mit Huberts Hilfe zu Vitrinen umgebaut und in Pastelltönen angemalt. Unsere Waren mit den zauberhaften Etiketten meiner Schwester füllen sie vollständig aus und müssen nur noch verkauft werden. Pastellfarbene Luftballons schmücken den Tresen, und ein Hauch von Zimt und frischem Gebäck liegt in der Luft.

Ich habe alte Schwarz-Weiß-Fotografien von Vorbesitzer Gustav Gundlach und vom Obsthof gerahmt und an die Wände gehängt. Eines der Bilder, auf dem zwei junge Männer vor dem Brennkessel der Destille stehen, gefällt mir besonders gut. Sie lächeln stolz und lehnen ihre Schultern kameradschaftlich aneinander. Ihre Augen strahlen, und Jugendlichkeit gepaart mit einer gewissen Ernsthaftigkeit erzählt von harter Arbeit und Stolz auf ihre Leistung.

Dank einer Flyer-Aktion waren auch schon ein paar Kunden hier und haben frisch im Holzofen gebackenes Brot mit *Queen Bee*-Honig aus Huberts und unserer Herstellung und verschiedenen Marmeladen probiert. Mit Sektchen zum Herunterspülen natürlich. Eine Kundin konnte gar nicht genug auf uns anstoßen und torkelte beinahe, als sie wieder ging.

Nun ist es etwas ruhiger. Hubert sitzt gemütlich in der Ecke neben dem Fenster zur Weide, auf der Fredward und Wilma grasen, und legt das *Rolling Stone*-Magazin zur Seite. Er wechselt zur Tageszeitung, die er mitgebracht hat, und schlägt sie geräuschvoll auf.

Die Türglocke schickt ihren elfengleichen Klang zu mir herüber, als Juna vom Hof des Bauern Kurt Hinrichs zurückkommt, den wir nach einer schriftlichen Einladung noch mal persönlich und mit vielen freundlichen Worten zu uns locken wollten.

»Und?«, frage ich gespannt und stelle frische Gläser aufs Silbertablett. »Wird er vorbeikommen?«

Juna lässt die Tür zukrachen und boxt einen Luftballon mit Herzform aus dem Weg. Auweia, sie ist richtig verärgert.

»Der hat was gegen uns«, antwortet sie, ergreift eine offene Sektflasche, füllt sich ein Glas und trinkt es leer.

»Ja, aber was denn?« Mir ist schleierhaft, was wir dem Bauern getan haben könnten, dass er so unfreundlich ist. Das letzte Mal hat er mich nicht einmal gegrüßt, als ich wie eine Bekloppte winkte, während er mit seinem riesigen Geschoss von Traktor an unserem Hof vorbeifuhr.

Hubert schlägt ein Bein über das andere, lehnt sich auf seinem rosafarbenen Sessel zurück und sagt: »Ich hab's euch gleich gesagt, dass der ein schlecht gelaunter Miesepeter ist.« Ich erinnere mich an die Geschichte, die Hubert uns erzählte und in der Kurt jedem nach dem Kirchbesuch erzählte, dass es kein Zufall sei, dass in dem Wort »Gesellschaft« die Wörter »Esel« und »Schaf« versteckt seien. Wobei ich diese bissige Aussage beinahe sympathisch finde.

»Aber macht euch nichts draus – ihr braucht die Eier vom

frei laufenden Bauern nicht für euren Laden.« Die Zeitung raschelt, als Hubert sie zusammenfaltet und in unseren Gesichtern forscht. »Ich für meinen Teil könnte zwei so wunderschönen Damen ja keinen Wunsch abschlagen, aber es gibt eben auch andere.« Er macht ein nachdenkliches Gesicht, zwirbelt eine seiner Dreadlocks. »Was ich übrigens äußerst bedauerlich finde, die Welt wäre eine bessere, wenn ich's recht überlege.«

»Damit magst du recht haben, Hubert«, stimme ich ihm zu und überlege, die friedvolle Wirkung von Hanfprodukten in unsere Warenvielfalt aufzunehmen. Vielleicht in Keksform?

Apropos. Eilig gehe ich zum alten Holzofen in der angrenzenden Betriebsküche, ziehe das Backblech mit Teigteilchen heraus und lasse sie zum Abkühlen auf den Küchentisch rutschen.

»Ich hab so das Gefühl, dass uns jemand hier in Auen ganz gewaltig schlechtmacht«, grübelt Juna, während sie die Marmeladen *Kirschkuss* neben dem *Blauen Wunder* neu arrangiert.

Die Türklingel bimmelt, und zwei ältere Damen treten ein, die ich schon oft auf dem Fahrrad durch Auen habe radeln sehen. Sie sind fröhlich, schwatzen übers Wetter, Erntezeiten und Wochenmärkte.

Juna ist sofort zur Stelle, begrüßt die Gäste und bietet Probierhäppchen an, die sie gern annehmen. Im Hintergrund spielt der Plattenspieler *Sugar Town* von Nancy Sinatra, was den beiden noch mehr gefällt als die Leckereien selbst.

Ich linse durchs Butzenfenster nach draußen, meine innere Uhr sagt mir, dass Romy jeden Moment die dreihundert Meter vom Schulbus nach Hause kommen müsste. Und tatsächlich, sie biegt just auf unsere schmale Einfahrt ein.

Wilma wiehert sofort zur Begrüßung und tapert zum Zaun. Untypischerweise reagiert meine Tochter nicht wie sonst, indem sie zu ihr klettert, sondern trotzig die Arme vor der Brust verschränkt. Erst jetzt sehe ich, dass ihr eine schlanke Frau mit einem hellblonden Mädchen an der Hand folgt.

»Bringt Romy etwa Kunden mit?« Die Frage, die von Hubert kommt, geht im Gelächter der Gäste unter, und ich befürchte, dass etwas ganz anderes im Busch ist.

Ich bekomme die Bestätigung, als Romy die Türschwelle passiert und ihren Lama-Ranzen in die nächste Ecke pfeffert, sodass die Gläser in den Vitrinen klirren.

»Romy, Schatz. Ist was passiert?« Ich gehe zu ihr, klaube die Schultasche auf, stelle sie aufrecht und lege meine Finger unter das Kinn meiner Tochter, damit sie mich anschaut.

Die junge Frau mit knallroter Hochsteckfrisur und edlem Jumpsuit tritt ein und schaut sich verhalten um. Ihre Tochter hat Dreck im Gesicht und hält krampfhaft die Hand ihrer Mutter, als hätte sie Angst vor Romy. Hubert setzt sich wieder auf seinen Sessel und blickt neugierig von einem zum anderen.

»Hallo, schön, dass Sie zur Eröffnung vorbeischauen. Leni Mondtag.« Übertrieben freundlich halte ich der Frau die Hand entgegen. »Und Sie sind?«

»Anders«, antwortet sie. Offensichtlich. Sie ist geschminkt wie in den Fünfzigern und trägt auffällige Ohrringe. »Stella Anders. Und ich bin leider nicht wegen des Ladens hier.«

Ich ziehe meine ausgestreckte Hand wieder zurück. »Wie schade«, murmle ich, und schon platzt es wütend aus Romy heraus.

»Betty hat Tante Juna beleidigt!«, kräht sie vorwurfsvoll und tritt ihren Ranzen erneut, der daraufhin über den Boden rutscht. Die zwei älteren Damen beginnen zu tuscheln, und ich lächle entschuldigend.

»Romy, lass das.« Schnell stelle ich den Ranzen zur Seite, in Sicherheit unter den Tresen.

»Unsinn«, meint Frau Anders sanft. »Und selbst wenn, wäre das trotzdem kein Grund, meine Tochter mit Pferdeäpfeln zu attackieren.« An ihrer Hand bricht Betty in Tränen aus und heult Rotz und Wasser.

Die zwei Fahrraddamen sehen zu, dass sie ihre märchenhaften Liköre und Teemischungen bei Juna bezahlen, und machen, dass sie wegkommen.

»Warum denn nicht?«, fragt Romy und stemmt ihre kleinen Hände in die Hüfte. Von wem hat sie nur diesen Kampfgeist?

»Wo hast du den Pferdemist her?«, würde ich gern wissen. Hat sie welchen von zu Hause mitgenommen, womit ihr Angriff ein geplantes Attentat wäre, oder war es eine spontane Idee? Ich betrachte den Schmutzfilm unter Bettys Augen; sie muss eine volle Ladung auf die Nase bekommen haben. Igitt!

»Das lag so rum, hat ein Pferd verloren.« Romy guckt Betty giftig an.

Ich für meinen Teil streiche Vorsatz von der Liste. »Sei bitte nicht so garstig«, ermahne ich Romy, weil Stella Anders mich erwartungsvoll anguckt.

»Was hat Betty denn über mich gesagt?« Interessiert kommt Juna hinzu. Sie knabbert an einem Honigteilchen, und Hubert sieht aus, als fehle ihm nur noch eine Tüte Popcorn zu seinem Glück.

»Sie hat dich ›lebsisch‹ genannt«, empört sich Romy und ballt prompt ihre Hände zu Fäusten. Reflexartig halte ich sie an der Schulter zurück.

»Lebsisch?« Junas Mundwinkel zuckt.

Bettys Mutter hingegen wird unruhig, streicht sich fahrig eine rote Locke aus dem Gesicht. »Na ja, in einem so kleinen Ort wird viel getratscht. Da kann man fast nicht weghören«, verteidigt sie sich. »Und Kinder verstehen halt nicht jedes Wort.«

»Was heißt lebsisch?« Romy blinzelt zu mir herauf, und ich muss lachen über den Buchstabendreher.

»Betty meint sicher lesbisch, mein Schatz«, erkläre ich. »Und das ist gar kein Schimpfwort.«

Romy wirft Betty einen triumphierenden Blick zu, als wäre das blonde Mädchen zu doof, Beleidigungen von normalen Worten zu unterscheiden.

»Konflikte dürfen jedenfalls nicht mit Gewalt gelöst werden«, mischt sich Stella Anders ein, und Betty nickt eifrig, wischt ihren Schnodder mit der Hand fort und in Mamas helles Hosenbein.

»Da bin ich ganz Ihrer Meinung, und es wird ganz sicher nicht wieder vorkommen«, verspreche ich mit strengem Blick zu meiner Tochter, die daraufhin wütend mit dem Fuß aufstampft.

»Wieso nicht? Betty war zuerst gemein. Sie soll sich entschuldigen«, fordert Romy irgendwie zu Recht, und ich setze zu der Behauptung an, dass ihre Worte bestimmt nicht böse gemeint waren.

Leider fängt Betty erneut an zu heulen und will auf den Arm ihrer Mama. Gut zu wissen, dass ich nicht die einzige Mutter bin, die ihr Schulkind trotz Gefahr eines Bandscheibenvorfalls ab und an noch herumträgt.

»Ich hätte mir unsere erste Begegnung anders gewünscht«, meint Stella Anders, während sie rückwärts den Ausgang ansteuert. Juna hilft ihr, die Tür zu öffnen.

»Nichts für ungut. Das nächste Treffen steht bestimmt

unter einem anderen Stern.« Ich winke und lächle gequält, weil Romy den Ranzen erneut in den Fängen hat und auf ihn eintritt. Memo an mich: Romy einen Sandsack kaufen.

Hubert lacht sich scheckig über den Radau, und ich bin froh, als wir endlich wieder unter uns sind. Wie repräsentativ muss ein Kind eigentlich fürs Geschäft sein?

»Bei der musst du aufpassen, Herzchen«, meint Hubert, als die Tür zu ist. »Wenn es um ihren Nachwuchs geht, kennt die keine Freunde.«

Ich verziehe das Gesicht, rette den Ranzen vor meiner Tochter und gucke Mutter und Tochter Anders nach, wie sie über die Zuwegung davongehen. Fredward folgt ihnen am Zaun entlang und bleibt enttäuscht zurück, als sie den Hof verlassen.

»Helikoptermutter eben«, höre ich Hubert kommentieren, was in mir die Frage aufwirft, ob er selbst Kinder hat. »Die ist Teil eines ganzen Ökosystems dieser Spezies, das sich über das komplette Dorf ausgebreitet hat. Die Treffen sich regelmäßig zum Dinkelkeksbacken und Thermomixen.«

Schade, wäre nett gewesen, jemanden in unserem Alter kennenzulernen, denke ich und überlege, wie man diesem Club wohl beitreten könnte. Ganz sicher nicht, indem man einen Krieg der Knöpfe zulässt.

»Verrückt, nenn ich das.« Hubert lästert weiter, und ich möchte ihm empfehlen, sich eine Tüte zu drehen.

»Hast du eigentlich Kinder?«, frage ich jetzt doch.

»Einen Sohn.« Hubert räuspert sich. »Eine gesunde Vernachlässigung ist die beste Erziehung. Damit erschafft man selbstständige Persönlichkeiten mit Ehrgeiz und sozialer Kompetenz.«

Ach, so ist das? »Was macht dein Sohn denn so?«

»Ist arbeitssuchend.«

»Na, das hat ja gut geklappt mit der Erziehung«, meint Juna ungerührt.

»Er ist nicht bei mir aufgewachsen.« Hubert seufzt.

»Was ist lebsisch, Tante Juna?«, will Romy jetzt endlich wissen.

»Sie meint lesbisch, die Tatsache, dass ich Frauen liebe«, versucht meine Schwester zu erklären, und Hubert, der gerade seine Zeitung vor die Nase gehalten hat, lässt sie wieder sinken.

»Jetzt wird's interessant.«

»Hä? Ist doch ganz normal.« Romy guckt uns verständnislos an und entdeckt dann die Honigteilchen auf dem Silbertablett. »Ui, lecker.«

»Na ja, was ist schon normal?« Hubert winkt Romy zu sich. »Hey, Herzchen, gib mir auch was ab«.

Hektisch lädt sie sich mehrere süße Teilchen auf die Hand und rennt zu ihm.

»Huch!« Und schon liegen zwei davon mit der klebrigen Seite auf dem Boden. Hubert fängt das nächste im Fluge, und ich bewaffne mich mit einem Lappen.

»Du weißt, dass meistens eine Frau und ein Mann zusammen eine Liebesbeziehung führen?«, kommt Juna dezent überfordert auf die Frage zurück.

»Um eine Babyfabrik aufzumachen, ist das wichtig«, klugscheißt Romy und beißt von einem Honigstern ab. Goldgelb läuft ihr die süße Masse aus dem Mundwinkel.

»Richtig«, antworte ich und streiche ihr über die Locken. Dann reden wir eine Weile über Bienen und Blumen, schwule Pinguine und darüber, dass Juna Männer *und* Frauen mag. Völlig egal, Hauptsache, der Mensch stimmt.

»Und zurzeit mag ich eine Frau namens Marion«, erzählt

Juna gleich mal fröhlich von ihren Wochenendplänen in der Großstadt.

Mir graut es jetzt schon davor, allein auf dem Hof zu sein. Ich weiß nicht, wieso, aber ich fühle mich momentan so unsicher. Mein Herz schlägt einen unruhigeren Takt als sonst.

»Wenn du ein Baby willst, kannst du dir ja einfach einen Mann ausleihen«, überlegt Romy und sichert sich noch mehr Honigsterne, woraufhin ich neuen Teig zusammenrühre. »Vielleicht findet Mama einen und teilt den mit dir.«

Juna lacht glockenhell auf. »Deine Mama hat früher nicht mal ihre Buntstifte mit mir geteilt.«

»So funktioniert das nicht, mein Schatz«, erkläre ich, während ich meine Hände in der klebrigen Masse versenke und mich an einer Sternschnuppenform versuche.

Romy hat ein Fragezeichen im Gesicht. »Aber mich teilt ihr doch auch.« Bestechende Logik.

Abends sitze ich mit Romy im Hochbett und spreche mit ihr über die Pferdeäpfelattacke und souveräne Reaktionen auf Beleidigungen.

»Wenn jemand etwas Blödes zu dir sagt, dann lächelst du und erwiderst einfach: ›Na und? Biste neidisch?‹« Vielleicht ist das nicht die brillanteste Idee, die ich haben könnte, aber zu mehr bin ich nach diesem Tag einfach nicht in der Lage. Neben den zahlreichen neugierigen Erstkunden, die es zu bedienen und begeistern galt, schaute am späten Nachmittag auch noch Karla vorbei, dieses Mal durch die Tür, weil ich mich weigerte, das gekippte Ladenfenster ganz zu öffnen.

Im Austausch gegen ein Glas Honig verriet sie uns, dass Bauer Kurt uns deshalb keine Eier verkaufen will, weil irgendjemand im Dorf behauptet, Juna und ich seien Schnapsdrosseln.

»Na, dreimal dürft ihr raten, wer das war«, brummte Hubert mit einer rüden Geste rüber zum Nachbargrundstück.

Das Honigglas, aus dem Karla mit Ausdauer und einem großen Löffel schleckte, reichte volle zwei Stunden lang, in denen wir so einiges aus dem Dorfleben erfuhren, was wir gar nicht so genau wissen wollten. Schließlich plauderte Karla noch über den Unfall, der ihre Behinderung auslöste und beim Ausstieg aus dem Schulbus geschah, als Karla die Straße überqueren wollte und das Auto übersah, das den haltenden Bus in diesem Moment überholte.

Mir wird schlecht, als ich daran denke, und ich drücke Romy, die gerade dabei ist, ihre einhundert Kissen zu sortieren, an mich.

»Ich hab dich so lieb, mein Schatz!«, flüstere ich in ihre Haare hinein, und sie legt ihre Arme um mich herum und drückt zurück.

»Auch wenn du manchmal mit mir schimpfen musst?«

»Immer.«

»Und auch wenn ich deinen Nagellack leer gemacht habe, um den Playmoponys Sättel zu malen? Die hatten nämlich keine.« Sie deutet auf die Herde, deren Weide sich vor Romys Kleiderkommode erstreckt und deren Begrenzung fatal nach den Nägeln aus Henrys Werkzeugkasten aussieht. Scheiße – stecken die etwa im nigelnagelneuen Boden?! Vergessen sind die Ponys, die, wie ich am Rande registriere, knallpinke Sättel und Halfter tragen.

»Romy, was hast du gemacht?!« Ich klettere vom Bett, hocke mich auf den Boden und versuche, einen der Nägel zu lösen, was nicht geht, weil er zu tief im Holz steckt. Ich springe auf, und prompt wird mir schwindelig. Mühsam erklimme ich die Sprossen zu Romy hinauf. »Was machst du nur immer?« Ich schüttle den Kopf. »Weißt du, wie teuer der

Fußboden war?« Vor lauter Aufregung fliegt mir Spucke aus dem Mund, was Romy kichern lässt.

»Du bist wie ein Lama, Mama«, findet sie, und ich überlege, ob ich in Tränen ausbrechen soll. Als Romy meinen Gesichtsausdruck bemerkt, versichert sie mir: »Aber Lamas sind süß, Mama, ehrlich! Und toll und flauschig und überhaupt die besten Tiere auf der ganzen Welt, viel besser als Einhörner!« Sie drückt mir einen Kuss ins Gesicht und streichelt meine Locken.

Vergessen ist der Nagellack, vergessen sind die Nägel.

»Fo, fo, du findeft Lamaf alfo füf.« Ich kann nicht anders; das lispelnde Tierchen überkommt mich, und Romy grinst.

»Hallo, Schlaflama. Erzählst du mir eine Gutenachtgeschichte?«

»Lamaf erfählen doch keine Gefichten.« Das Lama bedenkt meine Tochter mit einem Kopfschütteln. Dabei fällt mein Blick auf Romys Geige, die senkrecht in Teddys Schoß steht und eine Mütze mit Hasenohren trägt. Teddy ist ebenfalls gut behütet: Seinen Kopf ziert Romys Sonnenhut, und weil doppelt gemoppelt offenbar besser schützt, hat er darüber, auweia, Henrys Basecap auf, das unser Bauprinz vor ein paar Tagen so verzweifelt gesucht hat.

Ich angle mir die Hasenohrmütze und verkneife mir einen Vortrag über die sachgemäße Aufbewahrung von Musikinstrumenten. Romy gluckst, als ich mir die Kopfbedeckung auf die Locken stülpe.

»Wieso erzählen Lamas keine Geschichten?«, fragt sie.

»Weil Lamaf fpucken. Fiehft du – fo: ft, ft, fffft.«

Romy versucht, streng zu gucken, lacht aber zu sehr. »Mama sagt, man darf nicht spucken.«

»Ja, wenn man ein Menf ift, dann nicht, aber alf Lama, da gehört daf fpucken fur futen Ftube. Ft, ft.«

»Du bist lustig, Lama!«

»Und du, bift du gar nicht müde, fag mal?« Erneut schüttelt das Lama den Kopf und lässt seine Ohren fliegen.

»Nö, bin ich nicht«, sagt Romy und gähnt. »Oder vielleicht doch, aber sag's Mama nicht. Sonst denkt sie, sie hätte mich noch früher ins Bett bringen müssen, aber ich mag Ins-Bett-Gehen nicht.«

»Alfo ich finde inf Bett gehen föööööön, fffft, ft«, sagt das Lama und reibt seinen Kopf an Romys Bauch, bis sie lacht und es hinter den Hasenohren krault. »Ef ift fo kufelig.«

»Stimmt.« Romy drückt den Kopf des Lamas an sich. »Warum hast du eigentlich Hasenohren?«

»Daf find doch keine Hafenohren, alfo bitte!« Das Lama richtet sich wieder auf und schnaubt beleidigt. »Die Hafen tragen Lamaohren, fo fieht ef auf.«

»Hä, wieso das denn?«

»Ganf einfach. Nachdem der liebe Gott daf erfte Paar Lamaohren gemacht hatte, fand er fie fo fön, daf er ganf viele weitere gemacht hat; viel mehr, alf er Lamaf gemacht hat. Na ja, und weil ef ja fade um die fönen Ohren gewefen wäre, hat er fie flieflich den Hafen gegeben. Die waren nämlich urfprünglich ohne entworfen und wollten eigentlich keine haben.«

Romy denkt einen Moment lang nach, wobei sie den Kopf schief legt und an die Decke schielt. Dann sagt sie: »Ja, aber warum haben dann nicht alle Lamas solche Ohren wie du? Sondern nur die Hasen, wenn es doch so viele Lamaohren gab?«

»Äh … daf …« Das Lama gerät ins Stocken, bis ihm einfällt: »Daf liegt daran, weil die Hafen fo viele Kinder gekriegt haben.«

Romy nickt. »Ja, Hubert hat gesagt, dass die ständig Junge machen und den ganzen Tag … äh … rammeln.«

Memo vom Lama an mich: Ein ernstes Wort mit Hubert reden!

»Fo ähnlich. Jedenfalls gab es dann fo viele Hafenkinder, daf die Ohren nicht mehr gereicht haben, und weil die Hafenkinder daraufhin fo fehr geweint haben, weil fie nicht anderf auffehen wollten alf ihre Eltern, haben die Lamaf ihnen ihre Ohren gegeben und die nicht fo fönen auf dem Erfatzteillager genommen.«

»Das war aber lieb von den Lamas.« Romy reibt sich die Augen und lässt sich in ihren Kissenstapel sinken. »Und wieso hast *du* noch die echten Lamaohren?«

»Zur Erinnerung. Damit niemand vergifft, wie lieb die Lamaf zu den Hafenkindern waren, macht der liebe Gott alle taufend Jahre ein Paar der Originalohren und fenkt fie einem Lama.«

Romys Augen klappen zu. »Alle tausend Jahre? Ui, dann …« Sie gähnt. »… bist du etwas ganz Besonderes.«

»Du auch, Liebef.« Das Lama drückt meiner Tochter einen Kuss auf die Stirn und schleicht sich aus dem Zimmer.

In meinem eigenen falle ich aufs Bett und starre an die Decke. Alles in allem war der Tag doch in Ordnung, beschließe ich. Als ich mich ausstrecke und meine Hand dabei gegen das Kopfkissen stößt, knistern die Briefe darunter, und ich angle mir einen heraus, den ich noch nicht kenne.

Liebster,
ja, ich bin bereit, wenn Du es bist. Lass uns diesen Ort für immer hinter uns lassen und neu beginnen. Ich habe meinen Koffer gepackt und im Wandschrank hinter der Speisekammer versteckt. Beinahe hätte mich meine Schwester erwischt. Sie ist wie ein Troll, der immer dann auftaucht, wenn man am wenigsten mit ihm rechnet.

Heute wollte sie sogar mit mir gemeinsam schwimmen gehen. Stell Dir das einmal vor! Das wollte sie noch nie. Manchmal werde ich nicht schlau aus ihr. Ich dachte immer, ich sei ihr unangenehm, weil ich ständig nur Bücher lese. Ungern Tennis spiele oder Stunden bei der Kosmetik verbringe.
Vielleicht wird sie mich vermissen wie die Apfelbäume ihr Blütenkleid und begreifen, dass ich sie liebte und ihr niemals etwas Böses wollte.
Morgen Nacht treffen wir uns zur Stunde null. Ich zähle den Countdown in mir jede Sekunde. Und alles in mir kribbelt, lässt mich dem Aufbruch entgegenfiebern. Solange Du bei mir bist, habe ich keine Angst vor dem Unbekannten.
O mein Gott, wie gern ich alles hinter mir lassen werde. Und ich bin so überglücklich, dass du dasselbe für mich fühlst wie ich für Dich. Zwei Seelen, zwei Herzen im selben Takt. Ist es nicht betörend?
Deine Tilly

Wow! Ich bewundere Tillys Stärke, ihre Entschlossenheit, durchzuziehen, wonach ihr Herz verlangte. Könnte ich das ebenfalls? Alles aufgeben und hinter mir zurücklassen?

»Hast du doch«, sage ich zu mir selbst. Zweimal. Wenn auch nicht beide Male freiwillig.

Zwei Herzen im selben Takt. Sehnsucht nach Alex überkommt mich. Plötzlich fange ich an zu weinen und bin frustriert, wie schnell das gute Gefühl von eben verschwunden ist. Für Romy in die Rolle des Lamas zu schlüpfen, hat sich wie Balsam auf meiner Seele angefühlt, und nun komme ich mir vor, als riebe Schmirgelpapier an mir herum.

Auf meinem Nachttisch liegt mein Handy, und ich greife

danach, möchte, dass mich irgendjemand von mir selbst ablenkt. Ich denke an Henry, weiß aber nicht, was ich ihm schreiben soll. Alles, was mir in den Sinn kommt, hört sich lächerlich an. Schließlich tippe ich eine SMS. An Dr. Klein.

Romy hat heute eine Mitschülerin mit Pferdemist beworfen. Ich kann das nicht so schlimm finden wie die Mutter des Opfers; das Kind hatte es verdient. Muss ich mir Gedanken machen? L.

Die Antwort piepst nur eine Minute später.

Nicht um Romy. ☺

Ich lache laut auf, und der Knoten in meinem Inneren platzt. Ich schlüpfe aus meinen Klamotten und ins Nachtkleid hinein. Mit einem warmen Gefühl im Bauch gleite ich wenig später in den Schlaf.

ÜBERRASCHUNG

Ich ziehe meine rosa Strickjacke fester um mein Frottee-Nachtkleid und schleiche auf meinen Häschenhausschuhen in den Stall. Mit Zettel und Stift bewaffnet sichte ich die vielen Kisten voller frisch gepflückter Äpfel, überwiegend Boskop, Kaiser Wilhelm und Resi, und schreibe mir auf, wie viele noch in die Mosterei gehen sollen. Wir haben bereits einige abgegeben und wunderbaren Saft zurückbekommen. Einen Großteil keltern wir gerade in den Räumlichkeiten der Brennerei und versuchen, unseren ersten Apfelwein herzustellen. Hilde schrieb, dass es auf die Qualität der Äpfel ankommt, sie sollen süß und saftig sein, und auf die Gärungszeit. Da auch der Säuregehalt eine wichtige Rolle spielt, mischen wir die Apfelsorten ganz nach Omas Rat in ihrem Buch. Ihr Apfelwein hieß *Evas Versuchung*, und wir werden den Namen ihr zu Ehren übernehmen.

Nun sind fast zwei Wochen um, in denen sich der Most durch den Zucker und die Hefe ständig verändert hat, sodass wir ihn kosten können. Zumindest den »Rauscher«, wie man den Apfelwein in diesem Stadium nennt, der einem Federweißen aus Trauben nahekommt. Der Wein wird mit der Zeit immer klarer und muss von der Hefe gezogen werden. Nach weiteren zwei Wochen sollte er perfekt sein.

Über unsere Homepage trudeln regelmäßig Bestellungen

unserer Liköre, Marmeladen, Gelees und Tees ein, aber im Laden ist seit Tagen niemand mehr aufgetaucht. Wenn uns das Ganze nicht finanziell um die Ohren fliegen soll, muss ich mir etwas einfallen lassen. Meine kluge Kalkulation mit den ganzen Einzelposten umfasst ganz sicher nicht alle Ausgaben. Zahlen sind mein Feind.

Ich werfe einen Blick auf meine Armbanduhr und wundere mich, dass es schon so spät ist. Nach Mitternacht. Wo ist nur die Zeit geblieben?

Fredward, dem ich *Dornröschens Tee* mit ordentlich Kräutern eingeflößt habe, liegt in seiner Box und schläft. Sein Schnarchen ist ein gleichmäßiges Brummen, und ich hoffe, er pennt heute Nacht ausnahmsweise durch. Wilma hingegen wandert unaufhörlich umher und seufzt. Ich knipse die einzelne Birne über dem Strohlager an und schaue nach ihr.

»Hey, meine Dicke. Findest du auch keine Ruhe und jonglierst mit Zahlen?«, frage ich die braune Ponystute und gehe zu ihrer hübschen Box hinüber, die Romy mit allerlei bunten Bildern beklebt hat. Ein Porträt von Wilma mit Krone und pink lackierten Hufen gefällt mir besonders gut. Auch wenn ihr Kopf überdimensional und ihre Frisur wie unter Strom wirkt.

Wilma stöhnt, und ich halte ihr meine Hand entgegen. Ihre weichen Härchen auf der Nase kitzeln mich, doch sie stupst mich nicht auffordernd wie sonst.

»Warum schwitzt du denn so?« Ich öffne den Riegel. Wilma seufzt lauter, ihre Beine zittern. Ein heftiger Schreck durchfährt mich. »Hey, Süße? Geht's dir gut?« Ob sie eine Kolik hat?

Mein Blick huscht zu den Kisten mit Äpfeln und wieder zurück zur unruhigen Stute, die mit ihren Beinen gegen ihren Bauch tritt, bevor sie sich ächzend im Stroh niederlässt.

O Gott, was ist, wenn Romy sich nicht an die Vereinbarung gehalten und Wilma zu viele Äpfel gegeben hat? Ich habe gelesen, dass Pferde davon Bauchschmerzen bekommen und sogar sterben könnten.

»Argh«, brumme ich, eile aus der Box, tigere durch die Diele und schnappe mir mein Handy. Beim Tierarzt geht keiner ans Telefon, verständlich, ist ja auch mitten in der Nacht. Ich versuche es bei Juna, die heute aushäusig schläft, und hoffe, dass ihre Flamme Marion mir weiterhelfen kann. Das Tuten zieht sich unendlich in die Länge, und niemand hebt ab. Ob ich Dr. Klein anrufen soll? Immerhin ist er Arzt.

Plötzlich fällt Wilmas Körper auf die Seite, ihre Beine zucken gruselig, und ich verfalle in Panik. Nein, Dr. Klein ist Kinderarzt, hier muss jemand helfen, der sich mit Pferden auskennt. Meine Finger fliegen über das Display.

»Hallo?«, höre ich endlich Henry am anderen Ende der Leitung verschlafen sagen.

»Ich brauche unbedingt Hilfe, ich glaube, sie stirbt.« Ich nage an meinem Daumennagel und hocke mich zu Wilma ins Stroh. Sie schließt die Augen. O nein!

»Wer? Was ist passiert?«

»Sie hat sich hingelegt und schwitzt ganz doll, ich fürchte, sie hat richtige Schmerzen.« Meine Hände sind so feucht, dass mir das Handy aus der Hand rutscht. Es dauert einen Moment, bis ich es wieder am Ohr habe.

»Du meinst Romy? Hast du den Notarzt gerufen?«, will Henry aufgeschreckt wissen.

»Nein, Wilma.« Die Stute rollt mit den Augen, es ist ein furchtbarer Anblick. »Ich weiß nicht, was ich tun soll.« Sacht streiche ich über ihre Nase. Plötzlich sind all die Sorgen um den Bau und den blöden Laden so egal, so lächerlich.

»Ich bin gleich bei dir.« Henry legt auf, und ich unterdrücke ein Schluchzen. Ich will nicht, dass Wilma stirbt. Und schon gar nicht würde ich es ertragen, wenn es meine Schuld wäre, weil ich die Äpfel in so verlockender Nähe der Stute gelagert habe.

Innerlich zähle ich die Sekunden, die zu Minuten werden, und atme erleichtert auf, als ich einen Wagen höre, der die Einfahrt heraufbrettert und geräuschvoll zum Stehen kommt.

»Ich bin gleich zurück«, verspreche ich dem Pony. Wilma brummt, lässt mich nicht aus ihren braunen Ponyaugen. Rückwärts verlasse ich die Box, eile zum Haupttor und öffne es. Henry steigt aus seinem dunklen Wagen; er trägt eine graue Jogginghose, Turnschuhe und ein schwarzes T-Shirt. Die Geräusche der Nacht sind überlaut und hüllen uns ein, als er vor mir stehen bleibt. Silbrige Wolken ziehen sich über den tintenschwarzen Himmel, verdecken den sichelförmigen Mond über der Koppel.

»Ach, Leni. Mit dir wird es nicht langweilig«, sagt Henry sanft. Seine Anwesenheit ist mit einem Mal so tröstlich, dass ich den Drang unterdrücken muss, mich in seinen Arm zu flüchten.

»Es tut mir leid, ich wusste nicht, wen ich anrufen soll«, sage ich zerknirscht, und er streichelt flüchtig meine Schultern, bevor er an mir vorbei durch die blaue Scheunentür in die Diele geht.

Mit einem angstvollen Summen im Bauch bleibe ich vor der Box stehen und schaue Henry dabei zu, wie er die Stute mit ruhigen Bewegungen untersucht.

»Und? Was hat sie?« Die Unruhe füllt mich bis zum Rand.

»Wehen.«

»Was?«

»Sie fohlt.«

»Ich dachte, sie ist nur dick.« Verdammte Axt! Wozu hatte man denn eine Tierärztin auf dem Hof? Na gut, Fredward war der offizielle Patient, und Wilma hat sich Marion nur nebenbei angeguckt. Aber trotzdem, wie kann man denn *das* übersehen?

»Na ja, bald nicht mehr. Sie scheint einen ganz schönen Brocken in sich zu tragen. Vielleicht war das der Grund, warum die Vorbesitzer sie loswerden wollten. Möglicherweise wusste man, dass dies eine Risikoschwangerschaft ist, vermutlich von einem zu großen Hengst«, überlegt Henry. Er hört sich ziemlich säuerlich an.

»Wer würde denn so was machen?«, frage ich mich und denke über Verantwortung nach.

»So einige, glaub mir. Es gibt immer wieder ›Unfälle‹, bei denen ein Hengst auf andere Weiden ausbüxt und zu junge, zu alte oder zu kleine Stuten deckt. Und um die Risiken nicht tragen zu müssen, entledigt man sich der Probleme einfach.«

»Gibt es keine Pille danach?« Mir fällt eine Situation ein, als Alex und ich gerade erst zwei Monate zusammen waren. Ein Kondom war in mir verschwunden und musste vom Frauenarzt herausgefischt werden. Damals bekam ich, um eine Schwangerschaft zu verhindern, die Pille danach, weil Alex und ich uns noch nicht bereit für ein Baby fühlten mitsamt den Begleiterscheinungen wie haufenweise Windeln, Babygeschrei, Schwangerschaftsstreifen, Milcheinschuss etc. Wir waren frisch verliebt und mussten uns selbst erst noch kennenlernen.

Betroffen schweige ich, mache mir Vorwürfe, weil ich nichts von Wilmas Schwangerschaft bemerkt habe und gestern noch Romy auf ihren Rücken setzte und mit beiden spazieren ging. Und zuließ, dass Romy ihr etwas auf der Geige fiedelte. Mit Ausdauer und Begeisterung.

»Ich brauche Handtücher und heißes Wasser. Und such bitte die Notfallnummer des Tierärztlichen Dienstes heraus, falls ein Kaiserschnitt nötig wird«, kommandiert Henry, und ich gehorche. Auf meinen Häschenpantoffeln husche ich in die Wohnung zurück und setze Wasser auf. Meine Hände hantieren automatisch, ich selbst kann keinen vernünftigen Gedanken fassen.

Als ich kurze Zeit später zu Wilma und Henry zurückkehre, gucken aus der Kehrseite der Stute zwei winzige Beine heraus, eingehüllt in die Eihaut. Das Wunder der Geburt beschert mir einen Moment der Übelkeit, als Wilma presst und dabei furchtbare Geräusche macht. Ich denke an Romys Geburt, bei der Juna mir die Hände hielt, die verkrampften Waden massierte und meine Hüfte schüttelte, während ich fluchte und schrie und meine Tochter ohne meinen Mann auf die Welt brachte.

Der Mann vor mir greift sich die langen Stelzen des Fohlens, die Muskeln an seinen Oberarmen spannen sich, und er zieht bei der nächsten Wehe mit. Wilma seufzt.

Dann geht alles ganz schnell. Mit einem Flatsch landet das Pferdebaby im Stroh, vollkommen eingeschlossen in der Eihaut. Henry kniet sich neben seinen Kopf, reißt die Haut mit bloßen Händen an den Nüstern auf und zieht sie ab. Es ist gleichermaßen eklig wie faszinierend.

»Es atmet nicht«, höre ich ihn flüstern. Er hat mir den Rücken zugewandt, seine ganze Körperhaltung verspannt sich. Sacht hebt er das winzige Wesen an den Hinterbeinen an, sodass Flüssigkeit aus den Nüstern laufen kann, und meine Lippen bewegen sich zu einem stummen Gebet. Für einen Moment fühle ich mich zurück in den Unfallwagen versetzt, als ich selbst Angst um mein Baby hatte. Zurück zu den Tagen mit Bettruhe, dauerhaft an Maschinen zur Überwachung von Romys Herzschlag angeschlossen. Der Boden unter meinen Füßen wankt, und ich lasse mich auf einem angeschnittenen Heuballen nieder. Unfähig, mich nützlich zu machen.

»Komm schon, Kleines«, knurrt Henry und schüttelt das Fohlen ein wenig. Wilma steht auf, die Nabelschnur reißt, und das Baby erwacht endlich zum Leben. Erleichtert schnappe ich nach Luft und vergrabe meinen Kopf in den Händen. Als ich wieder aufschaue, schenkt Henry mir ein strahlendes Lächeln und lässt das schwarze Ponymädchen los. Es hat eine breite weiße Blässe, die sich bis zu seinem Mäulchen ausbreitet. Mama Wilma spitzt die Ohren, beschnuppert ihr Kind, und Henry nimmt erst mal Abstand.

Er setzt sich zu mir in die Ecke des Stroh- und Heulagers, von der aus wir freie Sicht in die Box haben. »Gut, dass du noch mal nach ihr gesehen hast. Vielleicht wäre es nicht von allein gut gegangen. Es gibt immer mal wieder diese fünf Prozent bei Pferdegeburten, die furchtbar schiefgehen.«

Verstohlen wische ich mir eine Träne aus dem Augenwinkel und atme zitternd aus, während Henry tröstend seinen Arm um mich legt. Ich lehne mich an seine Schulter.

»Hey, kein Grund zum Trübsalblasen. Du hast eine gesunde kleine Stute. Jetzt muss sie nur noch die Milchbar finden.«

»Ja« ist alles, was ich herausbringe. Ein Ton zwischen Lachen und Weinen. Seine Hand streichelt meinen Arm.

Die Minuten vergehen. Wilma putzt ihr Kind, Henry bindet mithilfe meines Nähsets und Jod den etwas zu stark blutenden Nabel des Fohlens ab. Und dann warten wir gemeinsam darauf, dass die Kleine endlich Wilmas Zitzen findet, während ich von den ersten Tagen mit Romy erzähle.

Wie es sich angefühlt hat, sie in den Armen zu halten, und wie sehr mich das am Leben hielt.

»Wie soll die kleine Stute denn heißen?«, fragt Henry nach einer Weile. Ich habe es uns inzwischen gemütlich gemacht, eine Decke ausgebreitet und Früchtetee mit einem berauschenden Schuss *Dornenkuss* gebraut.

»Wie wäre es mit Henriette?«, überlege ich und setze mich im Schneidersitz neben meinen Retter in höchster Not.

»Oh, das ist zu viel der Ehre. Wieso willst du das kleine Wesen mit so einem Namen strafen?«

Wir stoßen an, und ich kleckere auf meine Plüschpuschen.

»Hoppla, ich fürchte, deine Schuhe haben nicht nur Tee abbekommen.« Henry deutet auf die Braunfärbung der Hasennase und grinst. »Ich muss zugeben, ich habe selten ein kreativeres Stalloutfit gesehen.«

»Ich wollte eigentlich gerade ins Bett gehen.« Ich ziehe meine Strickjacke fester um meine Taille. Das Stroh pikt durch die Wolldecke und reizt die nackte Haut meiner Beine. Es stört mich nicht, denn es ist so heimelig hier im Stall zwischen Apfelkisten, Heu und Pferdeboxen.

»Wie wäre es mit Hope?«, schlägt Henry vor und trinkt seinen Tee aus. Scheint ihm zu schmecken.

»Hoffnung? Eine schöne Idee. Zumindest besser als Sundiver«, frotzle ich. Etwas blitzt in seinen Augen, während er mich eingehend mustert und seinen Blick über mich wandern lässt. Ich werde nervös, setze meine Tasse an die Lippen und nippe an dem heißen Getränk.

»Du magst den Namen meines Pferdes nicht?« Lässig lehnt er sich zurück.

»Doch, doch.«

»Wie wäre es mit Starlett?«

»Nee, ich glaube, ich bleibe bei Henriette«, bestimme ich

und zwinkere. »Ich bin auch nach meiner Hebamme benannt: Lena Leymann.«

»Wirklich?« Henry blickt mich skeptisch an, und ein Grinsen verrät mich.

»Nein, aber es hätte ja sein können.«

Er lacht. Es ist ein so schönes Geräusch, dass ich mitlachen muss.

Fredward, der die ganze Geburt verschlafen hat, erwacht und steht auf. Pünktlich zur Stunde zwei beginnt er zu iahen und guckt uns dann verwundert an, als er uns entdeckt. Memo an mich: Kräuterdosierung für den Esel erhöhen.

»Ich wette, der Esel schreit, weil er seinen Namen nicht mag«, scherzt Henry, und ich knuffe ihn in den Oberschenkel. »Komm schon, ich dachte, ich hätte noch einen Wunsch frei«, erinnert er mich. Seine Hand stoppt auf halbem Weg zu meiner Wange, eine Frage, die nichts mit Namen zu tun hat, verweilt zwischen uns in der kühlen Luft und wühlt mich auf.

»Sag bitte«, fordere ich von ihm.

»Bitte.« Seine Stimme ist rau.

Ich versuche mich an einer lässigen Haltung, rutsche fast vom Heuberg ab. »Hm, gefällt mir, dich so unterwürfig zu sehen. Sag es noch mal«, überspiele ich das Ungeschick.

»Übertreib es nicht.« Sein Lächeln vertieft sich.

»Willst du deinen Wunsch wirklich für einen Namen verschwenden?« Meine Verwunderung über die Verführung in meiner eigenen Stimme bringt mich kurz aus dem Konzept. Ich reiße meinen Blick von Henrys Nordseeaugen los, die mich intensiv mustern, und räuspere mich verlegen.

Wilmas Fohlen versucht derweil, auf die Beine zu kommen, und fällt zurück ins Stroh. Das arme Ding hat es schwer auf den langen Stelzen.

»Wir sollten die beiden in Ruhe lassen. Es kann Stunden dauern, bis das Fohlen trinkt«, meint Henry, der meinem Blick gefolgt ist, und stellt unsere Tassen zurück aufs Tablett. »Und du kannst bestimmt ein bisschen Schlaf brauchen.«

Er könnte nicht weiter danebenliegen ...

»Also, ich bin wach wie nie.« Flüchtig berühre ich seine Hand, die locker auf seinem Bein liegt. Ich habe das Gefühl, dass pures Adrenalin durch meine Venen fließt. Der Schuss Likör im Tee tut ein Übriges.

Wilma stupst ihr Baby, und die kleine schwarze Stute stellt sich tatsächlich hin. Sie wankt und torkelt zwei Schritte vorwärts, bis sie vor Mamas Bauch stehen bleibt.

»Schau mal, sie versucht es noch mal«, flüstert Henry. Gespannt sehen wir zu, wie die Kleine zielsicher Mamas Zitzen findet und schmatzend zu saugen beginnt. Henry hat mir erklärt, wie bedeutend dieser Moment ist. Dass die Mutter das benötigte Kolostrum, das all die wichtigen Antigene enthält, die ein Fohlen braucht, nur in den ersten Stunden nach der Geburt bildet.

Henry jubelt leise, und ich ... ich strebe ihm entgegen und küsse ihn. Meine Lippen treffen auf seine. Vollkommen unverhofft. Es passiert einfach, und ehe ich begreife, was ich tue, ist es schon zu spät.

Seine Lippen sind weich und schmecken nach Kirschtee mit Minze und Stachelbeerlikör. Als ich spüre, wie er vor mir zurückweicht, stoppe ich meine Attacke. Mit verschwommenem Blick schaut er mich an.

»'tschuldige«, hauche ich entsetzt über mich selbst. Ich würde am liebsten im Boden versinken, weil er mich so anstarrt und einfach nichts sagt. Die Atmosphäre verdichtet sich, ich suche nach Worten, die mein Verhalten erklären könnten. Sorry, ich bin betrunken vom klitzekleinen Schuss

Dornenkuss. Sorry, zu später Stunde bekommt mein Hirn immer ein Update und macht einen Neustart.

Dann nehme ich einen gemurmelten Fluch wahr, der über Henrys Lippen dringt. »Verdammt, Leni« oder etwas Ähnliches.

Er überwindet die wenigen Zentimeter, die uns trennen, und küsst mich zurück. Und mir wird klar, dass mein Leben sich schlagartig verändert. Dass es nicht mehr sein wird wie zuvor.

Seine Finger fahren durch mein offenes Haar, greifen daraufhin fest zu und ziehen meinen Kopf in den Nacken. Ein Seufzen entfährt meiner Kehle, ich hatte fast vergessen, wie es sich anfühlen kann, geküsst zu werden. Seine Lippen bewegen sich zuerst hart und fordernd auf meinen, werden sanfter, während er mich auf seinen Schoß zieht. Seine Umarmung ist besitzergreifend, er hält mich und tilgt die allerletzte Kluft zwischen uns.

Seine Hände fahren unter meine Strickjacke, meinen Rücken hinauf und wieder hinab, greifen meine Taille, ich drücke mich an seinen Körper. Meine Haare fallen wie ein Fächer um unsere Gesichter, während ich mich über ihn beuge, sacht mit meinen Fingern über seine rauen Wangen fahre und mich dem Necken seiner Zunge hingebe.

Dieser Kuss ist mächtig. Es ist, als tauche ich aus einem tiefen Meer auf, um meine Lunge mit lang vermisstem Sauerstoff zu füllen. Ich will gar nicht mehr damit aufhören. Als Henry mich rücklings ins Heu bettet und sich über mich schiebt, entfährt mir ein Seufzen vor Wonne. Meine Zunge tanzt langsam über seine Unterlippe, bis ich ihn erneut entschlossen küsse.

Henry hält inne, schaut mich atemlos an, und ich ahne einen inneren Kampf, den er mit sich ausmacht. Mit einer sanften Bewegung fängt er meine Hand ein, die im Begriff war, sich in seinen Nacken zu krallen, als wäre er das Wichtigste auf der Welt, das es festzuhalten gilt. Sanft küsst er die Knöchel meiner Finger.

»Wo führt das hin?«, flüstert er und schenkt mir ein kurzes schiefes Lächeln.

Es ist wundervoll, wie nahe er mir ist. Und zugleich macht es mir Angst.

Henry wartet keine Antwort ab, ich spüre sein Gewicht auf mir, als er sich bewegt, und biege mich ihm entgegen. Er küsst meinen Hals an der Stelle, an der mein Puls wie verrückt schlägt, und alles verselbstständigt sich.

Wenige Atemzüge später habe ich Henry sein T-Shirt über den Kopf gezerrt, küsse sein Tattoo, das sich endlich in ganzer Schönheit zeigt. Ein kleines Lächeln huscht über mein Gesicht, als er mein Nachtkleid hochschiebt und meinen Bauch küsst. Während Henrys Geschmack auf meiner Zunge prickelt, werfe ich all meine Sorgen und Ängste über Bord. Alles ist süßer Honig.

»Bist du sicher?«, höre ich ihn an meinem Ohr murmeln, so gequält, so atemlos.

Was ist schon sicher auf dieser Welt, will ich sagen. Ich liebe es, wie er mich berührt. Nie hätte ich es für möglich gehalten, dass ein in Scherben geschlagenes Herz sich erneut verlieben kann.

»Ja, ich will es«, flüstere ich.

Es beginnt bereits zu dämmern, als wir in einen Schlafsack gekuschelt auf der alten Matratze liegend durch die Wipfel die verblassenden Sterne der Septembernacht beobachten.

Nachdem wir uns um Wilma und ihre Nachgeburt gekümmert hatten, vertrieb Fredward uns mit einer seiner

Schreiattacken aus dem Stall. Henry und ich waren aber noch nicht bereit, uns zu trennen.

Seine Hand hält die meine, die unterm T-Shirt auf seiner Brust ruht und die feinen Härchen teilt. Es gefällt mir, sein Herz unter meinen Fingern zu spüren und in seiner Umarmung zu liegen.

»Ich muss gestehen, als ich dich das erste Mal sah, wollte ich das mit dir machen«, sagt er halb belustigt, halb ernst.

»Mit mir unter Sternen liegen?« Ich blinzle zu ihm auf, und er grinst.

»Auch.«

»Du meinst, nachdem ich dich fast umgefahren hatte, wolltest du mich am liebsten küssen?«

»Nein, da noch nicht. Da hätte ich dich am liebsten übers Knie gelegt«, gibt er zu. »Aber das können wir ja auch noch nachholen.«

»Untersteh dich!«

Der Himmel färbt sich violett, und Wind fährt sacht über uns hinweg, als würde er uns liebkosen wollen.

Henry verschränkt seine Finger mit meinen und dreht sich zu mir. »Weißt du was?«, fragt er leise und hält die Luft an. In den Bäumen beginnen die Vögel zu singen. Sie zwitschern, als begrüßten sie eine ewig verschollene Sonne.

»Was denn?«, frage ich zurück, und seine Finger drücken meine.

»Ich hab versucht, nicht die ganze Zeit an dich zu denken. Dich nicht küssen zu wollen.« Verletzlichkeit huscht über seine Züge, und ich möchte sie fortstreicheln, berühre sanft mit den Fingerspitzen seine raue Wange.

»Warum denn? Hattest du Angst vor mir?«

Ein leises Schmunzeln legt sich auf seine Lippen. »Frauen wie du machen nur Probleme.«

»Was soll das denn heißen, Frauen wie ich? Was für eine Art Frau bin ich denn?«, frage ich, und viele Dinge über Männer gehen mir gleichzeitig durch den Kopf. Ich wappne mich innerlich.

»Na, die Art, die einem das Herz bricht.« Etwas in seiner Stimme warnt mich.

»Nicht dein Ernst.«

Er lacht. »Nein, natürlich nicht. Ich meine, die Art Frau, die einem das ruhige und entspannte Leben auf den Kopf stellt.«

»Oh.« Ich hatte nicht vor, irgendwelche Forderungen zu stellen. »Wäre das so schlecht? Ich will gar nicht …« Weiter komme ich nicht, da legt er seinen Finger an meine Lippen.

»Sag jetzt nichts weiter.« Die Dringlichkeit in seiner Stimme lässt meinen Atem stocken.

Ich sehe seine Seele, während er mich erneut küsst und anschließend liebevoll anschaut. Henry ist genauso zerbrechlich, wie ich es bin. Er trägt Wunden in sich, die meinen ähneln. Und während er mir gegenüberliegt und gegen meine Lippen atmet, heilt mein Herz ein kleines bisschen.

Ich weiß nicht, wann ich in seinem Arm eingeschlafen bin. Aber als ich erwache, erschrecke ich zu Tode, weil mich ein glotzäugiges Monster anhechelt und mich mit seinem stinkenden Atem erstickt. Es ist Chantall, die es irgendwie über die Mauer geschafft haben muss. Oder durch den Spalt, den ich unbedingt zumauern muss.

»Bah«, stöhne ich und befreie mich von dem Schlafsack.

Henry hilft mir von der Matratze. »Na, ich hoffe, mit einem *Bah* werde ich jetzt nicht öfter von dir geweckt.«

Chantall kläfft, und ich schubse sie mit meinem Häschenpantoffel. Mir ist saukalt, und ich beginne zu zittern.

Henry schaut auf sein Handy und schlägt sich mit der

Hand gegen den Kopf. »Verdammt, ich muss los! Ich hab einen wichtigen Termin«, meint er und haucht mir einen flüchtigen Kuss auf die Wange. Ich klaube den Schlafsack auf, schlinge ihn um meinen Körper, während Henry mit dem Schlüssel klimpert und über den Pfad an der Hausseite davoneilt.

Das geht mir gerade alles zu schnell, und ich fühle mich wie bei der Ice Bucket Challenge.

»Ja, okay. Komm gut nach Hause«, rufe ich ihm nach, als er längst um die Ecke verschwunden ist und mein Herz mit sich ins Unbekannte nimmt.

Der Hund springt auf die Matratze, schnüffelt herum. Benommen lasse ich mich neben das Tier sinken, tätschle Chantalls Eierkopf und fühle mich allein und gleichzeitig euphorisiert.

»Was für eine Nacht«, sage ich zum Hund, kurz bevor panische Schreie vom Nachbargrundstück herdringen.

»Chantall! Baby, wo bist du? Komm zu Mama!«

WINDHUNDE UND ANDERE NICHT SELTENE EXEMPLARE

»Hannelore, dein Hund ist bei mir!« Ich schnappe mir die runde Mopsdame und verheddere mich hoffnungslos im Schlafsack. Im Hintergrund höre ich Henry mit seinem Mustang davonfahren, als Hannelore an der Mauer auftaucht.

»O mein Baby. Ich habe schon gedacht, ein Tierdieb hätte meine süße Dame erwischt und mitgenommen, um sie teuer zu verkaufen.«

Chantall leckt mir manisch das Gesicht, und ich habe Mühe, mit ihr auf dem Arm durchs Dickicht zu kommen.

Hannelore trägt ihren Plüschmorgenmantel und Hausschuhe. Sie hat hektische Flecken im Dekolleté und Lockenwickler im Haar.

»Sie ist mir einfach entwischt. Ich muss die Gartentür nicht richtig geschlossen haben.« Theatralisch greift sie sich an die Brust. »Gar nicht auszudenken, wenn man sie geraubt hätte. Da war doch gerade ein Auto an der Straße. Zu solch unsäglich früher Stunde, das ist eher ungewöhnlich …« Sie stöhnt, stützt sich an der Mauerkante ab, und ich beschließe vorsichtshalber, sie zu mir zum Frühstück einzuladen. Nicht dass sie einen Schlaganfall erleidet und allein auf ihrem Küchenfußboden liegt.

Ein paar Schritte und Geschichten über Stammbäume von Möpsen später sitzt Hannelore bei uns am Küchentisch und betrachtet ein altes Fotoalbum, das Romy hat liegen lassen. Meine Kleine liebt es, in ihnen zu blättern und sich ihren Papa anzugucken und Ähnlichkeiten zu suchen. Und die sind massig vorhanden.

»Und das war dein Mann? Ein hübscher Bursche«, meint Hannelore, während ich Kaffee und Eier koche.

Ich lächle. »Ja, das war er.« Eine Erinnerung huscht durch meinen Kopf. Der stürmische Tag auf Amrum, als wir einen Kurzurlaub machten und den wundervollen Sandstrand entlangspazierten. Alex drehte sich zu mir, angelte nach meiner Hand. Der Wind blies ihm die dunklen Haare in die Stirn, zerrte an seinem himmelblauen Hemd, und er lächelte. Ich weiß noch genau, wie schön ich ihn in diesem Moment fand, als die Sonne sich in seinen seelenvollen braunen Augen spiegelte und sie von innen heraus leuchten ließ, als würden tausend Sterne in ihnen wohnen. *Sternenkrieger.*

»Eure Tochter hat das gleiche verschmitzte Lächeln«, stellt Hannelore fest und blättert weiter zu unserem Hochzeitsfoto. Dieses Mal lässt der heftige Stich ins Herz, der mich auf dieser Seite üblicherweise trifft, auf sich warten. Es ist seltsam, ich wappne mich und warte, doch es fühlt sich anders an als sonst, wenn ich dieses Bild sehe. Nicht wie ein glühendes Eisen auf der Haut. Dafür verschütte ich den heißen Kaffee über meine Hand.

»Mist!« Ich stelle die Kanne auf eines der gehäkelten Fundstücke aus den alten Küchenschränken.

»Kindchen, lass mich das machen.« Hannelore nimmt die Kanne, um uns beiden einzugießen. Ich stelle Zucker und Milch bereit, schrecke Eier ab und lege sie in ein Weidenkörbchen.

Pünktlich zur Marmeladenöffnung schlurft Romy zu uns

in die Küche. »Mama, warum ist Tante Hannelore da?«, will sie wissen und runzelt angestrengt die Stirn.

»Hach, Liebchen. Du bist aber ein Langschläfer.« Hannelore lacht.

Verstohlen gucke ich zur Uhr, die Hühner würden nicht früher aufstehen, denke ich mir.

»Guck mal, mein Zahn ist weg«, fällt meiner Tochter ein, und ich verkneife mir ein Schnaufen.

»Und die Fee hat mir noch nichts gebracht«, beschwert sie sich und erinnert mich an mein Versäumen, den Zahn gegen eine Münze auszutauschen. »Die Zahnfee muss den Zahn mitnehmen und eine Münze schenken. Jetzt gibt es ja den Euro, aber früher gab es die Mark. Und davor den Neandertaler«, plappert Romy. Ihre Miene erhellt sich, als sie Chantall zu Hannelores Füßen entdeckt. »Oh, Hundi«, säuselt sie entzückt, und der Mops freut sich so heftig über Romys Kuschelangriff, dass er Pipi auf den Boden macht.

»Mama, der Hund ist nicht dicht«, bemerkt meine Tochter das Malheur, und ich wische die kleine Lache kommentarlos weg.

»Es ist wirklich grausig, wenn man seine große Liebe verliert«, sagt Hannelore mit Blick auf das Fotoalbum, während ich Romy an den Tisch zitiere. Chantall läuft grunzend zu ihren Füßen und schlabbert an ihnen herum.

»Bahahaha. Die brauch ich nicht mehr waschen«, juchzt meine Tochter und stößt mit dem Knie an die Tischkante. Ich verteile Teller, Eierlöffel und winzige Salzstreuer.

»Ich habe damals auch jemanden verloren«, meint Hannelore, als sie das Album zur Seite legt.

Romy angelt nach Toast und der Blaubeermarmelade.

»Ja, ich habe davon gehört«, gestehe ich.

»Wirklich? Ich habe doch niemals jemandem davon erzählt«, antwortet Hannelore und blinzelt mich überrascht an. Ihre müden Augen heften sich fragend auf meine.

»Ähm, ich dachte, Ihr Mann Dieter …«, beginne ich, und sie winkt zu meinem Erstaunen ab.

»Nein, ich meine den Peter. Den habe ich damals verloren. Wir waren füreinander bestimmt, musst du wissen. Ich war noch ganz jung, gerade einmal zwanzig Jahre, und wir waren uns bereits versprochen und so verliebt ineinander.« Sie seufzt, schwelgt einen Moment in Erinnerungen, während Romy es mit der Marmelade übertreibt und ich sie bremsen muss.

»Was ist denn passiert?« Alle möglichen Szenarien gehen mir durch den Kopf. Unfälle, Krankheiten, Flugzeugabstürze, Feuerwehreinsätze … Ich sammle mich, nippe an meinem Kaffee und fixiere Hannelore über den Rand meiner Tasse. Sie sieht blass aus heute.

»Meine Cousine ist passiert«, knurrt sie. Ihr Tonfall irritiert Chantall, die den Kopf hebt und Frauchen verunsichert anstarrt.

»Ich verstehe nicht ganz«, gebe ich zu und kann es nicht verhindern, dass sich Henry in meine Gedanken schleicht. Ich kann seine Küsse noch auf meinen Lippen spüren.

»Die hat ihn verführt und sich schwängern lassen«, regt sich Hannelore auf. Ihre Haltung strafft sich, der Löffel in ihrer Tasse rührt hektischer. »Diese impertinente Person.«

Für einen Moment glaube ich, Tränen in ihren Augen glitzern zu sehen, werde jedoch abgelenkt, als Romy ihre Milchtasse umkickt. »Huch!«

Mit flinken Fingern stoppe ich den weißen Fluss mit einem Papiertuch und schneide gleich noch ihr Marmeladenbrot in kleine Ecken.

»Mama, was ist schwängern?«

»Wenn man ein Kind erwartet, ist man schwanger, und schwängern heißt es, wenn es noch work in progress ist«, antworte ich gedankenverloren.

»Was ist würgenpress?«

»Ähm, pass auf, als dein Papa und ich dich gern haben wollten, da …«

»Ich weiß schon, du meinst sexen.« Romy macht Knutschgeräusche.

Schlagartig wird mir bewusst, dass *ich* gerade Sex hatte. Und zwar ganz ohne zu verhüten. Mein Magen sackt einige Etagen tiefer, wie alt bin ich? Zwölf? Wie blöd kann man denn sein? Wann zum Geier war mein letzter Eisprung? Wann hatte ich meine Periode?

»Mami, was hast du?« Romy bemerkt die Hitze, die in mir aufsteigt.

»Mir geht es gut, Schatz.«

Romy nimmt den Eierlöffel, um die Marmelade ohne Brot zu essen. Ich schaffe es gerade nicht, darauf zu reagieren, und lasse sie machen. Auch als sie vom *Blauen Wunder* über *Kirschkuss* zur *Rebellion in Pink*, einem Apfel-Himbeer-Gelee wechselt, das noch in der Testphase steckt.

»So toll war das gar nicht«, bezieht Hannelore Romys Reaktion auf sich. »Denn dann musste mein Peter die Anne heiraten, obwohl er lieber mich heiraten wollte.« Sie holt weit aus, und wir erfahren, dass Peter der Spross einer Feinmechanik-Dynastie war und die große Hoffnung des Firmenvorsitzes, was Hannelores wählerischen Eltern recht gut gefiel. Leider lernte Peter auf einem Tanztee anlässlich des neunzigsten Geburtstags von Hannelores Oma Trudi besagte Cousine kennen. Und dann schlug der Familienfluch zu, wie Hannelore es nennt. Ein Unheil, das angeblich jeden erwischte, der große Gefühle hegte. Deshalb ehelichte sie später Dieter, den sie mochte, aber nicht liebte.

»Die Liebe ist nichts für uns. Es musste so kommen. Meine Cousine machte meinem Peter schöne Augen. Und er war wie verhext von dieser Dirne – nichts anderes ist sie – und ließ sich auch noch von meiner Oma in der Speisekammer mit heruntergelassener Hose erwischen.«

Romy kichert und löffelt fleißig weiter Marmelade.

»Männer sind Opfer ihrer Triebe, Herzchen«, meint sie an mich gerichtet. »Da kann man einfach nichts machen.«

»Hm«, mache ich nachdenklich. So wie es aussieht, bin ich nicht besser.

»Nehmen wir mal den Henry«, fährt Hannelore fort, und beim Klang seines Namens zucke ich zusammen. »Der Gute ist ja auch so ein Schwerenöter. Kann seine Finger nicht bei sich lassen, wenn es um das schöne Geschlecht geht.« Ungerührt schaut sie mich an, und meine Finger krallen sich an der Tischdecke fest.

»Ja, Kindchen. Guck nicht so überrascht. Er gehört ebenfalls zu dieser Sorte Mann. Und nicht jede Frau kann damit leben.« Sie seufzt theatralisch. »Also, ich habe meinem Peter damals seinen Ausrutscher verziehen. Doch dann war Anne plötzlich schwanger und wollte das Kind zu allem Überfluss unbedingt bekommen.«

Hannelore schaut aus dem Fenster, sagt einen Moment nichts mehr, und ich nehme Romy endlich das Marmeladenglas weg. Es ist genauso leer wie mein Kopf.

»Meine ganze Familie war außer sich. Und Oma starb eine Woche nach dieser herzerfrischenden Neuigkeit.« Hannelore stößt hart die Luft aus. »Später, als ich Omas Villa erbte, ließ ich sie einreißen. Die Speisekammer zuerst.«

Angesichts Hannelores zufriedener Miene läuft es mir

kalt den Rücken herunter. Was konnte das arme Haus dafür?

»Peter ist ein Ehrenmann, er hat sich einer Frau geopfert, um dem Kind gerecht zu werden«, fügt unsere Nachbarin an, und ihr Mund verzieht sich zu einem schmalen Strich. »Glücklich sind die aber auch nie geworden.«

Diese Geschichte muss sie bitterlich getroffen haben. Ihr Schmerz ist greifbar, dehnt sich im Raum aus und berührt mich mit kalten Fingern.

»Das tut mir sehr leid«, sage ich und reiche ihr meine Hand über den Tisch hinweg. Hannelore ignoriert sie.

»Muss es nicht. Opfer müssen erbracht werden, so ist das Leben.«

Romy rülpst laut. Ihr Gesicht ist dunkel verschmiert, und nur peripher nehme ich wahr, dass sie sich jetzt der Kirschmarmelade widmet.

»Also, opfern kann man das aber doch nicht nennen? Ich meine, wenn man mit einer Frau zusammenkommt, weiß man doch um die Verantwortung, die man trägt. Also, in Bezug auf Blümchen und Bienen natürlich«, höre ich mich stammeln.

Wann, wann, wann hatte ich meine letzte Periode? Ich kann mich noch vage daran erinnern, dass ich beim Tapezieren meines Schlafzimmers Blutungen hatte. Sie kamen mit dem Schrecken vor einer riesigen Spinne, die in der Zimmerecke hockte und mich anstarrte. Das Tier war anders als jene, die ich aus der Stadt kenne. Stadtspinnen haben Angst vor Menschen, diese hier hingegen machte sich groß und beleidigte meine Mutter.

»Kindchen, also wirklich! Anne war eine Venusfalle. Sie wusste genau, was sie tat. Sie ist eine Hexe.« Hannelore spuckt die Worte förmlich aus, und ich denke über Spinnen nach.

Einige Spezies fressen das Männchen nach dem Akt, beißen ihnen einfach den Kopf ab, sagte Hubert.

Ich blicke zu Romy, die sich plötzlich die Hand auf den Mund presst und sich zwischen ihren kleinen Fingern auf ihren Schoß übergibt. Verdammte Axt!

Einige Tierarten fressen übrigens auch ihren Nachwuchs, wenn sie nerven. Kaninchen zum Beispiel.

»Romy, das darf doch wohl nicht wahr sein«, hauche ich entsetzt.

Hannelore macht Würgegeräusche, fächert sich Luft zu und schaut krampfhaft an die Zimmerdecke. »O so was. Das ist ja widerlich«, sagt sie erstickt. Hoffentlich kotzt sie nicht aus Solidarität mit …

»Mir ist ganz plötzlich schlecht geworden«, erklärt Romy bedauernd und wischt sich mit dem Pyjamaärmel über den Mund. Ich versuche hektisch, die Marmeladenkotze aufzuwischen. Was ich nicht erwische, findet Chantall. Na, Mahlzeit!

»Chantall, pfui«, kreischt Hannelore, als sie merkt, dass ihr Baby ein zweites Frühstück einlegt, und angelt unter dem Tisch nach ihrem Mops, der alles zu fressen versucht, was unten ankommt. Ich frage mich, welche Art Störung zu solch einem Verhalten passt.

»Also, Leni. Du musst unbedingt dein Kind besser in den Griff bekommen.« Hannelore zerrt den Hund am Halsband auf ihren Schoß. Chantall hustet, und ihre glotzenden Augen treten noch weiter aus ihrem Schädel hervor. Ich frage mich, ob Romy von Hannelores Geschichten so übel wurde oder von der ganzen Marmelade. Meiner Meinung nach ist das nicht abschließend geklärt.

Ich entschuldige uns mit einer knappen Geste und stelle Romy in die alte Duschwanne, die im Badezimmer zwischen aufgeklopften Fliesen und entfernten Trennwänden steht. Wir haben begonnen, den Raum zu renovieren, und bemerkt, dass die Wandvertäfelung unbedingt runtermuss. Dementsprechend sieht dieses Zimmer momentan aus.

»Geht es wieder?«, frage ich sanft und streiche meiner Tochter über die wirren braunen Locken.

»Ja, viel besser.« Romy hampelt herum, zupft am Duschvorhang mit Sternenprint. Ich ziehe ihr das Bambi-Oberteil über den Kopf und stopfe es in den Wäschekorb.

»Hast du mich lieb?«, vergewissert sie sich, und ich küsse ihre Stirn, bevor ich sie mit warmem Wasser der verkalkten Handbrause absprühe.

»Bis zum Mond und wieder zurück.«

»Das ist gut. Ich dich auch«, kreischt sie, als das Wasser aus unerklärlichen Gründen plötzlich kalt wird. Ich muss Henry unbedingt fragen, ob er sich den Warmwasserspeicher angucken kann. Henry. Sofort fährt ein Kribbeln durch mich hindurch.

»Pass auf, wenn du dich brav fertig machst, habe ich gleich eine ganz tolle Überraschung für dich«, locke ich mit der Fohlenneuigkeit, die ja noch niemand kennt, und lege Romy ein Handtuch um.

»Was denn? Dürfen wir den Hund behalten?« Ihre Augen leuchten.

»Nein, viel besser«, verspreche ich. Romy kichert voller Vorfreude und hüpft in ihr Zimmer, hoffentlich, um sich anzuziehen. Ich kehre derweil zu Hannelore zurück, die ihre Kaffeetasse hypnotisiert.

»Ich werde mal lieber wieder gehen«, meint sie, als sie mich bemerkt. Sie drückt ihren Mops fest an sich, als hätte sie Angst, dass er verloren gehen könnte.

»Ich bringe Sie noch zur Tür«, antworte ich und mache

eine entsprechende Geste. Hannelore erhebt sich, schlurft durch den Flur. Ich folge ihr.

»Du musst auf dich achtgeben, Herzchen.« Ihre Hand legt sich auf meine, als ich die Klinke der Haustür drücke. »Mir ist nicht entgangen, wer dich die Nacht besucht hat.«

Sie wirft mir einen schweren Blick zu, und mir gehen gleich mehrere Fragen zeitgleich durch den Kopf, schlagen Purzelbäume und lachen. Ich dachte, sie wusste nicht, wem das Auto gehört, das den Hof heute Morgen verließ? Und wie kam eigentlich Chantall über die Mauer? Warum musste Henry so verdammt schnell weg? Und sollte ich mir die Pille danach besorgen?

IN FLAMMEN GEHT DIE WELT ZUGRUNDE

Es sind seltsame Stunden an diesem verregneten Montagmorgen, in denen ich immer mal wieder auf mein Handy schaue und hoffe, dass Henry sich mit einem Gruß oder Ähnlichem bei mir meldet. Immerhin haben wir einen intimen und mehr als berauschenden Moment miteinander verbracht. Ich war ihm so nah und er mir. Unmöglich kann ich mir das nur eingebildet haben. Oder doch?

»Och, ich bin so schockverliebt«, haucht Marion, die Tierärztin und neue Freundin meiner Schwester, entzückt über das Fohlen. Sie ist just mit Juna vom Wochenendtrip zurückgekommen und untersucht unser Überraschungsei Henriette, das munter wie ein Flummi umherhopst und gar nicht daran denkt, sich mit einem Stethoskop abhören zu lassen. Henry hat mir gleich nach ihrer Geburt noch einige Hinweise gegeben, worauf ich achten soll. Umso mehr wundert es mich, dass er sich jetzt nicht mal nach dem Fohlen erkundigt.

»Sie ist wunderschön! Sogar x-beinig und mit schiefen Füßen sieht sie toll aus«, meint Juna und macht ein Handyvideo, das sie umgehend mit unseren Freunden teilt.

»Schau mal, Juna. Diese rosa Nase, ist das nicht süß?« Marion streicht über die breite Blässe, die von Henriettes Stirn bis zu den Nüstern verläuft und dort von Weiß in Rosa übergeht.

»Ich hoffe, das Fellknäuel macht mir keine Konkurrenz«, murrt meine Schwester und stützt sich auf die Boxentür. Fredward iaht, als würde er das Gesagte witzig finden.

»Nach diesem Wochenende? Wohl kaum.« Marion zwinkert meiner Schwester zu, und ich wünschte, mein Herz würde sich mehr für das Fohlen als für Henry interessieren. Es beginnt mich zu nerven, dass meine Gedanken ständig zu ihm wandern und tausend Fragen lostreten. Wer ist der Mann, der seit Monaten bei uns ein und aus geht und besser zuhört, als dass er etwas aus seinem eigenen Leben preisgibt? Dr. Klein ist da ganz anders, offener.

Verdammt, was macht jetzt der Arzt in meinen Gedanken? Bin ich tatsächlich drauf und dran, mich in zwei Männer gleichzeitig zu verlieben? Das geht ja mal gar nicht!

»Euer Nachwuchs ist vollkommen gesund«, lautet Marions endgültiges Resümee, als sie mit all ihren Tests und Untersuchungen fertig ist. »Das Fohlenpech ist doch abgegangen?« Sie blickt zu mir, und ich nicke. Ich habe akribisch darauf geachtet, dass Henriette nach dem Trinken Kot absetzt, um sicher zu sein, dass ihre Verdauung funktioniert und keine Verstopfung droht.

»Sehr gut.« Marion hockt sich vor Wilmas immer noch kugeligen Bauch und tastet nach ihrem Euter. Der Stute gefällt das nicht sonderlich, sie stellt die Futteraufnahme ein und schaut die junge Tierärztin empört an. »Wilma hat nicht besonders viel Milch, wenn ich richtigliege«, vermutet Marion. »Ihr solltet der Kleinen etwas Milchersatz in Fläschchen zufüttern, damit keine Unterversorgung entsteht. Ich habe noch was im Wagen und lasse es euch da.«

»Danke, das ist so lieb von dir«, freut sich Juna, und der Blick, den sie ihrer Angebeteten zuwirft, sagt so viel.

Marion tätschelt die Mutterstute ein letztes Mal und flüstert ihr liebevoll etwas ins Plüschohr.

»Es ist wirklich enorm, wie gut die alte Dame die Geburt weggesteckt hat«, sagt sie mir, während sie sich erhebt und einem Bocksprung von Henriette ausweicht. »Ich meine, allein dass sie eine Rosse im Spätsommer hatte und tragend wurde, ist auf jeden Fall ungewöhnlich.« Marion ist drauf und dran, sich ein weiteres Mal dafür zu entschuldigen, dass sie die Trächtigkeit übersehen hat.

Ich hebe beschwichtigend die Hände. »Alles ist gut. Ich bin dir sehr dankbar, dass du sie dir angeschaut hast.« Ich wippe auf den Fersen. Mein Blick saugt sich an dem Strohlager fest, auf dem ich Henry geküsst habe.

»Du, wie sieht es eigentlich mit dem Markt am nächsten Wochenende aus?«, fragt mich Juna vollkommen zusammenhanglos. »Willst du den Stand übernehmen, oder sollen wir uns die Verkaufstage teilen?« Sie wackelt mit den Brauen und legt ihren Arm um Marions Taille.

»Darüber hab ich noch gar nicht nachgedacht«, gebe ich zu. »Aber es ist ja auch erst Wochenanfang.« Ich schaue auf meine Armbanduhr. Jeden Moment müssten die Kisten mit den Äpfeln abgeholt werden. Zumindest der Teil, der in die Mosterei geht. Ich habe alle Hände voll zu tun. Und es muss noch Kompott eingekocht werden, damit wir die *Rebellion in Pink* und *Goldmaries Schätze* verfeinern können. Ich frage mich, ob ein Hauch Vanille den Geschmack abrunden würde oder zu viel des Guten wäre.

»Wenn du willst, könnten Marion und ich den Samstag übernehmen. Mein Babe hat nämlich frei«, lässt Juna mich wissen, und ich kaue nachdenklich auf meiner Unterlippe.

Am Wochenende will Henry endlich mit der Sanierung des Badezimmers weitermachen. Einer seiner Freunde, der im Sanitärbereich arbeitet, hat dann Zeit und angeboten, uns zu unterstützen. Es wäre also toll, wenn ich ebenfalls hier sein könnte und nicht unsere märchenhaften Produkte verkaufen müsste.

»Gute Idee, dann übernehme ich Sonntag, und ihr bespaßt Romy?«

»Das macht Fredward schon. Hast du mitbekommen, wie viel Zeit deine Tochter hier im Stall verbringt?« Juna bricht einen Apfel entzwei und schiebt Fredward und Wilma je eine Hälfte ins Maul.

Gestern habe ich Romy lediglich zu den Mahlzeiten zu Gesicht bekommen. Den restlichen Tag verbrachte sie in einer der Boxen und unterhielt sich mit den Huftieren. Es war zu süß, was sie Fredward über Elternschaft erzählte. Da er ja offensichtlich nicht der »richtige« Vater sei, aber trotzdem der beste Papa der Welt für Henriette sein werde. Am späten Abend war Romy so müde, dass sie für ihre Verhältnisse früh einschlief. Und heute Morgen konnte sie es kaum erwarten, in der Schule zu erzählen, dass sie ein Fohlen bekommen hat, das ihr Milchsabber ins Gesicht niest.

»Durchaus. Die beiden tun ihr wirklich gut«, antworte ich. Fredward hat es sich schon vor Tagen zur Aufgabe gemacht, im Garten hinter Romy herzutrotten, als wäre er ihr Babysitter. Und wenn er irgendwo nicht hinterherkam, weil ihm beispielsweise eine geschlossene Pforte oder eine Hecke, durch die sich mein Kind gezwängt hatte, den Weg versperrte, brüllte er seinen Alarm in die Welt. Was will man mehr? Der Esel ist besser als jeder Bernhardiner.

Am Dienstagabend steht der erste Elternabend der Grundschulklasse 1a an. Ich muss zugeben, ganz nüchtern stelle ich mich dieser Herausforderung nicht und lasse mich nach einer ersten Verkostung des Rauschers von Juna zur Schule fahren. Das spritzige Zeug ist mir mehr zu Kopf gestiegen, als ich erwartet habe.

Der Parkplatz vor dem klobigen Schulgebäude aus den Siebzigerjahren ist rappelvoll. Wie ich gehört habe, halten an diesem Tag alle Klassen ihre Elterngespräche oder Kennenlernabende ab. Mein Mini stoppt mit quietschenden Reifen vor der Bushaltestelle; Juna hat es immer noch nicht raus, wie man ihn richtig bremst.

»Mensch, Juna«, sage ich etwas zu scharf und ärgere mich über mich selbst. Es macht mich nervös, dass Henry sich nicht meldet. Dabei ist es nicht mal ungewöhnlich und schon öfter vorgekommen, dass er ein, zwei Tage nicht erreichbar war. Andererseits haben sich die Dinge geändert. Finde zumindest ich. Sieht er das etwa anders?

»Sorry«, murmelt Juna, das Lenkrad fest im Griff, und grinst verlegen. »Soll ich in einer Stunde wieder hier sein?«

»Nein, es dauert bestimmt länger. Und tu mir einen Gefallen und lass mein Auto heile. Ich hänge daran.« Ich habe es mit Alex zusammen ausgesucht, kurz vor unserer Hochzeit. Es war einer dieser Momente, in denen ich genau wusste, wie blöd er diese babyblaue Farbe fand, es aber nicht sagte, weil er merkte, wie begeistert ich davon war.

»Schreib mir 'ne Nachricht, wenn ich losfahren soll«, sagt Juna zum Abschied, und ich öffne die Tür. »Und was deine Karre angeht: Wir brauchen unbedingt etwas Größeres, oder willst du die Liköre in Etappen zu den Lokalitäten fahren?«

»Ich denke drüber nach.«

Unwillig steige ich aus, schließe mich einem Strom Eltern an und sitze bald darauf in Romys Klassenzimmer. Der Stuhlkreis ist riesig, und ich höre mir die überschwänglichen Vorschläge zur Verbesserung der Lehrsituation von Eltern an, die so gar keine Ahnung von Pädagogik haben.

»Wie wäre es, wenn es ein Punktesystem für jeden Schüler gäbe? Bei schlechtem Verhalten wird ganz öffentlich einer abgezogen. Also, bei unserem Max klappt das schon lange ganz toll«, schlägt ein Vater mit Halbglatze und Jeanshemd vor.

Mein Magen grummelt laut. Bilde ich mir das nur ein, oder gucken mich alle an? Ich lächle krampfhaft, zwirble wie eine Siebenjährige eine lose Strähne meines Dutts.

Frau Kaiser erzählt ein bisschen über die Lernerfolge ihrer Klasse, und all die netten Eltern wirken zufrieden. Ein Herr im Sakko faltet seine Hände auf dem Schoß, eine Frau um die zwanzig, die ihr Kind noch während der Pubertät bekommen haben muss, tippt auf ihrem Handy herum. Ich frage mich, ob sie *Angry Birds* oder so etwas spielt.

Draußen vor dem Fenster pfeift der Wind durch die Eichen, zerrt an den goldbraunen Blättern. Zuerst treffen nur wenige Regentropfen an die Fensterscheibe, bald fallen sie in beständigen Bindfäden vom Himmel, und ich wünsche mich nach Hause.

»Es ist wichtig, dass Eltern und Lehrer an einem Strang ziehen«, findet eine Mutter, die etwa in meinem Alter sein muss. Ich glaube, ihre Tochter heißt Marie-Antoinette. Dann leitet sie ein ganz besonderes Thema ein. Das Po-Abwischen für Fortgeschrittene. Und die Frage, warum nicht feuchtes Toilettenpapier in der Schule eingeführt wird. Das sei so viel hygienischer und verhindere die Verbreitung von Würmern, Magen-Darm-Bakterien und irgendwas, das ich nicht kapiere.

Vielleicht solltest du deinem Kind beibringen, wie man sich ordentlich die Hände wäscht, würde ich sagen, wenn ich den Mut dazu hätte. Und wo wir gerade beim Thema sind: Ich hätte nicht so viel Apfelwein probieren sollen, der schlägt womöglich durch. Mein Bauch kneift, und ich muss pupsen, würde es aber niemals inmitten eines Stuhlkreises wagen.

»Die Zusammenarbeit von Eltern und Lehrern ist die Säule des erfolgreichen Lernens«, höre ich Frau Kaiser erläutern und denke an unser letztes Telefonat, in dem sie Romy lobte. Sie sei seit einiger Zeit ausgeglichener und lernbereiter, was mich sehr gefreut hat.

Nach einer Weile fragt ein Vater, weit über fünfzig, mit Brille und Birkenstockschuhen, Frau Kaiser tatsächlich, ob sie plane, schwanger zu werden, da er bei seinem älteren Kind beobachtet habe, wie sehr die Kinder darunter leiden, wenn sie innerhalb der Grundschule den Klassenlehrer wechseln müssen. Das wäre kaum tragbar für eine so junge Seele. Und man müsse ja auch an später denken. Ich muss fast lachen, weil mir die Frage arg persönlich vorkommt.

»Dann sollten wir auch gleich kollektiv Namensvorschläge einbringen, wenn wir schon beim Thema sind«, ist das Einzige, was ich an Senf an diesem Abend dazugegeben habe, bevor ich dringend zur Toilette muss. Weniger aus Scham wegen meines losen Mundwerks als aus Notwendigkeit. Nie wieder zu jungen Apfelwein!

Als ich aus dem Klo komme, bleibe ich auf dem großzügigen Flur vor dem riesigen Fenster mit den Fingerfarbenherzen stehen, von dem aus man bis zur Bushaltestelle und den Parkplätzen sehen kann. Es hat aufgehört zu regnen, und einige Eltern anderer Klassen sind anscheinend fertig mit ihren Sitzungen und strömen zu ihren Fahrzeugen.

Ich will mich gerade abwenden und zurück in Romys Klassenzimmer gehen, um der Wahl des Elternsprechers beizuwohnen, als mir etwas ins Auge sticht. Diesen Mann kenne ich doch? Die Haltung, die Jacke, die er trägt …

Es ist eindeutig Henry, der aus dem Gebäude kommt, den Arm um eine zierliche Brünette legt und ihr einen Kuss auf den Haaransatz haucht, während sie auf den Bürgersteig zulaufen. Diese Geste ist so vertraut, so innig, dass mir augenblicklich speiübel wird.

Er hat eine Familie. Eine Frau und allem Anschein nach sogar ein schulpflichtiges Kind. Mir gehen Huberts Worte durch den Kopf. Er habe keine Ahnung, ob Henry jemanden habe. Und hat mich nicht auch Hannelore gewarnt?

Ich bin so ungeheuerlich dumm. Wie konnte ich davon ausgehen, dass Prinz Leidenschaft ungebunden ist? Offensichtlich habe ich es mir heimlich gewünscht. Ich stütze mich am Fensterglas ab, meine Finger ruhen über einem verunglückten gemalten Herz und hinterlassen Abdrücke. Was habe ich mir nur gedacht?!

Für einen Moment ist mir, als wäre ich ganz allein auf der Welt.

Es dauert, bis ich ins Klassenzimmer zurückgehe. Ich höre brav zu, nicke hier und da und bringe eine Zustimmung zustande.

Eine gewisse Nina wird Elternsprecherin. Sie sieht nett aus und versucht, Kontakt zu mir aufzubauen, indem sie mich immer mal anstupst und Witze über Mädchen im Grundschulalter macht. Ich muss tatsächlich lachen, doch es fühlt sich eher an wie unwillkürlicher Spannungsabbau. Oder eine Übersprunghandlung wie Schluckauf.

Ich tippe eine Nachricht an meine Schwester, damit ich möglichst schnell hier wegkomme.

Hat Juna recht, und ich kann das Ganze auch positiv sehen? Es war einfach nur ein leidenschaftliches Abenteuer mit Henry und vielleicht sogar vorhersehbar, dass es bei einer einmaligen Sache bleiben wird?

Auf der Rückfahrt nach Hause ist die ganze Geschichte aus mir herausgebrochen wie Lava aus einem Vulkan. Ähnlich heiß und verheerend, jedes Wort tat weh. Juna konnte zuerst gar nicht glauben, dass ich bis dahin nichts darüber erzählt hatte. Immerhin war sie bereits mehr als zweiunddreißig Stunden wieder daheim und empfänglich für jegliche Art von Neuigkeiten.

Nun hocke ich mutterseelenallein im Hofladen und spiele alte Platten ab. Neben mir liegt der Stapel mit Tillys Briefen, die ich unter meinem Kopfkissen hervorgeholt habe, um ein wenig darin zu lesen in der Hoffnung, der Liebesschmerz anderer lenke mich von meinem eigenen ab. Toller Plan – die Zeilen, die ich lese, treffen mich mit einer Intensität, die ich nicht erwartet habe, und ich fühle mich doppelt mies.

Liebster,
ist es wahr? Ist es der falsche Ort, die falsche Zeit, Dich zu lieben? Ich möchte Dich anschreien, weil Du diese Gefühle in mir geweckt hast und nun alles um mich herum zerbricht.
Wo warst Du? Ich komme mir so dumm vor, weil ich immer noch auf Dich warte. Mein Herz ist aus Glas, es droht zu zerspringen.
Warum bist Du nicht gekommen? Ich muss Dir etwas Wichtiges sagen!
Tilly

Ich weiß nicht, ob ich ertrage, was weiter geschah, lege das Papier beiseite und lausche der Musik.

Why do the birds go on singing, why do the stars glow above? Don't they know it's the end of the world? It ended, when I lost your love, singt Skeeter Davis ihr trauriges Liebeslied. Ich sitze am Fenster und starre hinaus in den Herbstregen, der in dieser mondlosen Nacht niedergeht.

Als Alex starb, dachte ich tatsächlich, es wäre das Ende der Welt. Ich konnte nicht verstehen, warum das Leben weiterging, als sei nichts geschehen. Ich verstand nicht, warum mein Herz einfach weiterschlug, die Vögel in den Bäumen unbeirrt ihre Lieder sangen, die Sonne jeden Tag aufging und der Erdball sich drehte. Es dauerte, bis ich akzeptieren konnte, dass es weitergehen *musste*. Für Romy. Und auch für mich.

In diesem Augenblick fühle ich mich an jene Verzweiflung erinnert. Und das alles wegen eines One-Night-Stands und ein paar alter Briefe.

Mein Herz schlägt einen traurigen Takt, und Tränen treten über die Ufer. Habe ich mir so sehr mehr von Henry gewünscht? Warum ist er auf einmal so wichtig für mich, dass die Realität mich umhaut? Warum heule ich mir die Augen aus dem Kopf?

Ich greife nach dem nächsten Brief; vielleicht, vielleicht gab es für Tilly und ihren Liebsten einen Lichtblick?

Liebster,
ich finde keine Worte. Was haben sie uns nur angetan? Wie können Menschen so grausam sein?
Als Du zu unserer Stunde nicht am See ankamst, bin ich zurück nach Hause. Hätte mein Herz mir nicht sagen müssen, dass Du verletzt nur wenige Meter entfernt im Wald lagst? Bewusstlos. Halb tot.

Hätte ich es wissen müssen? Ist es mein eigener Vater gewesen? Hat er Dich selbst zusammengeschlagen? Oder hat er jemanden damit beauftragt? Doch wer hätte diese Abscheulichkeit übernommen?
Ich schäme mich so unglaublich, dass ich an Dir zweifeln konnte, dass ich dachte, Du hättest vielleicht Angst bekommen, mit mir fortzugehen. Ich nahm an, wir seien obsolet.
Mein Vater lässt mich fortbringen, und ich bete, dass unser Postbote diesen Brief findet, damit er Dich erreicht. Denn ich weiß nicht, ob ich in Zukunft einen Weg finde, Kontakt zu Dir aufzunehmen.
Mein Vater hat einen Platz für mich organisiert, in einer katholischen Schule für schwererziehbare Mädchen, die vom rechten Weg abgekommen sind. Er kennt mein süßes Geheimnis. Meine Schwester deutete meine Übelkeit richtig, und ich konnte sie nicht anlügen. Sie war so lieb zu mir und wollte mir helfen, also ging sie zu meinen Eltern. Sie versuchte zu schlichten und nahm mich in Schutz.
Ich darf Dich nicht im Krankenhaus besuchen, um es Dir zu erzählen, und Dein Vater öffnet mir nicht die Tür. Er hat Angst vor meiner Familie, ich kann es in der Luft spüren wie nahenden Schnee.
Liebster, ich trage Dein Kind unter meinem Herzen. Du musst wissen, dass ich es bekommen und aufziehen will. Es bedeutet mir die Welt.
Ich weiß, es gibt keine Entschuldigung dafür, dass ich an Dir zweifelte. Bitte verzeih mir.
Bitte verzeih mir den Schmerz, den unsere Liebe Dir verursacht hat.
Bitte gib uns nicht auf.
Ich liebe Dich so sehr,
Deine Tilly

Es klopft an der Fensterscheibe, und ich zucke zusammen, starre ins Dunkel. Draußen steht Juna und zieht eine Grimasse. Ich falte den Brief zusammen, wische mir die Tränen fort und bitte sie herein.

»Deine kleine Elfe ist bei Wilma und Henriette eingeschlafen«, berichtet meine Schwester. »Ich schwöre, ich hab sie ins Bett gebracht, bevor ich am PC gearbeitet habe. Die Kröte muss sich heimlich an mir vorbeigeschlichen haben.« Sie reicht mir eines von zwei Gläsern *Einhorntränen* auf Eis.

Das leise Klirren, als Juna mit mir anstößt, bringt mich zum Lächeln.

»So, du Schnapsdrosselherz. Bist du jetzt schwer verliebt in den Schuft?« Juna schwingt sich auf den Tresen. Sie kreuzt die Beine, wippt mit ihnen.

»Ehrlich gesagt weiß ich es nicht genau«, antworte ich und meide ihren Blick. »Ich fühle mich bloß so …«

»… benutzt?« Juna legt den Kopf schief, beugt sich nach vorne. »Musst du nicht.«

»Und warum nicht?« Hat mich Prinz Einmal-und-nie-wieder nicht irgendwie ausgenutzt? Wenn er der Mann ist, den Hannelore beschrieben hat, bin ich nur eine weitere Kerbe in seinem Bettpfosten. Und für so etwas war ich mir eigentlich immer zu schade. Stets, stets, stets habe ich all meine potenziellen Liebhaber auf Herz und Nieren geprüft. Nur dieses Mal ging es Herz über Kopf.

»Du wolltest ihn doch auch«, sagt Juna streng. »Das war offensichtlich, auch wenn du dir seit Monaten vorgemacht hast, dass es nicht so ist.« Gott, sie kennt mich besser als ich mich. »Sicher, er hätte für klare Verhältnisse sorgen sollen, aber hey, manchmal zählt eben nur der Moment.«

Ja, der Moment war unschlagbar. Aber gerade weil er so besonders war, will ich nicht akzeptieren, dass es für ihn vielleicht nur eine billige Nummer gewesen ist. Und dass er mich nun auch noch meidet, ist unerträglich und macht mich wütend.

»Für dich ist das alles immer so einfach. Für mich fühlt es sich aber anders an. Er hat mich belogen.«

»Hast du ihn gefragt, ob er eine Frau zu Hause hat?« Juna schüttelt den Kopf. Sie ext ihren Likör, kaut krachend den halb geschmolzenen Eiswürfel und stellt das Glas zur Seite.

»Nein, aber …«

»Nichts aber. Dich wurmt doch nur, dass die olle Hannelore recht hatte mit ihrer Warnung, weil niemand will, dass diese Frau bei irgendwas recht hat.« Meine Schwester stößt sich von der Verkaufstheke ab, um mir die Hand zu reichen.

Die uralte Kasse wackelt, klingelt leise, während ich überlege, Junas Hand zu ergreifen, mich jedoch nicht dazu durchringen kann. Ein Hauch von Vanille und Rosmarin liegt in der Luft. Mein Blick streift eines der Fotos an der Wand. Der junge Mann in Latzhose, der auf einem Fass Obstbrand sitzt, sieht genauso angespannt aus, wie ich mich fühle.

Juna zieht mich auf die Beine, und das Lied auf der Schallplatte beginnt von Neuem. *Don't they know, it's the end of the world.*

»Weißt du was?«, flüstert meine Schwester, fädelt ihre Finger in meine. »Wir tanzen einfach über den Kummer drüber. Und morgen hast du den Schock verdaut, dass Henry nicht der Mann fürs Leben ist.«

Ich halte mich an ihr fest, lege meine Stirn an ihre. Gern wäre ich ein bisschen mehr wie sie. Sie lässt nichts anbrennen, wenn sie jemanden will. Und verbrennt sich nie, wenn es nicht perfekt läuft. Und sie hat keine Angst.

Der Regen prasselt an die Scheibe, der Wind rüttelt wütend an den Fensterläden, und ich schließe die Augen. Fest entschlossen, dieser ganzen Henrysache nicht mehr so viel Raum zu geben. Ich hatte Spaß in jener Nacht und er sicherlich auch. Wir sind erwachsen. Und nur weil man in einem schwachen Moment Sex hatte, muss man noch lange keine Verlobung eingehen.

Junas Arme schließen sich um mich, und ich denke an Alex. An die Monate, sogar Jahre nach dem Krankenhaus, in denen er mir so sehr fehlte, dass ich jeden Dienstag mit der Bahn zu meiner alten Haltestelle fuhr, nur um das Gefühl zu haben, ihm nahe zu sein. Nur um in der Erinnerung zu schwelgen, wie wir uns kennenlernten und er mich zu meiner Wohnung begleitete.

Ich lächle still in mich hinein, wenn ich daran denke, wie er meine Einkäufe trug und mich aufmerksam von der Seite musterte. Die Zurückhaltung und gleichzeitige Neugierde waren perfekt dosiert gewesen. Kurz vor der Haustür zu meiner damaligen Wohnung übergab er mir meine Tüten und berührte meine Hand länger als nötig.

»Und, schöne Frau? Wäre es möglich, einen winzigen Gefallen zu erbitten für meine Dienste als Taschenträger?«, fragte er und fummelte nervös an seinem Brillengestell herum.

»Vielleicht«, antwortete ich leise.

Ich weiß nicht genau, was es war, aber ich stand augenblicklich unter Strom, als er den entscheidenden Schritt auf mich zu tat.

»Kann ich deine Nummer haben? Meine gefällt mir nicht mehr.« Sein Scherz war unbeholfen. Und ich fand ihn so süß dabei.

»Wenn du nächsten Dienstag wieder meine Einkäufe trägst, überlege ich es mir«, hauchte ich, und von da an tauchte er jeden Dienstag an meiner Haltestelle auf, um mich zu begleiten. Nach dem vierten Spaziergang belohnte ich seine Hartnäckigkeit, indem ich ihn direkt vor der eisernen Gartenpforte küsste.

Jedes Mal, wenn ich nach dem Unglück allein diesen Weg ging und die Gartenpforte mit den Händen berührte, brach Verzweiflung über mich herein, und ich versteckte mich Rotz und Wasser heulend hinter ein paar Büschen, um die Anwohner nicht zu verschrecken.

Warum ich mir diese Momente so viele Wochen und Monate lang antat? Ich weiß es nicht. Ich schätze, ich habe ein Problem mit dem Loslassen.

All die schönen Superhelden

Am nächsten Morgen habe ich einen ordentlichen Kater und möchte mich am liebsten in Watte packen. Doch leider habe ich keine Wahl und muss an die Arbeit. Denn das Badezimmerproblem muss endlich angegangen werden.

Bis zum Mittag haben wir die alten Fliesen abgeklopft und einen beträchtlichen Teil der Holzkonstruktion der Decke abmontiert. Juna ist wirklich gut in dem, was sie tut, beinahe ein handwerkliches Naturtalent.

Mein Schädel hält mich wiederum von Glanzleistungen ab. Er pocht und macht den unruhigen Bienen im Bauch Konkurrenz, die mich immer wieder daran erinnern, dass Henry auf meinen morgendlichen Fotogruß von Henriette und Wilma lediglich einen Smiley geschickt hat. Juna riet mir dazu, es zu senden, um es Prinz Schweigsam leichter zu machen, den Kontakt wiederaufzunehmen. Immerhin brauchen wir ihn ja auch noch bei der Renovierung.

»Mensch, Leni, jetzt mach mal hin. Du trödelst mir zu viel!«, meckert meine Schwester, die in einem Jumpsuit auf der Leiter steht und den Akkuschrauber verlangt, der im vollgestaubten Waschbecken liegt. Ich reiche ihn ihr.

»Und du musst aufpassen, dass die Rigipsplatte nicht herunterkracht«, warne ich, während ich mir die Finger auf die Nasenwurzel drücke.

»Eeegaaal«, singt Juna das Lied vom Wendler, das mir so auf den Zeiger geht, und mir wäre es auf einmal recht, wenn die Platte uns trifft. Die kann auch kein schlimmeres Kopfweh verursachen als die Unmengen *Einhorntränen*.

»*Du* musst aufpassen, was du so trinkst«, foppt mich Juna, als ich nichts zu ihrer Gesangseinlage sage. »Oma hat immer gesagt: ›Komm, Kind, nimm den Klaren …‹«

»… den sieht der Magen nicht kommen«, beende ich den Satz und lehne mich in den Türrahmen. Vielleicht sollten wir die alte Tür mit den Prilaufklebern ebenfalls entfernen und stattdessen eine Schiebetür in Stalltoroptik einbauen. Sieht vielleicht ganz innovativ aus in Verbindung mit den recht modernen Fliesen und Badmöbeln, die wir planen.

Mein Handy schnurrt, ich sprinte zur Fensterbank, auf der es liegt, und schaue aufs Display. Enttäuscht stecke ich das Telefon in die Hosentasche, als ich sehe, dass es nur die Elterngruppe der 1a ist, die sich darüber unterhält, wie gefährlich es sei, wenn die Kids in der Klasse die Schulbrote tauschen und sich somit mit Keimen und Viren der anderen infizieren.

Romy kommt zu uns, sie trägt ihr Batmankostüm, und ich bin mir sicher, dass sie noch nicht mit den Hausaufgaben fertig sein kann. Und Geige geübt hat sie auch nicht.

»Romy, ganz ehrlich. Es ist mir wichtig, dass du dich an unsere Abmachung hältst«, murre ich und weiche einem grauen Flummi aus, den sie an die letzte Wand mit Fliesen donnert.

»Hab ich doch. Alle Abmachungen sind gemacht.« Romy fuchtelt mit den Armen herum wie eine Judokämpferin. Der Flummi springt umher, und sie fängt ihn ein.

»Alle Hausaufgaben? So schnell?«

»Ich bin eben ein Superheld.« Sie pfeffert ihren Ball erneut in den kleinen Raum. Memo an mich: Hausaufgaben zeigen lassen und Flummis verstecken.

Juna löst eine Schraube, und die Rigipsplatte sackt einen halben Meter herunter. Aus irgendeinem Grund lösen sich ein, zwei Steine aus dem oberen Drittel der Wand und knallen zielsicher auf den geschlossenen Klodeckel. Prompt zerbricht er, und der ganze Dreck landet in der Schüssel.

»Himmel, Barsch und Zwirn!«, fluche ich.

Romy macht ein betroffenes Gesicht. »Huch, war ich das etwa?«

»Nein, aber der Mist muss da sofort wieder raus.« Ich hetze los in die Küche, Einmalhandschuhe holen, um in die alte Schüssel zu langen. Mit bloßen Fingern würde ich das trotz stundenlangem Schrubben nicht wagen. Ich bin mir sicher: Dieses Klo beherbergt so viel Leben tief im Inneren, dass es eine eigene Postleitzahl hat.

»Hey, ich kann das nicht allein halten!«, schreit mir Juna nach, die verzweifelt die Platte stemmt, die nur noch an drei Schrauben hängt. Ehe ich die Finger in den blauen Handschuhen habe und zurück im Bad bin, höre ich die Toilettenspülung. Als ich mit einem Das-darf-doch-nicht-wahr-sein-Aufschrei zurück ins Bad stürze, schaut mich meine Tochter an, wie ein Superheld eben so guckt, wenn er gerade die Welt gerettet hat.

»Hab schon fertig, war ganz leicht. Siehst du?« Sie lupft ihre Batmanmaske und deutet in die Kloschüssel. Ein Großteil des Bauschutts ist tatsächlich weg, was meinen Magen gefrieren lässt, weil ich bezweifle, dass sich der Abfluss als Bauschuttrutsche eignet. Junas Mund formt ein *Ach du Scheiße*.

Ich angle nach dem Rest und klaube kleine Putzbrocken, Rotstein und Teile vom Klodeckel aus dem Wasser, bevor ich Juna mit der Platte helfe, die uns alle zu erschlagen droht.

Sie ist schwerer als gedacht. Während uns warme Suppe den Rücken hinunterrinnt, sehne ich mich einmal mehr nach einem sauberen Badezimmer, in dem man sich nach schweißtreibender Arbeit duschen und pflegen kann.

Später, nachdem ich mich im anderen Bad geschrubbt habe, geben Romy und ich Henriette ein Milchfläschchen und unterhalten uns über die Schule. Das Fohlen saugt zufrieden und lässt sich bekuscheln. Wilma ist zum Glück so relaxt in ihrer Mutterschaft, dass wir uns nicht sorgen müssen, sie könnte ihr Baby vor uns schützen wollen. Gelassen sieht sie uns dabei zu, wie wir ihr Kind füttern, und futtert selbst.

»Betty geht in die andere Klasse, die 1b. Du weißt schon, die Betty, die uns mit ihrer Mama hier besucht hat«, erzählt Romy und kichert, als Henriette mit ihrem Mäulchen vom Sauger abrutscht und Milch in alle Richtungen spritzt.

Wilma knabbert ihr Müsli, und Fredward, der trocknes Brot bekommen hat, schmatzt laut. Durch Zufall haben wir erfahren, dass er einen Brand überlebt hat, der mitten in der Nacht auf einem Bauernhof wütete. Was sein Trauma und die nächtlichen Schreie erklärt. Der Arme.

»Na ja, ein richtiger Besuch war das ja nicht. Eher ein Beschwerdekommando«, erinnere ich meine Tochter an die Pferdeapfelattacke und angle mal wieder nach meinem Handy. Immer noch keine Nachricht. Dabei ist Henry sehr oft online, wie mir die Nachrichtenapp verrät. »Willst du Betty nicht mal hierher einladen?« Freundschaften sind wichtig, gerade auf dem Dorf.

»Klar, und Louise auch. Die geht in meine Klasse und hat eine Zahnspange, ich will ausprobieren, ob sie Nüsse damit knacken kann.«

»Untersteh dich!«

»Warum?« Romy runzelt die Stirn und lässt sich rücklings ins Stroh fallen. Dabei verfehlt sie knapp einen frischen Haufen Pferdeäpfel.

»Na, weil die Arme Zahnschmerzen davon bekommen wird, Romy.« Und ich hab dann das nächste Beschwerdekommando vor der Tür.

»Na gut, aber wir können ein Superheldenwettrennen machen, oder?« Sie legt den Lockenkopf schief, wie Alex es getan hat, wenn er Großes plante.

»Klar.«

»Auf Fredward und Wilma?«

»Nein, das geht nicht. Wilma braucht eine Pause. So eine Geburt geht nicht spurlos an einem vorbei.«

Romy hebt die Hände. »Ja, das stimmt. Meistens hat man dann ein Baby.«

Ich lächle und ziehe sie zu mir heran. Sie kichert, schmiegt sich an mich, und ich denke, dass doch eigentlich alles perfekt hier ist. So viel Glück und Leben findet man nicht überall.

Am späten Abend dreht sich dieser zauberhafte Gedanke um 180 Grad, als die nächste Katastrophe ins Haus steht.

»Mama!«, kreischt Romy, als es passiert.

Ich bin gerade damit beschäftigt zu analysieren, warum Henry ständig online ist, aber offensichtlich keine Lust hat, mir ein Lebenszeichen zu geben. Nebenbei google ich das Verhalten von Männern in den Vierzigern und unausgesprochene Regeln des Balzverhaltens Erwachsener, mit und ohne Midlife-Crisis. Ich bin müde, frage mich, ob ich den Sandmann bitten sollte, mir einen neuen Traummann zu kreieren, damit ich Henry vergesse.

»Mama!«, wird das Kreischen durchdringender, und ich

entscheide, meiner Tochter zu Hilfe zu eilen. Während ich in ihre Richtung laufe, geht mir für den Bruchteil einer Sekunde der Gedanke durch den Kopf, dass der Auslöser von Romys Geschrei eventuell dazu taugt, um bei Dr. Klein anzurufen. Dann könnte sich der Sandmann die Mühe sparen. Gleich darauf schäme ich mich für meine eigennützigen Wünsche, denn der Anblick, der sich mir bietet, ist zum Davonlaufen. Das Badezimmer steht unter Wasser, und Klopapierreste mit ziemlich ekligem Unrat schwappen an meine Häschenpantoffeln.

»Was hast du denn jetzt schon wieder angestellt?«, will Juna wissen, die zeitgleich am Ort des Grauens eintrifft.

»Ich hab gekackt.« Romy zuckt hilflos die Schultern. »Und dann wollte das nicht weggehen.«

Sie muss wie verrückt gespült haben, und der Abfluss hat sich hoffnungslos verdichtet. Sicher hat Bauschutt einen nicht unerheblichen Anteil an dem Desaster.

»Lass mich mal«, fordert meine Schwester und krempelt sich tapfer die Hemdsärmel hoch. Sie taucht einen Pömpel in die Schüssel und drückt.

»Komm zur Seite!« Ich bringe Romy in Sicherheit. Sie hat nasse Socken, und ich ziehe sie ihr im Flur aus. Dann knallt es, und das ganze Haus wird stockdunkel.

Ich halte die Luft an. Es ist so still plötzlich, dass ich meine, die Grillen im Garten zu hören. Zirpen die noch im September?

»Juna?« Meine Stimme hört sich unnatürlich laut an, mein Herz setzt aus, nur um daraufhin wie wild gegen den Stoff meines Hello-Kitty-T-Shirts zu schlagen.

»Der Strom ist weg«, antwortet sie klug, und ich bin erleichtert, dass sie keinen Schlag abbekommen hat und tot in den Fluten des Klos liegt.

Ein Kichern schüttelt mich, weil die Anspannung irgendwohin muss. Ich lasse mich an der Flurwand neben der Garderobe sinken und lache so heftig, dass es wehtut. Und dann heule ich, weil mir alles viel zu viel wird und ich nicht fassen kann, wie viel Pech wir haben.

Wir legen das Bad im Halbdunkel trocken, während Romy mit den Handytaschenlampen leuchtet, denn der FI-Schalter fliegt immer wieder raus, und wir finden den Fehler einfach nicht. Irgendeine Leitung in der Wand muss nass geworden sein oder zum Himmel noch was.

Juna und Romy erläutern die Wichtigkeit von Kerzen im Haushalt, während sie Teelichter und dicke bunte Wachsreste verteilen, die vom letzten Adventskranz, Laternenfest und vielleicht sogar noch von Romys Taufe übrig sind. Beide versuchen, mich zu trösten.

»Du musst das positiv sehen«, meint Juna, als wir in der Küche im Schein eines Windlichts beisammenstehen. Ich schaue meine Schwester verständnislos an, eine Tasse Tee fest umklammernd. »Jetzt hast du einen bestechenden Grund, deinen Henry hierher zu zitieren.« Sie zwinkert, und ich verbrenne mich an dem verdammten Beruhigungstee namens *Dornröschens Schlaf*.

»Genau, die Sportskanone soll das wieder heile machen«, fügt Romy an, während sie getrocknete Walnüsse über den Boden kullern lässt. »Liest du mir ein Märchen vor?«, fragt sie dann und blinzelt zum Fernseher. »Der geht ja nicht ohne Strom, oder?«

»Später vielleicht.« Irgendwie habe ich das Gefühl, Märchen sind gerade nichts für mich.

Ich starre auf mein Handy hinab, das vor mir auf dem Küchentisch liegt, und fühle mich von seinem schwarzen Display, in dem sich die Flammen der Kerze spiegeln, verhöhnt.

Nach einem inneren Kampf tippe ich schließlich doch eine Nachricht an Prinz One-Night-Stand.

Lieber Henry, hier gibt es ein Problem. Deine Anwesenheit wäre von großem Nutzen für uns. Dringend. Sonst ziehe ich einen anderen Handwerker zurate.

Juna runzelt die Stirn, als sie mir über die Schulter guckt. »Na, das hättest du auch weniger geschäftlich formulieren können. Und ohne den *Wer nicht will, der hat schon*-Beigeschmack«, kritisiert sie mich, und ich versuche, die Nachricht zu löschen, als die »gelesen«-Markierung erscheint.

»Zu spät«, zwitschert Juna und klatscht sich die flache Hand vor den Kopf.

»Was denn? Das war sachlich und ganz normal geschrieben.« Schräg, dass ich mich jetzt auch noch rechtfertigen muss, weil ich die von *ihm* gewählte Distanz erwidere.

Stunden vergehen, und er antwortet nicht. Einmal sieht es so aus, als würde er schreiben, doch es kommt nichts an.

Nachdem Juna und ich bei Fredward im Stroh Pipi machen waren, suchen wir schließlich die Nummer eines Sanitärdienstes heraus. Sicher wäre Henry mit der Situation ohnehin überfordert. Er ist ja weder Elektriker noch Installateur.

»Erst morgen?«, maule ich, als Juna mir mitteilt, wann der Handwerker eintreffen wird.

»Was hast du erwartet? Ich hätte auch einen Notfalldienst anrufen können, aber der ist sauteuer.«

»Na gut. Eine Nacht werden wir schon schaffen.«

»Ganz sicher«, meint Juna, und wir beschließen, alle gemeinsam im Wohnzimmer zu schlafen, damit keiner sich fürchtet ohne Nachtlicht. Kerzen werde ich nämlich ganz sicher nicht im Kinderzimmer aufstellen.

Romy atmet laut und redet im Schlaf vor sich hin. Ihre Füße zucken unter der Bettdecke, und ich drehe mich tiefer in Junas Arm. Sie versucht, im Schein der Kerzen die geschwungene Schrift der Briefe zu entziffern, die ich ihr gezeigt habe. Tillys Schicksal lässt mich nicht los, und ich muss ihre Geschichte endlich mit jemandem teilen. Juna arbeitet sich durch die Bögen, die ich noch nicht gelesen habe.

»Wer mag diese Tilly wohl sein?«, fragt sie sich und lässt das Papier sinken. »Ich meine, Tilly ist ja kein typischer deutscher Name, oder?«

Ich denke an Uropa Franz, der eine Tilda in Amerika heiratete.

»Hm, wir könnten Hubert fragen«, schlage ich vor. Das Feuer im Kamin prasselt beständig vor sich hin, während Juna weiterliest.

»Gott, das ist so herzzerreißend«, stöhnt sie irgendwann. »Hör mal.«

Liebster,
es tat so gut, Dich zu sehen, auch wenn es nur ein winziger heimlicher Moment war. Wenn ich die Augen schließe, spüre ich Deine Umarmung und halte mich an diesem Gefühl der Sicherheit fest. Ich bin so glücklich, dass Du Dich auf unser Baby freust.
Gott, ich bin froh, dass es Dir wieder gut geht. Es hat mich so sehr geschmerzt, die Wunden zu sehen. Ich werde meinen Eltern niemals verzeihen, was sie Dir angetan haben. Ich werde das niemals verstehen können.
Heute Nacht regnet es Sternschnuppen, und ich sitze am Fenster meines Zimmers an diesem verlorenen Ort und zähle sie. In meiner Jackentasche habe ich Deinen Papier-

schwan gefunden und zeichne die Sternschnuppen auf seinen Rücken.
Irgendwann werde ich unsere Geschichte aufschreiben und jedem erzählen. Aber erst wenn wir unser glückliches Ende haben.
Und wenn es die Welt kostet, ich werde einen Weg aus dieser verdammten Schule finden. Wir werden einen besseren Ort entdecken, ich brauche nur Dich, um ein Zuhause zu haben.
Bitte danke unserem heimlichen Boten, dass er so viel riskiert, damit wir uns schreiben können.
Ich liebe Dich unendlich.
Tilly

»Da ist jemand jedenfalls verdammt ungeplant schwanger geworden«, murmle ich und denke an all die Briefe zuvor. Wie schade, dass wir nicht die gesamte Korrespondenz kennen. Die Antworten des Angebeteten.

»Tilly muss noch sehr jung gewesen sein und ihre Eltern fiese Spießer.« Juna seufzt, und ich schlinge meine Arme um sie, bette mein Kinn auf ihre Schulter.

»Denkst du an früher?« Meine Schwester war erst zwanzig, als die Leidenschaft mit ihr durchging und ihr eine ungewollte Schwangerschaft bescherte. Schweren Herzens hatte sie sich damals für einen Abbruch entschieden. Ich hatte ihr die Hand gehalten, war mit ihr zu jedem Termin gelaufen, wo sie einen Seelenstrip nach dem anderen hinlegen musste, um zu erklären, dass sie sich ganz sicher war, kein Kind zu wollen.

Aber wer kann sich schon zu hundert Prozent sicher sein? So eine Entscheidung ist weitreichend.

Ich habe mir die Pille danach nicht gegönnt. Aus irgendeinem Grund bringe ich es nicht fertig. Falls das Schicksal will, dass ich ein weiteres Kind bekomme …

Ich denke den Gedanken nicht weiter.

»Manchmal frage ich mich, was gewesen wäre, hätte ich es bekommen«, flüstert Juna. »Es wäre jetzt etwas älter als Romy, ich glaube, neun Jahre. Oder?« Sie runzelt die Stirn, rechnet nach.

»Ja, aber der Vater war ein Arsch«, erinnere ich sie an die kurze Affäre mit dem Chef einer Grafikfirma, der gleich mehrere Eisen im Feuer hatte.

»Ja, und Romys ist nicht mehr da.« Juna seufzt. »Vielleicht hätte ich es auch allein, ich meine, mithilfe meiner Familie hinbekommen.«

Ich streiche ihr eine Locke hinters Ohr. »Wer weiß das schon? Aber du hast noch Zeit, Mutter zu werden, wenn du es willst.«

Sie lächelt ein trauriges Lächeln, bevor sie weiter aus dem Brieffundus vorliest.

Liebster,
warum schreibst Du mir nicht mehr? Deine Worte fehlen an diesem schrecklichen Ort, an dem ich gefangen bin.
Deine Abwesenheit zerreißt mich, von der Haut bis zu den Knochen.
Niemand kommt mich besuchen, meine Eltern weigern sich sogar, mit mir zu telefonieren. Kannst Du Dir das vorstellen?
Meine Schwester sagte am Telefon, sie sprechen ausschließlich davon, wie sehr ich sie enttäuscht habe.
Dass ich eine Sünderin sei.
Dabei bin ich hier, an diesem Ort, die Harmloseste.
Eines der Mädchen hat ein Auto gestohlen und betrunken

zu einem Totalschaden gefahren. Ein anderes beinahe jemanden umgebracht.
Ich habe hier keine Freundin. Niemanden, der mit mir redet.
Ich frage mich: Wieso sollte ich in die Hölle kommen, bloß weil ich liebe?
Das Herz will, was es will.
Und es blutet.
Ich blute aus, ich sterbe. Kannst Du es nicht fühlen? Gestern habe ich Dir die Welt bedeutet. Und jetzt nimmst Du keinen Kontakt mehr auf?
Deine Tilly

»Das muss man sich mal vorstellen, dass Eltern ihrem Kind so etwas antun, nur weil es sich in jemanden verliebt hat, den sie nicht für angemessen halten. Von wann sind die Briefe denn bitte? Wir reden hier von den Siebzigern, oder? Aber Tillys Eltern benehmen sich wie achtzehnhundert. Gruselig.« Juna richtet sich auf. »Gott, wo wäre ich jetzt, wenn Charlotte so drauf wäre? In einer Psychiatrie, um mir die Lust auf Frauen aus dem Kopf zu operieren?« Sie rollt sich an den Rand der großen Matratze und schnappt sich eine Wasserflasche.

»Ich schätze, wir haben Glück, dass wir zu einer anderen Zeit geboren wurden und am richtigen Ort.«

In dieser Nacht schlafe ich inmitten von Briefen ein, die deutlich machen, dass andere weitaus größere Probleme haben als ich.

GIFT

Am nächsten Morgen küsst mich Romy mit einem dicken Schmatzer wach, und ich zause ihre Locken. Wir begnügen uns mit einer Katzenwäsche und putzen in der Küche die Zähne. Am Bus verabreden sich Betty und Louise mit Romy für den Nachmittag zum Spielen bei uns, und ich hoffe, dass bis dahin das Klo wieder funktioniert. Es ist doch irgendwie komisch, so ganz back to the roots in den Garten unter Büschen oder in Ställen seine Notdurft zu verrichten. Und ich will gar nicht wissen, was Stella und Louises Mutter dazu zu sagen hätten.

Als ich zurück zum Hof komme, sind die Handwerker zum Glück schon da und bekommen von Juna eine erste Einführung in unser Wohnproblem. Kurzerhand wird eine Spirale in den Abfluss geführt, die mit Wasserkraft und Drehbewegungen den aus Bauschutt fabrizierten Biberdamm tief im Inneren freirüttelt und das Klo somit wieder gangbar macht.

So weit, so gut.

Weniger toll ist der Moment, in dem Henry auftaucht, als hätte die bloße Anwesenheit eines anderen Handwerkers ihn auf die Bühne befördert. Und er wirkt verflixt genervt, weil jemand anders an »seiner« Baustelle herumpfuscht.

»Sorry, aber Geduld ist nicht gerade eure Stärke, oder?«,

fragt Prinz Säuerlich, als er so unverhofft hinter uns auftaucht.

Ich verfluche die Tatsache, dass die Haustür eine Klinke von außen hat, die jeder betätigen kann, solange nicht abgeschlossen ist.

Juna hebt belustigt die Brauen. »Na, du traust dich ja was.«

Ein spöttischer Zug legt sich auf Henrys Züge, und die Bienen in meinem Magen stechen zu.

»Wenn ihr präziser in eurer kryptischen Nachricht gewesen wärt, hätte ich auch anders reagieren können. Ich hatte schließlich keine Ahnung, was überhaupt los ist«, verteidigt er sich mit harschem Ton, während das Insektengift in meinem Bauch zu wirken beginnt und mich aufpeitscht.

»Du hättest genauso gut nachfragen können«, schnauze ich ihn an, und seine Braue hebt sich, verschwindet unter einer Haarsträhne, die ihm in die Stirn hängt.

»Leni, du bist nicht allein auf der Welt. Du kannst nicht erwarten, dass du mit den Fingern schnippst und ich sogleich frage, wie hoch ich denn bitte zu springen hab.« Er stößt ein Lachen aus, das mich noch mehr aufregt.

Ich bekomme den Anblick nicht aus dem Kopf, wie er mit seiner Frau oder Freundin das Schulgebäude verlässt, diese Zärtlichkeit, mit der er sie berührte. Und dann spüre ich seine Lippen wieder auf meinen, seine Hände auf meinem Körper.

»Du hast recht, Henry. Aber ich erwarte einfach mehr«, meine ich, die ganze verdammte Situation betreffend. Die Tatsache, dass ich mir zu schade bin für eine billige Affäre. Ich schlucke gegen einen Kloß in meinem Hals, denn die Traurigkeit von gestern rauscht erneut auf mich zu. Für einen Moment werden Henrys Augen sanft, der Sturm in seinem Inneren legt sich, nur um kurz darauf wütender loszubrüllen.

»Was denn? Was genau erwartest du von mir?«, fragt er gefährlich leise. Seine Hand legt sich an meinen Oberarm, er zieht mich mit sich in die Küche, damit der Handwerker aufhören kann zu lauschen und weitermachen kann mit der Arbeit.

»Lass mich los!«, zische ich und wehre mich gegen die Biochemie, die zwischen uns knistert. Reiße meinen Blick von seinem schönen Mund los.

Er hebt beschwichtigend die Hände. »Oha, vor nicht allzu langer Zeit wolltest du, dass ich dich anfasse.«

Diesen Satz hätte er nicht auf diese Weise sagen dürfen. Nicht so süffisant.

Ich verenge die Augen, schicke Leni ohne Essen aufs Zimmer und mache einer anderen Person Platz. Einer, die ich bisher nicht im Repertoire hatte, die jedoch eiskalt ist und dem Märchen *Die Schneekönigin* entsprungen sein könnte. Vielleicht sogar die Hauptrolle spielt.

»Hör zu, Henry. Ich danke dir für die Hilfe mit dem Fohlen. Aber das, was da zwischen uns passiert ist, sollten wir nicht an die große Glocke hängen.« Angriff ist die beste Verteidigung, und ich sehe mich mit einer Krone aus Asche und Eis.

Er sieht aus, als wolle er was sagen, wartet dann aber ab.

»Ich meine, es war heiß, keine Frage.« Ich setze ein klirrendes Grinsen auf, das meine Schauspiellehrerin beeindruckt hätte. »Aber es sollte unser geschäftliches Verhältnis nicht beeinflussen.«

Henrys Hand hebt sich, schwebt einen Moment auf halbem Wege zu meiner Wange, und ich kämpfe mit dem Wunsch, dass sie mich berührt. Doch dann lässt er sie neben meinem Kopf an die Wand fahren, und ich zucke erschrocken zusammen.

»Schön.« Seine Stimme ist leise, fast schnurrend. »Du willst es einfach vergessen? Verstehe ich das richtig?« Er stößt sich von der Wand ab, und ich bemerke, dass ich aufgehört hatte zu atmen.

»Ja, ganz richtig.« Kämpferisch recke ich mein Kinn vor.

»Und was noch, Leni? Kehren wir wieder zum Sie zurück?« Er lacht spöttisch, und ich will ihm sein doppeltes Spiel vorwerfen, als der Handwerker reinplatzt und mir die saftige Rechnung präsentiert. Verdammt, ich bin bald pleite, wenn das so weitergeht.

»Du hättest lieber auf mich warten sollen.« Henry scheint die Situation zu amüsieren, und das Gift der armen Bienen, die nacheinander in meinem Bauch sterben, lässt mich ausflippen.

»Du bist gefeuert«, erkläre ich leise und gefasst, während ich die Rechnung zu einem winzigen Päckchen falte.

»Was?!«, höre ich Juna, die im Flur gelauscht hat, entsetzt sagen.

Henry und ich duellieren uns mit Blicken, bis er aufgibt und sich seine Sachen schnappt. Dieser Sieg ist bitter und schmerzhaft.

»Brennt dir der Tamponfaden, Schwesterherz?«, fragt mich meine Schwester.

»Schön wär's!« Noch nie habe ich mir meine verdammte Periode so sehr gewünscht wie in diesem Augenblick.

Juna redet wie verrückt auf mich ein, die ausgesprochene Kündigung sofort rückgängig zu machen. Doch ich kann nicht. Innerlich summe ich *Paint It Black* von den Rolling Stones.

Die Minuten vergehen, in denen Henry alles einsammelt, was ihm gehört. Und Stück für Stück aus meinem Leben verschwindet. Ich bin mir sicher: Es ist besser so. Nach unserer

Nacht wird es nie wieder unbefangen sein, und der Stachel der Enttäuschung in meinem Fleisch wird sich entzünden und eitern.

»So eine grausame Welt«, mault Juna auf dem Weg zu Hubert, dem wir unter anderem erzählen wollen, dass einige seiner Bienen zu schwärmen scheinen. Was sehr ungewöhnlich für Ende September wäre. Doch zurzeit ist ohnehin nichts normal. »Grausam und gemein. Wenn wir keinen Ersatz finden, der beim Renovieren mithilft, werde ich das nicht überleben.«

Ich versuche, Junas Tirade auszublenden und nur an Bienenvölker zu denken. Und an Gründe fürs Ausschwärmen, wenn ein Volk zum Beispiel zu groß geworden ist und einen neuen Platz sucht. Eigentlich tun sie das nur bis circa zur Sonnenwende, also Mitte Juni. Was also hat dieses Volk aufgeschreckt?

»Gib einfach Marion eine Bohrmaschine in die Hand, und gut ist's«, sage ich, weil Juna keine Ruhe gibt. Ich schmecke Staub auf meiner Zunge. Das tue ich schon die ganze Zeit, seitdem Henry weg ist. Vielleicht habe ich einen kleinen Schlaganfall erlitten – wer kann das mit Sicherheit ausschließen?

»Welche Bohrmaschine? Wir haben keine mehr. Die gehörte nämlich Henry.«

Oh, da war ja was. Ich seufze und blicke mich noch einmal um zu den Bienenstöcken und dem kleinen Schwarm, der sich eben aufmacht, um in Richtung Wald zu fliegen. Zumindest sieht es so aus.

»Wir werden eine Lösung finden. Es sind ja gar nicht mehr so viele Dinge zu machen.« Ich fühle Staub auf meinen Augen, er setzt sich überall ab. Asche zu Asche, Staub zu Staub.

»Hast recht. Nur so unwichtige Dinge wie ein Badezimmer und das gesamte Obergeschoss.« Juna schaut mich auffordernd an, während der Staub mein Gehirn immer träger werden lässt. Ich kann nicht mal mehr an Bienen denken.

»Das ist Luxus, das Obergeschoss. Darauf sind wir nicht angewiesen«, antworte ich und ducke mich unter raumgreifendem Geäst durch.

»Und was wird aus dem Atelier und der Dunkelkammer, die du mir versprochen hast?« Junas Stimme klingt einen Hauch vorwurfsvoll.

Ich ignoriere sie. Die Blätter der Bäume rauschen, die Sonne lässt sie in den schönsten Farben leuchten, und ich fühle mich schlecht angesichts dieser Schönheit.

»Ich sag dir, was Luxus ist.« Juna stimmt ein altes Lied von Winston an. *»Liebeskummer ist Luxus, Baby.«*

Ich schubse sie in den nächsten Blaubeerbusch.

Endlich haben wir uns durch den Pfad durch Huberts verwildertes Grundstück gekämpft und kommen am Haus an. Wir benutzen die Klingel aus verrosteten Kuhglocken. Kurz darauf hämmere ich mit der Faust an die rot gestrichene Tür des winzigen Bungalows. Die Farbe platzt an den Rändern ab, hier müsste unbedingt neu gestrichen werden.

Es dauert eine halbe Ewigkeit, bis Hubert endlich reagiert.

»Immer langsam mit den jungen Pferden«, höre ich ihn rufen, bevor er öffnet. Er trägt einen seiner unverkennbaren Hüte, um den eine Kette mit kleinen Muscheln geschlungen ist, und Jeans. Sonst nichts, nicht mal Socken.

»Hey, wir wollten mal fragen, warum die Bienen schwärmen«, sagt Juna beim Eintreten in die kleine Wohnung, die einem Loft ähnelt. Es ist ein bisschen im Industrial Chic eingerichtet. Eine Küche gezimmert aus geflammten Obstkisten und Paletten bildet das Zentrum des Raumes.

»Bienen schwärmen nicht im September«, meint Hubert und kratzt sich am Hintern. Dann lässt er sich auf eine Ledercouch fallen, vor der eine Bong auf einem Glastisch steht. Wir scheinen einen ungünstigen Moment gewählt zu haben, um ihn zu besuchen.

»Vielleicht sollten wir ein anderes Mal wiederkommen.« Juna deutet auf ein Tütchen mit selbst geerntetem Gras.

»Nein, nein. Macht es euch gemütlich.« Hubert wedelt träge mit seiner Hand in Richtung der Sessel. Eine schneeweiße Katze mit drei Beinen hopst schnurrend auf seinen Schoß und lässt sich kraulen. »Darf ich vorstellen? Das ist Püppi, meine Muschi.« Er grinst breit.

Die Katze hat einen Blick drauf wie Chucky, die Mörderpuppe, und ich sehe davon ab, sie streicheln zu wollen. Juna ist ungenierter und krault das Hinterteil, das Püppi ihr entgegenreckt.

»Deine Bienen schwärmen aber«, komme ich zurück zum Thema und setze mich auf den von Krallen zerfetzten Sessel. »Es ist nur ein kleiner Schwarm, aber ich habe sogar eine Königin gesehen.«

»Ehrlich?«, fragt Hubert langsam, und Püppi springt auf die Lehne, tigert dreibeinig auf mich zu. Ich ahne, die mag meine Ignoranz nicht, und trotzdem versuche ich, das Tier auszublenden.

»Ja, ganz ehrlich.« Ich fixiere Hubert, der sich zurücklehnt und die blutunterlaufenen Augen fast geschlossen hat.

»Na, dann musst du ihn einfangen, den Schwarm.«

»Wie das denn? Mit 'nem Netz oder so?« Juna macht ein Handzeichen, das so viel bedeutet wie *Lass uns einfach gehen*.

»Nö, du nimmst die Königin vorsichtig auf die Hand und

setzt sie in die Schwarmfangkiste. Ich geb dir eine mit«, erklärt Hubert schläfrig, und ich werde sauer.

»Was? *Wir* sollen das machen?« Ich klatsche in die Hände, in der Hoffnung, dass er mal nachdenkt. Immerhin sind *seine* Bienen Teil unseres Deals.

Püppi erschrickt und faucht mich an. Das reicht zumindest, dass Hubert sich aufrichtet und die Augen vollständig aufreißt.

»Hach, Leni. Nicht so heftig, jetzt ist Püppi pikiert«, tadelt er und ruft seine Katze zu sich, um sie zu beschwichtigen.

»Sorry, aber wir dachten, das mit dem Schwärmen wäre wichtig.«

»Na, ist es ja auch«, meint er und steht auf. Schlurft zum Kühlschrank. »Ich hab vielleicht einen Kohldampf. Wollt ihr auch was? Ich hab noch Pudding von vorgestern.«

Juna lacht unsicher, und ich winke ab.

»Gebt mir einen Moment, ich bin gleich so weit und komme mit.«

Nach einer halben Stunde wankt der pensionierte Postbote mit Püppi im Schlepptau hinter uns her.

»Also, wenn es ein fremder Schwarm ist, birgt es natürlich Risiken, sie einfach mit den eigenen zusammen zu lassen«, murmelt er. Ich bin mir nicht sicher, ob er mit Püppi spricht, die jedes seiner Worte mit einem knappen Miau kommentiert, oder mit uns. »Wie groß ist der Schwarm denn? Wie viele Bienen?«

»Ich hab sie nicht gezählt«, gebe ich zu und schneide, einem Impuls folgend, ein anderes Thema an. »Sag mal, Hubert, kennst du eine Tilly?«

»Fremde Bienen können Krankheiten übertragen«, sagt er und guckt mich komisch an. »Wen? Tilly?«

»Ja.«

»Tilly wie Mathilde?« Hubert sieht plötzlich aus, als wäre ihm übel, und Juna nimmt ihm den Kasten ab, in dem er den Schwarm fangen will.

»Ich weiß nicht, wir haben alte Briefe gefunden von einer Tilly. Auf dem Dachboden versteckt«, erkläre ich.

Hubert murmelt vor sich hin, ich verstehe kein Wort. Juna entdeckt den kleinen Schwarm, der in der Luft umherwandert. Es sieht wunderschön aus, wie er vor der farbenprächtigen Kulisse des herbstlichen Gartens zu tanzen scheint.

»Hannelore hatte eine Schwester, die Mathilde hieß«, lässt Hubert uns wissen, bevor er in Entzückung über den Anblick verfällt.

Püppi sondert sich ab, klettert in die nahen Obstbäume. Enorm, was sie mit drei Beinen so alles kann.

Hubert geht zu den bestehenden Bienenstöcken und untersucht sie gründlich. »Och, wie blöd. War wohl meine Schuld«, brummt er dann nachdenklich. All seine Bewegungen sind so einschläfernd, dass ich selbst ganz müde werde.

»Was war deine Schuld?«, hakt Juna nach.

»Ich denke, der Schwarm ist ein Hungerschwarm. Ich hab wohl etwas zu viel abgeerntet das letzte Mal. Und da wir so lange super Wetter hatten, wird der Verbrauch der Bienen gestiegen sein. Wie konnte ich das nur übersehen?«

»Weniger kiffen könnte helfen«, antwortet Juna trocken.

»Aber ich habe beim Abschleudern doch immer mindestens zwei Honigwaben in die Überwinterungszarge gehängt.« Hubert wankt leicht und kichert heiser.

Juna verdreht die Augen.

»Wir müssen die Königin fangen«, meint Hubert und dirigiert ausgerechnet mich an seine Seite. »Eine Königin für eine Königin«, murmelt er.

»Ohne Schutzkleidung?« Mir ist nicht wohl dabei, auch

wenn ich sehe, dass die Insekten auf Hubert herumkrabbeln, als wäre er ein Teil von ihnen.

»Die sind friedlich, wenn sie schwärmen.« Er schwankt noch immer, deutet auf einen Zaunpfahl. »Dort, schnapp sie dir. Du musst sie auf die Hand klettern lassen.«

Vögel stoßen einen alarmierten Laut aus und flüchten aus der Baumkrone vor der Katze. Mir bricht der Schweiß aus, aber ich versuche es. Die Riesenbiene klettert umher, einige ihres Gefolges summen neben ihr herum, vollführen Tänze und Drehungen.

Ehe ich die Hand um das Insekt schließen kann, fliegt es davon. Und eine ihrer Bewacherinnen sticht mir in den Oberarm.

»Autsch, die stechen *doch*!«, kreische ich.

Hubert stößt einen Fluch aus und schaut der Königin schmachtend nach.

Noch eine sticht zu. Es brennt wie Feuer auf der Haut. Der Schwarm surrt hoch, sieht aus wie ein großes Tier, das sich vor uns erhebt. Juna versteckt sich hinter einem Busch.

»Du tötest sie ja, hör auf damit«, jammert Hubert in meine Richtung und schlägt sich die faltigen Hände vor den Mund.

»Was? *Die* greifen *mich* an.« Das wird ja immer besser. Seine Lieblinge wollen mich umbringen, und ihm ist das egal.

»Du machst ihnen Angst. Steh doch einfach mal still!« Endlich kommt Bewegung in Hubert, als er beginnt, seine Räucherwaffe betriebsbereit zu machen. Die Idee hätte ihm auch mal eher kommen können.

»Aua!« Wieder hat mich eine erwischt, diesmal im Nacken. Tot fällt sie mir in den Kragen.

Ich hab genug, weiche rückwärts, fuchtle mit den Armen

herum und renne schließlich kopflos davon. Und überhaupt: Vielleicht renne ich gleich mal bis ans Ende der Welt und springe über die Kante.

»Hey, warte auf mich!«, höre ich Juna.

»Das ist nicht mein Zirkus! Und nicht meine Affen!«, schreie ich zurück. Soll Hubert seine Bienen allein zähmen. Ich wette, der ist immun gegen Bienengift.

AM ARSCH VORBEI

Zwei Wochen sind vergangen und die Herbstferien in vollem Gang. Ich weiß noch gar nicht so genau, wie wir Romy die ganze Zeit bespaßen sollen. Zum Glück ist sie mit Betty und Louise inzwischen ganz dicke und locker mit ihnen verabredet.

Hubert, der seine Bienen wieder unter Kontrolle gebracht hat, hat vorgeschlagen, Romy zu ihm zu schicken, wenn wir eine Auszeit brauchen. Wer mit Bienen gut kann, komme auch mit wilden Hummeln zurecht. Das mag zwar sein, doch fürchte ich um die Keksdosen in seinem Haus, deren Inhalt gefährlich werden könnte.

Henriette, der kleine Wirbelwind, hält Mama Wilma ebenso auf Trab wie Romy mich, und mir sind die Vorteile einer privaten Tierärztin allzu bewusst geworden. Denn wenn ein Fohlen beim ersten Weideausflug ungebremst in den Zaun brettert, bleiben Kollateralschäden nicht aus. In diesem Fall ein gestauchter Fuß.

Von Henry habe ich nichts mehr gehört, nachdem ich ihm seinen noch schuldigen Lohn der Einfachheit halber überwiesen habe. Tausendmal wollte ich seine Nummer aus meinem Handy löschen, schaffe es aber nicht. Denn dann würde ich seinen Status nicht mehr sehen, in dem er gern Fotos von seinen Pferden präsentiert. Er scheint genau darauf zu achten, was er öffentlich teilt und was nicht.

Eine seltsame Melancholie hat sich in meinem Herzen eingenistet. Und es kommt oft vor, dass ich mitten in der Nacht aufwache und einfach nur im Bett dasitze und mich von der Dunkelheit verschlucken lasse. Manchmal lese ich auch Tillys Briefe, spüre ihrer Verzweiflung nach und weine ihre Tränen. Ich fühle eine seltsame Verbundenheit zu dieser Frau, deren Schicksal mir ungleich härter vorkommt als das meine. Und trotzdem habe ich das Gefühl, dass unsere Herzen vom gleichen Schmerz ergriffen sind.

Romy verlangt immer häufiger nach dem Schlaflama, und obwohl ich liebe, wie sehr sie das Tierchen liebt, scheuert es mich manchmal wund.

»Hey, was ist denn mit dir?«, fragte Juna mich, als ich gestern nach einer endlosen Lama-Diskussion über das perfekte Dessert (Romy votierte für Nutella mit Vanille-Schokoladen-und-Marmeladeneis auf Pfannkuchen, das Lama sprach sich für füfe Fahne-Creme-Fnitten aus) völlig fertig aus dem Kinderzimmer kroch und mich im Wohnzimmer mit einem riesigen Glas *Einhorntränen* niederließ.

»Ach, nichts«, hatte ich entgegnet und den Inhalt des Glases runtergestürzt.

»Du weißt schon, dass das kein Schnaps ist, oder?« Juna sah mich streng an, und zunächst hatte ich nur die Schultern gezuckt und mir nachgegossen. Bis ich ihren Blick, die Situation, das ganze Leben oder was auch immer nicht länger aushielt.

»Ach, Scheiße, es war eine total blöde Idee, dieses beschissene Haus zu kaufen, alles geht schief, alles ist anstrengend, und *jeder* in diesem Kackdorf hasst uns.«

Juna zog die Brauen hoch und musterte mich.

»Außerdem ist Henry ein Arsch. Und mein Beruf fehlt mir.« Wenn ich schon Listen aufzählte, dann vollständig.

Juna setzte sich neben mich, nahm mich in den Arm, und ein weiterer Damm brach. Die Sintflut wäre neidisch gewesen auf meine Tränensturzbäche.

»Ich hab das Gefühl, es ist kaum noch was von mir übrig«, brachte ich irgendwann unter heftigen Schluchzern hervor, und Juna hielt mich weiterhin fest. Schwieg und hörte zu. »Alles ist nur Arbeit und Scheiß, und ich bin am glücklichsten, wenn ich ein Lama spiele, das lispelt. Das ist so deprimierend. Lass uns alles verkaufen, Juna. Ich geh zurück ans Theater. Kinder beglücken scheint das Einzige zu sein, in dem ich gut bin.«

Junas Hand strich über meinen Rücken. »Ich hab nie verstanden, wieso du nicht wieder angefangen hast«, meinte sie, und ich setzte gerade zu einer Erwiderung an, als sie mich anstupste und gar nicht erst zu Wort kommen ließ. »Komm mir jetzt nicht mit der Baby-, Still- und Ich-konnte-Romy-nicht-allein-lassen-Nummer. Das glaubst du dir selbst nicht, und ich hab dir das auch nie abgenommen. Ich wäre für Romy da gewesen, und das weißt du.« Sie griff nach den *Einhorntränen*, schenkte nach und nahm zwei große Schlucke, bevor sie mir das Glas in die Hand drückte.

Erschreckenderweise hatte sie recht, obwohl ich doch die Ältere von uns beiden bin und ein Anrecht auf Besserwisserei haben sollte.

Ohne dass ein Zusammenhang besteht, flößt mir der Gedanke an eine Bühne seit Alex' Tod Angst ein und bringt meine Hände zum Schwitzen, als wäre die Schauspielerin in mir damals mit ihm im Volvo gestorben.

Wir tranken noch eine Menge *Einhorntränen*, bevor wir gegen Mitternacht anstießen, Juna mit dem Glas, ich mit der

Flasche, und uns versprachen, »diesen Kackhof zu einer fucking Erfolgsstory zu machen, verdammt noch mal, und scheißglücklich zu werden«.

Na, dann mal Prost!

Nun lade ich gerade Kisten mit Likör und Wein in meinen Wagen, um sie zu den Gaststätten zu bringen, die fleißig bestellt haben. Beim letzten Markttag hatte ich das Glück, einige Leute kennenzulernen, darunter Gewerbetreibende mit Kontakten. Und meine Schauspielfreundin Hanna, die eine Hauptrolle beim Gruseldinner spielt, hat mir ein nettes Telefonat mit der Leitung des Heidejägers verschafft.

Das laute Ächzen meiner Tochter lässt mich innehalten. »Lass es stehen, Spatz«, bitte ich Romy, die mir unbedingt helfen will und eine der Kisten zu stemmen versucht. »Das ist viel zu schwer.« Und zu zerbrechlich. Ich lächle entschuldigend, als sie einen Schmollmund zieht.

»Nie darf ich mitmachen«, mault sie. Zu Recht.

Einige Male musste ich sie bereits aus der »Hexenküche«, wie wir sie scherzeshalber nennen, verbannen, weil sie mir beständig dazwischenfunkte und plötzlich Pfeffer im Glühwein schwamm. Zugegeben, nicht die allerschlechteste Idee. Aber ich muss mir schon notieren können, wie ein Rezept zustande kommt. Akribisch wie Oma Hilde.

»Doch, doch, du darfst gleich helfen.« Juna kommt mit den letzten beiden Kisten auf den Hof und haucht Romy im Vorbeigehen einen Kuss auf den Schopf. »Wir putzen die neuen Fliesen im Bad, da brauchen wir unbedingt Hilfe von Supergirl.«

Ausnahmsweise hatten wir nämlich Glück und fanden eine Firma, die unser Bad fertiggestellt hat. Verdammt schnell. Und verflixt teuer.

»Oh, das will ich aber gar nicht machen«, jammert Romy. »Ich möchte lieber mit Mama mitfahren.« Sie zupft an meinem Pullover, während ich die Kisten im winzigen Kofferraum neu arrangiere, damit alles reinpasst.

Ein fieser Schmerz fährt mir durch den Unterleib, und ich krümme mich, muss mich einen Moment an der Heckklappe abstützen.

»Mama, hast du was?«

Die Besorgnis in Romys Stimme rührt mich. Ich stöhne: »Ja, meine Tage.« Insgeheim freue ich mich über die schmerzhafte Tatsache. Eine ungeplante Schwangerschaft wäre der Super-GAU gewesen. Schlimmer als die Apokalypse, schätze ich. Denn dann hätte ich eine Entscheidung treffen müssen. Eine weitreichende, und ich wäre gezwungen gewesen, mit Henry zu sprechen und eventuell eine heile Familie zu zerstören, wenn unser Tête-à-Tête herausgekommen wäre.

»Ein Segen, nicht wahr?«, stichelt meine Schwester und hievt die nächste Kiste ins Fahrzeug, ehe ich die anderen sicher verstaut habe.

»Da sagst du was.« Huch, tun die Krämpfe weh! Vielleicht sollte ich unseren Tee *Das tapfere Weiblein* trinken, bevor ich fahre, denn wir haben eine ganz neue Mischung extra für Frauenbeschwerden kreiert, mit Schafgarbe und Mönchspfeffer.

Juna sieht mich streng an. »Du solltest dir die Pille verschreiben lassen. Oder zumindest Kondome kaufen«, sagt sie nicht zum ersten Mal, und ich kann es nicht mehr hören.

»So was wird nicht wieder vorkommen«, blaffe ich und will gerade den Kofferraum schließen, da kommt mir Romy dazwischen. Huch!

»Manno, Mama. Du musst schon besser aufpassen, wo ich

hinlaufe«, meckert sie und fragt dann: »Was ist die Pille?« Sie blinzelt gegen die tief stehende Oktobersonne.

»Ein Verhütungsmittel«, antwortet Juna, während sie etwas in ihr Handy tippt. Sicher eine Nachricht an Marion, so versonnen, wie sie dabei guckt. Sie wirft den Kopf zurück, ihre Haare fliegen über die Schulter und werden vom aufkommenden Wind gezaust.

»Was ist ein Verhütungsmittel?«, will Romy wissen, greift sich trockenes Laub und lässt es mit dem Wind fliegen. Mein Blick verfolgt die Blätter, wie sie hoch in den Himmel getragen werden, und ich frage mich, ob wir jemals damit fertig werden, es zu harken.

»Das sind Fahrscheine für Sex. Das Kondom ist das Einzelticket, die Pille die Monatskarte, die Spirale die Jahreskarte. Man kann auch schwarzfahren wie deine Mama, aber das wird schnell teuer«, höre ich meine Schwester antworten und zische sie säuerlich an.

Sie lässt das Handy sinken. »Was? Ist doch so.« Dann brummt ihr Telefon, und sie grinst.

Romy guckt verständnislos zu mir. »Igitt, Mama, machst du etwa Sex?« Sie runzelt die Stirn. »Mit wem denn?«

Diese Frage werde ich ganz sicher nicht beantworten.

»Das ist doch kein Igitt! Rosenkohl ist igitt«, meint meine Schwester.

In der Ferne brummt ein Fahrzeug vorbei, ich verrenke mir den Hals, schaue, ob es vielleicht ein Ford Mustang ist.

Romy kichert. »Mit wem machst du Sex, Mama? Ich will das wissen«, kräht sie jetzt lauter, und ich schaue mich beunruhigt um. Ob wir noch Klebeband im Haus haben, mit dem man Kindermünder zubekommt?

Ich öffne die Fahrertür, setze mich ans Steuer.

»Du bist etwas blass um die Nase. Brauchst du eine Tablette?«, fragt Juna, die diese monatlichen Krämpfe ebenfalls kennt.

»Warum tut das weh, wenn man die Tage hat?« Romy tätschelt mein Knie und haucht mir einen Kuss auf die Wange.

»Das ist nicht immer so«, lüge ich, um ihr keine Angst zu machen. Wenn sie wüsste, wie sehr ich jedes verdammte Mal leide, würde sie sich von ihrem Taschengeld eine Total-OP kaufen, sobald der Spaß losgeht. Ganz sicher.

»Ich vermute, das hat was mit Eva im Paradies zu tun. Die dumme Nuss musste ja unbedingt eine gestückelte Finanzierung aushandeln.« Juna lacht sich scheckig, und Romys Gesicht wechselt zum Nur-Bahnhof-Modus.

Ich stelle mir vor, wie Eva im Paradies beim Apfelklau erwischt wird und sich vor Gott verantwortet. Die falsche Schlange hat sich natürlich aus dem Staub gemacht, und Adam will von nichts gewusst haben. Als es an die Blutschuld geht, schlägt Eva monatliche Raten vor und kommt damit durch.

Ich nehme tatsächlich eine Schmerztablette und fahre dann zur ersten Adresse auf meiner Liste. Der Heidejäger ist ein imposantes Gebäude aus dem Jahr 1890, in dem Kohltouren, Spargelfahrten, Geburtstage und Unmengen Hochzeiten gefeiert werden. Die leitende Angestellte, eine drahtige kleine Frau, erwartet mich bereits und schickt mit einem Fingerschnalzen zwei Auszubildende zum Wagen, die die Kisten ins Lager bringen sollen.

»Welch ein wunderbarer Moment der Vorfreude«, zwitschert sie vergnügt. »Ich bin schon ganz aus dem Häuschen, weil ich meinen Chef überzeugen konnte, *Rosenrot* und *Dornenkuss* ins Gruseldinner einfließen zu lassen.« Sie lacht über das Wortspiel. »Als Aperitif mit einem leichten Perlwein.« Dann klatscht sie freudig in die Hände, ihr Gefolge schaut erschreckt zu uns, vergewissert sich, dass es nicht gemeint ist. Na, die hat ihren Laden auf jeden Fall im Griff.

»Danke, wir freuen uns sehr darüber. Wann geht die Show denn los?«, frage ich und lasse meinen Blick schweifen. Diese Küche ist atemberaubend, und das Personal arbeitet effizient, beinahe choreografisch. Ich kenne die Karte und weiß, was für hochwertige Gerichte sie anbieten, mit dem richtigen Pfiff und gewisser Raffinesse. Wir waren vor Wochen mit Charlotte hier essen – es war ein kulinarisches Fest.

»Ab nächsten Sonntag findet das Dinner alle zwei Wochen statt. Bis zum 12. Dezember, dann sind die Weihnachtsfeiern dran, und im nächsten Jahr wechselt das Programm. Da machen wir ABBA-Nächte.«

»Interessant, auch mit Schauspieleinlage?« Das hat Hanna gar nicht erwähnt. Oder doch? Bei den ganzen Dingen, die in letzter Zeit geschehen, vergesse ich eine Menge.

»Ja, ganz genau. Und dann gibt es noch die Beatles-Night und Märchen aus *Tausendundeiner Nacht*. Zu allen Veranstaltungen brauchen wir themenbezogene Speisen und Getränke. Wie gesagt, da kommen uns eure fantasievollen Liköre gerade recht.« Die Frau wirbelt herum, entdeckt aus den Augenwinkeln den klitzekleinen Fehler eines Beikochs und schreitet umgehend ein. Zeigt dem jungen Mann mit frischer Schnittwunde an der Wange, wie er die Messer an den Möhren besser ansetzt.

Wenig später habe ich nur noch eine Kiste für den Mexikaner *Salitos* übrig und staune nicht schlecht, als ich Dr. Klein an einem der hübsch eingedeckten Tische entdecke. Es ist erst später Nachmittag, und der Kinderarzt ist vertieft in ein Buch und trinkt dabei Caipirinha. Neben ihm befinden sich lediglich drei weitere Gäste im Restaurant mit seinen hübschen traditionellen Bildern an den Wänden.

Aufgeregtes Summen erhebt sich in meinem Bauch, das ich wohl nicht einfach auf meine Menstruation schieben kann. Ob ich ihn ansprechen soll?

Nach einem freundlichen Geplänkel mit dem Barmann tigere ich unschlüssig im Raum umher. Wegen der Sache mit Henry war ich so durcheinander, dass ich keinen weiteren Kontakt zu Dr. Klein aufgenommen habe. Mal abgesehen davon, dass Romys Verhalten in letzter Zeit absolut im Rahmen geblieben ist und mir keine weiteren Vorwände geliefert hat, die einen Anruf oder eine Nachricht an den Kinderarzt gerechtfertigt hätten. Und ich kann ihn ja schlecht anrufen und sagen: »Hallo, Dr. Klein, mein Handwerker ist ein Arsch, und ich habe das Gefühl, dass Sie eh viel kompetenter sind als er, was Herzen anbelangt. Immerhin haben Sie Medizin studiert, haha.«

Ich gucke mir eine Zeichnung von Frida Kahlo an, und als ich gerade lieber einfach gehen will, hebt Dr. Klein den Blick und sieht mich direkt an.

»Was für eine schöne Überraschung!«, sagt er und strahlt. Sofort legt er das Buch zur Seite, steht auf und bietet mir den freien Platz an seinem Tisch an.

»Hallo, ja. Ich habe die von Ihnen bereitete Möglichkeit genutzt und dem Inhaber Apfelwein und Lakritzlikör gebracht.«

»Das freut mich.« Er hebt die Brauen. »Mögen Sie etwas trinken?«

Unwillkürlich scanne ich den Buchdeckel. *Am Arsch vorbei geht auch ein Weg*, der Bestseller. »Na gut, ein bisschen Zeit habe ich.« Mein Mundwinkel zuckt, und ich lasse mir von Dr. Klein den Stuhl zurechtschieben. »Und? Den Weg schon gefunden?« Ich deute auf das Buch und lächle.

»Noch nicht den optimalen, aber ich arbeite daran.«

Dr. Klein winkt nach dem Kellner, der beinahe im Laufschritt naht, und ich bestelle mir eine Cola. Die hab ich am liebsten während der Periode. Genauso wie nette und aufmerksame Menschen à la Dr. Klein.

»Gut sehen Sie aus«, bekomme ich prompt ein Kompliment, und ich denke darüber nach, hier öfter mal vorbeizuschauen. »Sie leuchten richtig von innen heraus«, fügt Dr. Klein an, während er mir gegenüber Platz nimmt.

Ich verkneife mir den Hinweis, dass das nur täuscht. Dass mir einfach nur die Hitze von den blöden Tagen ins Gesicht steigt.

»Wie geht es denn Ihrer Tochter?« Er beugt sich leicht nach vorn. »Wie kommt sie in der Schule klar?«

»Och, besser als gedacht.« Ich zucke mit den Schultern und spiele mit den Bierdeckeln herum, die auf dem Tisch zwischen uns liegen. »Das ist vielleicht der Tatsache geschuldet, dass wir tierischen Zuwachs bekommen haben, der sie am Nachmittag fordert.« Ich erzähle von Fredward und seinen Babysitterqualitäten. Und von Wilma und ihrem Überraschungsei.

»Das hört sich toll an. Tiere können die beste Medizin sein, nicht wahr?«

Wir stoßen mit Cola und Caipirinha an, Eiswürfel klirren, und mir fällt einmal mehr auf, dass Dr. Klein tolle weiße Zähne hat.

»Wie kommt es, dass Sie nicht in der Praxis sind?«, würde mich interessieren, und er lehnt sich lässig auf seinem Stuhl zurück.

»Gegenfrage: Was wäre das Leben, bestünde es nur aus Arbeit? Unabhängig davon, ob man sie gern tut?«

»Ähm, ein verdammtes Hamsterrad?« Ich lache, und es fühlt sich gut an.

»Richtig.« Dr. Klein fährt sich entspannt durchs Haar. »Deshalb habe ich vor einiger Zeit eine Ärztin eingestellt, die mich entlastet.« Er lächelt. »Und nennen Sie mich doch bitte Aljoscha.«

»Leni.« Ich erzähle von unserem Hofladen und wie schwer es ist, in Auen Fuß zu fassen. Es folgt ein Bericht der Renovierungskatastrophen. Geduldig hört Aljoscha zu und lacht an den richtigen Stellen. Am Ende kann ich freier atmen, lasse Ballast fallen. Es scheint, als herrsche zwischen uns eine gewisse Symmetrie. Als wären wir Bewohner eines seltenen Planeten, die das gleiche Gesicht teilen.

Keine Ahnung, wie lange wir hier sitzen und einfach reden, aber es muss eine ganze Weile sein, denn es kommen und gehen Gäste. Und das Licht, das durch die hellblauen Vorhänge fällt, verändert sich.

»Und? Aljoscha? Bist du verheiratet?« Ich bin ja lernfähig und spreche besser mal die Dinge an, die wichtig werden könnten.

Dr. Klein verschluckt sich fast am Caipi, nimmt seine Brille ab und putzt sie an seinem Hemdsärmel. »So direkt, Leni? Das gefällt mir.«

Ich stütze mein Kinn auf meine Hände und blinzle zu ihm auf. »Und?«

»Ich bin ungebunden.« Er imitiert meine Geste und schaut intensiv zurück. »Flirtest du etwa mit mir?«

»Wo denkst du hin? So was würde ich nie tun.« Ein gebranntes Kind scheut das Feuer, heißt es. Vielleicht ist das der Augenblick, in dem ich mich verabschieden, die Bar verlassen und schreiend davonlaufen sollte. Wenn ich klug wäre.

»Wie schade, wirklich«, sagt Aljoscha, und ich werde abgelenkt, als am Nachbartisch ein Glas zu Bruch geht und der aufgeschreckte Kellner mit einem Tuch herbeieilt.

»Warum?«, frage ich laut, was mir durch den Kopf geht. »Warum bist du ungebunden?« Eigentlich ist es ein Ding der Unmöglichkeit. So wie bei Henry, der ja gar nicht frei ist, wie sich herausstellte. Aljoscha hat Humor, einen super Job, sieht mehr als gut aus, ist kinderlieb und im besten Alter.

Er lächelt, doch dieses Mal bleiben seine Augen ernst. »Das ist kompliziert.«

»Frisch geschieden?« Ich denke an tragisch gescheiterte Beziehungen mit Rosenkriegen oder Fernbeziehungen und ernte ein Kopfschütteln. »Und Kinder hast du auch nicht?«

»Hui, das wird ja ein richtiges Verhör.« Er grinst, und jetzt bilden sich kleine Lachfältchen um seine Augen.

»Entschuldigung!« Mir wird klar, wie sehr ich ihn in die Ecke dränge. Aber warum sollten solche Informationen ein Geheimnis bleiben? Wäre die Welt nicht viel einfacher, wenn sich zwei Datende gleich zu Beginn reinen Wein einschenkten? Warum zum Beispiel hat Henry nichts von seiner Familie erzählt, wenn nicht, um mich mit Absicht zu täuschen? Ich blinzle, mein Blick fällt auf meine Hände, die ruhig auf der Tischplatte liegen.

»Nur so viel: Ich hatte bislang nicht das Glück, eine Frau zu treffen, die bereit ist, über ihren Tellerrand zu blicken. Ich brauche jemanden, der einen weiten Horizont hat und auf meine Bedürfnisse eingeht.« Er macht eine Pause, denkt nach, und ich finde, seine Ausführungen hören sich ganz selbstverständlich an. »Weißt du, viele Frauen stellen schnell Besitzansprüche an einen Mann und beginnen Mauern um die Beziehung zu bauen.«

»Thema Eifersucht in der Partnerschaft?«, hake ich nach und erinnere mich daran, wie sehr Alex manchmal unter diesem Gefühl litt, da mich als Schauspielerin so einige Männer hofierten. Einmal geschah es sogar, dass mich ein

Regisseur euphorisch an sich drückte und mitten auf den Mund küsste, mir eine Rolle in seinem Stück und seinem Leben anbot und meinen Ehemann dabei ganz frech ignorierte. Alex blieb ruhig und fragte den Regisseur lediglich, ob er dann fertig sei mit seiner Frau. Für den Rest des Abends jedoch legte er den Arm um mich und ließ mich nicht mehr los.

»Wenn der das noch mal macht, brate ich seine Eier«, knurrte mein Mann mir ins Ohr und klang ganz und gar nicht danach, als ob er scherzte.

»Eifersucht muss nicht sein, wenn man sich vertraut«, meint Aljoscha und schreckt mich aus der Erinnerung.

»Meine Rede«, stimme ich zu, und seine Augen beginnen zu funkeln. Die Lachfältchen vertiefen sich, und seine Mimik wird faszinierend lebendig. Es macht Spaß, ihm zuzuschauen, wenn er erzählt.

»Weißt du, das Leben ist zu kurz für negative Emotionen. Man sollte sich nur mit Menschen umgeben, die einem guttun.« Er klopft auf sein Buch. »Auch hier wird deutlich, wie wichtig das ist.« Über den Tisch hinweg greift er nach meiner Hand, drückt sie sacht. Seine Finger sind weich und warm, beleben meine Haut, als sie über den Handrücken tanzen. »Unser Dasein auf Erden könnte so schön sein. Man muss nur aufhören, Dinge zu tun, die man nicht will, mit Leuten, die man nicht mag, um zu bekommen, was man nicht braucht«, zitiert er den Klappentext. Dann erzählt er von seiner letzten Reise nach Bolivien und davon, dass er dort mit einer Familie zusammenwohnte und sich ganz auf sich selbst besinnen konnte.

Während ich ihm lausche, denke ich darüber nach, den einen oder anderen Menschen in meinem Umfeld mit einem herzlichen »Fick dich« in die Wüste zu schicken. Doch was ist, wenn gerade diese Leute den Schlüssel in den Händen halten zu dem, was ich wirklich will? Oder gibt es tatsächlich mehrere Wege nach Rom? Und andere Kaninchenlöcher ins Wunderland?

Die Zeit vergeht wie im sprichwörtlichen Flug, und plötzlich ist es Abend. Die Sonne ist längst untergegangen, und die Sterne stehen an einem wolkenlosen Nachthimmel.

Meine Schwester hat auf meine Nachricht, dass es heute spät werden wird, da ich ein Spontandate mit Dr. Klein habe, mit einem Explodierender-Kopf-Smiley reagiert und mir viel Spaß gewünscht. Mit dem Hinweis, dass ich über Verhütungsmittel nachdenken sollte. Die Frau Witzbold.

Nun schlendern Aljoscha und ich die kleine Fußgängerzone mit ihren Springbrunnen entlang, und nachdem er sich nach unserer Baustelle erkundigt hat und ich den Stand der Dinge geschildert habe, versuche ich das Thema Hausumbau zu beenden, da mir sonst Prinz Windhund in den Sinn kommt. Und das will ich nicht, weil ich mich mit meinem süßen Kinderarzt gerade so frei und unbekümmert fühle wie schon eine ganze Weile nicht mehr.

»Im Ernst, ich garantiere dir, ich würde verrückt werden, wenn immer wieder andere Dinge kaputtgingen«, kommentiert er lachend das letzte Desaster und stupst mich sacht in die Seite. Ich kichere.

»Keine Frage, ich bewege mich exakt am Rande des Nervenzusammenbruchs, wie du siehst.« Ich lasse mich von ihm spielerisch in seinen Arm ziehen.

»Ich finde, du hältst dich gut. Und siehst toll dabei aus, so am Rande des Wahnsinns«, meint er und gibt mich wieder frei. Beinahe stecke ich meine Hand in seine Gesäßtasche, wie bei Alex früher, besinne mich gerade noch eines Besseren.

»Oh, danke. Ich schätze, das ist nur eine Momentaufnahme, weil ich eine so charmante Begleitung habe. Und weil Laternenlicht meinem Teint schmeichelt.« Ein deplatziertes Fahrrad zwingt uns auseinander. Aljoscha macht einen Ausfallschritt, und ich schließe zu ihm auf.

»Ich könnte euch ein wenig helfen, wenn du magst«, bietet er an, und ich frage mich, ob die Caipis aus ihm sprechen oder ob er das ernst meint. »Zum Beispiel kann ich ganz gut mit Strom umgehen, mein Vater war Elektriker.« Er lässt seine Augenbrauen hüpfen. »Ich kann sehr elektrisierend sein.«

»Das glaube ich sofort.« Allerdings war mein letzter Helfer auf seine Weise ebenfalls elektrisierend. Verdammt, kann mein Hirn diesen Ordner vielleicht mal löschen? Oder am besten gleich die ganze Henryapp deinstallieren?

»Und ich bin billiger als ein echter Elektriker«, fügt Aljoscha an und angelt nach meiner Hand. Seine Berührung ist sanft, seine Finger sind kühl und weich. »Du kannst mich mit einem Lächeln bezahlen.« Der Bass eines schnellen Liedes wird zu uns herübergetragen, als neben uns die schwarze Tür eines Clubs aufgeht. Mit ihm sprudelt eine kleine Gruppe junger Frauen auf die Straße, die kichernd und schwatzend um die Hausecke verschwinden.

»Das klingt verlockend«, gestehe ich dem zuckersüßen Kinderarzt. »Versuchst du etwa, mich zu verführen?«

Er mustert mich mit seinen dunklen Augen. »Wenn du wüsstest.« Sein Daumen reibt Kreise über meinen Handrücken. »Nein, im Ernst. Es reicht mir, wenn du mit mir Sushi essen gehst, als Dank für eine Dienstleistung. Dann bin ich ein glücklicher Mann.« Erneut geht die Tür zum Club auf, Trockeneisnebel wabert heraus, und ein Mann im Hawaiihemd verschwindet ins Innere.

Erst jetzt bemerke ich, dass wir stehen geblieben sind.

»Sushi? Wir zwei?« Lieber lecke ich an einer Käsereibe – ich hasse rohen Fisch. Hm, andererseits … mit Aljoscha würde ich es vielleicht trotzdem noch mal versuchen. »Das können wir auch tun, ohne dass du Dienstleistungen für mich übernimmst.« Ich tänzle um ihn herum, greife den Rhythmus der Musik auf. »Oder wir gehen einfach tanzen?«

Seine Brauen schnellen in die Höhe. »Jetzt?«

»Wieso nicht? Das Leben ist kurz.«

»Okay, es ist lange her, aber …«

Weiter kommt er nicht, da zerre ich ihn schon durch die Tür, bezahle an der Kasse für zwei, bei einem Mädchen, das mir verdammt jung vorkommt, und angle meinen Lipgloss aus der Hosentasche. Unauffällig trage ich ihn auf in der leisen Hoffnung, wenigstens ein bisschen zwischen den ganzen schillernd gekleideten Leuten um uns herum leuchten zu können. Mensch, ist das voll hier!

Ich zögere. Aljoscha spürt meine plötzliche Unsicherheit und führt mich einfach auf die Tanzfläche.

Langsam beginnt er sich zu bewegen, legt seine Hand an meine Taille, und ich vergesse alles um mich herum. Flashlights zeichnen eine unwirkliche Umgebung, der Beat ist viel zu schnell, doch das ist egal. Wir werden von anderen Tanzenden zusammengeschoben, und ich versinke in Aljoschas braunen Augen, die hinter seinen Brillengläsern nur so funkeln. Sofort geht mir ein Bild durch den Kopf, wie wir zusammen auf dem Sofa sitzen und chinesisches Essen genießen, während wir uns mit Romy *SpongeBob* angucken. Sie singt die Texte, schräg und laut, und ich kuschle mich in Dr. Kleins Arm.

Könnte es so sein zwischen uns? Wäre er der Mann für gemütliche Stunden wie auch die leidenschaftlichen, nachdem Romy ins Bett verschwunden ist?

»Was lächelst du so versonnen?« Er drückt mich fester an sich, und mir bleibt augenblicklich die Luft weg.

»Ich habe über Träume nachgedacht.«

Langsam beugt er sich zu mir, seine Lippen berühren die empfindliche Haut an meinem Hals.

»*Du* bist ein Traum«, flüstert er, und ein Schauer läuft über meinen Nacken. Dann bekommen wir einen Stoß, als eine wild tanzende Frau uns anrempelt. Hoppla, die hat bestimmt zu viel getankt.

»Sorry«, kräht sie, reißt ihren Sektkelch hoch und verschüttet die Hälfte, während ihr Mund ein O formt. »Krass! Dr. Klein, nice. Sie hier?« Sie reicht ihm die zierliche Hand.

»Ruby, wie schön, dich zu treffen. Wie ich sehe, ist die Zahnspange raus.« Er zwinkert ihr keck zu, und Röte steigt in ihre Wangen. »Ist ja toll geworden.«

»Ja, meine Erzeugerfraktion hat ganz schön dafür geblecht.«

Ich blinzle verwirrt, während das blonde Mädchen ihre Zähne fletscht und irgendwas von behobenen Fehlstellungen erzählt und von der blutigen Entfernung der Weisheitsbeißer. Mir fällt auf, dass sie höchstens achtzehn sein kann. Und mir wird klar, was mir die ganze Zeit komisch vorkam, und ich schaue mich unauffällig um. Hier sind nur Teenager. Beinahe jeder könnte bis vor Kurzem noch Dr. Kleins Patient gewesen sein. Auweia!

»Ich will Sie nicht zuföhnen«, meint das Mädel und deutet auf ihren Drink. »Ich bin ganz schön zugeklingt.«

»Na, so was!« Aljoscha zuckt die Schultern, und das Mädchen schaut ihn nachdenklich an. Sie sieht aus, als dächte sie über eine extrem schwere mathematische Gleichung nach.

»Sie denken an Ihre ärztliche Schweigepflicht?«, fragt sie gedehnt.

»Na klar. Ich verrate nichts.«

Sie strahlt. »Na, dann lassen Sie es mal richtig krachen.« Im Umdrehen reckt mir die Kleine unauffällig ihren Daumen entgegen, während sie sich zu ihren Freundinnen durchschlägt.

»Wo waren wir stehen geblieben?« Aljoscha grinst. Zeitgleich beginnt ein langsamerer Song, der uns augenblicklich einfängt.

»Ist dir bewusst, dass wir viel zu alt sind für diesen Club?«, frage ich.

»Zappelbunker.«

»Wie?«

»Die Kids nennen es Zappelbunker«.

O mein Gott, er wusste es, als ich vorschlug, hier reinzugehen.

»Alter ist relativ«, meint Aljoscha, während *ily* von Emilee meine Hüfte schwingen lässt.

»In wenigen Jahren wird Romy hier feiern gehen«, fürchte ich.

Aljoscha angelt nach mir, zieht mich in seinen Arm. Ich rieche seinen Duft von Vanille und etwas Frischem, spüre seinen Körper an meinem.

»Leni, du bist eine tolle Mutter und kümmerst dich vorbildlich um deine Kleine. Aber jetzt wird es Zeit, dass sich mal jemand um *dich* kümmert.« Aljoschas Angebot knistert in der Luft zwischen uns. Seine Lippen formen ein Lächeln, das sich in meinem Unterleib bemerkbar macht, und ich beginne zu schwitzen.

»Kümmere dich«, höre ich mich flüstern und weiß selbst nicht, was genau ich damit meine. Ich fühle nur noch. Wie seine Hände meine Hüfte hinabwandern, sacht über die Wölbung meines Hinterns streichen. Seine dunklen Haare fallen ihm in die Stirn, während er auf mich hinabsieht und mich schließlich küsst.

I love you, Baby singt die Stimme im Hintergrund, getragen von Lichtkegeln, die um uns herum tanzen. Ich schließe die Augen, verschränke die Finger in seinem Nacken, während seine Lippen sich sanft und präzise auf meinen bewegen. Dieser Mann weiß genau, was er tut. Kein Zögern, keine Unsicherheit. Während ich ihn mit einem Seufzen einlasse, seine Zunge meine umspielt und er seinen Körper gegen meinen presst, vergesse ich alles. Den Kummer, den desaströsen Umbau und die Sorgen um meinen Wirbelwind. Für einen Moment bin ich so jung wie all die anderen hier.

And if it's quite alright / I need you, baby / to warm these lonely nights / I love you, baby / trust in me when I say.

Als die Morgensonne sich ankündigt, bringt Aljoscha mich mit einem Taxi nach Hause. Er steigt sogar mit aus und begleitet mich zur Tür. Eine altmodische Geste, die ich sehr zu schätzen weiß. Ebenso wie die Tatsache, dass er sich nach diesem einen berauschenden Kuss in Zurückhaltung übte und uns den passenden Raum gab, um nichts zu überstürzen.

»Da wären wir«, sagt er grinsend und streicht sein dunkles Haar zurück. Ich kann nicht widerstehen und rücke seine Brille zurecht, die ein wenig schief saß, und verharre in der Bewegung, als seine Finger über meine Wange streichen.

»Ich würde diese Nacht gern wiederholen«, gesteht er. »Du bist spannend und ...« Er atmet tief ein. »... kannst unglaublich gut küssen.«

Instinktiv öffnen sich meine Lippen in der Erwartung, dass er es wieder tut. Mich noch einmal berauscht. Doch er nimmt seufzend Abstand. Sein Lächeln vertieft sich dabei, und er wählt seine Worte mit Bedacht. »Und das nächste Mal wirst du mich küssen.«

Es ist genauso eine Bitte, dass ich den nächsten Schritt machen möge, wie eine Prophezeiung, die verheißungsvolle glühende Bahnen durch meinen Körper zieht.

Und ich weiß, von wem ich diese restliche Nacht träumen werde.

AUFGEBEN? TUT MAN BESSER BEI DER POST

Drei Stunden Schlaf sind eindeutig zu wenig in meinem Alter. Wie Aljoscha sich wohl fühlt, der heute in der Praxis so einige »Baby-Inspektionen« vor sich hat, wie er es nannte? Ich kann mich nicht konzentrieren, muss immer wieder an seinen Kuss und all die kleinen Gesten denken, mit denen er mich verzaubert hat. Und gerade als ich mich ein wenig fokussiere, werde ich erneut beim Papierkram für die Buchhaltung unterbrochen, als Romy zu mir ins Wohnzimmer weht.

»Mama, können wir deine Theaterschminke haben?«, fragt sie, und ihre braunen Augen funkeln hoffnungsvoll. Hinter ihr schauen Betty und Louise, ihre neuen Freundinnen, hervor.

Nach dem letzten Unfall mit einem Kajal, dessen Spitze in Romys Auge landete, ist mir nicht wohl bei dem Gedanken, und ich gebe den dreien nur Wasserfarben und Pinsel.

Ich höre, wie Romy den Mädchen einen Vortrag über ihre beiden Partner Klatscher und Patscher hält, ihre beiden Hände, die unglaubliche Dinge können. Wenig später dringt ein *Huch!* an mein Ohr, als sie sich Wasser in Bechern holen, und ich versuche krampfhaft, mich auf die Abrechnungen zu konzentrieren. Doch all die Zahlen verspotten mich.

Die Zeiger der Uhr schieben sich schneller übers Ziffernblatt, als mir lieb ist, und ich donnere ungehalten den Tacker in einen Stapel Blätter. Mein Nagel knackt, und ein schriller Schmerz zuckt durch meinen Finger. Kurzerhand segelt das mörderische Gerät an die Wand neben dem Foto unseres Hauses, wie es im Jahr 1860 aussah. »Argh!«

Juna klopft an die Tür, guckt vorsichtig herein. »Alles gut?«

Ich nuckle an meinem frisch getackerten Finger und schmecke Blut. Mir wird flau im Magen. Blutgeschmack triggert mich bis heute und lässt furchtbare Erinnerungen wachwerden.

»Super«, murmle ich und kämpfe die aufsteigenden Bilder nieder, fokussiere mich auf die Wut in meinem Bauch.

»Ich störe ja nur ungern, aber hast du den Kindern erlaubt, sich anzumalen?«

»Na ja, mit Wasserfarben, die kann man super wieder abwaschen.« Junas besorgter Gesichtsausdruck gefällt mir nicht.

»Edding aber nicht, oder?« Ihre Lippen kräuseln sich, und ich komme auf die Beine, trete auf dem Weg hinaus auf den herumliegenden Tacker, den ich anbrülle, weil er in diesem Moment schuld an allem ist, und stürme an meiner Schwester vorbei.

»Wieso Edding? Wo haben die den her, verfluchte Scheiße noch mal!«, fluche ich vor mich hin und war noch nie so froh, dass keine Sägen, Hammer und Bohrer mehr im Haus herumliegen. Nicht dass sich eines der Kinder später das Nagelstudio sparen kann, weil es Finger verliert.

Vor Romys Zimmertür bleibe ich stehen, atme tief durch, damit ich nicht sofort in Ohnmacht falle. Juna ist dicht hinter mir.

»Was habt ihr getan?«, hauche ich, als ich schließlich eintrete, und weiß nicht, ob ich lachen oder weinen soll. Und – viel wichtiger – wie sich die Mütter der beiden anderen Mädchen entscheiden werden.

Alle drei stecken in Superheldenkostümen, so weit, so gut. Louise ist Catwoman und hat neben mit blauer Wasserfarbe gemalter Katzennase Schnurrhaare aus Edding im Gesicht. Steht ihr eigentlich ganz gut ... Betty mimt Spider-Man, nur echt mit einem fetten schwarzen Netz auf der Stirn. Hm ... Und Romy? Nun ja, sie trägt ein Supermankostüm und hat aus irgendeinem Grund einen schwarzen Schnurrbart und balkenartige Augenbrauen, die sich an den Enden zu Schnecken kräuseln. Kreativ sind sie ja, die lieben Kleinen.

»Wir haben Kryptonit gefunden«, erklärt meine Tochter. »Da mussten wir all unsere Superkräfte möbellasieren.«

»Mobilisieren«, verbessert Juna, während ich in Windeseile alle Produkte durchgehe, die Edding entfernen können. Terpentin, Wodka?

»Alle ins Badezimmer bitte«, kommandiere ich, und Betty blinzelt mich verwirrt an.

»Ich muss aber gar nicht«, sagt sie eingeschüchtert.

Ich gehe in die Hocke, streiche ihr über die dünnen Ärmchen. »Süße, die Farbe, die ihr genommen habt, muss wieder ab, die gehört nicht auf die Haut.«

»Oah, Romy. Ich hab dir gleich gesagt, das darf man nicht«, petzt Louise und zeigt ihre Zahnspange, als sie zu mir herüberlächelt.

»Hast du gar nicht, du lügst, Lou«, beschwert sich Romy und bekommt den Mund gar nicht mehr zu vor Empörung. Wenn sie etwas hasst, dann sind es Petzen. Es sei denn, *sie* ist die Petze.

»Nicht streiten, wir waschen es schnell ab, dann könnt ihr weiter gegen Kryptonit kämpfen«, sage ich und lotse die Bande in den Flur. Louise macht Katzengeräusche, und Romy hüpft vor ihr her, wedelt mit den Armen und fegt prompt einen Bilderrahmen von der Wand.

»Hahaha, soll ich das Bleichmittel holen? Oder doch lieber Schmirgelpapier?«, will Juna wissen, die uns belustigt folgt. Betty bekommt Panik, und ich werfe meiner Schwester einen säuerlichen Blick zu.

»So was brauchen wir nicht«, beruhige ich das Kind und fange es ab, bevor es mir entwischt. »Und du hättest ruhig mal ein Auge auf die Kids werfen können, während ich arbeite«, knurre ich in Junas Richtung.

»Da brauchst du mehr als ein Auge«, meint sie. »Und wer sagt, dass ich *nicht* gearbeitet habe?«

Nach einer halben Stunde haben wir die Kinder mithilfe von Nagellackentferner sauber bekommen. Man sollte ihnen auf keinen Fall mit einem Streichholz zu nahe kommen.

»Kannst du nicht mit den dreien ein bisschen auf den Spielplatz gehen?« Zum Glück klinge ich so erschöpft, wie ich mich fühle, und Juna bekommt Mitleid mit mir.

»Na gut, aber nur eine Stunde. Und wenn ich die Superhelden fotografieren darf.«

Ich mache eine bittende Handbewegung. »Mach, was du willst, aber veröffentliche bloß nichts ohne das Wissen der Eltern.« Ich werfe ihr einen mahnenden Blick zu, der sie daran erinnern soll, dass sie schon einmal die Persönlichkeitsrechte einer Verflossenen verletzte, indem sie ein Jogging-Bild von ihr postete, betitelt mit *Durchhalten für Anfänger*. Eine subtile Anspielung auf die Beziehungsunfähigkeit der Trulla, wie Juna meinte.

»Mach ich nicht«, schwört sie und guckt Romy besorgt nach, die über die Türschwelle ins Freie springt. »Sollte man ihr sagen, dass man mit dem Supermankostüm nicht fliegen kann?« Sie runzelt die Stirn, bevor sie in ihr Zimmer abbiegt, um die Kamera zu holen.

Ich eile den drei Mädchen nach und erläutere die Kraft der Imagination im weitesten Sinne. Und dass man, nur weil man ein Kostüm trägt, sich weder an Spinnweben von Schaukel zu Schaukel schwingen kann noch sieben Leben wie eine Katze hat.

Eine unangenehme Stille entsteht, in der die Kinder mich anstarren wie eine arme Irre. Nur Romy kichert dann und wann verhalten und muss sich daraufhin so einigen Fragen ihrer Freundinnen zu meiner Wenigkeit stellen. Unter anderem, ob ich immer so witzig bin.

Nun denn, mal gucken, ob unser Bauer Kurt von nebenan mich ebenfalls komisch findet, wenn ich mal nachfrage, warum er noch nicht wie versprochen den Pferdemist abgeholt hat. Juna hat einen Deal mit ihm ausgehandelt: Wir kaufen bei ihm Heu und Stroh, und er darf eine Wiese, die wir nicht nutzen, als Güllenachweis verwenden und den natürlichen Dünger darauf ausbringen, wenn er uns im Gegenzug den Pferdemist alle paar Wochen abfährt.

Zurück im Büro, tippe ich seine Festnetznummer ein. Es ist Mittag und laut Hannelore die einzige Zeit, um ihn zu erreichen.

»Jup«, meldet er sich auch prompt am anderen Ende.

»Hallo, hier ist Leni Mondtag. Ich wollte mal nachfragen, wann Sie den Mist unserer Tiere abholen könnten«, sage ich so nett, dass es in Anbetracht meiner eigentlichen Stimmung fast wehtut.

»De Tied geihd hen«, meint er, und es knackt in der Leitung.

»Ja, die Zeit vergeht wie im Fluge, das stimmt.« Einen Moment habe ich die Befürchtung, er hat einfach aufgelegt, dann höre ich ihn laut atmen.

»Können Sie es die Tage vielleicht einrichten? Das wäre supertoll.« Denn der Platz neben dem Stall läuft bald über. Ich bekomme die Mistkarren kaum noch auf den stinkenden Berg hinauf und weiß überdies nicht, wohin mit den Unmengen an Laub der vielen Bäume.

»Ma kieken.«

»Wir haben eine Vereinbarung«, erinnere ich ihn. »Die steht doch, oder?« Zeit, um unsere Wiese mit Gülle zu tränken, war ja auch da.

»Seker.«

»Und was ich noch mal fragen wollte wegen Ihren …«

»Jup«, unterbricht er mich.

»Wegen …«

»Jup. Ich melde mich.«

»… Eiern?« Warum, verflixt noch mal, ist er bloß so unkommunikativ? Meine Fähigkeit zur Nettigkeit fällt in sich zusammen, und ich überlege, ob ich ihm mal deutlich sagen soll, dass Juna und ich weder Schnapsdrosseln sind (mit ein wenig Böswillen könnte man uns eventuell Likörtauben nennen, aber darum geht es jetzt gar nicht) noch seinen Hund überfahren haben und auch nicht an irgendwelchen krummen Dingern im Dorf schuld sind, die andere Zugezogene laut Karla vor Jahren abgezogen haben. Meine Fresse, all die wahren Klischees übers Dorfleben gehen mir gehörig aufs Kleingebäck.

Im nächsten Moment höre ich Geschirr klappern, eine Frau sagt etwas auf Plattdeutsch, und ich werde endgültig abgewimmelt. Ich trete gegen den Mülleimer und kicke den Tacker unter den Aktenschrank, bevor ich mich wieder hinter die Rechnungen und den Kontostand klemme. Es muss noch ordentlich was passieren, bis sich der Hof finanziert, so viel steht fest.

Plötzlich klingelt es an der Haustür, und ein winziger Mann im Anzug steht vor mir. Er trägt ein Klemmbrett in der Hand. Zuerst denke ich, dass er zu den Zeugen Jehovas gehört, doch bereits auf den zweiten Blick kommen mir Zweifel.

»Leni Mondtag?«, vergewissert er sich mit einem Blick auf seinen Zettel.

»Ja?« Der Gute muss ewig nicht beim Zahnarzt gewesen sein; sein Zahnstein ist mit bloßem Auge zu erkennen, als er zu lächeln versucht.

»Mönchberger vom Ordnungsamt«, stellt er sich vor, und mir fällt alles aus dem Gesicht.

»Was kann ich für Sie tun?« Ist er wegen der Brennerei hier? Sie ist noch nicht angemeldet, weil uns von den tausend benötigten Papieren bestimmt noch zweihundertsiebzehn fehlen. Die Bestätigung vom Zollamt zum Beispiel. Aber wir brennen ja auch gar nichts. Nicht mal für den eigenen Bedarf. Hm, vielleicht sollten wir damit anfangen. Jetzt gerade könnte ich was Hochprozentiges brauchen.

»Wir haben einige Beschwerden gegen Sie vorliegen«, lässt mich der Typ wissen.

Sofort gehen mir verdammt viele Ideen durch den Kopf. Stimmt etwas mit unseren Produkten nicht? O Gott, hoffentlich hat sich niemand eine Lebensmittelvergiftung zugezogen! Habe ich Romy mal unbeaufsichtigt in der Küche gelassen? Hat sie irgendwas irgendwo hineingemixt? Quatsch, schelte ich mich selbst. Die Produkte sind definitiv in Ordnung, wir essen sie ja selbst. Und sind extrem sorgfältig bei der Herstellung.

»Was für Beschwerden?« Ich trete hinaus, will diesen Typen mit Raubtiergebiss nicht hineinbitten. Die Vögel in den Bäumen hören schlagartig auf zu singen, als witterten sie Gefahr. Oder ich bilde mir das ein.

»Ruhestörung.«

»Bitte?«

»Ein Esel soll hier gequält werden.«

»Soll das ein Witz sein?«

»Wir vom Ordnungsamt besitzen keinen Humor, von dem wir wüssten«, entgegnet Herr Mönchberger stumpf.

Ich bin verwirrt. Fredward brüllt schon wesentlich weniger, wenn auch nicht leiser. Trotzdem wundere ich mich, dass man nicht zuerst mit uns redet, bevor man die Behörde einschaltet. Guter Stil geht anders.

Mir fällt auf, dass Hannelore nirgendwo zu sehen ist, weder in ihrem Garten noch an den Fenstern. Eine Seltenheit, wenn bei uns auch nur das Geringste los ist.

»Na, Sie haben doch einen Esel? Den müsste ich mir mal ansehen«, meint Herr Mönchberger und wippt auf den Zehenspitzen, was ihn aussehen lässt wie eine kuriose Märchengestalt, der ich absolut zutraue, dass sie Kinder raubt.

»Gut, dann folgen Sie mir bitte.« Ich gehe ums Haus, vor dem Mann her, dessen Schuhe unangenehm quietschende Geräusche machen. Wo wir bei Lärmbelästigung sind ...

Fredward, Wilma und Henriette stehen auf der Koppel und heben sofort die Köpfe, als wir kommen. Wilma wiehert, Fredward bleibt stumm, trabt aber als Einziger zu uns herüber. Wilma hat längst geschnallt, dass ich weder eine Tüte noch einen Eimer mit Futter dabeihabe.

»Ist er das?«, will Herr Mönchberger wissen, und Fredward legt seinen dicken Kopf auf dem Zaun ab. »Ein Esel allein?«

»Sieht er misshandelt aus?« Ich verschränke die Arme vor

der Brust, während der Mann sich tausend Notizen macht und sich im Anschluss die Stallungen zeigen lässt. Für den nicht abgefahrenen Misthaufen bekomme ich eine Ermahnung und Androhung von Strafe, da mir eine ordnungsmäßige Mistplatte fehlt, die verhindert, dass Jauche ins Grundwasser gelangt.

Ich verspreche, mich darum zu kümmern, und erkläre ihm außerdem, dass Fredward wegen seines Schreiverhaltens bereits in tierärztlicher Behandlung sei. Und auf keinen Fall Haltungsfehler der Grund sind, sondern ein altes Trauma, das der Esel durchlitten hat.

»Wissen Sie, er ist ein echter Held«, platzt plötzlich Alice aus mir heraus, von der ich lange nichts gehört habe und die einen grunzenden Lacher hören lässt, was Herrn Mönchberger einen irritierten Blick entlockt. »Ja, wissen Sie, der Hof, auf dem dieser supertolle Esel früher gelebt hat, der ging eines Nachts so was von komplett in Flammen auf, voll dramatisch, weil da war eine Gasleitung defekt oder so – total gruselig, damit rechnet man ja gar nicht. Und wenn Fredward nicht gewesen wäre, tja … also dann wären die alle gestorben«, erfindet Alice und bekräftigt ihre Schilderung mit einem »Wirklich! Weil, die Familie hat im oberen Stockwerk total fest geschlafen, während die Flammen auf den Stall übergriffen. Fredward hat volle Panik geschoben und so laut iaht, dass die Leute doch noch aufgewacht sind und rechtzeitig das Haus verlassen konnten«. Alice breitet die Arme aus und setzt sich ein Lächeln ins Gesicht, das noch ausladender gerät als ihre Geste. Fehlt noch, dass sie »Ta-daaaa« kreischt.

»Äh, Sie hören von mir.« Herr Mönchberger vergisst glatt, sich höflich zu verabschieden, steigt in seinen VW und fährt davon.

Kaum ist sein Auto in der Ferne verschwunden, fällt Alice

von mir ab, und ich tobe mich im Stall aus. Fege den Boden, stopfe Heu in die Raufen und fülle Wasser nach. Wem, verdammt, hatte ich diesen Besuch nun wieder zu verdanken?

»Hey, bin zurück«, ruft Juna zwanzig Minuten später aus der Verbindungstür zum Haus in den Stall hinein. »Ich dachte, du wolltest Büroarbeit machen?«

»Kam was dazwischen«, murre ich, knalle den Besen an die Wand und unterdrücke den Drang, noch mal nachzutreten, als er sich bewegt. »Wie war es auf dem Spielplatz?« Hoffentlich ging dort alles glatt.

»Toll, ich hab geniale Fotos von Superman versus Spider-Man geschossen. Zeige ich dir später, sobald ich sie im Bildbearbeitungsprogramm hatte.« Sie öffnet ihren Dutt, schüttelt ihr Haar aus.

Ich zähle die Heuballen, errechne, wie lange sie noch reichen, bis wir vom unzuverlässigen Bauern neue beschaffen müssen.

»Außerdem habe ich andere Kinder mitgebracht.« Juna lehnt sich in den Türrahmen, besieht ihre rot lackierten Nägel. »Die, die ich mithatte, waren mir zu anstrengend.«

»Hä?« Ich bin in Gedanken immer noch beim Ordnungsamt und bei Zahlen.

»Nein, war ein Witz. Die beiden sind im Garten«, dringen Junas Worte jetzt klarer zu mir durch.

Ein Schrecken durchfährt mich, ich spüre, wie mir das Blut aus dem Gesicht weicht. »Drei, es waren drei!«

»Ups«, sagt Juna lang gezogen, bevor sie losprustet. »Hahaha, du müsstest mal dein Gesicht sehen. Mann, als würde ich nicht bis drei zählen können.« Sie legt den Kopf schief. »Catwoman haben wir bei der Mutter abgegeben, nachdem sie sich beim Klettern auf dem Turm die Lippe angehauen hat.«

»Ach du Scheiße, das auch noch.« Da haben wir ein einziges Mal Kinder zu Besuch, und prompt passiert etwas. Na super! Mir kommt der Gedanke an einen gewissen Kinderarzt mit herausragenden Qualitäten, was in diesem Fall allerdings wenig hilfreich ist. Ich lege die Faust an die Stirn und schüttle den Kopf.

Juna missversteht meine Geste und sagt: »Nein, alles cool, das passiert ihr mindestens einmal pro Woche, meinte die Mutter.«

»Gott sei Dank! Nicht dass das auch noch auf uns zurückfällt.«

Juna verengt die Augen. »Wieso? Was ist denn los?«

Ich erzähle ihr von dem unangenehmen Besuch des Ordnungsamtes und dem blöden Telefonat mit dem Bauern und bin mit einem Mal unglaublich niedergeschlagen. Vielleicht war das alles hier doch eine Schnapsidee, und wir sollten mit wehenden Fahnen zurück in die Stadt fliehen. Einfach aufgeben und zu unserem alten Leben zurückkehren.

Andererseits tun dieser Ort und gerade die Tiere Romy so gut. Wie könnte ich ihr das nehmen?

VOLLMOND

Romy ist mit zu Betty gegangen und wird bei ihr übernachten, was mich freut, denn es ist ihre erste Pyjamaparty mit Freundin. Trotzdem bin ich immer noch deprimiert und beobachte durch das Fenster die Sterne am Himmel und den unglaublich großen Mond, der sich durch die silbrigen Wolken schiebt.

Das Glas mit Honigwein wiegt schwer in meiner Hand, und ich drehe es unaufhörlich von links nach rechts. Mich beschäftigt zum einen immer noch die Frage unserer Existenz und die weiteren Möglichkeiten und zum anderen, wann dieses Dorf uns nicht mehr wie einen lästigen Fremdkörper wahrnehmen wird. Denn das tut es offensichtlich.

Nur widerwillig hat sich vorhin ein Nachbar auf unser Grundstück gewagt, um nach Karla zu fragen. Die Gute ist einmal mehr aus ihrem goldenen Käfig entflohen und nicht auffindbar. Ich wurde mit knappen Worten interviewt, wann ich sie zuletzt gesehen habe, was bereits eine Weile her ist. Seitdem ich die Fenster geschlossen halte, taucht die Ausreißerin deutlich seltener bei uns auf.

»Guck mal, was ich gefunden habe.« Juna tänzelt ins Wohnzimmer und dreht eine Pirouette. Sie trägt ein langes Kleid im Bohemian-Stil und ein zauberhaftes Perlenstirnband. Ihre langen Haare wehen umher, und ich fühle mich in eine andere Zeit versetzt. Flower-Power und Romantik pur.

»Wow, wunderschön«, staune ich. »Wo hast du das her?« Feine blaue Fäden zieren die obere Nahtkante, und die Raffung unter der Brust ist mit Blüten besetzt. An den Handgelenken ist der Stoff ebenfalls gerafft, sodass man ihn hochschieben kann.

»Von oben, aus einer der Kisten. Du weißt schon, das Chaos, das sich in dem Zimmer befindet, das mein Studio hätte werden sollen.«

Die Kiste, die Henry vom Dachboden ins große Zimmer gestellt hat, also. Die Entrümpelung des Obergeschosses steht seit Wochen auf der To-do-Liste, von der sie beständig auf die Was-soll's-Liste wandert, weil sich so viele andere Dinge dazwischendrängeln.

Juna läuft auf Socken in den Flur und kommt mit weiteren Kleidern bepackt zurück. Ein Teil davon schleift über den Boden. »Ich hab dir auch was Hübsches mitgebracht. Die Klamotten sind original aus den Siebzigern«, vermutet meine Schwester und breitet ein weißes Baumwollkleid aus, das schulterfrei geschnitten und ebenfalls mit Blüten verziert ist.

Ich stelle mein Glas zur Seite und halte es mir an. »Was meinst du?« Unauffällig schnuppere ich an dem Stoff, es riecht nicht mal schlimm, wenn man überlegt, wie lange es dort oben gelegen haben muss.

»Zieh es an«, fordert Juna mich auf, und ein aufgeregtes Kribbeln erfasst mich.

Kurzerhand schlüpfe ich aus meiner Jeans und dem T-Shirt und in das Kleid hinein, das wie angegossen passt. Es schwingt weich um meine Beine und fordert geradezu zum Tanzen auf. Ich öffne meine Zöpfe, werfe mein Haar über die

Schultern, und Juna setzt mir einen aus Seidenblumen geflochtenen Haarreif ein.

»Perfekt, du bist wunderschön«, haucht sie und küsst mich auf die Wange. Ich greife nach ihrer Hand, und wir drehen uns im Kreis wie damals, als wir noch Kinder waren. Ich muss lächeln und schwelge in Erinnerungen an Zeltlager und Tänze um Lagerfeuer.

Nancy Sinatras *Summer Wine* webt uns in seine Klänge, während Juna unsere Gläser füllt. Mit diesem Honigwein hatten wir Glück. Der erste Versuch war trotz Huberts Anleitung kläglich gescheitert. Er schmeckte fade, und der Satz, der sich gebildet hatte, roch wenig vertrauenerweckend. Romy nannte es Wischwasser. Also übten wir mit Fruchtweinen, bis wir entschieden, dem Honigwein Apfelsaft, geriebene Apfelschalen und Zitronensäure beizumengen. Und siehe da, er schmeckt. Allerdings brauchte er wesentlich länger als die zehn Tage, die Hubert uns angegeben hat, und trägt nun den schönen Namen *Honigherz*.

»Sturmfrei«, freut Juna sich und leert ihr Glas in einem Zug. »Ist der lecker. Schmeckt wie ein Engelskuss im Frühling.«

»Du olle Schnapsdrossel!« Lachend nehme ich ihr mein Glas aus den Händen, bevor sie das auch noch inhaliert. »Zu viel Alkohol ist ungesund«, imitiere ich unsere Mutter Charlotte mit gerümpfter Nase.

»Thihihi«, macht Juna und schenkt sich neu ein. »Man sagt, jeder Rausch verkürzt das Leben um neun Stunden. Ich hab mal nachgerechnet« – sie nippt an dem süßen Wein –, »ich bin siebzehnhunderteinundzwanzig verstorben.«

Ich schnappe mir eines der Zierkissen der Chaiselongue und werfe es nach ihr. Es landet vor der mit silbriger Wischtechnik verschönerten Wand, und Juna greift danach, wirft es wie früher, als wir Kinder waren, ungeschickt zurück.

Eine Stunde später, es ist Mitternacht, stehen wir draußen auf der Wiese und können uns nicht so recht entscheiden, ob wir den Mond anheulen wollen oder doch lieber einen Dämon beschwören. Die Nacht ist mild, und alles fühlt sich neu an, als wir in Boots, den Kleidern und Fellwesten durch das Gras laufen. Laub knistert, eine Eule schreit in den nahen Bäumen, erhebt sich in die Luft.

Juna spielt *Season of the Witch* mit ihrem Handy und der Bluetooth-Box und hat ihre Kamera dabei. Sie schießt Bilder, während ich mich im Kreis drehe, durch die Wiesen tanze und den Kopf in den Nacken lege. Mein Herz schlägt einen fiebrigen Takt, und ich fühle mich frei, während ich den Klängen des Songs folge. Jeder Ton spielt eine Hoffnung, und die Weinlaune lässt sie frei.

Irgendwann hängt Juna ihre Kamera ins Geäst eines Apfelbaumes, stellt auf Selbstauslöser für alle paar Sekunden und rennt zu mir herüber. Ich kreische überrascht auf, als sie mich packt und umherwirbelt. Die Herbstluft fährt um unsere Beine, ich fasse den Saum, ziehe das Kleid höher und lasse die Hüfte kreisen. Juna tut es mir gleich, Rücken an Rücken folgen wir einer unausgesprochenen Choreografie, die die Kamera Bild um Bild festhält. Mondlicht glitzert auf unserer Haut und auf der Wiese, durch die sich Nebel schleicht. Alles dreht sich, ein helles Lachen entfährt meiner Kehle, und ich lasse mich von Juna umherwirbeln, bevor ich ins Laub plumpse. Mein Atem fliegt, und ich starre hinauf in den Himmel, wo dünne Wolken den vollen Mond umwerben. Juna hüpft umher, klatscht in die Hände zur Musik. Schließlich widmet sie sich ihrer Kamera, um die Ergebnisse zu prüfen. Sie sieht so glücklich aus, dass mich ihr Anblick süßlich schmerzt.

»Die sind der Wahnsinn«, haucht sie und hockt sich neben mich. Ich setze mich auf, richte meinen Blumenkranz im Haar und schaue aufs Display. Und tatsächlich. Es sind berauschend lebendige Bilder, die meine Schwester mir zeigt. Die Art, wie die Bewegungsunschärfe die Dynamik malt, ist toll.

»Die kann ich bestimmt verkaufen«, überlegt Juna, und ich kneife sie.

»Untersteh dich, das ist privat. Guck dir mal meinen Hintern an, der sieht aus wie Wilmas.«

Obwohl, überlege ich, Dr. Klein mochte mein Heck. Sehr sogar – beim Tanzen fanden seine Hände nicht nur einmal zielsicher genau dorthin. Augenblicklich muss ich an seinen sanften Kuss denken und daran, dass Henrys sich so anders anfühlte. Henry. Was er wohl macht? Ich kneife die Augen zu, schüttle sämtliche Küsse ab, denn dieser Moment gehört mir und Juna allein.

Meine kleine Schwester grunzt vor Lachen. »Du bist so bescheuert, Leni. Du hast wirklich keine Ahnung, wie hübsch du bist, oder?«

Ich betrachte Juna auf den Fotos. Sie ist schmaler als ich, schlanker. Ihre Gesichtszüge sind etwas scharfkantiger als meine, aufgelockert durch ihre großen grünen Augen. Ich würde lieber aussehen wie sie. Und meine Locken nerven mich gewaltig.

Plötzlich knackt es in den beinahe kahlen Blaubeerbüschen zu unserer Linken. Juna hört es auch, stellt die Musik ab und horcht.

»Hallo?« Ich richte mir den Kranz im Haar, der mich vom Lauschen ablenkt, und kneife die Augen zusammen.

»Hannelore?« Juna steht auf, stellt sich neben mich. »Das ist bestimmt schon wieder unsere Stasi-Nachbarin«, flüstert sie und kichert weinselig.

»Mitten in der Nacht?« Wohl kaum, oder doch? Ich muss zugeben, ich hab den Verdacht, dass sie uns manchmal mit einem Fernglas aus dem Fenster heraus beobachtet. Wenn die Sonne scheint, verrät sie ein eigentümliches Blitzen hinter der Glasscheibe ihrer riesigen Fenster.

Mit Schwung zieht mich Juna auf die Beine. »Mir wird kalt, lass uns reingehen.«

Die Geräusche der Nacht hüllen uns ein, und mit einem Mal springt eine große Gestalt aus dem Buschwerk genau auf uns zu. Ich schreie auf, Juna genauso. Beinahe lässt sie ihre Kamera fallen.

»Buh!« Vor uns steht die ausgebüxte Karla und grinst. Ihre Zähne blitzen im Mondschein, und ich muss plötzlich ganz dringend Pipi.

»Bist du doof?« Juna macht einen drohenden Schritt auf sie zu. Zu beeindrucken scheint Karla das nicht, denn sie richtet sich in Ruhe ein pinkes Krönchen in ihrem Haar.

»Karla ist behindert, aber nicht doof«, wehrt sie sich und funkelt uns sauer an.

»Du sprichst in der dritten Person von dir«, ätzt Juna, und ich knuffe sie.

»Nicht so grob.«

»Mensch, ist doch wahr.« Juna macht eine hilflose Geste. Mit ihrem verrutschten Stirnband und den jetzt verschränkten Armen vor der Brust sieht sie aus wie eine verstörte Elfe. »Das ganze Dorf sucht nach ihr und macht sich Sorgen, und sie hat nichts Besseres zu tun, als uns zu stalken.«

Ich hole tief Luft, versuche, mich zu sammeln. Der Schrecken sitzt mir im Bauch, irgendwo zwischen Magen und

Blase, glaub ich. »Karla, weißt du, dass alle nach dir suchen?« Freundlich gehe ich auf sie zu und reiche ihr meine Hand. Sie nimmt zwei Finger und zupft daran.

»Ihr seid gestern nicht zu meinem Geburtstag gekommen«, mault sie.

O verdammt! Die Einladungskarte mit der schielenden Katze. Das hatte ich total vergessen.

»Karla, es tut mir unendlich leid, wir hatten so viel zu tun, dass ...« Ich suche nach einer Entschuldigung, aber es war schlicht blöd von mir, dass wir nicht einmal eine Karte geschrieben oder wenigstens angerufen haben. »Es war so viel ...«

Karla beugt sich verschwörerisch zu mir herüber. »Ich weiß, was ihr alles macht.« Sie versucht zu zwinkern wie Hubert, aber es gelingt ihr nicht.

»Ach ja?« Ich blinzle, und sie freut sich, wirkt plötzlich richtig aufgeregt.

»Ich wusste es schon immer. Seit ihr hierhergezogen seid.«

Ich kann ihr nicht folgen und tausche einen Blick mit Juna, die allerdings vor zwei Sätzen schon ausgestiegen zu sein scheint.

»Ihr müsst mich unbedingt mal mitnehmen, okay?« Karla klimpert mit den getuschten Wimpern.

»Wohin denn?« Ich gehe voran in Richtung Haus und ziehe Karla hinter mir her, was Juna zum Anlass nimmt, mir einen Vogel zu zeigen.

»Na, zum Blocksberg. Dann kann ich Bibi und ihre Familie kennenlernen«, plappert Karla und guckt mich mit großen Augen an.

»Ähm. Das geht nicht«, antworte ich und bin eindeutig nicht mehr betrunken genug, um ernsthaft darauf zu reagieren.

»Warum? Kennst du die etwa nicht? Bibi? Bibi Blocksberg? Die kennt doch jeder.« Karla bleibt stehen, und ich komme aus dem Tritt und stolpere.

»Nicht persönlich«, mischt sich Juna ein, weil mir die Worte fehlen. »Aber wir sehen, was wir machen können, wenn wir dich jetzt zu deiner Mutter bringen dürfen.«

Geschickt eingefädelt.

Wenige Pipipausenminuten später marschieren wir den Weg hinauf zu Karlas Haus und erfahren so einigen neuen Mist, der über uns im Umlauf ist. Es könnte sein, dass wir für die Vogelgrippe 1997 verantwortlich waren. Und für das Regnen von Fröschen in Südfrankreich genauso wie für die gruselige Spinnenplage 2015 in Memphis, wo die netten Tierchen ganze Autos eingesponnen haben.

Karlas Zuhause ist hell erleuchtet, als wir dort ankommen, und mir wird plötzlich bewusst, dass wir immer noch aussehen wie entflohene Waldnymphen. Huch!

Wir steigen die drei steinernen Stufen zur Eingangstür hinauf, und Karla schlägt auf die Klingel. Dass ausgerechnet Henry öffnet, wäre mir nicht im Traum eingefallen. Einen wundersamen Moment frage ich mich, ob ich vielleicht doch Zauberkräfte habe. *Eene-meene-mei, flieg los, Kartoffelbrei.* Denn ich muss zugeben, während wir so unter dem Mond umhertanzten, hatte ich ihn mir dann und wann herbeigewünscht. Ganz heimlich und genant.

»Hoppla«, hauche ich.

Karla steht zwischen uns beiden und freut sich sichtlich noch mehr über diesen Mann als ich insgeheim. »Henry, was machst du denn hier?« Sie springt vor und fällt ihm um den Hals. Seine Augen sind fest auf mich geheftet.

»Oh, oh, mein Kind!« Karlas weißhaarige Mutter kommt herbeigehumpelt und drückt die Ausreißerin an sich. »Du darfst so etwas nicht machen, mein Herz hält das nicht aus. Das weißt du doch.«

»Na, jetzt noch einen Lolli zur Belohnung, dann macht Karla das bestimmt nie wieder«, flüstert Juna in mein Ohr und fädelt ihre Finger frömmelnd vor ihrem Bauch ineinander.

»Wir haben Karla im Garten gefunden«, erkläre ich, trete von einem aufs andere Bein. Ich hab das Gefühl, ich muss schon wieder, könnte eine Blasenentzündung sein, diagnostiziere ich. Ob ich mal den Kinderarzt …?

»Wir haben beinahe acht Stunden nach Karla gesucht und wollten gerade die Polizei rufen.« Henry richtet seinen dunklen, unergründlichen Blick auf mich, lässt mich nicht los. Das Bild, das mir soeben von Aljoscha durch den Kopf schwirrte, verpufft, und ich werde nervös. Im Hintergrund nehme ich Ballons und Girlanden wahr, die den Flur schmücken. Überall steht *Happy Birthday, Karla*.

»Das tut mir sehr leid, ich weiß nicht, wie lange sie sich schon bei uns versteckt hat oder ob überhaupt«, verteidige ich mich, und es tut weh, dass Henry so kühl zu mir ist. Ich meine, immerhin ist *er* der Schuft.

Immer wieder huscht die Erinnerung an wilde Küsse durch meinen Kopf, wobei sich zwei Männer übereinanderschieben, und vielleicht sind es sogar drei. Es wird mir zu viel, und zum tausendsten Mal verbanne ich Gedanken und Gefühle tief unter die Erde. Möchte am liebsten einen Grabstein aufstellen, damit sie fortbleiben. Wie Alex.

Juna zupft an meinem Kleid, und ich schlinge die Arme um meine Mitte, schließe die Fellweste am Kragen. »Lass uns gehen.«

»Es hätte geholfen, wenn du dich früher richtig auf deinem Grundstück nach ihr umgesehen hättest. Das nennt man dörflicher Zusammenhalt«, raunzt Henry, als wir uns umdrehen wollen. Ganz kurz streift mich ein schlechtes Gewissen, wird jedoch schnell abgelöst von Wut. Juna stößt einen zutiefst frustrierten Seufzer aus.

»Doppelmoralisten sind mir die Liebsten.« Meine Körperhaltung strafft sich, ich beiße mir auf die Unterlippe, bevor ich mehr sagen kann. Worte lassen sich ja schlecht wie ein Missgeschick mit einem *Huch!* einfach wegwischen.

Ein Lächeln zuckt in Henrys Mundwinkel, während er die Haustür etwas zuschwingen lässt, als wäre alles gesagt. Ich mache auf dem Absatz kehrt, mein Kleid wirbelt um meine Beine, während ich die drei Stufen hinabspringe, meiner Schwester hinterher, die bereits durch die Pforte ist.

»Leni?«, höre ich meinen Namen, was mich stoppen lässt. Henrys Stimme klingt nun sanfter. Die Bienen in meinem Bauch halten inne, ihre Flügel surren leise an den Magenwänden, und ich stütze mich am kalten Eisen der Pforte ab. Langsam drehe ich mich zu ihm um, wappne mich.

»Wie geht es Henriette?« In Henrys Augen liegt eine innere Zerrissenheit, die ich allzu gut kenne. Das Licht aus dem Haus umspielt seinen Umriss, und einen Moment lang stelle ich ihn mir als königlichen Spross mit Schwert und Krone vor. Als eine märchenhafte Figur, einer Waldnymphe würdig.

»Sehr gut, sie wächst.«

»Toll, freut mich zu hören. Dann alles Gute weiterhin!«

Karla ruft nach Henry, und die Tür schließt sich. Ich schätze, ich muss unbedingt weniger trinken. Alkohol sorgt für bescheuerte Gedankengänge und Sehnsüchte.

Wieder zu Hause, geraten Juna und ich in einen Sortierwahn. Wir stopfen Unrat aus dem Obergeschoss in blaue

Säcke und verstauen Schätze, zum Beispiel eine Super-8-Kamera, in Kartons. Frische Nachtluft zieht durch die offenen Fenster, bewegt die zerschlissenen Vorhänge, die aussehen, als hätten Raubtiere ihre Krallen in sie geschlagen.

Putz hat sich von der Zimmerdecke gelöst, und man kann stellenweise die Verlattung erkennen. Wenigstens ist das Stäbchenparkett noch in Ordnung. Im Schein einer verstaubten Stehlampe finde ich in einer klapprigen Kommode einen Seidenpyjama mit Kirschblütenmuster neben Hunderten Leinenhemden und Männerunterhosen.

»Wer kann bei Vollmond schon schlafen?«, fragt sich Juna mit Blick aus dem Fenster. Von hier aus kann man das ganze Grundstück mit seinen Beeten, Büschen und Plantagen überblicken. Und sogar einen Blick über die Mauer zu Hannelore werfen, deren Pool im Schein des Mondes glitzert.

»Ich noch nie«, gebe ich zu und denke über Schlaflosigkeit und Henry nach. Wie er mich angesehen hat. Ganz zu Anfang, als er die Tür öffnete. In seinen Augen lag eine Mischung aus Schrecken und Traurigkeit. Ob er ein schlechtes Gewissen mir oder wenigstens seiner Frau gegenüber hat?

Ich knie mich vor die Holzkiste mit Kupferbeschlag, die Staubschicht auf dem Deckel ist verwischt.

»Hast du hier die Kleider gefunden?«, frage ich meine Schwester, die die Zimmerdecken mit einem Besen von Spinnweben befreit. Außer im Stall habe ich noch nie solch dicke Nester gesehen.

»Ja, genau. Schuhe liegen dort auch noch, ganz unten auf dem Boden.«

Die Scharniere knarren leise, als ich sie öffne. Eine Mischung aus Moder und Lavendelgeruch strömt mir entgegen, und ich unterdrücke ein Niesen. Mir kommt der Gedanke, unser Sortiment zu erweitern. Duftsäckchen wären doch toll.

Ich ergreife einen Karton mit weißen Tanzschuhen. Sie haben Silberschnallen und rosa Riemchen, total süß.

Weiter unten finde ich einen zerknitterten Briefumschlag, der an den Kanten eingerissen ist. Ich nehme ihn in die Hand, öffne ihn und finde das Foto eines blonden Mädchens mit geflochtenen Zöpfen, das in einem Apfelbaum sitzt. Der Fotograf muss unter ihr am Boden gestanden haben, als er das Bild schoss. Die Sonne umspielt die Silhouette des Mädchens, glitzert in den Ästen über ihm und legt die Hälfte seines Gesichts in tiefe Schatten. Es sieht jung und wunderschön aus, mit Grübchen in den Wangen, die durch sein Lächeln hervorkommen.

»Was hast du da?« Juna guckt mir über die Schulter. »Hoppla, haben wir da etwa die Besitzerin der Kleider gefunden?«

»Möglich.« Ich drehe das Foto, finde eine verwaschene Notiz mit schwungvollen Buchstaben. *Mein Apfelbaummädchen Tilly, 1967.*

Mit den Fingern fahre ich die Ränder des Bildes liebevoll ab und spüre, wie mein Herz einen beinahe schmerzhaften Rhythmus annimmt.

Tilly sieht so unfassbar glücklich aus, dieses Bild ist kaum mit der Verzweiflung der Briefe zu vereinbaren. Doch Glück ist fragil, wer wüsste das besser als ich? Ein feines Gebilde aus Glas, das jederzeit zerspringen kann, von einem Moment auf den anderen.

»Schau mal«, sagt Juna, die sich über die Kiste gebeugt hat und einen Brief hervorzieht. »Anscheinend waren nicht alle in deiner Schatulle.«

Mir schlägt das Herz bis zum Hals, als wir uns nebeneinander auf den Boden setzen, das Papier auseinanderfalten und die Zeilen lesen. Es hat uns beide gewurmt, dass mit dem letzten Brief die Geschichte einfach so abbrach. Jetzt doch noch eine Nachricht von Tilly zu finden und vielleicht zu erfahren, was aus ihr und dem Baby geworden ist, lässt meine Hände vor Aufregung zittern. Es ist albern, aber zwischendurch hatte ich immer wieder das Gefühl, alles könnte gut werden, wenn ich nur Tillys Geheimnis ergründe.

Liebster,
bin ich für Dich schon gestorben? Hat meine Schwester recht, und Du hast mir den Rücken gekehrt?
Sie hat mich besucht, gegen den Willen meiner Eltern. Sie sagt, Du seist neu verliebt. Dass Du mir deshalb nicht mehr schreibst. Dass Du eingesehen hättest, dass wir nicht zueinanderpassen.
Wolltest Du mir nicht einmal einen Abschiedskuss geben? Mir nichts erklären?
Was ist aus unseren Plänen geworden? Gestern hat es noch die Welt bedeutet, und ich komme mir so unglaublich dumm vor, dass ich noch immer wartend hier sitze.
Mir bereits einen Plan geschmiedet habe, wie ich zu Dir gelangen kann.
Ich falte meine Hände, bete dafür, dass sie lügt. Dass Du an mich denkst wie ich an Dich, mit der Sanftheit und Zärtlichkeit eines ganzen Seins.
Vielleicht ist das alles nur ein Albtraum, aus dem ich erwache und erkenne, dass Du neben mir liegst. Wie damals unter dem Apfelbaum inmitten von weißen Blüten so rein und wunderschön wie Deine Seele.
Deine Dich immer liebende Tilly

Ich muss schlucken und ein, zwei Tränen wegblinzeln. Wie kommt es, dass Tillys Schmerz dem meinen so ähnlich ist?

Einer meiner Dozenten an der Schauspielschule sagte einmal, dass sich alles fortlaufend wiederhole. Dass die Menschheit im Grunde lediglich eine einzige Geschichte kenne, die beständig neu erzählt würde, und dass die Kunst eines Geschichtenerzählers, und nichts anderes sei ja ein Schauspieler, darin bestehe, diese uralte Geschichte so zu variieren, dass es den Zuschauer immer noch und immer neu treffe.

Juna beschäftigt ein ganz anderer Gedanke. »Ich fresse diesen Handbesen hier ...«, sagt sie, wirft den Feger in die Luft und fängt ihn wieder, »... wenn Tilly Hannelores Schwester ist.«

»Was? Wie kommst du darauf?« Ich starre meine Schwester an. Obwohl ich mir beim Putzen, Stallausmisten, Ernten unzählige Stunden den Kopf darüber zerbrochen habe, wer Tilly wohl gewesen sein mag und wer ihr Liebster – auf *diese* Idee bin ich nicht gekommen.

»Na, die hieß doch Mathilde.« Juna stützt ihr Kinn in die Hand. »Das hat Hubert jedenfalls gesagt.«

»Na dann Mahlzeit«, murmle ich und brauche ein paar Sekunden, um Junas Vermutung zu verdauen. Hannelore Tillys Schwester? Unsere Stasi-Hannelore und das Apfelblütenmädchen? »Aber warum sollten ihre Sachen ausgerechnet hier in einer Kiste sein? Warum liegen sie dann nicht bei Hannelore?« Und weiß Hannelore überhaupt davon? Wieso redet sie nie über Mathilde? Sie quatscht doch so unglaublich gern, warum nicht über ihre Schwester? Falls es eine Liebesgeschichte gab, die sich auf unserem Hof abgespielt hat, müsste das doch eine Anekdote wert sein.

»Ist doch ganz klar, Leni. Tilly war in einen Jungen verknallt, der hier gewohnt hat. Vielleicht war das ja sogar der Vorbesitzer, wie hieß er noch? Gustav?« Juna kratzt sich am Kopf. »Von dem du das Haus übernommen hast.« Sie steht auf und setzt sich in Bewegung, fegt und wirbelt Staub auf. Tapetenreste fliegen umher. »Los, hilf mir, wir wollen doch vorankommen mit dem Ausmisten.« Sie stupst mich mit dem Besen.

»He!« Ich stecke in Junas Gedankengängen fest, kann ihre Vermutung nicht einfach so beiseiteschieben und versuche zu ergründen, was es für mich bedeutete, falls Juna recht hat und Tilly tatsächlich Hannelores Schwester ist. Und vielleicht verbandelt war mit Gustav, dem Vorbesitzer unseres Zuhauses.

»Hokuspokus, Aufräummodus!«, kräht meine Schwester im nächsten Augenblick und kickt einen alten Fußball in einen Karton.

Ich lege das Foto und den Brief vorsichtig zurück in die Truhe und den Schuhkarton dazu. Später ist noch genug Zeit, die Sachen in Ruhe zu sichten und mein Herz durch enge Bahnen zu quetschen.

»Eene-meene-Miste, ab jetzt in die Kiste!«, stimme ich in Junas Zauberreim ein und werfe ein Frisbee in ihre Richtung. Leider bekommt sie das rote Ding an den Kopf, und ich muss lachen.

»Hey, das ist häusliche Gewalt!« Sie klaubt einen Kamm und ein Stück Seife auf. »Lirumlarum Schneckenschreck, Katzenhaar und Mäusedreck, eins der Dinge ist gleich weg.« Der Kamm fliegt in den Müllsack, die Seife schaut sich meine Schwester genauer an. »Wie wäre es, wenn wir das auch machen?« Sie runzelt die Stirn, packt das Stück aus und schnuppert daran. »Wow, die ist gut. Und schau mal, da sind Kamillenblüten drin verewigt.« Sie wirft die Seife in meine

Richtung, und ich kann sie gerade noch fangen, bevor sie aus dem offenen Fenster segelt.

»Pass doch auf«, murmle ich und betrachte das kleine Kunstwerk fasziniert. In einer beinahe durchsichtigen Masse mit leichtem Rosaschimmer schwimmen kleine Blümchen, und es riecht wunderbar nach Rosen und Frühling. »Juna, du bist schlauer, als du aussiehst.« Sie streckt mir die Zunge raus, während ich mir bereits ausmale, wie wir Seifen mit Blüten und Glitzer herstellen. Alles vegan und natürlich gegen Akne und für empfindliche Haut. »Das ist eine super Möglichkeit, nach der Erntezeit noch Produkte herzustellen, und es wären tolle Weihnachtsgeschenke und wahrlich kein Hexenwerk.« Ich stelle sie mir hübsch verpackt vor und unter Tannenbäumen liegend.

»Hokuspokus, eins, zwei, drei, fertig ist die Zauberei!«, antwortet Juna und schließt den ersten Müllsack mit einem Strohband. Dann beginnt sie, Verse aus unserer Kindheit aufzugreifen, die ich damals so sehr geliebt habe.

»Du musst verstehn! / Aus Eins mach Zehn, / und Zwei lass gehn, / und Drei mach gleich, / so bist du reich.«

Ich stimme mit ein, schnappe mir die Handschaufel und schippe Unrat in eine weitere Tüte. Der Text belebt mich.

»Verlier die Vier! / Aus Fünf und Sechs, / so sagt die Hex', / mach Sieben und Acht, / so ist's vollbracht«, reimen wir zusammen und lachen dabei. Wir steigern uns in Ton und Stimmlage.

»Und Neun ist Eins, / und Zehn ist Keins. / Das ist das Hexeneinmaleins! Zwei, drei, die Hexe fliegt vorbei.« Juna schultert den Sack, trägt ihn, sich im Kreis drehend, durch das Zimmer. Mir wird vom Zugucken schwindelig, und ich weiß, dass ich gesegnet bin mit solch einer Schwester. Überhaupt mit allem, was ich habe.

»Alt ist neu, neu ist alt. / Heiß ist kalt, kalt ist heiß. / Schwarz ist weiß, / hier ist dort ...« Juna wird immer lauter, und ich klatsche im Takt in die Hände.

» ... und du bist fort!« Mit der letzten Drehung lässt sie den Sack los und durchs weit geöffnete Fenster nach draußen fliegen. So kann man den Müll natürlich auch entsorgen. Mit einem dumpfen Klatsch kommt er unten an. Zeitgleich ertönt ein spitzer Schrei. Juna und ich gucken uns erschrocken an, ich stürze voran und schaue hinaus, sehe aber nur noch einen Schatten, der sich durch die Büsche schlägt.

»War das etwa ...?«, fragt Juna und verzieht ihr Gesicht. »Hannelore?« Ich zucke die Achseln und linse hinaus. Eine Katze huscht durchs Geäst, aber sonst bleibt es still. »Haben wir sie erwischt?«

»Keine Ahnung.« Hoffentlich nicht. Obwohl, was macht sie mitten in der Nacht vor unserem Haus?

»Müssen wir nachgucken gehen?« Juna sieht nicht so aus, als hätte sie Lust dazu.

»Wenn wir morgen keine Leiche finden wollen, sollten wir.«

Wir verlassen unser Hexenhaus und suchen den Garten nach Verletzten ab. Ehrlich, ich bin sehr erleichtert, dass wir weder Hannelore noch jemand anderen finden, der von einem Sack Müll niedergestreckt am Boden liegt.

Als es vier Uhr wird, schlafen Juna und ich endlich ein, und ich träume von Hexenbesen und Walpurgisnächten.

SWEET NOVEMBER

Wir nehmen Anlauf und vollführen einen wahren Zeitsprung, denn plötzlich ist es November und frostig draußen. Im Oktober haben wir viele Tage damit zugebracht, die Büsche und Bäume zurückzuschneiden und den gesamten Garten winterfest zu machen. Nun bekommen die Kronen der Apfelbäume wieder mehr Licht und Luft, was sich hoffentlich positiv auf den Fruchtbestand auswirkt.

Die Kirschbäume brauchten fast keine Maßnahmen, dafür sind die Blaubeerbüsche anspruchsvoll in ihrem Pflegebedarf. Wenn man nämlich Fehler macht, verliert man an Ertrag, und nachdem das *Blaue Wunder* ein echter Verkaufsschlager ist, müssen wir unsere Büsche unbedingt blühfreudig erhalten. Weil die süßesten Früchte an den einjährigen Seitenzweigen wachsen, haben wir die Triebspitzen darüber abgeschnitten und außerdem alle vergreisten Partien entfernt. Bei ein paar Sträuchern half allerdings nur ein Radikalschnitt.

Juna überließ ich die Aufgabe, die bodennah wachsenden Ruten zu schneiden, um Pilzbefall vorzubeugen. Was mich in Aufregung versetzte, war der Fund einer Vielzahl von weißen Gespinsten des Frostspanners, eines Schmetterlings, der unscheinbar ist, jedoch zur Landplage wird, wenn man zulässt, dass er sich im Garten ausbreitet. Spätestens im Frühjahr, wenn die Raupen schlüpfen, käme es zum Super-GAU, wenn uns der Insektenkindergarten die Büsche leer fräße. Das Memo an mich lautete: Im nächsten September Leimringe um alle Obstbäume legen, die die flugunfähigen Weibchen daran hindern, in die Pflanzen zu kriechen.

Während der Arbeit wanderten meine Gedanken und Gefühle immer wieder zum einen und anderen Prinzen, ohne dass sich etwas an dem inneren Tumult gelegt hätte, der mich gefangen hält, seitdem wir hier eingezogen sind. Aljoscha und ich tauschen Nachrichten und flirten miteinander. Einmal haben wir uns im *Salitos* getroffen, doch noch bevor die bestellten Cocktails kamen, wurde er zu einem Notfall davongerufen; irgendwas mit einem Jungen und einem Traktor; ich fragte nicht nach den Einzelheiten.

Seitdem haben wir uns nicht mehr gesehen, und obwohl mir Aljoscha süße Komplimente macht, frage ich mich, was das ist zwischen uns und ob es an mir liegt, dass ich das nicht weiß. Habe ich Angst, bin ich gehemmt?

Oder ist es doch Henry, der beharrliche Funkstille wahrt und trotzdem nicht verschwindet, weder aus meinem Hirn noch aus meinem Herzen, und wenn ich ehrlich bin, dann nicht einmal aus meinem Unterleib. Was mich verbittert, weil ich nicht abhängig sein will von Prinz Unaufrichtig.

Ich sollte mich Aljoscha in die Arme werfen, denke ich oft. Wer weiß, was sich zwischen uns einstellt, wenn wir erst mal mehr Zeit miteinander verbringen.

Während wir im Garten werkelten, stand natürlich Hannelore mit Rat und ohne Tat daneben und verschwand erst, als ich sie irgendwann auf ihre Schwester Mathilde ansprach. Ich traf auf jeden Fall einen wunden Punkt, und Hannelores Reaktion fiel knapp aus. Sie redete davon, dass Mathilde gern las, was sie mit einer unwirschen Handbewegung kommentierte sowie den Worten »Fiktion wird kolossal überbewertet, Schätzchen«. Hannelore hält nicht viel von Fantasie und schon gar nichts von Geschichten, die sich mit dem Weltall beschäftigen. Und diese Vorliebe hegte wohl ihre Schwester, die sehr krank gewesen sein muss und früh verstarb.

Hannelore hat uns mehr Rätsel aufgegeben, als zur Lösung des Geheimnisses hinter den Briefen beizutragen. Denn sie glaubt nicht daran, dass die Fundstücke von ihrer Schwester stammen. Und sie wollte sie auch gar nicht erst sehen, als ich anbot, sie herauszuholen, um sicherzugehen.

Junas Resümee des Gesprächs: »Die hat doch Dreck am Stecken.« Meine Schwester ist davon überzeugt, dass es Hannelore war, die in unserem Garten umhergeschlichen ist und später jedem in Auen von unchristlichem Treiben in Vollmondnächten erzählte. Von Tänzen, wie kranke Bienen sie vollführen. Wirklich sehr nett.

Heute ist der 10. November, und am Abend sind wir offiziell zu einem Dorfevent eingeladen. Unglaublich, aber wahr. Der Flyer lag in unserem Briefkasten, und ich habe sogar gesehen, dass ihn der Sohn des Bäckers eingeworfen hat, der den Laternenumzug für die Kinder mit anschließendem Glühpunschtrinken an der Feuerschale am Auener See organisiert hat.

Heute Vormittag will ich noch einiges schaffen, also gilt mein Motto *Carpe diem, nutze den Tag!* umso mehr. Wir sind tatsächlich in die Seifenproduktion eingestiegen und erproben uns an den ersten Entwürfen. Vorsichtig rühre ich die von Romy geraspelte Kernseife für eine Kokos-Rosen-Kreation in den Topf. Wir haben entschieden, die Laugen nicht selbst zu sieden, sondern kaufen in der Apotheke ein hochwertiges Produkt.

»Ich will auch mal«, bittet Romy und grapscht nach dem Kochlöffel.

Hubert, der sich zum Holzhacken eingeladen und zu unserer Freude einen ganzen Stapel Brennmaterial für den Kamin fabriziert hat, sitzt am Tisch der Hofladenküche und schnuppert. Wie ein witternder Bär saugt er die Luft ein und brummt. »Mir wären Plätzchen lieber«, meint er. »Die kann man wenigstens essen.«

Romy kichert, und ich lasse sie weiterrühren. Immerhin kann es Stunden dauern, bis die Flocken aufgelöst sind und das Kokosöl und die Kokosmilch hinzugefügt werden müssen.

»Hast du Hunger? Es gibt Lasagne zu Mittag, du bist herzlich eingeladen«, sage ich und mustere unseren freundlichen Gesellen. Er ist uns Mondtag-Frauen längst ans Herz gewachsen.

»Das nehme ich gern an.« Hubert fängt die Käseraspel, mit der Romy die Seife verarbeitet hat, im Flug ab, als sie über den Rand der Küchenzeile glitscht.

»Super Reflexe«, muss ich zugeben, und er zwinkert linkisch.

Hubert ist das Gegenteil von verschlossen, aber er rückt einfach nicht mit der Geschichte der Briefe heraus. Als verstieße er damit gegen ein Grundgesetz, wenn er es täte. Ich habe es bereits mehrfach versucht und nutze die Gunst der gemütlichen Stunde, um einen neuen Versuch zu starten. »Diese Tilly, du weißt schon, die aus den Briefen.« Hubert seufzt, was ich ignoriere. »War sie verliebt in deinen Freund? Gustav, der hier wohnte?«

Hubert räuspert sich, schweigt jedoch.

»Wir denken das, weil wir Tillys Sachen hier gefunden haben.«

Die Glöckchen der Hofladentür bimmeln, und mit einem verzückten Gesicht der Erleichterung springt Hubert auf. Er eilt davon, bedient die Kunden, sichtlich froh, dass ich ihm keine weiteren Löcher in den Bauch fragen kann.

Eine Stunde später kommt ein älteres Ehepaar herein, das ich noch nicht kenne, und ich husche ebenfalls nach vorn, um die Gäste zu begrüßen. »Schauen Sie sich in Ruhe um. Ich stehe gern für Fragen zur Verfügung«, sage ich und erkläre die Raffinessen und Umweltfreundlichkeit unserer Produkte, bis ich Romy vom Herd höre.

»Hurra!«, ruft sie und dann: »Ach, nee. Doch nicht.«

»Ist was passiert?«

Sie grinst schief, als ich nach hinten stürze, und hat überall Glitzer verteilt. Er klebt auf dem Herd, brennt sich ein, in ihren Haaren und im Topf. Auweia!

»Der sollte da rein«, sagt sie. »Und dann ist der Deckel in die Seife gefallen.«

Ich manövriere sie zur Seite, angle den Drehverschluss aus der zäh gewordenen Masse und ärgere mich, dass sie so viel vom Glitterkram hineingetan hat. So hatte ich mir das nicht gedacht. Ich wollte Haferflocken als Peeling hinzufügen und Öle. Das Glitzer sollte die Kreation allenfalls dezent abrunden und nicht als Erstes ins Auge funkeln.

»Süße, du hättest mich wirklich fragen müssen«, maule ich.

»Bin ich jetzt in Schwierigkeiten?«, fragt sie, da sie das letzte Mal, als sie eigenmächtig eine Handlung vollzog, Hausarrest bekam. Was für mich und Juna tausendmal schlimmer war als für sie. Aber Eseln die Haare zu rasieren, geht einfach gar nicht. Schon gar nicht zum Winter hin. Ich war allerdings froh, dass es nur der Esel war und nicht Romys Freundin Betty die Haare lassen musste.

»Nein, Quatsch. Aber du sollst deine Pläne mit mir absprechen«, erinnere ich meine Tochter an unsere Verabredung.

»Mach ich nächstes Mal.«

Ich seufze.

Hubert berät derweil die beiden Kunden in Bezug auf die von ihm produzierte Propolis und leitet gleich noch ein wenig Klatsch und Tratsch weiter.

»Die Hillers haben damals auf ihrem Grundstück die Katze von Ursel mit einem Kleinkaliber erschossen und dann unter der Hecke zwischen den beiden Grundstücken vergraben«, erzählt er in seinem typischen Plauderton.

»Nein«, haucht die Frau und macht große Augen.

»Doch. Und das nur, weil das Tier immer an deren Kellerfenster gepisst hat. Tja, dieser Katze Tod war der Auslöser für den Streit 1988, der sich steigerte, bis später der Traktor der Hillers in die Luft gesprengt wurde.«

Der Mann lacht. »Ich hörte von der Bombenstimmung. Eigentlich lustig, wenn man davon absieht, dass jemand deshalb ein Auge verlor.«

»Ja, so schrecklich. War das nicht Herr Gundlach, der bis zuletzt die Brennerei hier betrieb?«

Oje, der arme Gustav. Mein Blick wandert zu den Fotos, auf denen einer der jungen Männer eine Augenklappe trägt.

»Der war es. Zum richtigen Zeitpunkt am falschen Ort«, meint Hubert, und sein Blick wird leer, als dächte er an alte Zeiten mit seinem Freund. »Dem hat jedenfalls gegen den Wundschmerz am Auge meine Propolis geholfen. Also, probiert sie einfach mal aus.« Hubert zwinkert der Dame zu, und sie nimmt gleich drei Döschen voll. Ich muss zugeben, er ist ein Verkaufstalent, der Herr Postbote.

Es läuft gerade hübsch, da kommt Hannelore dazu. Ihr

»Hallöchen!« übertönt die Türglöckchen um ein Vielfaches, und ich würde am liebsten sofort nach vorne eilen, um ein Kräftemessen zwischen Hubert und ihr zu vermeiden. Aber ich fülle gerade mit Romys Hilfe die Kokosglitzermasse in Förmchen um.

»Och, Hubert, dass du deine Pampe hier verhökern darfst«, trillert Hannelores Stimme zu uns herüber. Ihr Hund kläfft Amok, und sie schimpft mit ihm.

»Och, Hannelore, du verkorkstes Weib. Hast du das Schild an der Tür nicht gelesen? Mufflons verboten.« Hubert verschränkt die Arme, wippt auf den Fersen, und das Ehepaar geht auf Abstand.

»Das ist kein Mufflon, sondern ein mehrfach prämierter Mops.« Die gute Hannelore fletscht die Zähne.

»Nee, nee, ich mein schon dich.« Hubert lacht, und ich schnappe nach Luft, als heiße Seifenmasse über meine Finger schwappt.

»Huch«, haucht Romy.

Ich verrenke mir den Hals, um in den Verkaufsraum zu linsen und schlimmstenfalls einzugreifen, weil ich wenig Lust habe auf eine Rauferei auf Seniorenniveau. Vor einiger Zeit las ich einen Artikel über eine Schlägerei mit Krückstöcken, die in der Notaufnahme endete.

»Ungehobelt wie eh und je«, dröhnt Hannelore. »Aber was will man schon erwarten? Was macht denn das Entzugsprogramm?«

Das Pärchen versteckt sich hinter dem Regal mit Marmeladen, Hubert jedoch lässt sich nicht aus der Ruhe bringen. »Läuft. Ich bin jetzt auf Opium umgestiegen, damit erträgt sich vieles besser. Geschwätzige Weiber zum Beispiel.«

»Opium bringt Opi um«, wirft der ältere Herr ein, der sich an den Tresen gepirscht hat.

Ich wische mir die Hände eilig an der Schürze ab. »Fass hier jetzt nichts mehr an, okay?«, mahne ich meine Tochter und lasse sie mit der Seifenform allein.

»Das war selbstverständlich ein Scherz. Ich nehme keine Drogen«, erklärt Hubert und kreuzt die Finger hinter seinem Rücken, was außer mir keiner sieht. Hannelore stößt hart die Luft aus. Chantall, die ein hübsches rosa Schleifchen um den Hals trägt, bekommt einen Tritt ab, als sie zwischen Hannelores Beine gerät, und jault. Dieser Hund hat es wirklich nicht leicht.

»Hannelore weiß leider nicht, was witzig ist. Zum Lachen geht sie in den Keller«, frotzelt Hubert weiter.

»So, sind die Herrschaften fündig geworden?«, richte ich die Frage an meine beiden Kunden.

»Ja, sicher. Sie haben ja ganz zauberhafte Produkte. Meiner Frau hat es der Einhorn-Likör angetan. Den nehmen wir auch mit.« Der Mittsechziger mit weißer Krause stellt alles auf die Theke, und ich tippe die Beträge in die Kasse.

»Wollen Sie gern Glitzerseife probieren?«, trällert Romy, die im Durchgang erscheint und die Formen vor sich herträgt.

»Romy«, zische ich, mache Handzeichen, damit sie das unfertige Produkt zurück in die Küche trägt.

»Du, Hubert?«, ignoriert sie mich einfach.

»Liebes, ich habe leider eine Glitzerunverträglichkeit«, scherzt der und sorgt für donnerndes Gelächter vom Kunden. Zeitgleich donnert was anderes. Die Seifenform, die auf dem Boden landet. Die ganze Masse spritzt umher, sprenkelt Hannelores Hund.

»O Gott, o Gott!« Unsere Nachbarin ist außer sich, und ich komme sofort mit einem Handtuch zu Hilfe. Romy nimmt die Beine in die Hand und rennt. So ein kluges Kind!

»Das ist doch nicht so schlimm«, kommentiert Hubert das Malheur. »Jetzt stinkt das Opossum wenigstens nicht mehr so derbe.«

Ich kann sehen, wie die Hitze von Hannelores Brust über den Hals in ihre Wangen steigt. Sie wird gleich ausflippen, und ich schlichte, wo es geht. Höre mir einen Vortrag über schlechte Gesellschaft an und überlege, wie ich den Zeitverlust, den Romy mir eingebrockt hat, wieder aufholen kann. Denn ich muss noch ausmisten, eine Laterne nach genauer Anleitung zu Ende basteln, Wäsche waschen, da wir ansonsten im Pyjama zum Lichterfest gehen müssen, und Ware ausliefern. Also: Carpe that fucking Dingdong!

Man mag es nicht für möglich halten, doch mein Tag wird tatsächlich noch kurioser, als ich eine Kiste voll Likör zu einem Swingerclub bringe. Ich habe mich von Huberts Freund Hans, einem überraschend jungen und gut aussehenden Banker, der nebenbei der Leidenschaft der Imkerei und des Swingens verfallen ist, überreden lassen, das Etablissement zu beliefern. Und ich muss zugeben, das Gebäude, ein altes Forsthaus, sieht nicht im Geringsten anrüchig oder schmuddelig aus, wie man es vielleicht erwartet. Besonders weil ein Gerücht über Filzläuse im Umlauf ist, was von Hubert allerdings als Scherz revidiert wurde.

Ich parke auf dem Platz vor einer Laterne neben teuer aussehenden anderen Fahrzeugen und stelle den Motor ab. Wenn man es nicht besser wüsste, würde man meinen, hier befinde sich eine Kanzlei oder ein Architektenbüro, aber jedenfalls kein Treffpunkt fürs Rudelbumsen.

Aus Diskretionsgründen hat man mir empfohlen, den Hintereingang zu benutzen, also schleppe ich die Kiste mit

Dornenküssen ums Haus herum und klopfe an die Holztür mit Guckloch.

Es dauert nicht lange, und ein Mädchen in feinem Kostümchen öffnet mir, nimmt mich mit sich durch den Flur und bittet mich, zwischen einer Art Rezeption und Küche zu warten.

Musik dringt aus einem Raum, der wie eine Hotellobby aussieht. Ich trete einen Schritt zurück, spähe durch einen Türspalt. Gedämpftes Licht umschmeichelt eine Sitzgruppe aus rotem Satin, ein Barmann mixt Drinks, und auf einem Hocker sitzen zwei Leute. Eine Frau, die ein knappes Cocktailkleid trägt, unterhält sich mit einem Mann. Er spielt an ihrem Ohrring, flüstert etwas, das sie zum Lachen bringt. Eine weitere Frau in Lederhose und BH kommt hinzu, lässt ihre schwarz lackierten Finger über seinen Rücken tanzen.

Ich höre jemanden in der Küche reden, es wird nach dem Chef verlangt, sicher wegen meiner Lieferung. Ich stelle sie auf einen Hocker mit Löwenfüßen und lese die Hausordnung.

Punkt 1. Eine persönliche Einladung ist erforderlich bzw. der Nachweis einer verbindlichen Zusage bzw. ein Eintrag in der Gästeliste.
Punkt 2. Die Adresse des Clubs darf nicht weitergegeben werden, lediglich die Telefonnummer.
Punkt 3. Paare, die sich anstößig, grob, unhöflich oder in einer anderen Form für die anderen Gäste unangenehm verhalten, werden gebeten, die Party zu verlassen, und künftig nicht mehr eingeladen.

Weiter komme ich nicht, da rauscht eine laut telefonierende Frau mit Hochsteckfrisur an mir vorbei, hält kurz die Hand auf den Hörer und haucht in meine Richtung: »… es kommt sofort jemand«, bevor sie die Tür zu dem interessanten Raum mit der Musik aufschiebt und hineingeht.

Es sind nur wenige Sekunden, einige Herzschläge, die vergehen und mich zu Eis erstarren lassen, als sich der Mann an der Theke, der sich mit den beiden spärlich bekleideten Frauen unterhält, zur Tür umdreht und ich ihn erkenne.

Meine Finger werden taub, lösen sich vom Griff der Kiste. Mit einem ohrenbetäubenden Scheppern treffen die Likörflaschen auf den Marmorboden und zerschellen. Aljoscha schaut auf, unsere Blicke verbinden sich, während die Tür sich wieder schließt. Ich gehe in die Knie. Versuche, den Schaden zu begutachten, taste in Scherben und Likör herum.

Jemand eilt zu Hilfe. Ich murmle eine Entschuldigung und dass ich sofort neuen Likör ausliefern lassen werde. Von meiner Schwester. Ich selbst will nur noch weg und möglichst nie wiederkommen.

Kann es wirklich wahr sein? Bin ich innerhalb kürzester Zeit tatsächlich auf *zwei* Männer hereingefallen? Und ist es überhaupt ein Reinfallen, wenn man nichts Verbindliches hatte? Was die Frage aufwirft, ab welchem Zeitpunkt zur verflixten Hormonhölle Verbindlichkeit beginnt und wenn ja, inwiefern eigentlich? Was bedeutet ein Kuss? Ein Tanz? Spontaner Sex? Welche Regeln gelten wo und wann und muss man erst darüber reden und sich alles Mögliche versprechen, bevor so was zumindest in meinen Augen Selbstverständliches gilt wie »Wenn ich mit dir flirte, heiß tanzen gehe und dich in den siebten Himmel küsse, dann warte ich mal ab, was daraus entsteht, und vermeide so lange jeden Intimkontakt zu anderen«.

Ich stolpere ins Freie, umrunde das Haus. Ehe ich beim Wagen bin, schließt sich eine Hand um meinen Oberarm.

»Leni, kann ich kurz mit dir sprechen?«

Ich zucke zusammen, trete einen Schritt zurück, und die Hand lässt mich los. Ich starre in Aljoschas Gesicht, der seinen Mund zu einem schmalen Strich verzogen hat. Wir stehen auf halbem Weg zum Parkplatz, die Luft ist so kalt, dass die Atemwölkchen zwischen uns gefrieren. Mir rauschen die vielen gesagten Dinge durch den Kopf über Tellerränder und Bedürfnisse, und mir wird so einiges klar.

»Ich möchte, dass du weißt, dass ich in dich verliebt bin. Und ich hatte gehofft, wir könnten …«

»Was?«, blaffe ich, und er sieht traurig aus. Na supi! Können sich Kerle vielleicht mal überlegen, ob sie einen küssen wollen oder nicht, *bevor* sie es dann verbocken?!

»Ich bin, wie ich bin«, seufzt er. »Ich habe meine Vorlieben, aber das heißt nicht, dass ich keine Beziehung führen kann.« Seine Miene ist sanft, seine braunen Augen bittend.

»Okay, das glaube ich dir, es ist nur …«, beginne ich, und er kratzt sich verlegen an seiner Wange. Spielt an seinem Brillengestell, ähnlich wie Alex es manchmal tat, wenn er eine wirklich schlechte Nachricht zu verdauen hatte.

»Ich hab es hiermit versaut, oder?«, fragt er leise. Wind flüstert durch die Bäume, fährt mir in den dicken Pullover.

Ich spüre nach, was mein Inneres tut. Aljoscha tut mir gut, tat er von Anfang an. Ich mag ihn, liebe seinen entspannten Blick auf Romy. Ich finde ihn lustig, und er ist ein guter Gesprächspartner. Seine Küsse sind grandios, und die Intensität seiner kleinen Berührungen treibt mir die Schamesröte ins Gesicht, wenn ich daran denke. Ihn in diesem Etablissement quasi in den Armen zweier Halbnackter anzutreffen, schmerzt mich, weil ich mich frage, ob ich etwa nicht ausreiche, nicht gut genug bin.

Dennoch. Während ich hier stehe, ihm in die Augen sehe

und über ihn, mich und vielleicht auch Alex nachdenke, wird mir klar, dass ich nicht in Dr. Klein verliebt bin. Dass ich mich nicht in seine Arme werfen will, gegen alle Umstände.

Wie ich es bei Henry am liebsten tun würde.

Ich zucke zusammen, als Prinz Unverdient so plötzlich in meinem Innenleben auftaucht, muss mir jedoch eingestehen, dass ich vermutlich recht habe. Dass ich noch immer Lucky Luke will, auch wenn er ein Arsch ist. So ein Vollmist.

»Nein«, sage ich endlich zu Aljoscha. »Es ist nicht deine Schuld.« Es ist nicht gelogen, hat weniger mit dem Swingerclub zu tun und der Tatsache, dass ich mir solche Aktivitäten einfach nicht vorstellen kann und nicht möchte, dass mein Partner andere Frauen beschläft als mein verlorenes Herz.

»Ich kann nicht aus meiner Haut.« Aljoscha macht ein gequältes Gesicht und sieht dabei verwirrend unschuldig aus.

»Das ist in Ordnung.« Ich stelle mich auf die Zehenspitzen und küsse ihn auf die frisch rasierte Wange. »Es tut mir leid, aber die Liebe ist nichts für mich«, höre ich mich sagen und fühle, wie mein Herz honigsüß verklebt.

Ich hatte meine Zeit, meine große Liebe, was kann man mehr vom Leben wollen? Es gibt Menschen, die erfahren nie, wie es sich anfühlt, mit jeder Faser seines Seins zu lieben. Mir war dieses Glück vergönnt, und Prinz Arsch kriege ich schon noch aus meinem Herzen.

»Leni«, flüstert Aljoscha, als ich mich von ihm abwende. »Sehe ich dich? Mal irgendwo?« Er wirkt verloren, wie er da auf dem gepflasterten Weg vor diesem imposanten Haus steht und mir nachschaut. Ich schenke ihm ein Lächeln.

»Natürlich, Dr. Klein. Wir werden uns bestimmt wiedersehen«, verspreche ich, und er versteht.

Auf dem Nachhauseweg drehe ich die Musik laut auf und

lasse mich von den Klängen der Band U2 und *Sunday Bloody Sunday* davontragen.

Es dämmert, und ich bin fix und fertig, bevor es richtig losgeht. Im Laufschritt biegen Romy und ich auf den Platz vor dem Spielplatz, wo sich bereits Dutzende Menschen versammelt haben und unter einer Lichterkette stehend darauf warten, dass der Laternenumzug losgeht. Romy will gerade losstürmen, da schnappe ich sie am Kragen ihrer Daunenjacke.

»Wo willst du hin?«

»Zu Betty, die steht doch da.« Sie deutet nach vorn, und tatsächlich entdecke ich die Freundin meiner Tochter neben ihrer Mutter Stella. Mittlerweile sind wir das ein oder andere Mal ins Gespräch gekommen und haben festgestellt, dass wir uns mögen, solange unsere Kinder sich nicht gegenseitig attackieren.

Wir halten auf sie zu, ich winke, als Stella aufschaut, und sie lächelt. Wie immer sieht sie sehr adrett aus mit ihrer sauber frisierten roten Mähne und den manikürten Fingernägeln.

»Da seid ihr ja, wie schön«, freut sie sich und umarmt mich freundschaftlich. Ihr dreijähriger Sohn Mattis blinzelt zu mir hoch und knabbert an einer Reiswaffel.

»Ja, endlich. Die Laterne hat mich aufgehalten«, gebe ich zu. »Mit Klebstoff konnte ich noch nie gut umgehen.« Letztendlich habe ich den Tacker benutzt, um die Seiten zu fixieren. Sogar ohne mich zu verletzen.

Jemand hält eine kleine Ansprache, Stella klärt mich auf, dass der Redenschwinger ihr Nachbar und Sohn des ansässigen Landwirts ist. Memo an mich: Versuchen, über ihn an den Vater und die Eier heranzukommen.

Stella Anders ist wie wir nur zugezogen, mittlerweile jedoch Teil der Gemeinschaft, wie man ganz klar spürt. Bei Gelegenheit werde ich sie fragen, wie sie das erreicht hat. Jetzt setzt sich erst mal der Zug in Bewegung und stimmt *Durch die Straßen auf und nieder* an. Schnell zünde ich Romys Kerze in der gelben Laterne an.

»Hey, und ganz vorsichtig«, erinnere ich sie und schiebe ihr die Mütze gerade auf den Kopf, damit sie sieht, wo sie hinläuft. Dann traben Betty und Romy nebeneinanderher davon, reihen sich irgendwo zwischen den anderen Kindern ein. Dabei schwingt meine Tochter ihre Laterne gefährlich von links nach rechts. Fehlt nur noch, dass sie sie schleudert wie eine Waschmaschine die Wäsche.

»Ich bin so froh, dass die beiden sich so gut verstehen. Romy holt Betty endlich mal aus ihrer Komfortzone«, meint Stella glücklich und nimmt Mattis an der Hand. Stoisch trägt der laufende Meter sein Licht vor sich her.

Stella erkundigt sich nach unseren Tieren, vor allem nach Fredward, der erstaunlich ruhig geworden ist. Als wäre ihm nach dem Besuch des Ordnungsamtes schlagartig der Ernst der Lage bewusst geworden.

Wir biegen auf die Kopfsteinpflasterstraße ab, die zum See führt. Alle Anwohner haben Laternen und Lichterketten in ihre Gärten gehängt; es ist traumhaft schön. Ich denke an Aljoscha und spüre, dass ich wenigstens mit ihm meinen Frieden geschlossen habe.

Kurz bevor Romy und ich uns auf den Weg machten, vibrierte eine Nachricht von ihm auf meinem Handy.

Es war schön mit dir, Leni. Danke! Auch dafür, dass du es beendet hast, bevor es zu groß werden konnte.

Ich wünschte, jemand ginge mit mir genauso fair um wie ich heute mit Dr. Klein …

Ein paar Meter vor mir tanzt eine Gestalt aus der Reihe und fuchtelt wild mit ihrer Laterne herum. Sieht aus wie Batmans neuer Nahkampftrick.

»Romy, sei vorsichtig mit dem Feuer!«, rufe ich der Gestalt zu, die ich in der Dunkelheit gar nicht erkennen muss, um zu wissen, dass es meine Superheldentochter ist. Sie kommt ins Straucheln, und ich zucke schon reflexartig, während sie sich wieder fängt.

»Romy ist so ein liebes Kind«, meint Stella neben mir, und ich gucke sie komisch an.

»Wenn sie nicht zu Hause ist, vielleicht«, murmle ich. Gut, dass ich weiß, dass Romy ein gutes Herz hat und mal ein verantwortungsvoller, liebevoller Erwachsener werden wird.

Es sei denn, sie geht vorher in Flammen auf.

»Verdammt, Romy, die Laterne ist kein Schleuderspielzeug!« Ich beschleunige meine Schritte und hole sie ein. Sofort hört sie auf, das Licht zu schwingen. Für den Moment.

»Du musst unbedingt mal zum *Schnitten-Treff* des Dorfes kommen«, meint Stella, als sie zu mir aufgeschlossen hat.

»Zu was?«

»Zum monatlichen Frauentreffen. Wir reden und trinken Sekt, während die Männer sich um die Kinder kümmern.«

Ach, die Thermomix- und Rezeptaustausch-Abende, von denen Hubert erzählt hat. Wobei *Schnitten-Treff* natürlich wesentlich cooler klingt.

»Klar, trinken kann ich.«

Sie knufft mich, und da passiert es: Romys Laterne fängt Feuer.

»Scheiße«, kreische ich, hechte vor und nehme ihr das lichterloh brennende Teil ab. Einige Leute bleiben erschrocken stehen, Romys Sirene geht los, eine ältere Dame, ich glaube, die Gattin des Bauern, bekreuzigt sich. Betty sieht aus, als heulte sie gleich mit, während ich die Gegend abscanne und einen Ort suche, wo ich das brennende Elend löschen kann. Ich werde fündig: eine Pfütze, die so groß ist wie ein Planschbecken. Mit Schwung schmeiße ich die brennende Ruine des Objekts, dessen Herstellung mich den ganzen Nachmittag gekostet hat, ins schlammige Wasser. Romy holt tief Luft, reißt sich die Wollmütze vom Kopf und wirft sie wütend hinterher, ihr Gekreisch klettert dabei zwei Oktaven höher. Holy Shit!

»Romy«, knurre ich, während das hübsche Strickprodukt auch noch in Flammen aufgeht, bevor es wie die Laterne mit einem Zischen erlischt. Mein Puls rast.

»Hey, Romy, Süße.« Stella streicht meiner Tochter behutsam über den Arm und gewinnt so deren Aufmerksamkeit. Wow! »Du kannst Mattis' Laterne nehmen.« Mattis nickt eifrig und tätschelt unbeholfen Romys Hand. Einmal wird noch geschluchzt, und dann trottet meine Tochter wieder neben Betty voran. Mit meiner Lieblingsmütze auf dem Kopf und die neue Laterne nicht mehr schleudernd.

Stella hakt sich bei mir ein, und ich wische mir verstohlen eine Träne aus dem Augenwinkel. Ich bin heftig überreizt.

»Hey, kein Grund zu weinen«, sagt sie lieb, und ich lächle dankbar. Eine ganze Weile sprechen wir über die Online-Verkäufe unserer Waren und Konzepte zur Bewerbung. Ich spüre ein Gefühl der Wärme in mir aufsteigen und bin froh über Themen, die nichts mit meinem Nervenkostüm zu tun haben.

Das Teenagermädchen Paula vom hiesigen Tischler, das schräg hinter uns geht, hat unser Gespräch anscheinend verfolgt und fragt mich, ob ich Instagram habe.

»Da musst du unbedingt Werbung für euch machen. Das ist megawichtig«, erklärt sie mir, und ich bin versucht, sie zu fragen, ob sie mit zweitem Namen Alice heißt. Ich unterlasse es, um mir anzuhören, dass Holly Molly, die Peelings und ebenso Seifen verkauft, wie wir es vorhaben, viele Follower ihr Eigen nennt.

»Also, meinen letzten Follower bin ich mit Pfefferspray begegnet«, sage ich, und Paula sieht mich einen Moment lang verdutzt an, bevor sie losprustet und sich gar nicht mehr einkriegen will.

Wir erreichen das Waldstück, in dem der See liegt, und ich staune nicht schlecht, wie verwunschen dieser Ort in der Dunkelheit wirkt. Feuerschalen schicken ihr Licht über die Wiese, die ersten Kinder setzen ihre gebastelten Laternen ganz nach Auener Tradition aufs Wasser. Lichterketten spannen sich von Baum zu Baum, und nahe einer kleinen Gastwirtschaft stehen zwei Gestalten an einem Schwenkgrill und rösten Würste. Ich erkenne die Männer als Kunden, die schon mal bei uns im Laden waren und *Queen Bee*-Produkte gekauft haben, und grüße sie aus der Ferne.

»Und? Wie viele Abonnenten hast du auf Instagram?«, fragt mich Paula, als sie sich endlich erholt hat.

»Auf Instagram?« Ich bin ja durchaus ein Fuchs und habe mich nicht nur dort, sondern auch auf Facebook angemeldet.

»Holly Molly hat 3,2 Millionen«, lässt mich Paula wissen, und ich registriere einen provokanten Unterton.

»Ich habe Abitur«, entgegne ich und verschweige, dass mir lediglich dreihundert User folgen.

»Ich kann dir vielleicht helfen, melde dich einfach mal bei mir«, schlägt Paula vor, steckt mir eine Visitenkarte zu, auf der ihre eigenen Accounts stehen, und geht mit ihrer Laterne hinüber zum See.

»Seit wann haben Teenies denn Visitenkarten?«, wundere ich mich.

»Ich würde die Hilfe annehmen«, meint Stella. »Paula ist echt geschickt und weiß alles über Social Media.«

Ich verspreche, es mir zu überlegen. Dann helfen wir unseren Töchtern, die Laternenschiffchen aufs Wasser zu setzen.

»Du musst dir was wünschen«, raunt Romy ihrer Freundin zu, und ihre seelenvollen Augen leuchten im Kerzenschein.

»Ich will ein eigenes Pferd«, sagt Betty und schubst ihre Laterne an.

»Ich bin wunschlos glücklich«, meine ich, und Romy runzelt die Stirn.

»Also, dann wünsche ich mir ganz viele Wünsche. Und wenn dir was einfällt, geb ich dir einen ab.«

Ich will ihr einen Kuss geben, doch sie weicht mir aus. »Mama, wir sind hier unter Leuten.«

Später sitzen Stella und ich auf einer Bank, essen Bratwurst und trinken Punsch. In meinem Magen schwappt es warm, während meine mützenlosen Ohren eiskalt sind. Ich halte mir den Punschbecher ans rechte und betrachte den Zauber des Lichterglanzes.

»Du wirkst irgendwie traurig. Geht es dir gut?«, fragt Stella in einem Moment, in dem mein Herz schwer ist und ich mich frage, welchen Wunsch ich auf den See hätte schicken sollen.

»Ach, ich fürchte, ich habe ein bisschen Liebeskummer«, gebe ich vor allem vor mir selbst zu und lasse den Punschbecher wieder sinken, um mir einen großen Schluck daraus zu genehmigen.

»Oh, das tut mir leid. Sag mir, wer dafür verantwortlich ist. Mein Vater ist Kriminalbeamter – ich weiß, wie man eine Leiche entsorgt.« Sie beißt halb in die Bratwurst, pustet und hält sie anschließend Mattis hin.

»Ich bin auf einen Windhund reingefallen. So was ist mir noch nie passiert.« Es ist seltsam, die Scham wiegt im Gegensatz zu dem Verlust wenig. »Es war Henry; der, der uns mit dem Bau geholfen hat.« Ich stutze, weil Stella die Brauen zusammenzieht. Eigentlich habe ich damit gerechnet, dass sie wissend reagiert. Dass so etwas kommt wie *Ach, hat dich denn niemand gewarnt? Das weiß doch jeder ...*

»Henry? Der ist kein Windhund«, sagt sie stattdessen. Sie macht eine Pause, blickt über die Köpfe der spielenden Kinder.

In meinem Magen erwacht etwas zum Leben, das nichts mit Punsch oder Bratwurst zu tun hat. »Aber ...«, beginne ich und weiß nicht weiter. All meine Worte werden von Bienen in Honig verwandelt, der mir die Kehle verschließt.

Stella lächelt traurig. »Das halbe Dorf hat sich gefragt, warum ihr ihm den Auftrag für euer Haus einfach wieder entzogen habt.« Sie lässt Mattis von ihrem Schoß. Er bückt sich, sammelt Steinchen vom Boden auf und wirft sie ins Wasser.

»Na, weil ...« Verdammt, wie viel erzähle ich?

Stella nimmt einen Schluck Punsch und überlegt eine Weile. »Hör zu, ich kenne ihn tatsächlich ziemlich gut. Seine Schwester Nadine ist meine beste Freundin.«

»Die Welt ist verdammt klein«, raune ich.

»Nadine hat Zwillinge in Mattis' Alter und einen Sohn, der am Asperger-Syndrom leidet. Es ist nicht leicht mit ihm. Der Vater hat sich vor einem Jahr aus dem Staub gemacht, und Henry tut alles, um seine Schwester zu unterstützen.«

Während Stella erzählt, gehen all meine Vorurteile im See unter wie die ersten Lichter der Laternenschiffe. Mein Mund wird staubtrocken. Ich höre Hannelores Worte in meinem Kopf: *In jedem Mann steckt auch was Gutes, und sei es nur das teure Küchenmesser.*

»Vor ein paar Monaten hatte der Junge einen heftigen Unfall. Er ist vor ein Auto gelaufen, weil er einen seiner Anfälle hatte, und lag mehrere Tage im Krankenhaus. Henry war entweder bei ihm oder hat sich um die Zwillinge gekümmert.«

Bitterkeit schnürt mir die Kehle zu, ich schlucke dagegen an. Also war es seine Schwester, mit der ich ihn nach dem Elternabend in der Schule gesehen habe? Er hat sie wegen ihres Sohnes begleitet?

»Wann war das, der Unfall?«

»Ähm, so Ende September?«, rechnet Stella nach, und ich beginne zu weinen. Habe ich tatsächlich den Beginn von vielleicht etwas Großem im Keim erstickt, weil ich mich von Hannelores Worten habe beeinflussen lassen? Wie blöd kann man sein?! »Henry ist der ehrlichste Mann, den ich kenne«, fährt Stella fort, während sie mir ein Taschentuch reicht. »Und er ist selbst ein gebranntes Kind. Seine Ex-Verlobte hat ihm übel mitgespielt, deshalb kam er überhaupt erst wieder zurück nach Deutschland. Er hat lange in Amerika gelebt, mit einer Künstlerin.«

Ich bleibe stumm, benutze Stellas Taschentuch, um mich zu schnäuzen.

»Was ist denn passiert?«, hakt sie nach, und ich erzähle ihr alles. Mitfühlend hält sie meine Hand und hört zu, bis ich mir jedes Detail von der Seele geredet habe.

»Ich war so blöd«, sage ich am Ende. »Aber warum hat er denn nichts gesagt? Er hätte sich doch denken können, dass er mich verunsichert hat, weil er nach dieser Nacht einfach nichts mehr von sich hören ließ.«

Stellas Lächeln gerät schief. »So ist Henry. Er hasst es, Rechenschaft abzulegen, und …« Sie stößt hart die Luft aus. »Und er ist nicht unbedingt der Frauenversteher, wenn man mich fragt.«

Wir reden noch eine Weile über Henrys Schwester und über das Unglück in der Kindheit der beiden, als mir siedend heiß auffällt, dass wir Betty und Romy schon ewig nicht mehr gesehen haben. Ich laufe das Ufer ab, Stella ist ebenso beunruhigt wie ich. Gemeinsam rufen wir die Namen unserer Töchter in die Dunkelheit, und plötzlich ist mein Magen eisiger als meine Ohren.

»Romy? Betty?« Meine Stimme gerät schrill, und mir wird schwindelig, als sich Bilder in meinem Kopf vermischen. Alex' weißes Gesicht, das Blut, das ihm die Schläfe runterrinnt. Daneben Romy mit nassem Haar, das ihr auf den Wangen klebt, die noch blasser sind als die von Alex. Entengrütze läuft ihr zwischen blauen Lippen aus dem Mund, und ich übergebe mich in einen Busch.

Ich knie im feuchten Gras und spüre kaum die Kälte, die durch den Stoff meiner Hose beißt. Mein Körper zittert, ich höre mich selbst keuchen und spüre, dass ich drauf und dran bin, in Panik zu geraten. Da legt sich eine Hand auf meine Schulter.

»Frau Mondtag?«

Ich blinzle in ein Gesicht, kenne es, finde im Augenblick jedoch keinen Zugang zu den Synapsen, die mir verraten könnten, wem es gehört.

»Es ist alles in Ordnung, Frau Mondtag, Romy geht es gut.« Ein ausgestreckter Arm zeigt zum Würstchengrill. »Sie und Betty sind dort drüben.«

Im selben Moment, in dem sich meine Atmung normalisiert, erkenne ich Romys Lehrerin Frau Kaiser neben mir und meine Tochter am Feuer. Betty ist bei ihr und Stella, die die Hände in die Seiten gestemmt hat und auf die Kinder hinabschaut.

Ich stehe auf und kraxle auf wackeligen Beinen zu ihnen

hinüber. »Romy, du darfst nicht einfach verschwinden«, motze ich, als ich die Mädchen erreiche und Romy an mich drücke. »Du hast mir einen Mordsschrecken eingejagt.«

»Bin doch hier.« Romy stopft sich den Rest eines Würstchens in den Mund und wischt sich Senf aus dem Gesicht.

»Mami muss immer wissen, wo du bist«, sage ich und halte ihre Schultern fest, blicke ihr streng ins Gesicht. »Besonders wenn du Mamas Mütze trägst.« Ich vergieße ein paar Tränen und lasse mir meinen Punschbecher auffüllen.

Den Rest des Abends lerne ich neue Leute kennen und werde über gewisse Hierarchien der Dorfgemeinschaft unterrichtet. Zum Beispiel darüber, dass Hannelore von Groeben die unangefochtene Dorfkönigin sei, da ihre Eltern einst der Adel und der größte Arbeitgeber hier waren. Denen gehörte beinahe alles in Auen, und bis heute ist Hannelore Verpächterin der meisten Nutzflächen.

Zu guter Letzt gelingt es mir sogar, den Irrglauben zu revidieren, dass wir auch nur im Entferntesten mit Bibi Blocksberg verwandt sind.

Schnapsideen

Es ist Freitag, der 13., und Junas dreißigster Geburtstag. Wir lassen sie rückwärts unseren Esel reiten, die unverheiratete alte Schachtel, und erfreuen uns an dem Bild, das sich uns bietet. Marion hat den größten Spaß und hält alles mit ihrer Handykamera fest.

Die Überraschung ist geglückt – Juna hat bis zuletzt nichts Besonderes zu ihrem Ehrentag erwartet, was toll ist. Denn bei meiner Schwester ist die Vorfreude die Feindin des Vergnügens, weil sie grundsätzlich die Erwartungen zu hoch steckt.

»Prösterchen«, sage ich und stoße mit Stella an, die wir neben meiner Schauspielfreundin Hanna und Junas bester Freundin Mira, unserer Mutter Charlotte und Hubert, der sich richtig herausgeputzt hat, zu diesem besonderen Tag eingeladen haben.

Raureif glitzert überall, die Luft ist eiskalt, und unser Atem gefriert zu kleinen Wölkchen, während die Schnapsgläschen klirren.

»Chin-chin«, sagt Stella vornehm. Nach meiner Beichte Henry betreffend haben wir uns oft getroffen. Bettys Mutter ist verschwiegen und hat Fingerspitzengefühl bewiesen, und ich bin froh, sie als Freundin gewonnen zu haben.

Romy versucht, Juna mit Zurufen durch den aufgebauten

Parcours aus Hütchen und Stangen zu lotsen, den sie bewältigen muss. Fredward bleibt stehen, guckt komisch, weil er keine eindeutigen Hilfen von meiner Schwester bekommt. Sie zupft an den Zügeln, von links nach rechts und andersherum. Es ist bestimmt nicht leicht, das Gleichgewicht auf seinem Rücken zu halten und dabei die Zügel falsch herum zu bedienen. Aber hey, man wächst mit seinen Herausforderungen.

»Ich schmeiß mich weg«, gluckst Hanna, jene Schauspielfreundin, die zurzeit die Hauptrolle beim Gruseldinner im *Heidejäger* innehat. Mira, die derzeitig als Kamerafrau einer Krimi-Serie im Vorabendprogramm arbeitet, haucht sich in die Hände und schaut sich beeindruckt auf dem Hof um, was mir nach den unendlichen Katastrophen der letzten Wochen und Monate wahnsinnig guttut.

»Hüah!«, kräht Romy. Fredward macht zwei Schritte, kickt dabei eines der Hütchen um, und meine Tochter lässt ihr *Huch* hören. »So gewinnst du aber keinen Blumentopf«, imitiert sie unsere Mutter Charlotte, die mir kurz zuvor die gleichen Worte sagte, als sie mit kritischem Blick unser alkohollastiges Sortiment im Laden begutachtete.

Zum Glück sind Hanna und Mira anderer Meinung und haben mich mit ihrer Begeisterung schnell wieder aufgeheitert. Seit dem Laternenfest bin ich noch immer nahe am Wasser gebaut und gebe eine 1a-Sprinkleranlage oder einen zuverlässigen Springbrunnen ab.

Unzählige Stunden habe ich mein Handy hypnotisiert oder Henrys Chatverläufe geöffnet, ohne ihn zu kontaktieren. Stella meint, ich soll einfach anrufen oder schreiben und das Missverständnis aufklären. Doch ich weiß einfach nicht, wie. Und Alice vorzuschicken wäre zwar verlockend, scheint mir allerdings nicht das Richtige zu sein. Heimlich habe ich sogar gebetet, dass Henry mir mit seinem strahlend weißen Pferd noch einmal knapp vors Auto springt, damit ich diesmal alles richtig machen kann.

»Ja, du schaffst es!«, ruft Romy. »Hierher, Freddi. Guter Junge!«

»Ja, guter Junge, lass mich nicht runterfallen«, bittet Juna und quietscht, als der Esel über eine Hindernisstange steigt und endlich die Ziellinie erreicht. Siebeneinhalb Trippelschritte, und es ist vollbracht. Die Mädels klatschen, stoßen noch mal an.

»Juchu!« Juna rutscht über den Eselpo nach unten, und Fredward schnappt sich die Belohnungsmöhre, mit der Romy lockt.

»Kuchen für alle!«, verkündet meine Schwester und will heimlich ihre Krone absetzen, die Romy und ich mit viel Glitzer und Funkelsteinchen für sie gebastelt haben. Ich fange ihre Hände ein, führe sie in Richtung Haus. Marion und Romy bringen Fredward in den warmen Stall und kümmern sich bei der Gelegenheit auch um die beiden anderen Huftiere.

Ich bin froh, dass ich auf diese Weise Charlotte und Hubert nicht allein lassen muss, denn Hubert wirkt eingeschüchtert, seit meine Mutter ihn in den ersten Minuten des Zusammentreffens »Schwachkopf« nannte, weil er ihr nicht aus dem Mantel helfen wollte.

Ich halte die Tür auf, warte, bis alle im Flur sind. Wärme vom Ofen empfängt uns, und alles ist zauberhaft heimelig. Stolz beobachte ich, wie wohl sich alle in den renovierten Zimmern fühlen und sich im Lobesgesang überbieten. Sogar Charlotte findet nette Worte für die selbst gestaltete Garderobe, die aus einer historischen Zimmertür und einem kaputten Tisch gebaut ist.

Juna schwatzt aufgeregt über unsere Anfänge der Likörherstellung. »Ein Kunde meinte zuletzt, er würde jedes Mal an mich denken, wenn er seinen Schlummertrunk zu sich nimmt«, prahlt sie mit ihrem Lakritzlikör. »Ich finde, es ist durchaus eine Auszeichnung, wenn man so was gesagt bekommt.«

»Kommt drauf an«, antwortet Hanna und kichert. »Man weiß ja nicht, inwieweit die Gedanken über den Schlummertrunk hinausgehen.« Sie macht eine anzügliche Geste.

»Hanna, also wirklich«, tadelt Charlotte prompt, wie sie es schon getan hat, als wir noch Teenager waren und die ersten schmutzigen Witze erzählten.

»Schon gut, ich bin jetzt brav«, verspricht die Gerügte und betritt das Wohnzimmer des ehrenwerten Hauses, in dem heute nichts Unanständiges passieren soll.

»Ich muss zugeben, es ist einfach traumhaft hier«, ergreift Mira das Wort. »Ganz sicher werde ich bei euch Urlaub machen. Ich habe gehört, es gibt hier sogar einen See?«

Ich nicke eifrig. »O ja, ihr seid jederzeit willkommen, um bei uns mit anzupacken. Es gibt immer viel zu tun.«

»Bei mir auch«, mischt Hubert sich linkisch ein und zupft an seinem weißen Festtagshemd. »Ich habe Bienen«, fügt er erklärend hinzu und wirkt ein wenig überfordert von so viel geballter Weiblichkeit.

Hanna tauscht einen Blick mit Mira, dann haken sie den älteren Herrn mit Kopftuch und Ohrringen zwischen sich ein.

»Wir sind stark dafür, dass du uns die Bienen mal zeigst. Mit Honig kann man so allerlei anstellen«, bezirzen sie ihn. Gleich nach ihrer Ankunft habe ich sie in meinen Plan eingeweiht, unseren ehemaligen Postboten heute so abzufüllen, dass er endlich die Geschichte von Tilly auspackt. Mal gucken, ob es klappt.

Wir setzen uns an den herrschaftlich gedeckten Tisch, auf dem sich allerlei Köstlichkeiten stapeln; nicht nur süße, sondern auch frisch gebackene Pizza mit unserer *Simsala Toskanazauber*-Gewürzmischung.

»Mira, wie wäre es, wenn du im nächsten Sommer zur Erntezeit kommst?«, fragt Juna hoffnungsvoll und zupft schon wieder an ihrer Geburtstagskrone. Ich hebe mahnend den Finger, und sie lässt sie in den Haaren. Schließlich ist sie heute unsere Prinzessin und soll auch so aussehen.

»Oh, wie blöd. Das geht nicht, ich hab da schon was vor«, höre ich Mira zögernd antworten.

»Was denn?« Juna sieht enttäuscht aus.

»Weiß ich noch nicht.« Zerknirscht schenkt Mira sich Apfelwein ein. »Es wird bestimmt viel zu drehen sein. Ich habe verdammt viele Aufträge.«

»Nicht jeder kann sich für Erntehilfe begeistern, Schwesterchen.« Und Mira schon gar nicht. Sie bekommt die Krise, wenn sie Dreck unter ihren Fingernägeln findet. Kaum vorstellbar, dass sie Blaubeeren oder Kirschen pflückt, die ihren färbenden Saft in jeder Pore verteilen.

Im Hintergrund läuft *Daydream* von The Lovin' Spoonful, was meiner Mutter sehr gut gefällt. Sie wippt mit dem Fuß zum Takt, und mir entgeht nicht, wie Hubert immer wieder zu ihr hinüberlinst und versucht, ihr jeden Wunsch von den Augen abzulesen. Mal beeilt er sich, ihr die Milchkaraffe zu reichen, dann den Kandiszucker und den Kirschlikör, den sie sich in den Prosecco kippt. Wie war das mit dem Alkohol, Mutti?

Romy und Marion stoßen zu uns, meine Tochter verteilt Stroh, das ihr an den Socken klebt, im ganzen Wohnzimmer. Normalerweise würde ich ihr jetzt einen Vortrag über Jahreszeiten und Schuhe in Räumen außerhalb des Wohnhauses halten, doch heute ist es mir schnuppe. Charlotte weniger, sie greift sofort ein und bringt ihre Enkelin zur Säuberung vor die Tür – nicht ohne mir einen tadelnden Blick zuzuwerfen.

Wenig später klettert Romy bei Hubert auf den Schoß und stößt sich mit einem dicken »Hatschi!« den Kopf an der hohen Stuhllehne.

»Hey, du kleine Landratte, hast du mir gerade auf den Kuchen geniest?«, fragt Hubert und kitzelt sie, um sie von der wachsenden Beule abzulenken.

»Das bringt Glück«, behauptet sie und reibt sich den Kopf. Ihre Löckchen kräuseln sich in ihrem Nacken, sie wirkt ausgepowert, und ich sehe zu, dass sie sich satt isst, damit sie bald ins Bett kann. Immerhin ist dies heute eine Erwachsenenparty, und der Alkoholpegel steigt. Auch wenn Romy behauptet, dass sie ebenfalls »harte Getränke« mag und damit Eiswürfel meint.

Es ist bereits stockdunkel vor den Fenstern, und Wind fegt durch die Bäume, lässt das Glockenspiel singen. Die Stimmung wird feuchtfröhlich, und als Charlotte irgendwann aufsteht, um Romy ins Bett zu bringen, setzt sich Hubert zu mir. Seine Zunge ist schwer, als er leise sagt: »Deine Mutter erinnert mich an eine Piratenbraut, die ich einst kannte.« Er zwinkert. »Meinst du, sie kann segeln?«

Unsicher, ob das eine Metapher für irgendwas sein soll, lache ich einfach nur, und wir stoßen auf die Liebe und das Leben an. Vielleicht sollte ich eine Pause einlegen mit dem Alkohol und zwischendurch einfachen Apfelsaft trinken. Selbst gemacht ist der auch. Als Juna einen Toast ausbringt, füllen sich jedoch alle Gläser von allein wieder auf. Prost!

Stella und ich tauschen einen belustigten Blick, als Hubert alte Piratengeschichten erzählt und seine Wangen zu glühen beginnen vor Eifer. An ihm ist ein wahrer Geschichtenerzähler verloren gegangen. Das bringt mich dazu, endlich aufs erwünschte Thema zu kommen.

»Hubert, warst du schon mal tragisch verliebt?«, frage ich ihn.

»Na klar, in der achten Klasse. Da hat die Monika mich erst geküsst und dann geohrfeigt. Dieses Luder.« Er lacht heiser.

Mira setzt ihr Weinglas an die Lippen, um ihr Kichern zu verstecken. »Wusstet ihr, dass man vor Kurzem seine Ehefrauen noch verkaufen konnte? In England war das ganz normal, bis ins frühe achtzehnte Jahrhundert«, lässt sie uns wissen.

»Mitgedacht, mitgelacht«, meint Hubert. »Wer sich das überlegt hat, war ein kluger Mann.«

»Sie Chauvinist.« Charlotte ist zurück und schaut Hubert entrüstet an. »Ich dachte, Sie wären anders.«

»Nein, *ich* bin Anders«, wirft meine neue Freundin ein, und wir lachen über Charlottes verdutzte Miene. »Stella Anders.«

Meine Mutter macht ein säuerliches Gesicht, und Hubert räuspert sich und beeilt sich zu versichern: »Aber meine Liebe, das war doch nur ein klitzekleines Witzchen.«

»Ach wirklich?« Charlotte setzt sich neben ihn und löchert ihn mit ihren Blicken, der Arme.

»Ich fürchte, ich bin heute etwas nervös«, gibt er zu.

»Aber warum denn, Hubert? Du bist hier unter Freunden.« Ich tätschle seine Hand, über die sich beachtliche Kratzer ziehen. Anscheinend hat er Püppi mit irgendetwas pikiert; das komme häufiger vor, sagte Hubert mal, die Katzenlady sei etwas anspruchsvoller im Benehmen.

»Sicher, sicher. Es ist nur, ich kann mich nicht entscheiden, wer von euch das schärfste Messer in der Schublade ist. Und das macht mich ganz rappelig«, brummt er.

Juna verschluckt sich am Likörchen, als er Charlotte zuzwinkert und sie daraufhin beinahe schüchtern den Blick senkt.

»Kommen wir zurück zu tragischen Geschichten. Kannst du uns erzählen, was aus Tilly wurde?« Ich kann es einfach nicht lassen; die Zeilen des letzten Briefes klingen mir immer wieder durch den Kopf wie ein Echo, das einfach nicht verhallen will. Juna wirft mir bereits Besessenheit vor, und vielleicht hat sie recht. Dennoch – mich lässt die fixe Idee nicht los, dass ich mein eigenes Leben nie ordnen werde, bevor ich nicht das von Tilly sortiert habe.

Liebster,
ich sehe den einzigen Weg aus dieser Hölle vor meinem inneren Auge verblassen. So lang habe ich auf ein Zeichen von Dir gewartet. Meine Kraft ist erschöpft. Die Menschen an diesem Ort haben keine Seele, sie bestrafen mich für meine Gedanken und für das Kind in meinem Bauch.
Sie werden es mir wegnehmen, wenn es geboren wird. Und das kann ich nicht ertragen. Alles, was wir waren, geht zugrunde.
Liebe heißt loslassen, sagt man. Du brauchst mir nichts zu erklären, denn ich wünsche Dir aus tiefstem Herzen das Beste.
Auch wenn mir in dieser Welt nichts mehr bleibt, soll Glück Dich erfüllen und Dir den Weg weisen.
Ich stelle mir einfach vor, wie Du mich ins Bett bringst.
Mir einen Gutenachtkuss auf die Stirn hauchst.
Lege Dich zu mir, nur einen Moment. Sag mir nicht, wenn Du gehst, damit ich friedlich schlafen kann.

Es ist Zeit, das Licht zu löschen.
Ich werde loslassen.
Lebe wohl.
Lebe wohl, meine große Liebe.
Dein Apfelbaummädchen
Tilly

Hubert stöhnt, stützt seinen Kopf in die Hände. »Du bist wie ein Terrier, Leni. Du wirst nicht lockerlassen, bis du das letzte bisschen erfahren hast, oder?« Er lacht, aber seine Miene ist bitter.

»Ganz richtig.«

»Na gut, aber beschwert euch nicht, wenn ich euch damit die Stimmung ruiniere.« Er stürzt seinen Kräuterschnaps hinunter, das einzige nicht von uns selbst hergestellte Getränk heute Abend, und holt Luft. Dann bekreuzigt er sich einmal und beginnt zu erzählen. Von einem fragilen armen reichen Mädchen, das so viel mehr wollte im Leben, als sie bekam. Und das sich in den Sohn des alten Schnapsbrenners verliebte: Gustav, der später mit Hubert befreundet war und von dem ich den Hof übernommen habe. Also doch. Juna hatte recht.

Alle hängen wie gebannt an Huberts Lippen. Sogar meine Mutter. Und als er sagt, dass Tilly, mit richtigem Namen Mathilde von Groeben, sich das Leben nahm, läuft es mir kalt den Rücken herunter.

Marion findet als Erste ihre Sprache wieder. »Wie konnte das nur so weit kommen?« Sie ist ganz blass um die Nase.

Hubert bleibt einen Moment still. »Ich war noch ein ziemlich junger Bursche, als sie sich aus dem Turm des Mädcheninternats, das eher einem klösterlichen Straflager für rebellische Mädchen glich, in den Tod stürzte, weil sie dachte, Gustav würde sie nicht mehr lieben. Ihre ach so herzensguten Eltern hatten sie dort untergebracht, um die Schwangerschaft geheim zu halten. Sie planten, das Baby später zur Adoption freizugeben. Und damit konnte Tilly nicht leben, vermute ich.«

Zwangsläufig muss ich mir das schöne Mädchen mit wehendem Haar und tränenüberströmten Wangen an einem offenen Fenster vorstellen. Wie ihr Bauch sich unter einem weißen Kleid abzeichnet und sie vielleicht sogar mit sich ringt, es nicht zu tun. Und wie letztlich die Verzweiflung über alles obsiegt. Ich kneife die Augen zu, als mein Magen ins Unendliche flieht, weil ich glaube, ihre Hoffnungslosigkeit nachempfinden zu können, und sie fallen sehe.

»Wie schrecklich! Und Gustav?«, fragt Juna. Ihre Gabel mit Salat schwebt über ihrem Teller. Sie hat Tillys Schicksal bislang mit der Neugier einer Journalistin verfolgt, doch der Alkohol scheint sie heute empfindsamer zu machen.

»Der ist daran fast zerbrochen«, murmelt Hubert. »Hat alles, was ihr gehörte, an sich genommen. Na ja, alles, was er fand. Hat es von der Deponie geholt, auf der ihre Eltern alles entsorgten. Diese verdorbene Familie. Allesamt emotionale Krüppel, wenn man mich fragt.« Er klingt nicht zornig, nur traurig. Ich bewundere ihn dafür, dass er offenbar keinen Hass empfindet.

In knappen Umrissen erzählt er, was Hannelores Eltern dem Jungen alles antaten. Von einem Anschlag auf sein Leben, den man den ehrenwerten Leuten niemals beweisen konnte, bis hin zu Rufmord seines Vaters, der daraufhin die Brennerei einige Zeit schließen musste.

»Leute gibt's. Ich bin dafür, dass alle Menschen, die sich fortpflanzen wollen, zuerst einen Charaktertest bestehen«, meint ausgerechnet meine Mutter und kippt einen Blaubeerlikör hinunter.

»Irgendwann verließ Gustav Auen und die schlimmen Erinnerungen und kehrte erst hierher zurück, als Tillys Eltern tot waren.« Hubert stößt einen harten Laut aus. »Sehr zur Freude von Hannelore.«

»Was hat die damit zu tun?«, will ich wissen.

»So einiges. Unser Wunderkind der Glückseligkeit besitzt das Talent, sich in Männer zu vergucken, die jemand anderem zugewandt sind – wie mit ihrem Dieter. Und eben Gustav.«

»Oha!« Meine Gedanken rattern. Anscheinend ist das Gras auf der anderen Seite für manche Menschen tatsächlich grundsätzlich grüner.

»Sie war es, die von Anfang an das Ganze sabotierte«, erklärt Hubert. »Sie verriet die beiden Liebenden an ihre Eltern, erzählte Lügen über Gustav und trieb Mathilde letztlich somit in den Tod.«

Ob Hannelore sich dessen bewusst war, was sie damals tat? Sie kann nicht viel älter als fünfzehn gewesen sein. Und viel interessanter: Begreift sie heute, was sie getan hat?

»Aber warum hat Tilly ihr denn geglaubt?«, frage ich mich. »Sie muss doch gewusst haben, wie ihre Schwester ist?«

»Warum hast du der ollen Planschkuh ...« Hubert unterbricht sich und murmelt eine Entschuldigung in Charlottes Richtung. »... geglaubt, dass dein Henry ein Schwerenöter ist?«

Autsch!

Hubert legt den Kopf schief, seine Miene wird sanft. »Ich war ein paar Jahre jünger als Gustav, fast noch ein Kind. Aber er mochte mich, und ich habe die Briefe überbracht«, erzählt er, und ein Lächeln huscht über sein Gesicht. »Ich weiß noch, wie stolz ich war, als er sich mir anvertraute und mich um den Gefallen bat. Zumeist benutzten die beiden eine Lücke in der Mauer als Postkasten. Da Hannelore ihre Schwester jedoch ständig bespitzelte, hätte sie mitgekriegt, wenn Gustav die Briefe selbst versteckt hätte. Also habe ich das übernommen.« Huberts Grinsen wächst in die Breite. »Mich fand sie blöd, ich war unsichtbar für sie.« Er lehnt sich auf dem Stuhl zurück. »Später wurde es sehr viel schwieriger, als die bescheuerten Eltern das arme Mädchen in diese Schule steckten. Ich musste mit einem Bus dorthin fahren und sie abpassen, wenn sie mit einer ganzen Horde Nonnen und Schülerinnen zur Kirche ging. Mehrmals habe ich es versucht, aber jedes Mal erwischte mich eine Nonne, bevor ich Tilly auf mich aufmerksam machen konnte. So kam es, dass sie glaubte, Gustav schreibe ihr nicht mehr und habe sich von ihr losgesagt.«

Es wird still, die Schallplatte ist zu Ende, und keiner sagt etwas.

»Seht ihr, so schnell versaut man eine nette Geburtstagsstimmung.« Hubert wirkt verlegen. »Ihr solltet euch nicht die hübschen Köpfe über die alte Geschichte zerbrechen.«

»Bist du deshalb Postbote geworden?«, überlege ich, während ich mich frage, ob es richtig war, diese Erinnerungen aufzurütteln. Denn ganz offensichtlich berührt es Hubert sehr, und seine Stimme schwankt, als er antwortet.

»Briefe sind wichtig. Sie könnten Leben retten. Und hätte ich einen Weg gefunden, ihr die Briefe zu bringen, wäre Tilly vielleicht nicht gesprungen.«

Der Satz hängt zitternd in der Luft zwischen uns, dehnt sich aus, bis Charlotte ihre Hand auf Huberts Rücken legt.

»Es wird viel zu wenig heutzutage geschrieben«, lenkt sie ungeschickt um, und Hubert blickt sie nachdenklich an.

»Da hast du recht, Charlotte«, meint er schließlich, bevor er zu mir schaut. »Vielleicht solltest du Henry einen Brief schreiben.«

Ich zucke zusammen; ich hatte nicht vor, *meinen* Herzschmerz in dieser großen Runde zu besprechen.

»Äh …« Alle blicken mich an, und jetzt ist es nicht nur der Alkohol, der mein Gesicht glühen lässt. »Das geht … äh … das geht nicht.«

Juna verdreht die Augen, Stella sieht unglücklich aus, Hubert hebt die Augenbrauen. »Du wirst doch wohl mit einem Stift umgehen können, oder?«

»Ja, aber … ich meine …«

»Wo ist das Problem?« Hubert bohrt seinen Blick in mich, und mir wird schlecht. »Jeder macht Fehler, das ist normal und erlaubt. Bloß wenn man sie nicht einräumt und sich nicht darum kümmert, sie aus der Welt zu schaffen – dann wird's haarig.«

Mein Po rutscht auf der Sitzfläche hin und her. Hilfe suchend schaue ich zu Juna, die in Marions Arm fläzt und kein größeres Problem als ein leeres Likörglas hat. Sie zuckt mit den Achseln. »Was hast du zu verlieren?«

Tja, gute Frage. Um etwas verlieren zu können, muss man es erst einmal besitzen. Aber alles, was ich habe, ist meine Scham. Und ein zersplittertes, neu verlorenes Herz. Ich starre auf meine Hände hinab, drehe mein Glas hin und her. Für die großen Gefühle, die mich plagen, fehlen mir große Worte.

»Ich habe eine Idee«, sagt Hanna unvermittelt, und es fühlt sich an, als ginge ein Ruck durch den Raum.

Ich mag die Aufmerksamkeit nicht, die Junas Partygäste meinem Liebesleben bzw. dem Nichtstattfinden desselben widmen. Aber zumindest starren sie jetzt nicht mehr mich, sondern Hanna an.

»Du übernimmst meine Rolle in dem Stück, das wir beim Gruseldinner spielen«, sagt sie, und den Mienen der anderen nach zu urteilen, geht nicht nur mir ein »Hä?« durch den Kopf. »Darin geht es ebenfalls um eine tragische Liebe, um Intrigen, Mord und einen Fluch«, fährt Hanna fort, als würde das alles erklären. Sie strahlt in die Runde. »Wir könnten es ein wenig umschreiben, sodass es Henry alles erklärt, wenn er das Stück sieht.«

Stellas Augen beginnen zu leuchten. »Ich könnte Nadine einweihen und ihr zwei Karten für die Veranstaltung schenken.«

»Genau, dann nimmt sie Henry mit, und er sitzt im Publikum und muss sich alles bis zum Schluss ansehen!« Juna gerät in Entzückung.

»Und das Beste: Es ist ein interaktives Theaterstück. Das Publikum wird mit einbezogen. Zu Anfang der Show verteilen wir Karten an die Zuschauer mit Berufen wie Arzt, Bestatter, möglicher Verlobter der Tamara von Everbury und so weiter. Das wird großartig.« Hanna klatscht aufgeregt in die Hände, und ohne mein Zutun entsteht ein Plan zur Rettung meines Glückes.

»Aber … ich … ich spiele doch gar nicht mehr«, wende ich ein, als die anderen bereits dabei sind, die Details meines Kostüms zu planen. »Ich bin keine Schauspielerin mehr.«

»Jetzt hör aber auf, Leni!« Juna richtet sich im Arm ihrer Liebsten auf und funkelt mich geradezu empört an. »Soll ich eine Strichliste darüber führen, wie oft du uns im Alltag eine Rolle vorspielst? Weil es dir verdammt noch mal fehlt, auf der Bühne zu stehen?« Sie steht auf, durchquert den Raum und bleibt vor mir stehen, sodass ich den Kopf in den Nacken legen muss, um sie anzusehen. Sie geht in die Hocke, legt ihre Hände auf meine Knie und blickt mir in die Augen.

»Wann hörst du endlich auf, Angst davor zu haben, eine komplette Leni zu sein?« Sie legt ihre Stirn an meine. »Es bringt dir Alex nicht zurück, wenn du auf Teile von dir verzichtest, von denen du glaubst, dass sie besonders mit ihm verbunden sind. Im Gegenteil. Du verlierst noch mehr.«

Tränen tropfen auf unsere Hände, und ich weiß nicht, ob es meine eigenen sind oder die meiner Schwester.

»Tu es, Leni«, flüstert sie. »Werde heil.«

EIN DRAMA UM TAMARA

Zwei Wochen sind viel zu kurz, um sich auf so einen Auftritt vorzubereiten. Es kommt mir vor wie der totale Wahnsinn, ein Vorhaben, das aus einer Runde mit viel zu viel Alkohol entstanden ist. Alle sahen mich so erwartungsvoll und euphorisch an, bis ich Ja sagte, und dann war ich zu feige, um einen Rückzieher zu machen. Nun habe ich den Salat und muss obendrein die Suppe auslöffeln.

Was ist, wenn Henry in das Theaterstück einbezogen wird, wie es vorgesehen ist, dann jedoch flüchtet und mich einfach stehen lässt? Dann wären es mehr als nur ein paar Partygäste, die dabei zusähen, wie mein Herz erneut entzweibricht.

Trotzdem stehe ich hier, linse durch den braunen Vorhang der Bühne hinaus in den großen Saal mit seinen geschmückten Rundtischen und Kronleuchtern. Der verschrobene Butler, der zum Theaterensemble gehört, führt die Gäste eine Gruppe nach der anderen an ihre Plätze. Stolpert hier und dort effektvoll, nuschelt in englischem Akzent und macht andere Späße. Die Stimmung könnte nicht besser sein. Romy und Juna sitzen mit zwei älteren Ehepaaren an einem Tisch nahe der Bühne und drücken mir die Daumen.

Eigentlich wollte ich meine Tochter heute bei Betty übernachten lassen, weil ich nicht finde, dass ein Gruseldinner etwas ist, das sich Siebenjährige unbedingt anschauen müssen. Als Romy jedoch erfuhr, dass ich mitspiele, geriet sie so aus dem Häuschen, dass ich es nicht übers Herz brachte, ihr das Zuschauen zu verbieten. Auch wenn ich befürchte, dass sie eine falsche Vorstellung von meiner Rolle in diesem Stück hat.

»Das Schlaflama kommt aber nicht vor«, habe ich ihr vorsichtshalber vorhin noch mal erklärt, um später Tränen zu vermeiden.

Sie nickte verständig und meinte: »Klar, Mama, wär doch auch doof, wenn dann alle Publikümmer einschlafen.«

Auch Dr. Klein, den zu kontaktieren ich mir nicht verkneifen konnte, hat mich beruhigt.

Deine Kleine ist größer, als du denkst, Leni. Genau wie du.

Auf eine liebe Art ist er süß, der gute Doktor, und es beruhigt mich, an ihn zu denken. Allerdings nicht lange. Schon mit der nächsten Besuchergruppe, die der Butler mit großen Gesten zu ihrem Tisch lotst, spüre ich bereits wieder das innere Zittern verbunden mit kaltem Schweiß, der sich in den Linien meiner Hände sammelt.

Gott, was habe ich mir bloß gedacht? Am Ende kommt Henry gar nicht. Stella hat mir zwar versichert, dass alles glatt läuft und sie selbst das Babysitten für die Kinder von Henrys Schwester übernimmt. Aber seit wann ist gut geplant die Garantie für irgendwas?

»Bereit?«, fragt mich Hanna, der meine Nervosität nicht entgangen ist. Sie drückt aufmunternd meine Schultern, und mir läuft eine Gänsehaut über den Rücken.

»Ich könnte ein Likörchen vertragen«, scherze ich, während sie mir die noch fehlende Halskette aus Perlen um den Hals legt und den Kopfschmuck mit Schleier aufsetzt, der typisch ist für die goldenen Zwanziger. Jetzt muss ich nur noch die verfluchte Tochter des Grafen von Everbury, Tamara, spielen, die ihren Verlobten verlor. Was mir eigentlich sehr leichtfallen sollte.

Ich lasse den Blick ein weiteres Mal durch den herrschaftlichen Raum wandern, in dem sonst Hochzeiten gefeiert werden. All die herausgeputzten Gäste schwatzen und lachen. Plötzlich kommt mir die ganze Geschichte lächerlich vor. Erst recht der Spuk im Schlosshotel und die rätselhaften Ereignisse, die zum Tode mehrerer Beteiligter führen werden.

Das wahre Leben ist sehr viel komplexer.

Mein Einsatz. Ich muss hinaus, mitten ins Geschehen. Ich kann nicht, meine Beine sind taub. Das letzte Mal, als ich eine Rolle spielte, lebte Alex noch, und ich war ganz. Nicht zerbrochen und falsch wieder zusammengesetzt. Wie soll ich daran anknüpfen? Bruchteile meines Textes schwirren durch meinen Kopf, ungeordnet und verkehrt.

»Los, du bist dran«, haucht Hanna und legt ihre Hand in meinen Rücken. Sie spielt eine Reporterin, die nach dem ersten Todesfall hinzukommen wird, und ich möchte kneifen. Wissend schaut sie mich unter ihrer karierten Hutkrempe an.

»Du schaffst das spielend.«

Alles wird still in mir. Ich bin in Alex' Wagen. Sehe die Lichter, die auf uns zurasen. Durchlebe den Augenblick zwischen dem Luftholen und dem Schrei, während alles im Licht explodiert und mein Leben in kleine Stücke reißt.

»Leni?«, flüstert Hannas Stimme. Ich blinzle. »Die Rolle ist ein Kinderspiel für dich.« Mit der Bewegung einer Katze versperrt sie mir den Weg, als ich zurückweichen und flüchten will. »Es gibt kein Zurück«, sagt sie. »Erinnerst du dich? Ich bin gefeuert, wenn du jetzt aussteigst.«

Ja. Warum nur fällt es jedem Menschen außer mir anscheinend leicht, einfach so aufs Ganze zu gehen?

Ich summe ein Lied, *Sur le pont d'Avignon*. Wenn man singt, werden die Teile des Gehirns, die für Angst zuständig sind, blockiert, sagt man.

Mein Blick huscht erneut durch den schmalen Schlitz des schweren Vorhangs, findet Romys glückliches Gesichtchen. Sie trägt einen Dutt und eine Tiara meiner Schwester im Haar und wartet auf mich, ihre Mama, die Schauspielerin. Den ganzen Tag war sie so stolz auf mich.

Zitternd atme ich ein, erkenne plötzlich Henry an einem Tisch auf der entgegengesetzten Seite, den wir für ihn und seine Schwester gewählt haben. Er trägt einen Smoking und sieht so verdammt verwegen und gefährlich gut darin aus, dass ich schlucken muss.

Egal was passiert – nichts ist schlimmer als Stillstand, erinnere ich mich an Alex' Worte und durchbreche die Angst. Fest entschlossen, mir alle Teile meines damals versprengten Ichs zurückzuholen.

»Liebe Gäste«, höre ich in diesem Moment den Grafen von Everbury sagen. »Ich heiße Sie willkommen und bitte Sie, dem Unwetter vor den Türen keine Beachtung zu schenken.« Es donnert und blitzt effektvoll, und die Bilder an den Wänden erwachen scheinbar zum Leben. Obwohl ich diesen Effekt bei der Generalprobe kennengelernt habe, überläuft mich ein eisiger Schauer.

Die Stimme des Grafen klingt sonor, als er von schwierigen Zeiten spricht, und ich betrete mit ausladenden Schritten die Bühne, stelle mich neben ihn, zunächst stumm. Der Graf, der mein Vater ist, stellt mich als Tamara, die Melancholische, vor.

Der Aperitif aus unserem Hause wird zeitgleich vom Personal des *Heidejägers* gereicht und stößt auf Anerkennung, während der Graf die Geschichte des Anwesens Everbury anreißt, das angeblich verflucht ist.

Ich muss zunächst nichts weiter tun, als belämmert dazustehen und irgendwann weinend und mehr oder weniger gut verhüllt durch den Schleier der Trauer quer durch den Saal abzuhauen.

Henry hat mich nicht erkannt, da bin ich mir sicher. Im Gegensatz zu Romy, die trotz Junas Versuchen, es zu unterbinden, wie wild gewinkt hat.

Der Graf und sein Butler füllen die Minuten bis zur Vorspeise gekonnt mit der Gruselgeschichte der vor zweihundert Jahren aus Liebeskummer und Gram in den Freitod geflüchteten Gräfin Isabell von Everbury, die seitdem ihr Unwesen in diesem verwunschenen Schlosshotel treibt und dafür sorgt, dass niemand sein Glück findet.

In der Pause zwischen Vorspeise und Hauptgang ertönt plötzlich ein Knall, und das Licht geht aus. Ein Glimmen huscht gespenstisch durch den Raum. Romy, die die Geschichte kennt und gut auf alles vorbereitet ist, schreit schneller als die Schauspielerin, die es tun soll. Juna hat alle Hände voll zu tun, unseren Wirbelwind unter Kontrolle zu halten.

»O mein Gott!«, kreischt endlich die beleibte Frau, die als Gast getarnt am Tisch in der Mitte sitzt, als das Licht wieder angeht. »Er ist tot!«

Ein Raunen brandet durch die Reihen. »Wer ist tot?«, fragen sich alle. Der Graf höchstselbst eilt steif und auf quietschenden Lackschuhen durch die Reihen, fordert die Gäste auf, Ruhe zu bewahren.

Ich hocke im Schutz der Garderobe, schaue mir das Spektakel über einen kleinen Monitor an und bin froh, dass ich die erste Hürde genommen habe.

»Ist ein Arzt unter den Gästen? Wir brauchen umgehend einen Doktor der Medizin!«, ruft der Graf, woraufhin sich der schlaksige Gast mit Krawatte, der beim Reinkommen zum Arzt erkoren wurde, zögerlich erhebt.

»Äh, hier«, sagt er und läuft rot an. Schon wird er vom Butler zum am Boden Liegenden gebracht, und seine Frau freut sich wie Bolle, dass er mitspielen darf.

»Und?«, fragt der Graf, fährt sich ungeduldig durch den Kunstbart, und der Doktor fühlt den Puls an der vollkommen falschen Stelle.

»Tot«, meint er grinsend, und seine Frau applaudiert. Im nächsten Moment werden vier weitere Gäste bestimmt, die den Verstorbenen in einen Teppich gehüllt nach draußen schleppen müssen. Romy schlägt ihre kleinen Hände vors Gesicht, und ich glaube, Henry erkennt sie in diesem Moment. Er lässt sein Glas sinken, bevor er daraus getrunken hat, und starrt in ihre Richtung.

Hanna, als Reporterin, hat ihren Einsatz und stürmt in den Saal. Interviewt die Gäste, ob ihnen etwas aufgefallen ist, und erkundigt sich, ob das Opfer verliebt gewesen sei.

»Es handelt sich bestimmt um den Liebesfluch von Everbury«, verkündet sie, während sie auf einen Notizblock kritzelt. Im nächsten Moment ruft der Graf die Polizei, die den ungebetenen Gast aka die rasende Reporterin unter lautem Protest entfernt, während melodramatische Musik spielt.

Zum Hauptgang wird Ente an Orangensoße ebenso eindrucksvoll wie die Geschichte der abgesagten Hochzeit der Tamara von Everbury serviert. Ihr Verlobter sei einfach verschwunden, und sie behaupte steif und fest, der Fluch habe ihrer beider Erinnerungen aneinander genommen. Und alles nur, weil sie für einen winzigen Moment an seiner Liebe zweifelte.

Mir wird flau, als ich die Worte höre.

Während Absinth an den Tischen entflammt und die Frau an der Technik die Beleuchtung dimmt, habe ich meinen zweiten Auftritt. Ich schwebe hinein, mein Herz schlägt mir bis zum Hals. Vor dem ersten Tisch mit einem jener Gäste, denen die Ehre unterliegt, als möglicher Verlobter zu agieren, mache ich halt.

»Bist du nun glücklich? Wo wir uns verloren haben?«, frage ich einen Mittvierziger mit Glatze vorwurfsvoll und schwebe auch schon weiter, richte meinen offensichtlichen Schmerz an den Nächsten. Einen rothaarigen Grünschnabel von vielleicht zwanzig Jahren.

»Niemand ist perfekt, Herzchen. Es tut mir so leid, dass ich dich gehen ließ«, sage ich zu ihm und setze mich auf einen freien Stuhl daneben. Seine Chance auf Ruhm witternd ergreift der Typ eine ungebetene Sprechrolle und erklärt mir, dass er mich trotzdem heiraten werde. Jetzt sofort, wenn es sein soll. Und tatsächlich schreit der Witzbold nach einem Pastor. Da hatte wohl jemand zu viel Absinth.

Hanna steht am Rande, ich kann sehen, wie sie nervös an den Fingernägeln kaut, als der Junge im Nadelstreifenanzug nach meiner Hand angelt. Ich lächle, Improvisation ist alles.

»Der Fluch, mein Herz. Er wird dich ins Grab bringen«, erkläre ich bedauernd.

Leider denkt die Rampensau nicht daran aufzugeben. »Komm schon, ich bin's, dein Herzblatt.«

Ich lehne mich zu ihm und flüstere: »Der Fluch macht impotent …« Kurz hebe ich seine Gabel an. »… und die hier auch, wenn ein Mann zu viel redet.«

Er zuckt nervös, als ich in Richtung seines Schoßes nicke, und gibt unter allgemeinem Gelächter nach. So weit, so gut.

Umständlich erhebe ich mich, tänzle um einen anderen

Tisch herum. Romy winkt wieder hektisch und ruft: »Mami!« Juna hält ihr den Mund zu.

Irgendwann erreiche ich Henrys Tisch, und die erste Stunde der Wahrheit naht. Mein Mund wird trocken, während ich meinen Monolog starte.

»Einst fühlte ich mich wie auf rauer See. Kein Land in Sicht, nichts als Gischt und Salzwasser«, sage ich, mache eine dramatische Geste und bleibe dicht vor ihm stehen. Seine Lippen formen ein *Was zum Teufel?* oder Ähnliches. In seinen Nordseeaugen zieht ein Sturm auf. »Und jeden Tag frage ich mich, warum tat ich es? Warum ließ ich dich über Bord gehen?« Bitterkeit schnürt mir die Kehle zu, Henrys Blick wechselt von mir zu seiner Schwester und wieder zurück, die Augen verhärten sich zu scharfkantigen Edelsteinen. Ich dränge eine Welle von Scham zurück, die mich kalt erwischt, und besinne mich auf meine Rolle.

Ein Raunen brandet durch das Publikum, bevor es still wird. Einem Herrn am Tisch entgeht Henrys Regung nicht, und er mustert mich neugierig.

Mit einer fließenden Bewegung lehnt mein Prinz Gelassenheit sich auf dem Stuhl zurück und mustert mich eingehend. Ich kann buchstäblich sehen, wie er seine Mauern neu errichtet und sich entscheidet, das Spiel auf seine Weise mitzuspielen.

»Wieso ließ ich es zu?«, wiederholt meine Rolle ihre Frage. »Würdest du mir verzeihen, wenn ich dir einen Rettungsring zuwürfe? Oder würdest du mich deinerseits über Bord werfen?«, sage ich und übe einen langen Aufschlag.

Henrys Mundwinkel zuckt. Der Graf taucht hinter mir auf, greift grob meinen Oberarm.

»Bitte entschuldigen Sie, der Herr«, wendet er sich bedauernd an Henry, während ich mich gegen seinen Griff wehre. »Sie ist von Sinnen.« Er seufzt tief und wirft die freie Hand in den Himmel. »Meine Tochter hat den Verstand verloren.«

»Offensichtlich«, ist nicht das, was ich Henrys Part zugedacht habe. Allerdings sorgt seine Reaktion dafür, dass ich zur Höchstform auflaufe.

»Es war die Nachtigall, Vater. Sie flüsterte in meinen Träumen und erzählte mir von Missetaten«, sage ich scharf und wirble zu Henry herum. Ein Raunen geht durch die Reihen. »Die Seglerin auf rauer See warf lediglich einen Betrüger der Herzen über Bord und sah zu, wie er in den Tiefen des Kummers versank, den er selbst verursachte!« Ich kann nur hoffen, dass er versteht, was ich meine. Wütend ziehe ich die Brauen zusammen, fixiere ihn mit verzweifeltem Blick, wie es meine Rolle verlangt, und seine distanzierte Maske bröckelt für einen winzigen Moment. Zumindest so lange, bis ein sehr beleibter Typ mit Schweißperlen auf der Stirn einen Scherz über weibliche Hysterie macht.

Der Graf zerrt mich fort, ruft nach dem Arzt, der mir meine Pillen geben soll, und ich werde auf meine Gemächer geschickt, die sich vermeintlich hinter dem Vorhang befinden.

»Es wird nicht enden, bis ich sie gefunden habe, meine Liebe!«, lasse ich alle im Saal theatralisch wissen, und während ich mithilfe des Butlers und des Arzts entfernt werde, flackert erneut das Licht im Saal. Ein Gespenst gehüllt in weiße Schleier geht um und tötet erneut.

Romy kippelt auf ihrem Stuhl, ich mache eine Handbewegung in Junas Richtung, während ich hinter dem Vorhang verschwinde, damit sie das unterbindet. Sie versteht mich nicht, und ich hoffe das Beste.

Wir kommen zum Dessert, einer Variante von Mousse an

Beeren und Obst, serviert mit Likören aus unserer Herstellung. Diesmal klaue ich mir einen vom Tablett, als eine Bedienung vorbeikommt, und kippe ihn hinunter. Denn die Diskussion zwischen Henry und seiner Schwester, die ich von hinter der Bühne beobachte und bei der wild gestikuliert wird, macht mir Sorgen. Ob sie ihn aufklärt? Sie weiß so ziemlich alles. Stella hatte meine Erlaubnis, sie einzuweihen.

»Das geht schief, Hanna«, hauche ich besorgt, als die kecke Reporterin zu mir tritt. Sie ist als Nächste dran.

»Käse, hast du mal gesehen, wie er dich ansieht, Leni? Der empfindet was für dich. Und zwar eine ganze Menge.«

Ich schüttle den Kopf und nicke dann nach draußen. »Er macht seiner Schwester gerade die Hölle heiß wegen mir. Weil ich ihn in solch eine Situation bringe, wo er vielleicht längst mit mir abgeschlossen hat.«

Ich hätte einfach den Mut haben und mit ihm sprechen sollen, anstatt so ein Trara zu veranstalten, das man ganz eventuell als romantisch werten könnte. Sofern man mir wohlgesonnen ist.

»Ach«, winkt Hanna ab, setzt sich ihre Mütze auf den blonden Kopf, legt sich die alte Kamera um den Hals und knöpft ihre karierte Jacke zu. »Halb so wild, der ist nur stur.«

»Dein Wort in Gottes Gehörgang.«

Sie haucht mir einen Kuss auf die blass geschminkte Wange und verschwindet nach draußen, um die nächste Leiche zu fotografieren und die Leute über den Fluch und den wütenden, missgünstigen Geist aufzuklären, der auf dem Schloss umgeht.

Als der Polizist erneut im Saal ermittelt, kräht meine Tochter die allgemeine Weisheit »Der Mörder ist immer der Gärtner« hinaus und sorgt für Lacher. Mir wird klar, warum

Kinder normalerweise nicht beim Gruseldinner erwünscht sind. Sie stehlen allen die Show.

Der Graf ist außer sich, und als Donner und Blitzgewitter für einen neuen Schreckmoment sorgen, kippt meine kippelnde Tochter mit ihrem Stuhl um. Sie versucht, sich an der Tischdecke festzuhalten. Teller und Gläser fliegen, zerspringen passend zum Aufschrei des Gespenstes, das durch die Reihen geht.

Mein Herz setzt einmal aus, als ich sehe, wie Romy landet. Kerzen fallen, eine Dame am Nebentisch leert geistesgegenwärtig ihr Wasserglas in das Feuer. Zum Glück hat sie nicht den Absinth genommen, der unberührt vor ihr steht.

Juna hilft Romy auf die Beine, ihr ist nichts passiert, was mir die Frage durchs aufgeputschte Hirn schießen lässt, wie viele Leben mein kleines Kätzchen hat.

Kellner eilen herbei, räumen die Scherben weg und schenken Romy ein Eis. Ich möchte auch mal vom eigenen Ungeschick profitieren, denke ich, während sie mir fröhlich zuwinkt.

Als Hanna, die rasende Reporterin, die Familiensage der Everburys in allen Einzelheiten erläutert, fallen mir so einige Parallelen auf zwischen der umhergeisternden Gespenstergräfin und unserer allseits beliebten Hannelore. Unerwiderte Liebe. Liebe, die erpresst wurde. Ermordete Rivalinnen. Und am Ende der Freitod durch einen Sprung aus dem Turm des Anwesens. Wobei nie abschließend geklärt wurde, ob es vielleicht doch ein Fremdverschulden gab. Einen Mord also.

»Der Geist wird nie ruhen, bis seine Macht gebrochen wird«, meint Hanna beschwörend und geht von Tisch zu Tisch, um die Gäste zum Mitmachen zu animieren. »Es *muss* eine Hochzeit geben.«

Der Absacker und die Küchlein aus Schokolade und Zitrone werden vorbereitet, und als verzweifelte Maßnahme gegen den Fluch verkündet der Graf die Trauung seiner Tochter mit einem der infrage kommenden Verlobten.

Ich schlüpfe in das Brautkleid, lasse mir vom Butler helfen, die Schnüre im Rücken zu schließen.

»Es ist eine Schande, dass du nicht öfter spielst«, lässt er mich wissen.

»Vielleicht ändert sich das ja wieder«, überlege ich und spüre dem lebendigen Gefühl nach, das Stück um Stück in mir erwacht, seitdem ich vorhin durch den Vorhang getreten bin. Gleichzeitig wächst die Angst, dass ich hinaustrete und statt vier möglichen Verlobten nur drei dort vorfinde, weil Henry geflüchtet ist.

»Na, kalte Füße?«, scherzt der Mann, der mir den Schleier ins Haar setzt, während draußen Hannas Gezeter anschwillt und zur Eile antreibt, bevor der böse Geist mit neuer vernichtender Zerstörung naht.

»Kann man so sagen.«

»Ging mir vor meiner Hochzeit auch so«, flüstert der Butler und eilt vor mir auf die Bühne, um für Comic Relief zu sorgen.

Dann ist es so weit. Ich schlage den Schleier vors Gesicht, trete hinaus. Wie ein Spiegelbild meiner selbst taucht am anderen Ende des Ganges der Geist auf, und die Gäste erschrecken, als das Licht flackert und ein schrecklicher Schrei von den Wänden widerhallt, bis endlich melancholische Pianomusik den Grusel durchbricht.

Der Schleier vernebelt mir die Sicht, und ich erkenne lediglich Schemen. Mein Puls beginnt zu rennen, als ich vier Männer vor dem aufgebauten Altar neben dem Grafen und dem Pastor erkenne.

»Liebe Tochter, wähle deinen Mann«, spricht der Graf und ringt die Hände. Hanna steht dicht neben mir, reckt mir unauffällig ihren Daumen entgegen, während sie als Reporterin so tut, als dokumentiere sie das Ganze.

»Aber es muss der Richtige sein«, rät sie mir und nickt wissend in die Runde. Die Männer bilden einen Kreis um mich, und ich beginne mich zu drehen wie beim Topfschlagen. Alles verschwimmt zu Schemen aus Grau und gelbem Kerzenschein, und ich passe einen Moment ab.

»Nicht der rote Baron«, sage ich und berühre den jungen Mann, der mit mir flirten wollte.

»Nicht Charlie Brown.« Meine Hand tippt einen Brillenträger mit Halbglatze an, und ich drehe mich weiter, tänzle auf den Fußspitzen.

»Ein anderer Segler auf dem großen Meer«, überlege ich und werde vom Grafen zur Eile aufgefordert, da der Geist der Gräfin Isabella Schritt um Schritt auf uns zuschlurft.

»Nicht Billy the Kid«, singe ich und wiege meinen Körper, drehe mich weiter, bis mein Schleier fliegt.

»Folge deinem Herzen!«, ruft jemand aus dem Publikum.

»Spüre den Funken«, rät die rasende Reporterin und klatscht in die Hände, während das bedrohliche Heulen des Geistes lauter wird.

»Sportskanone!«, kräht Romy aufgeregt, und ich stoppe meinen wilden Tanz genau vor Henry. Nun wird es Zeit, die Hand nach ihm auszustrecken, und dann kommt es drauf an, ob er mitspielt. Oder eben nicht.

Seine Finger berühren mich, greifen nach meinen und schließen sich sanft. Ein Schauer überläuft mich, und ich weiß nicht, ob es von den Ventilatoren über uns kommt. Ich lüfte den Schleier, starre ihm in die Augen, wage es nicht zu blinzeln, aus Angst, er könnte beim nächsten Wimpernschlag verschwunden sein.

Der Graf spricht seinen Text, redet über den Traualtar und die Zeremonie, doch seine Stimme verschwimmt zusehends in meinem Geist, spielt keine Rolle für mich.

»Wieso hast du dich nicht einfach bei mir gemeldet?«, flüstert Henry, und ich zucke nur hilflos mit den Schultern. Ohne Vorwarnung zieht er mich zu sich. Ein Prickeln breitet sich von meinen Fingerspitzen über den Nacken bis in meinen Bauch aus.

Mein Herz hüpft, als seine Hände sich auf meine Hüfte legen und er mich küsst. Es geht alles sehr schnell, zu schnell, um zu begreifen. Ich halte mich an seiner Jacke fest.

Verwirrung schwimmt einen Augenblick in meinem Kopf, verschwindet, als seine Zunge meine berührt. Ich erwidere den Kuss, sinke in Henrys Arme, und das Publikum wird ganz still. Die Unruhe, die unter den Schauspielern wegen der Abweichung vom Skript entsteht, nehme ich kaum wahr. Alles, was für mich zählt, ist dieser Moment. Es fühlt sich an, als würde ich in diesen Mann hineinfallen. Als ergäbe plötzlich alles Sinn.

Während ich mich gleichzeitig verliere und neu finde, strebt das Theaterstück seiner Auflösung entgegen. Mit diesem Kuss vergeht der böse Geist dank eines fantastischen Spezialeffekts in einem Lichtstrahl. Der Graf lässt Blüten durch den Ventilator rauschen, Applaus brandet über uns hinweg, und als Henry sich von mir löst, lässt der Sog, in dem wir uns befunden haben, nach. Wir bleiben eng voreinander stehen, nervös und schwer atmend.

»Du hast mir viel zu erklären, Leni«, flüstert Henry nahe an meinem Ohr.

»Das werde ich, wenn du mich lässt«, erwidere ich, während das winzige Lächeln um seinen Mundwinkel sich vertieft und mir das Versprechen gibt, dass er mir zuhören wird. Sein Daumen streicht an meinem Hals entlang, und er küsst mich erneut. Diesmal sanfter.

Ich sehe Juna unweit von uns, Tränen der Rührung laufen ihr über die Wangen. Hanna legt feierlich ihren Arm um sie und sieht mehr als zufrieden aus.

»Ich hoffe, wir werden Gelegenheit bekommen, diesen Moment Revue passieren zu lassen«, raunt Henry, als Romy auf uns zusprintet und uns für den Augenblick trennt. Ich wirble sie herum, pures Glück flutet mich.

Ich habe einen lange vermissten Teil von mir selbst wiedergefunden und kann spüren, wie ich heile.

HONIGHERZEN

Dinge ändern sich ständig. Wir verändern uns. Und manchmal braucht es einen beherzten Anstoß, damit man seinen Monstern Ketten anlegt und über sich hinauswächst.

Nach dem erfolgreichen und hochgelobten Theaterstück gingen Henry und ich zusammen an der Weser spazieren und redeten. Er ließ zu, dass ich einen Blick in seine Seele warf, zeigte mir eine Wunde, die noch immer blutet, wenn man an ihr kratzt. So wie meine es tut. Eine Verletzung durch eine Beziehung, die tief ging und die Seele prägte.

Henrys Stimme veränderte sich, als er von dieser Zeit sprach, und ich hörte ihm zu.

»Je weniger ich sie bewunderte, desto mehr begann sie mich einzureißen«, erzählte er von einer labilen Musikerin, die beinahe zehn Jahre seines Lebens bestimmt hatte. »Sie kontrollierte alles, was ich tat. Und sorgte im Hintergrund für mein Scheitern, damit sie sich besser fühlte. Das erfuhr ich erst sehr spät«, gestand er mir und lächelte unsicher. »Ich habe damals entschieden, dass mir so etwas nie wieder passiert, und ich muss zugeben, dass ich solche Charakterzüge vor allem kreativen Menschen zuschrieb. Ich hatte stets das Gefühl, dass dieser Schlag Frau nicht bodenständig ist und durch Emotionalität dazu neigt, alles schwieriger zu machen, als es ist.« Er sprach von metaphorisch gebrochenen

Knochen, die noch heute in Amerika, in seinem alten Leben, verscharrt lägen. Zum Glück fügte er an, dass er inzwischen anders denkt, verurteilte seine Schlussfolgerungen als dummes Schubladenverhalten und erklärte schließlich, dass er stolz auf das sei, was ich bin und kann.

Es waren die kleinen, kostbaren Dinge, die er mir in dieser Nacht schenkte, die mich für meinen Mut der ungewöhnlichen Versöhnung belohnten. Die Geste, als er mir seine Jacke umlegte, weil ich zu frieren begann. Die Fürsorge in seinem Blick, wenn er sich nach Romy erkundigte, und die vorsichtigen Neckereien. Ich spürte, wie nervös er war, wenn wir uns nahekamen, dort am Ufer des Flusses unter Sternen, die Lippen wund von Küssen.

Mit ihm werde ich niemals wieder einen Schirm im Regen brauchen, keine Angst vor dem Donnergrollen eines Gewitters spüren. Die Magie der Liebe wartet eben doch auf der anderen Seite der Angst.

Heute ist der erste Tag, an dem wir nach einer stillen Woche, in der er auf Dienstreise für einen Bauunternehmer war, verabredet sind. Der Tag, nachdem ich seit Langem einmal wieder an Alex' Grab war und Blumen auf den Granitstein gebettet habe, das Herz voller Bienen, die ihre Tänze aufführten. Friedlich und besonnen, doch nicht weniger intensiv. Und während ich meine Finger küsste, um mit ihnen Alex' eingravierten Namen zu berühren, wie ich es immer tue, wusste ich, er würde mir wünschen, dass ich ihn freiließ. Ganz und gar. Und als ich ging, den Weg entlang zwischen den Grabsteinen über den Hügel hinauf zur Kapelle, da segelte eine weiße Feder vom Himmel, landete auf meiner Schulter. Sie war weich und hatte winzige blaugraue Sprenkel. Ich reckte meinen Kopf, blickte hinauf in die Weiten des Horizonts eines kalten Wintermorgens und lächelte.

Eine Stimme holt mich ins Hier und Jetzt.

»Und? Fertig, Aschenbrödel?«, erkundigt sich Juna, die mehr weiß, als sie zugibt. Ich schließe den Reißverschluss meiner blauen Daunenjacke und schlüpfe in die feinen Wollhandschuhe unserer Oma Hilde, die Charlotte uns Mädels mitgebracht hat. Für einen Moment bin ich ihr ganz nahe, als ich die Tür öffne und durch die kahlen Äste der Bäume die Wiesen und Blaubeerbüsche sehe, die wie Dornröschen gebettet sind, um Winterschlaf zu halten. Ich bin mir sicher, Oma wäre stolz auf uns.

»Willst du mir nicht doch einen Tipp geben?«, bettle ich, und meine Schwester wirft mir eine Wollmütze zu. Sie wippt zum Klang von *Right Back Where We Started From* von Maxine Nightingale, was mich regelrecht ansteckt, und ich freu mich einmal mehr über den Plattenspieler von Gustav.

»Auf gar keinen Fall.« Sie grinst breit, zieht sich den Kragen ihres dicken Wollpullis bis zur Nase, um es zu verstecken. Romy kommt um die Ecke geschossen, sie trägt immer noch ihren Pyjama.

»Mama, gehst du spazieren?«, wundert sie sich und versucht an Juna vorbeizukommen. Doch die versperrt ihr den Türspalt mit vollem Körpereinsatz.

»Dein Zimmer sieht aus, als hätte sich ein Spielzeugladen übergeben, das räumst du erst mal auf«, knurrt sie meine Tochter an.

Romy denkt nicht dran aufzugeben. »Ich bin als Kind geboren und nicht als Sklave«, lässt sie uns wissen und stampft mit dem Fuß auf, rennt zur Garderobe und will sich ihre Jacke schnappen.

Wenn Juna etwas kann, dann schnell reagieren. Sie fängt den Wirbelwind ab, nimmt ihn in den Schwitzkasten.

»Ich will mit Mama mit«, mault mein Kind, und ich gehe rückwärts. Der heutige Tag gehört mir.

»Das geht nicht, denn Mama hat ihre Liebe gefunden.« Juna wirft mir einen Handkuss zu, bevor sie versucht, die Tür mit dem Fuß zuzuwerfen.

»Hä, wer hat die denn versteckt?«, höre ich Romys neckische Frage, bevor die Tür ins Schloss schlägt.

Schnee liegt in der Luft, und ich setze mir die Mütze auf den Kopf, während ich durch das Wäldchen stapfe, das unser Haus so liebevoll beschützt. Wilma, die mit ihren Mitbewohnern auf der Koppel steht, wiehert.

Meine Schritte werden schneller, ich biege um die Hausecke und sehe etwas auf die Einfahrt biegen. Einen Mann auf einem großen Pferd, das in einem solchen Prachtweiß strahlt, dass jedes Einhorn neidisch wäre.

»O mein Gott«, hauche ich und presse mir die Hände auf den Mund. Die Bienen in meinem Bauch surren hoch, ihre Flügel kitzeln und lassen mich albern kichern. Hannelore, die einmal mehr ganz spontan mit ihrem Mops aus ihrem imposanten Haus kommt, um zu stören, blende ich einfach aus.

Nebendran steht Hubert vor einem Holzhaufen, grinsend und mit einem Beil bestückt.

»Hallo, Kindchen«, begrüßt Hannelore mich forsch und läuft an der Mauer entlang. »Ich habe gehört, du hast in einem Theater mitgespielt?«

Ich nicke nur, und Hubert murmelt etwas vor sich hin, lässt das Beil auf einen Holzscheit krachen.

»Hach«, seufzt Hannelore versonnen und greift an ihre Brust. »Ich habe ja auch mal als Schauspielerin gewirkt«, lässt sie mich wissen und setzt Chantall auf die hüfthohe Mauer.

»Hahaha, für die *Apothekenumschau*, oder was?«

Huberts Frage lässt mich schmunzeln, dennoch ignoriere ich auch ihn und hebe die Hand zum Gruß. Der Prinz zu Pferd tut es mir gleich, lässt sein Ross den Kiesweg entlang antraben. Es sieht bezaubernd aus, als würde Sundiver tanzen.

Hannelore stößt verächtlich die Luft aus. »Pfui, Hubert. Du kannst nur dumm daherreden«, meint sie, angelt nach einem Taschentuch und schnäuzt sich laut.

»Ich kann auch anders, liebe Hannelore.« Hubert dreht sich zu ihr und grinst sie an. »Wie wäre es mit: In meiner psychischen Konstellation manifestiert sich die absolute Dominanz negativer Impressionen deines Individuums.« Er lacht, woraufhin sich Hannelore leider wieder an mich wendet.

»Ich habe gehört, ihr bekommt nun doch die Eier vom Kurt zum Verkauf? Das freut mich für euch.«

»Ja.« Meine glänzende Laune hält mich davon ab, mich über die Scheinheiligkeit unserer Nachbarin zu ärgern. Denn wie sich herausgestellt hat, war sie es, die uns beim Landwirt schlecht gemacht hat.

»Hach, wen haben wir denn da? Ist das etwa Henry?«, fragt sie sich als Nächstes und stolpert beinahe über einen ihrer Gartenzwerge. »Was will der denn bei euch? Hat der nicht schon genug Schaden angerichtet?«

Ich blicke mich zu Hannelore um und erkenne sie. Ich sehe die Enttäuschung eines ganzen Lebens in ihrem vergrämten Gesicht und habe Mitleid mit ihr.

Henry steigt von seinem Pferd, es geht brav neben ihm her, schnaubt laut durch die Nüstern.

»Hey«, hauche ich und fühle mich wie eine Prinzessin, als Henry mir seine Hand reicht. Fehlt nur noch der gläserne Schuh.

Hannelore zetert, regt sich gleichermaßen über unsere

respektlose Ignoranz ihr gegenüber wie über meine fragwürdige Selbstachtung auf, und wir lassen sie schimpfen. Ihre Stimmung geht auf Chantall über, und die kläfft Amok, was mich einen Moment in Sorge versetzt. Nicht dass der arme Mops noch einen Herzinfarkt erleidet. Das hätte er nicht verdient.

»Darf ich dich entführen?« Schief lächelnd zieht Henry mich an sich. Küsst mich zu Hannelores Entsetzen lange und intensiv, und ich lasse mich in seine Umarmung fallen. Er riecht so gut, nach Wäldern, Frost, Minze und purem Glück.

»Wenn nicht du, wer dann?« Ich beiße mir auf die Unterlippe, lächle, und seine Hand fährt meinen Rücken hinab. Meine Hände legen sich auf meine Brust, der Schimmel steht ruhig daneben, guckt aufmerksam auf uns hinab.

»Es ist so sexy, wenn du das machst«, raunt er mir zu, seine Lippen streichen über meine, und ich schließe unwillkürlich die Augen. Aber nur so lange, bis das Pferd mich an der Schulter berührt.

Ehe ich michs versehe, hat Henry mein Bein gepackt und hebt mich auf den Rücken des großen Tieres. Es ist atemberaubend, und ich danke dem Himmel, dass damals nichts Schlimmes passiert ist, als ich die beiden übersah.

»Also, ich hoffe, das nächste Krankenhaus ist nicht weit«, bringe ich schließlich über die Lippen, als ich auf dem glatten Fell herumrutsche und mich krampfhaft an der seidigen Mähne festhalte.

»Was ist aus deiner Risikobereitschaft geworden? Ich dachte, du magst Nervenkitzel?« Mit Schwung sitzt Henry hinter mir auf, gibt mir Halt, und schon setzt sich der Traum in Weiß in Bewegung. »Und ich dachte, nun, wo wir am Leben des anderen teilhaben wollen, ist es ein guter erster Schritt, wenn du Reiten lernst.«

Ich spüre sein Lächeln und räuspere mich. »Du lässt mich also in dein Leben?«

Sanft zieht Henry mich an sich heran, und ich spüre den Bewegungen des Tieres nach. Wilma und Henriette traben am Zaun entlang, wollen am liebsten mitkommen. Fredward schickt ein anklagendes Iah in die Welt.

»Entspann dich, ich halt dich fest«, ist einer der schönsten Sätze auf Erden, von dem ich dachte, ihn nie wieder von einem Mann zu hören. Ich lehne mich zurück, genieße die Nähe zu Henry, und wir plaudern über die letzten Tage. Das gleichmäßige Geräusch des Hufschlags hallt durch die Straßen von Auen, während wir durch den Ort reiten.

Karla hockt am Fenster ihres Zimmers, entdeckt uns und klettert prompt hinaus. Glücklicherweise ist ihre Mutter heute aufmerksamer, und ihr entgeht diese verrückte Aktion nicht. Mit energischen Gesten beordert sie ihre Tochter zurück ins Haus, sehr zu Karlas Bedauern.

»Jetzt weiß ich es«, kräht die hinter uns her. »Ihr seid nicht vom Blocksberg. Ihr seid Pippi Langstrumpf!«

Ich spüre ein breites Grinsen auf meinem Gesicht.

»Und, wie gefällt dir der Ausflug bis jetzt?« Henry zügelt Sundiver, bevor er ihn auf eine große Wiese lenkt. Raureif glitzert auf dem kurz gemähten Gras, das sich bis in die Unendlichkeit zu erstrecken scheint.

»Es ist ein Traum«, antworte ich und weiß, wo unser Zielort liegt. Ein kleines blaues Schwedenhaus, das am Ortsrand eingebettet in Pferdewiesen hockt. Henrys Zuhause.

»Wo wir beim Träumen sind, weißt du eigentlich, wie viele schlaflose Nächte du mir bereitet hast?« Die Muskeln seiner Arme spannen sich an, während er meinen Sitz korrigiert.

»Das Kompliment gebe ich gern zurück«, höre ich mich sagen. Als Sundiver beschleunigt und in weiten Trabschritten vorwärtsschwingt, befürchte ich, von dem riesigen Pferd zu rutschen, und drücke mich in Henrys Arm. Wind fährt mir ins Gesicht und kühlt meine vor Aufregung heißen Wangen. »Besonders, als mir klar wurde, dass wir nicht verhütet haben.«

Sundiver macht einen Schlenker. Ich kann spüren, wie Henry plötzlich die Luft anhält, und beeile mich, ihm zu sagen, dass ich nicht schwanger bin. Nicht dass er vor Schreck die Kontrolle über das Tier verliert und es durchgeht.

Henry küsst meinen Haaransatz und flüstert: »Beinahe schade.« Und im nächsten Moment löst sich mein Magen auf, flieht ins Unendliche, als das Pferd angaloppiert. Wind nimmt mir den Atem. Mein Herz donnert mit dem Hufschlag um die Wette, und Adrenalin flutet mich bis in die Fingerspitzen.

Ich bin am Leben.

Die nächsten Tage verfliegen nur so, und Henry verbringt viel Zeit bei uns. Er spielt mit Romy Mensch ärgere Dich nicht und lernt, wie wütend ein Mädchen in ihrem Alter werden kann. Aber auch, wie liebevoll und lustig mein kleiner Keks ist. Sein Umgang mit ihr wird entspannter, seine Reaktion auf ihr ewiges *Huch!* nachsichtiger.

Ich lerne Henrys Schwester Nadine und deren Kinder kennen. Wir finden heraus, dass Fredward Henrys Neffe Tailor, der am Asperger-Syndrom leidet, sehr guttut. Der Junge ruht förmlich in sich, wenn er auf unserem Esel reiten darf. Was ihm weniger gefällt, ist Romys Hang zum Chaos und ihre laute Art, die ihm Angst einjagt, sodass er regelmäßig vor ihr flüchtet, indem er sich Kopfhörer aufsetzt, die jeden Ton von außen schlucken. Ich ertappe mich dabei, dass ich ihn fragen will, ob er mir die Dinger mal ausborgt.

Es klopft an meiner Zimmertür, und Henry, der neben mir unter meiner Bettdecke liegt, seufzt. Der Arme hat letzte Nacht wenig Schlaf bekommen. Wer hätte gedacht, dass ich so hungrig nach Berührungen bin?

»Mama, ihr müsst jetzt den Kuchen essen!«, verlangt Romy und scharrt an der Tür. Sie hat mit Oma Charlotte Adventsstollen gebacken und ist losgeschickt worden, um uns alle an den gedeckten Tisch zu holen, damit wir ihr Werk testen. Ich schätze, meine Mutter hat genug von Huberts Flirtversuchen. So wie es aussieht, ist er verknallt in sie und versucht bereits den ganzen Tag, sie per Hypnose dazu zu bringen, sich zu ihm zu setzen und mit ihm zu plaudern. Noch klappt es nicht so ganz, wie er es sich wünscht, aber immerhin kommentiert sie nicht mehr alles, was er sagt und tut, mit einem Naserümpfen.

Als wir Hand in Hand das adventlich geschmückte Wohnzimmer betreten, sitzt Juna mit Marion auf der Chaiselongue und kuschelt. Romy klebt vor dem Fenster, reißt beinahe die Gardine ab und ruft ganz aufgeregt: »Da, die Spasten sitzen im Vogelhaus!«

Hubert lacht, klopft sich auf die Schenkel und erntet einen tadelnden Blick von Charlotte.

»Spatzen, das sind Spatzen«, korrigiert sie ihre Enkelin und beordert sie zum Kuchenanschneiden.

Romy hüpft zu ihr hinüber und taucht dabei unter der zu tief hängenden Lichterkette im Durchbruch hindurch. Die Glasengel auf der Vitrine klirren leise.

»Um auf Weihnachten zurückzukommen, wer geht mit mir Heiligabend in die Kirche?« Charlotte hofft immer noch, das wir einknicken und sie begleiten, aber ich tue mich schwer damit. Wobei meine Wut auf Gott allmählich nachlässt.

»Ich komme mit«, verspricht Romy und greift sich das große Messer, mit dem sie, als sie versucht, es am Stollen anzusetzen, ein Glas vom Tisch kickt. Hubert, dem ich eine solche Flinkheit überhaupt nicht zugetraut hätte, springt auf und beseitigt das Malheur umgehend, während Charlotte ihrer Enkelin dabei hilft, gleichmäßige Stücke zu schneiden. Dabei erzählt sie Romy, wie wichtig dem Weihnachtsmann der Besuch des Gottesdienstes sei.

Romy wirft mir einen vielsagenden Blick zu; sie weiß, wer die Geschenke bringt.

Dann entzündet Charlotte die Kerze auf dem Adventskranz, streicht ihr rotes Kleid glatt und blickt in die Runde. »Sonst noch jemand bereit, mich zu begleiten?«

Hubert meldet sich. »Ich kann mitkommen, ich bin ein höllisch guter Kirchgänger.« Er setzt ein gewinnendes Lächeln auf, und ich finde ihn einfach zu süß.

»›Höllisch‹ trifft zu«, antwortet unsere Mutter, lacht dabei jedoch auf eine Weise, die Juna und mich irritiert. Mag sie unseren Postzusteller doch lieber, als sie zugibt?

»Nun gut, dann wollen wir uns mal für den Tag verabreden«, erklärt sie nach einer Weile, und Hubert freut sich wie ein Schuljunge.

Plötzlich klingelt es an der Haustür. Juna ist zuerst dort und ruft nach mir. Eine nervöse Hannelore steht im Flur. Im dicken Pelzmantel, mit Hut auf dem schlecht frisierten Schopf und dem Hund an der Leine. Ihre teure Yves-Saint-Laurent-Handtasche hängt schief auf der Schulter, und ihr lila Lippenstift ist unsauber, wie in Eile aufgetragen.

»Hannelore, alles in Ordnung?«, frage ich verwirrt über ihren Besuch.

»Ach, Kinder. Ich werde eine Weile verreisen müssen«, gesteht sie halb bedauernd, halb belustigt.

Chantall würgt, ich habe Angst, dass sie mir auf den neuen Läufer kotzt. Während ich den Hund vorsichtig auf die Fliesen manövriere, bietet Juna unserer Nachbarin an, mit ins Wohnzimmer zu kommen, was sie hektisch ablehnt.

»Ist denn etwas passiert?« Ungelenk berühre ich Hannelores Schulter wie Sheldon Cooper, wenn er jemanden trösten will.

»Meine Cousine ist unerwartet gestorben«, erklärt Hannelore eine Spur zu fröhlich, fächert sich Luft mit einer Trauerkarte zu und fügt an: »Der arme Peter ist nun ganz allein. Ich werde mich um ihn kümmern müssen.« Sie seufzt, gleichzeitig funkeln ihre Augen, und ein unangebrachtes Lächeln zuckt um ihren faltigen Mund. So, so, Peter, ihre einstige große Liebe? Die Hannelores Cousine ihr ausspannte, indem sie dem Mann ein Kind unterjubelte?

»Ich wollte nur, dass ihr wisst, dass ihr nun auf euch allein gestellt seid.« Hannelore zieht eine dramatische Miene, und ich bin versucht, sie fürs Theater zu engagieren. Zum Glück habe ich keins. »Na ja, zumindest bis Peter zu mir zieht.«

Im Wohnzimmer wird es gespenstisch still, alle scheinen auf die Neuigkeiten zu lauschen; sogar Romy ist leise.

»Kein Problem«, beeilt sich Juna zu sagen. »Sollen wir den Briefkasten leeren oder Blumen gießen?«

Hannelore winkt ab, zupft an der Leine, und Chantall keucht erneut. »Dafür habe ich ja meine Putzfrau, die kümmert sich drum.« Ihr Blick fällt auf die Standuhr, und sie reißt ihren Mund auf. »Oh, so spät. Mein Taxi ist bald da!« Sie stöckelt zur Tür und öffnet sie. »Also, bis bald. Und frohe Weihnachten!«

Chantall blickt sich mit einer gewissen Verzweiflung nach uns um, bevor sie hinter ihrem Frauchen hergezogen wird und die drei Steinstufen hinabhüpft.

Juna und ich tauschen einen langen Blick, und weg ist Hannelore.

»Na, frohes Fest«, sagt Hubert, als wir ins Wohnzimmer zurückkehren. Offenbar hat er alles mit angehört und ist sichtlich vergnügt. »Der arme Peter. Wenn die Schabracke erst mal das Zepter der Macht übernommen hat, kommt aus seinem traurigen Arsch niemals mehr ein fröhlicher Furz.« Er zieht seinen Hut, hält ihn anteilnehmend an die Brust und spricht ein knappes Gebet für Hannelores Cousine, die nun ein Engel ist, und für Peter gleich mit.

Charlotte ist echauffiert und bekreuzigt sich schnell. »So schlimm wird es schon nicht werden.«

Wir sagen nichts dazu, wissen es alle besser und füllen uns die Teller.

»Was reimt sich auf *erster Advent*?«, fragt Juna unvermittelt in die gelöste Runde und wackelt lustig mit den Brauen.

»Likörchen?«, antwortet Marion, die beeindruckend schnell lernt, und bekommt einen High Five von Romy. Mit der flachen Hand, mitten ins Gesicht. Mehr aus Versehen, weil meine Tochter versuchte, auf dem Stuhl stehend an den Zuckerstreuer heranzukommen. Das Kind landet halb auf Marion, halb auf dem Tisch.

Henry zuckt zusammen, und ich hauche ihm einen Kuss auf die Wange.

»We are all mad here«, zitiere ich aus *Alice im Wunderland* und staune nicht schlecht, als meine Mutter es sich, wie um meine Aussage zu bestätigen, mit einem Likörchen in der Hand auf Huberts Schoß bequem macht.

»Charlotte, du bist heißer als der Wüstensand«, meint er fröhlich, und sie gluckst.

Von mir aus kann Weihnachten kommen.

EPILOG

Die Maisonne bricht zwischen den mit weißen Blüten besetzten Baumkronen der Apfelbäume hindurch. Henry hat nie attraktiver ausgesehen. Die Art, wie er auf mich zuschlendert, in seinem weißen Hemd, das locker in die zerschlissene Jeans gesteckt ist, wühlt mich auf. Sein Bart erobert sich seine Wangen zurück, und das Licht verfängt sich in den dunkelblonden Haaren.

»Hey, meine Schöne«, sagt er, und ich stecke die kleine Schaufel in die Erde. Die alte Badewanne eignet sich bestens als Kräuterbeet und steht nun an einem verträumten Platz zwischen Wäldchen, Gewächshaus und im Obstgarten. Ich klopfe mir Sand von der Hose und gehe auf ihn zu.

»Weißt du eigentlich, welcher Tag heute ist?«, will Henry wissen und bleibt auf halbem Weg stehen.

»Mondwoch, der 34. April?«, scherze ich, weil mir kein Licht aufgeht.

Juna begrüßt heute Nachmittag die ersten Kinder fürs therapeutische Reiten auf Wilma und Fredward. Gemeinsam mit Marion hat sie diese großartige Idee entwickelt und die Wintermonate damit verbracht, sich pädagogisch wie auch sonst darauf vorzubereiten.

»Es ist hier viel zu schön, um ständig wegzufahren, nur um Geld zu verdienen«, lautet ihre Antwort, wenn man sie danach fragt. Meine Schwester plant sogar, noch ein größeres Pferd dazuzukaufen, um die Möglichkeiten voll auszuschöpfen. Tailor und Karla dienten ihr als Versuchsobjekte und haben umfänglich von den Reitstunden profitiert, was kognitive und psychische Aspekte betrifft. Karla benutzt inzwischen tatsächlich dann und wann die Tür, wenn sie auf Stippvisite vorbeischaut. Und Tailor hat letztens zwei Sätze mit Romy gewechselt. Es ging um Möhren.

Aber all das wird Henry nicht meinen. Bestimmt nicht, wenn er sich dafür auf die Knie begeben muss. Hoppla.

»Heute vor einem Jahr hast du mich beinahe umgefahren.« Er grinst breit. Wind frischt auf, zaust sein Haar und trägt ein weißes Blütenmeer von den Apfelbäumen zu uns herüber. Vor Aufregung bebend bleibe ich vor ihm stehen, und er angelt nach meiner Hand.

»Leni, mein Herz ...« Er macht eine Pause, zaubert ein längliches Kästchen hinter seinem Rücken hervor, und zahme Bienen summen in meinem Bauch und meinem Herzen, lassen mich innerlich vibrieren. »... willst du ein Baby mit mir?«

Ich schlage mir die Hände vors Gesicht und sinke neben ihn auf den Boden. Als ich in die Schachtel in seinen Händen schiele, erkenne ich einen Schwangerschaftstest, eingebettet in Blüten und mit einer seidigen Schleife umschlungen, die mich sehr an Romys neuen Haarschmuck erinnert. Sie ist also eingeweiht?

Henry schluckt schwer, und ich nehme seine Hand.

»Bevor du antwortest, lass mich noch etwas sagen. Ich liebe dich, und ich verehre deine Tochter. Ihr seid mein Alles, und ich bin unfassbar glücklich, dass ich Teil der Montag-Familie bin. Und wenn du noch nicht bereit bist, dann kann ich warten.«

Für einen Wimpernschlag glaube ich, Tilly in einem der Apfelbäume sitzen zu sehen, wie sie lächelnd inmitten der fliegenden Blüten auf uns hinabschaut. Und zwischen meinen Tränen der Rührung und einem glücklichen Lachen, das sich aus meiner Kehle löst und vom Wind umhergetragen wird, werfe ich mich in Henrys Arme.

»Ist das ein Ja?«, vergewissert er sich und drückt mich an sich. »Du musst es schon sagen, nicht dass es zu Missverständnissen kommt. Die Auflösung derselben würde ich vermutlich nur sehr schwer verkraften.«

»Ja«, hauche ich. »Ja, ja, ja. Ich will ein Baby mit dir!«

Mein Herz, mein vernarbtes Herz – es liebt mit voller Kraft.

Ende

BONUSTRACK FÜR ALLE HONIGHERZEN

Coconut Grove von The Lovin' Spoonful
Cruel to Be Kind von Nick Lowe
Love Is Blue von Marty Robbins
I Love You, Baby von Gloria Gaynor
Make Your Own Kind of Music von Cass Elliot
Dream a Little Dream von The Mamas and the Papas
Sugar Town von Nancy Sinatra
The End of the World von Skeeter Davis
Paint It Black von The Rolling Stones
ily (I Love You, Baby) Surf Mesa feat. Emilee
Summer Wine von Nancy Sinatra und Lee Hazlewood
Season of the Witch von Donovan
Daydream von The Lovin' Spoonful
The Killing Moon von Echo & the Bunnymen
Right Back Where We Started From von Maxine Nightingale

DER DORNENKUSS

500 GRAMM STACHELBEEREN kurz waschen und zärtlich trocken tupfen. Mit 100 GRAMM WEISSEM ZUCKER und 150 GRAMM BRAUNEM in ein entsprechend großes, verschließbares Glas geben und mit einer FLASCHE WODKA übergießen. Mindestens acht Wochen stehen lassen und alle zwei bis drei Tage mit einem herzhaften *Abrakadabra* schütteln.

Schließlich den Likör filtern und in hübsche kleine Flaschen abfüllen. Sollte der Likör ein wenig scharf schmecken, evtl. mit max. 50 MILLILITER WASSER verdünnen. Er schmeckt auch mit mehr oder weniger Früchten und gelingt sogar mit Cognac oder Korn prächtig. Vorausgesetzt, man vergisst das liebevoll gehauchte *Simsalabim* nicht beim letzten Akt der Behandlung und verziert die Flasche mit einer Schleife aus Seidenpapier.

GROSSES DANKESCHÖN!

... an alle, die diese Geschichte mit mir geteilt haben und Leni und ihre Lieben in ihrem Umbruch und Aufbruch begleiteten. Ihr Leser liegt mir am Herzen, und ich hoffe, ich konnte dem ein oder anderen etwas von Lenis Mut verleihen, das Segel auf hoher See einmal neu auszurichten, um neue Ufer zu erkunden. Oder einen lang schlummernden Traum wiederzubeleben und vor allem sich selbst zu lieben, zu pflegen und sich treu zu bleiben. Wenn euch die Geschichte berühren konnte und sie euch gefallen hat, freue ich mich, von euch zu hören. Ich bin auf Instagram unter Mina_Teichert erreichbar und begrüße eure Meinungen in Form einer Rezension auf den bekannten Plattformen.

Schön, dass es euch gibt!

Vielen Dank an den wunderbaren Piper Verlag. Liebe Leonie, liebe Michaela, ich bin stolz, bei euch mit an Bord sein zu dürfen.

Liebe Friederike, du bist die Beste! Ich danke Dir für all die guten Ideen, fürs Richtungweisen, für deine liebevolle Lektorenhand. Ich hoffe, wir bringen noch ganz viele »Babys« auf die Welt. ☺

Natürlich danke ich auch meiner Familie, die stets Geduld und ein Herz für mich hat. Ohne euch wäre ich nichts. Mama, ich liebe dich!